HEYNE <

AF164328

JAMES VON LEYDEN

Die Vermissten von Tanger

EIN MAROKKO-KRIMI

Aus dem Englischen
von Jens Plassmann

WILHELM HEYNE VERLAG
MÜNCHEN

Die Originalausgabe *Last Boat from Tangier*
erschien erstmals 2020 bei Constable, London.

Sollte diese Publikation Links auf Webseiten Dritter enthalten,
so übernehmen wir für deren Inhalte keine Haftung,
da wir uns diese nicht zu eigen machen, sondern lediglich
auf deren Stand zum Zeitpunkt der Erstveröffentlichung verweisen.

Penguin Random House Verlagsgruppe FSC® N001967

Deutsche Erstausgabe 05/2021
Copyright © 2020 by James von Leyden
Copyright © 2021 der deutschsprachigen Ausgabe
by Wilhelm Heyne Verlag, München,
in der Penguin Random House Verlagsgruppe GmbH,
Neumarkter Str. 28, 81673 München
Redaktion: Thomas Brill
Printed in the Czech Republic
Umschlaggestaltung: Anke Koopmann | Designomicon
unter Verwendung von Hector Melendez Ramirez/iStock und © pierivb/iStock
Abbildung Innenklappen: © Tanya Kukarkina/shutterstock, © Anton_Ivanov/
shutterstock, © Rafal Cichawa/shutterstock, © Pierre-Yves Babelon/shutterstock,
© Eduardo Lopez/shutterstock, © Olena Z/shutterstock/© James von Leyden
Karten: © mapz.com · Map Data: OpenStreetMap (ODbL)
Satz: Leingärtner, Nabburg
Druck und Bindung: CPI books GmbH, Leck
ISBN: 978-3-453-42556-9

www.heyne.de

Für Czarina

Prolog

Es war ein 40-Fuß-Container. Von dort, wo Abdou stand, unterschied er sich in nichts von den Tausenden Containern, die täglich in den Häfen Marokkos abgefertigt wurden. Allerdings waren solche Schiffscontainer in gewisser Weise wie Leichen vor der Autopsie. Man konnte sie von außen genau untersuchen, konnte Tests durchführen und Röntgenaufnahmen anfertigen, aber bevor man sie tatsächlich öffnete, wusste man nie, welche Geheimnisse sie bargen.

Bei seiner Ankunft vor zwei Wochen schien der Auftrag noch reine Routine. Immerhin hatte Abdou schon diverse Hafenbehörden darin unterstützt, die eigenen Kontrollmaßnahmen zu verbessern. Doch diesmal war alles anders. Hier lag ein Verbrechen vor – ein Verbrechen von solch schockierenden Ausmaßen, dass es dem König zu Ohren kommen, einen internationalen Skandal auslösen und eine Änderung der Regierungspolitik zur Folge haben würde. Aus diesem Grund war es umso ärgerlicher, dass er die Finger von dem Container lassen musste. Was blieb ihm anderes übrig? Der Container war ohne jede Papiere unterwegs. Kein Frachtbrief, kein abwickelnder Agent, kein Adressat, nicht einmal ein Siegel an den Türen. Hafen und Schiffseigner würden den Container einfach als Ausreißer abtun, als diesen einen Container unter einer Million, der durch die Maschen des Systems geschlüpft war. Es mochte ihm noch so heftige Bauchschmerzen verursachen, aber wenn Abdou die wahren Übeltäter schnappen wollte, musste er warten.

Karim gegenüber hatte er nichts von alledem erwähnt.

Zum einen aus Sicherheitsgründen, denn sowohl sein Handy als auch seine E-Mail-Adresse waren gehackt worden. Aber es gab noch einen weiteren Grund, denn sobald Karim und seine Vorgesetzten erfuhren, was los war, würde man ihm die Leitung der Ermittlungen entziehen. Schließlich war er gerade erst zum Lieutenant befördert worden. Es war Karim gewesen, der vor zwei Jahren die landesweite Operation gegen den Schmuggelhandel ins Leben gerufen hatte. Und Karim leitete auch die Koordinierung und die Pressekonferenzen. Aber diesen Fall hier hatte Karim ihm übertragen, und Abdou wollte unbedingt unter Beweis stellen, dass er der Sache ohne fremde Hilfe gewachsen war.

Kalter Wind fegte vom Hafen her, brachte die Lichtmasten zum Klappern und blähte die Planen im Palettenlager. Abdou hauchte in die Hände und dehnte die Finger. Wie spät war es? 17:35 Uhr. Er hatte für halb acht ein Treffen mit dem Polizeichef verabredet.

In diesem Moment nahm er etwas aus den Augenwinkeln wahr – ein Huschen oder einen Schatten. Doch als er die lange Reihe Container hinuntersah, war da nur trostlos verwaister Asphalt, der sich weit bis zum Grundstückszaun erstreckte. Er spitzte die Ohren, hörte aber lediglich das Rumpeln der Tieflader und das ferne Zusammenstoßen von Metall auf Metall. Wahrscheinlich bloß eine Möwe. Dutzende davon segelten hier herum, obwohl ihm völlig schleierhaft war, welche schmackhaften Dinge sie in einem Containerterminal zu finden hofften.

Es geschah alles blitzschnell. Ein kräftiger Arm schleuderte ihn gegen die Stahltür, gefolgt von gebellten Worten in einer Sprache, die er nicht verstand. Auf dem Rücken liegend starrte er zu den Gesichtern hoch. Zwei davon erkannte er. Ein herrliches Gefühl der Zufriedenheit erfasste ihn – wie eine sanfte Meereswelle, die über ihn schwappte. Dann nichts.

1

Drei Tage später

Auf dem Sportplatz der Akademie absolvierten die Polizeischüler ihre Sporteinheit. Es war Freitagvormittag, und als Abschluss vor der Mittagspause stand der 400-Meter-Lauf auf dem Programm. In den roten Trainingsanzügen der Kommissaranwärter waren neben den männlichen Läufern auch zwei junge Frauen unterwegs, von denen die eine – eine kleine, drahtige – sich ein Kopf-an-Kopf-Rennen mit dem Führenden lieferte. Auf der Zielgeraden schob sie sich an ihm vorbei. Ihre Beine waren bleischwer, und die Lunge kämpfte hart um jedes Quäntchen Sauerstoff, aber sie hatte schon früher gegen Jungs gewonnen, wenn sie durch enge, vollgestellte Gassen um die Wette gerannt waren, mit weit schärferen Kurven, weniger Platz und einem Untergrund aus losem Kopfsteinpflaster, in den alle paar Schritte tückische Abflussrohre ragten ... Sie flog über die Ziellinie, und der Ausbilder drückte auf seine Stoppuhr.

»Einundfünfzig-vier, Talal! Einundfünfzig-sieben, Hakimi!«

Der Zweitplatzierte, der seine Haare wie alle männlichen Kadetten extrem kurz geschoren trug, blieb stehen, stützte die Hände auf die Knie und japste nach Luft.

Die junge Frau mit den dunklen, wachen Augen und der Narbe über dem linken Ohr trat neben ihn.

»Guter Lauf«, brachte sie schnaufend heraus.

Anstelle einer Antwort spuckte der Mann nur auf den Boden und stakste davon.

»Mach dir nichts draus, Ayesha«, sagte ihre Mitschülerin, die gerade von der Laufbahn stieg. Nachdem sie einmal tief durchgeatmet hatte, rief sie Hakimis kleiner werdender Gestalt hinterher: »Manche Leute können sich eben noch immer nicht mit der Tatsache anfreunden, dass die Akademie Frauen aufnimmt!«

Ayesha Talal und Salma Mernissi waren beide einundzwanzig und Zimmerkameradinnen im Institut Royale de Police in Kenitra. Während Salma sich mit ihrem Handtuch den Schweiß aus dem Gesicht wischte, trank Ayesha einen großen Schluck aus ihrer Wasserflasche. Der Ausbilder, ein durchtrainierter junger Mann, dessen eigentlich hübsche Züge von einer gebrochenen Nase leicht verunstaltet wurden, kam zu ihnen herüber. Er hob die Jacke von Ayeshas Trainingsanzug vom Boden und reichte sie ihr lächelnd.

»Gut gemacht.«

Prompt bedachte Salma ihre Freundin beim Weggehen mit vielsagenden Blicken. Ayesha lachte laut auf. »Was?«, rief sie und ließ ihre Jacke in Richtung Salma schnellen.

Prustend und tuschelnd überquerten die beiden jungen Frauen den Exerzierplatz, vorbei an in Reih und Glied marschierenden Kadetten.

»Bleibst du noch zum Mittagessen?«, fragte Salma schließlich.

»Nein. Nur kurz duschen, dann bin ich weg. Ich habe meiner Mutter versprochen, um sieben zu Hause zu sein. Die Nachbarin macht Couscous.«

»Vergiss nicht, dass wir am Montag unseren Kurs zum Verhalten bei Critical Incidents haben.«

»Ich nehme meine Aufzeichnungen mit«, versprach Ayesha. »Was nicht heißt, dass ich reinschaue.«

»Ich werde dich direkt nach deiner Rückkehr abfragen!«, warnte Salma und hob drohend den Zeigefinger. »Keine Ausreden!«

Ihre Stimmen hallten durch die Eingangshalle des Wohnheims. Die Unterkünfte der Frauen lagen in einem eigenen Flügel des modernen, dreistöckigen Gebäudes. Am Ende eines langen Flurs schloss Salma die Tür zu ihrem Zimmer auf. Der kleine Raum bot Platz für das Nötigste: zwei Einzelbetten, Schränke an deren Fußenden, dazwischen ein Schreibtisch. Salma löste ihren Pferdeschwanz und warf sich aufs Bett, während Ayesha sich duschen und umziehen ging. Ein paar Minuten später kehrte sie in einem schwarzen Hosenanzug zurück und holte ihre kleine Reisetasche aus dem Schrank.

»Wenn du dich beeilst, bekommst du noch eine Ausgeherlaubnis fürs Wochenende«, schlug sie ihrer Freundin vor.

»Ich muss meine Hausarbeit zu Ende schreiben. Ein andermal, *inschallah*.«

Ayesha schenkte ihrer Mitbewohnerin einen bewundernden Blick. Ihr fehlte Salmas Talent zum Lernen. Dennoch waren ihre Noten fast so gut wie die von Salma, was nicht zuletzt davon zeugte, dass die königliche Akademie den Leistungen auf dem Hindernisparcours oder dem Schießstand ebenso viel Bedeutung beimaß wie denen in der Klasse oder im Labor.

Sobald der Gebetsruf erklang, mischte sich Ayesha unter die zahlreichen Kadetten, die – wie sie – in schwarzer Ausgehuniform mit weißem Hemd und schwarzer Krawatte Richtung Eingangstor strömten, wo sie in der Wache einer nach dem anderen ihre Telefone abholten. Was Handys betraf, so galten strikte Regeln. Gleich in seiner Begrüßungsansprache am ersten Tag hatte ihnen der Schulleiter erklärt, dass sie hier waren, um Polizisten im gehobenen Dienst zu werden, und nicht, um ständig ihren Facebook-Status zu checken. Die Mitnahme von Handys auf das Schulgelände war daher strengstens verboten. Bei Ankunft mussten alle Geräte am Eingang abgegeben werden, und beim Verlassen des Instituts konnte man sie dort gegen Unterschrift wieder abholen. Da ihr Leben gewöhnlich von sechs Uhr morgens bis zehn Uhr abends komplett durchorganisiert war, überraschte es wenig, dass die jungen Leute jetzt beim Abschied ausgelassen lachten und herumalberten, sofern sie nicht schon mit ihren Liebsten telefonierten.

Ayesha stellte sich an den Straßenrand und hob den Arm. Ein *petit taxi* hielt vor ihr.

»Zum Bahnhof«, sagte sie beim Einsteigen.

Ayeshas Puls beschleunigte sich noch immer, wenn sie allein ein Taxi nahm. Aber der Fahrer, ein junger Mann in einer grünen *djellaba*, machte einen ganz sympathischen Eindruck, und die Koranrezitationen, die aus seinem Radio drangen, wirkten ebenfalls beruhigend.

Wie viele Berufstätige und Studierende im Land kamen Karim Belkacem und seine Schwester Khadija zum Mittagessen nach Hause. Für Karim bedeutete das eine fünfzehnminütige Fahrt mit dem Roller vom Kommissariat in der Nähe des Djemaa el Fna bis zum Riad der Familie am nördlichen Ende der Medina. Es war ein warmer Frühlingstag, und hoch über ihm sausten und schrien die Mauersegler, als Karim sein *moto* abstellte. Er trat in den Innenhof des

Riad und schaute zur Brüstung im ersten Stock, als würde er etwas suchen. Dann warf er seine Jacke über den stillgelegten Springbrunnen, schlüpfte aus den Schuhen und ging in den *salon*.

Der Raum war lang und schmal mit einer hohen Decke. Auf einem Regal stand ein 46-Zoll-Fernseher. Nachdem er seine Mutter und seine Schwester begrüßt hatte, nahm Karim an dem niedrigen Tisch Platz, stippte die Finger in den Couscous und wandte seine Aufmerksamkeit dem Fernseher zu, den seine Mutter Lalla Fatima kurz nach dem Tod von Karims Vater gekauft hatte. Seitdem lief während der Mahlzeiten ständig irgendein Sender – eine Ablenkung, die sein Vater gewiss niemals erlaubt hätte, wie Karim amüsiert dachte. Khadija sah sich gern die Morgenmagazine an, bevor sie zur Arbeit ging, und verpasste zum Mittag- und Abendessen nie ihre Soaps.

Karim und Khadija besaßen beide die schmal geschnittenen Nasen und die grünen, mandelförmigen Augen der Amazigh vom südmarokkanischen Berbervolk der Chleuh. Abgesehen von den hübschen Gesichtszügen waren die Geschwister jedoch grundverschieden. Beruflich etwa hatte Khadija keinerlei Ambitionen. Ihr genügte es, als Sekretärin in einer Anwaltskanzlei ein bescheidenes Gehalt zu verdienen. Früher einmal hatte sie all ihre Anstrengungen darauf verwandt, einen reichen Ehemann zu finden. Aber seit vor etwa zwei Jahren ihre Verlobung kurz vor der Hochzeit geplatzt war, achtete sie nicht mehr groß auf ihr Äußeres. So hatten die Wangenknochen jede Kontur verloren, und die weiten Jogginghosen, die sie nun gerne trug, dienten nicht zuletzt dazu, angesetzte Pfunde zu kaschieren.

»Khadija!«, rief Lalla Fatima scharf. »Dein Bruder ist da!«

Mit einem schweren Seufzer wechselte Khadija auf den Nachrichtensender. Nachrichten waren das Einzige, was Karim sich anschaute. So gebannt, wie Khadija ihre Soaps verfolgte, verfolgte er Al Jazeera. Karim war der Meinung, dass jeder gute Polizist wissen sollte, was in der Welt gerade passierte. Wie sonst sollte er den Sinn hinter einem neuen Erlass der Regierung begreifen oder verstehen, wie Arbeitslosigkeit jemanden zum Diebstahl treiben konnte?

An diesem Freitagmittag berichtete der Nachrichtenkanal über einen Massenansturm auf die Grenze bei Ceuta, zu dem es in der vergangenen Nacht gekommen war. Die Aufnahmen waren nur schwer erträglich. Afrikanische Geflüchtete aus Ländern südlich der Sahara versuchten, einen sechs Meter hohen und mit NATO-Draht gesicherten Zaun zu erklimmen, während marokkanische Polizisten sie immer wieder herunterrissen. Auf spanischer Seite schoss die Guardia Civil Wasser aus Hochdruckschläuchen, um die Eindringlinge zurückzuschlagen. Ein junger Afrikaner mit Wollmütze und triefend nasser khakifarbener Jacke hatte es über das Bollwerk geschafft. Jetzt rannte er Haken schlagend umher und machte Siegeszeichen in Richtung der Kameras, während Beamte der Guardia Civil ihn verfolgten.

»Warum freut der sich so?«, fragte Lalla Fatima. »Die werden ihn gleich schnappen, das ist mal sicher.«

»Ceuta gehört zu Europa«, erklärte Karim, bevor er sich den nächsten Mundvoll Couscous gönnte. »Sobald ein Geflüchteter es nach Ceuta schafft, kann er Asyl beantragen. Dann kann er überallhin in Europa, kann sich einen Job suchen und seine Familie nachholen.«

»Ha! Habt ihr das gesehen?« Khadija deutete mit dem Finger auf den Bildschirm. »Der Schwarze da, der runtergefallen ist? Jetzt verpassen die Polizisten ihm eine Abreibung!«

Lalla Fatima betrachtete angewidert die Szene. »Der Mann blutet ja schon am Kopf! So etwas ertrag ich nicht!« Sie griff nach der Fernbedienung.

»*Bleti!* Moment mal!« Karim hob die flache Hand, um sie davon abzuhalten. Er war zugleich fasziniert und abgestoßen von dem, was er sah. Der Einsatz war aus dem Ruder gelaufen. Die Polizisten prügelten mit ihren Schlagstöcken auf jeden Afrikaner, der vom Zaun zurückstürzte. Ein derart aggressives Vorgehen warf ein schlechtes Licht auf die gesamte Sûreté. Es unterschied sich zudem auf höchst unvorteilhafte Weise von dem deutlich disziplinierteren Ansatz, den die spanische Guardia Civil demonstrierte.

Lalla Fatima legte die Fernbedienung aus der Hand. »Woher stammen denn all diese Geflüchteten, Karim?«

Karim kannte zwar Berichte von offiziellen Staatsbesuchen, die König Mohammed VI. in anderen afrikanischen Hauptstädten zeigten, dennoch verschwammen für ihn jenseits von Niger alle Ländernamen. »Keine Ahnung«, murmelte er nur.

»Mit den *Afaraqa* ist das anders als mit den Syrern«, verkündete Khadija. »Die Syrer haben einen Grund für ihre Flucht. In ihrem Land herrscht Krieg. Die *Afaraqa* dagegen wollen bloß schicke Autos und Häuser – all das Zeug, das sie im Fernsehen sehen. Sie sollten einfach zu Hause bleiben und sich einen Job besorgen!«

»Schh! Ich versuche zuzuhören.«

Khadija ließ nicht locker: »Habt ihr die Schwarzen gesehen, die an den Kreuzungen betteln? Die Frauen mit Babys auf dem Rücken? Ich geb denen nie etwas. Schließlich haben wir unsere eigenen Bettler, um die wir uns kümmern müssen.«

»Wann hast du denn das letzte Mal einem Bettler Geld gegeben?«

Mit einem genervten Aufstöhnen stellte Karim den Fernseher etwas lauter. Fast hätte er jetzt sogar das Klingeln des Telefons im Innenhof übertönt. Aber es klingelte beharrlich genug, bis Khadija aufstand, um abzuheben. Ein paar Minuten später kehrte sie zurück.

»Es war Ayesha. Sie kommt am Wochenende nach Marrakesch.«

Lalla Fatimas Gesicht leuchtete auf. »Gott sei gedankt!«

»Sie besucht uns Sonntagmorgen, *inschallah*.«

»Mit Lalla Hanane?«

Khadija schüttelte den Kopf. »Du weißt doch, wie gebrechlich Hanane geworden ist.«

Lalla Hanane war Ayeshas leibliche Mutter. Sie hatte Ayesha während einer Cholera-Epidemie in einem abgelegenen Bergdorf auf die Welt gebracht. Da ihr Mann damals ohne Arbeit war und sie noch zwei weitere Kinder durchbringen mussten, hatte Hanane sich gezwungen gesehen, Ayesha fortzugeben. So adoptierten die Belkacems das kleine Mädchen und zogen es gemeinsam mit ihren eigenen Kindern auf. Erst mit zwanzig lernte Ayesha ihre Mutter kennen, die – gar nicht weit entfernt von den Belkacems – mittlerweile allein wohnte. Seitdem erfüllte Ayesha ihre Aufgaben als Tochter mit großem Pflichtgefühl. Regelmäßig kehrte sie von der Polizeiakademie nach Hause zurück, erledigte bei ihrer Mutter die Hausarbeit und leistete ihr Gesellschaft. Mehr als alles andere aber genoss sie die Besuche bei den Belkacems, wo es sich einfach entspannen und zwanglos plaudern ließ wie zu alten Zeiten. *Ich habe zwei Mütter*, hatte sie Salma gesagt. *Bei Lalla Hanane kann ich Tochter sein, bei Lalla Fatima ganz ich selbst.*

Karim war viel zu gefangen von den Fernsehbildern, um der familiären Neuigkeit Beachtung zu schenken. Erst als er sich wieder für die Arbeit fertig machte und Khadija sich brummend darüber beschwerte, ihre geliebte türkische Soap verpasst zu haben, wurde ihm bewusst, dass Ayesha zu Besuch kam.

Auf der Rückfahrt ins Kommissariat dachte Karim mit gemischten Gefühlen an das bevorstehende Wiedersehen mit Ayesha. Einerseits freute er sich darauf, sie zu treffen, andererseits fürchtete er sich auch davor. Neu war dieser Zwiespalt für ihn nicht.

Schon als Vierjähriger war Karim von der Ankunft der kleinen Ayesha im Haus der Belkacems regelrecht verzückt gewesen. Während er seine etwa gleichaltrige Schwester ignorierte, klimperte er mit Spielzeug vor Ayeshas Nase herum oder sang ihr Lieder vor. Ihre wilde Entschlossenheit, laufen zu können, und die Selbstverständlichkeit, mit der sie die Treppen bewältigte, verblüfften ihn. Als er sich später mit den Jungs aus der Nachbarschaft herumzutreiben begann, brachte er Ayesha einfach mit. Zu Anfang missfiel das den anderen, aber mit der Zeit lernten sie, Ayeshas Furchtlosigkeit und ihre unentwegte Bereitschaft zu irgendwelchem Unfug zu respektieren. Stets war sie diejenige, die kein noch so hohes Risiko scheute und am Ende den meisten Ärger bekam. Einmal etwa zogen die Jungs am Markttag abwechselnd los, um an den Ständen Mandarinen zu klauen, und als Ayesha in der Menge verschwand, kehrte sie kurz darauf mit einer riesigen Wassermelone zurück, unter deren Gewicht sie fast zusammengebrochen wäre. Sie tat so etwas nicht, um die anderen Jungs zu beeindrucken. Sie tat es für Karim.

Als Karim sechzehn war und Ayesha dreizehn, durchlief ihre Beziehung eine Veränderung. Jetzt trafen sie sich eher allein nach der Schule, tauschten die letzten Neuigkeiten aus, alberten herum und vertrauten einander Träume, Beobachtungen, Gefühle und Geheimnisse an. Manche dieser Treffen fanden auf dem nahe gelegenen Flohmarkt am Bab el-Khemis statt, andere im heimischen Riad auf dem Dach, das sie zu ihrem ganz persönlichen Refugium gemacht hatten. Hier berichtete Karim von seinem Tag, während Ayesha die Wäsche aufhängte. Hier half er ihr bei den Hausarbeiten, oder sie lagen zusammen auf einer ausrangierten Matratze – Ayesha mit dem Kopf auf Karims Brust – und redeten davon, wie sie später zusammenleben würden.

Ayesha und Karim betrachteten einander als Cousin und Cousine. In den Augen des Islam jedoch waren sie Bruder und Schwester. Jede Intimität, jede Nähe war verboten, was Karim permanente Qualen verursachte. Er ging fort auf die Polizeiakademie und knüpfte Beziehungen zu anderen Frauen. Auch Ayesha wechselte erst ins Haus ihrer Mutter und später auf die Polizeiakademie. Aber gelegentliche Begegnungen ließen sich natürlich nicht vermeiden, und jedes Mal, wenn es dazu kam, war da diese Anziehungskraft, dieser Sog, der es Karim schwer machte, sich auf sonst etwas oder sonst jemanden zu konzentrieren. Eines Tages würde Ayesha einen anderen heiraten, und bis dahin – hatte Karim entschieden – war es das Beste, Begegnungen mit ihr nach Möglichkeit zu vermeiden.

Bei seiner Ankunft am Kommissariat stieß er zuerst auf den Parkwächter Bouchaïb, der mit einem breiten Grinsen auf seiner Krücke lehnte.

»Nur noch drei Stunden bis zum Spiel, Herr Karim!«
»Welches Spiel?«

»Raja gegen Wydad. Wird bestimmt knapp, aber ich denke, Raja gewinnt! Letzte Woche haben sie Tunis geschlagen!«

Karim interessierte sich nicht für Fußball und machte daraus auch keinen Hehl. Er stieg über die Außentreppe zu dem Büro hinauf, das er sich mit zwei Kollegen teilte. Einer war der ihm unterstellte Abdou, mit dem zusammen er seit achtzehn Monaten die Ermittlungen zu gefälschten Medikamenten leitete – in der Regel minderwertige Imitate lebenswichtiger Arzneimittel, die von Patienten gekauft wurden, die sich die Originale nicht leisten konnten. Der andere Kollege war Noureddine, ihr erfahrener Vorgesetzter, der wie ein strenger Onkel über die beiden jungen Lieutenants wachte. Als Karim den Raum betrat, traf er dort zu seiner Überraschung Noureddine im Gespräch mit dem leitenden Superintendenten an.

»*Salamu alaikum!*«

»Die Polizei von Tanger hat mich gerade angerufen«, erwiderte der Chef der *préfecture* nur in ernstem Ton.

Karim nickte vorsichtig. Im Rahmen ihrer Ermittlungen hatte er Abdou damit beauftragt, die örtlichen Kräfte im Hafen von Tanger-Med zu unterstützen.

»Abdou wird vermisst.«

Alarmglocken läuteten in Karims Schädel. Die chinesischen Kartelle, von denen die Medikamentenfälschungen stammten, waren bekannt für ihr brutales Vorgehen. Viele hatten ihre Aktivitäten vom Drogenschmuggel auf gefälschte Arzneimittel verlagert, weil die Risiken hier geringer und die Profitmargen höher waren.

»Wie lange schon?«

»Drei Tage.«

»Sein Handy …?«

»Nicht erreichbar.«

An diesem Punkt mischte Noureddine sich ein: »Morgen ist Samstag. Sollte Abdou sich auch in den nächsten vierundzwanzig Stunden nicht melden, nimmst du den Nachtzug nach Tanger.«

Am Samstagmorgen näherte sich ein junger Schwarzer dem südöstlichen Eingang zu Tangers Medina. Hier am Bab Dar Dbagh, dem Tor zur Gerberei, war der perfekte Platz, um seine Waren anzubieten. Die Stelle lag etwas erhöht mit Blick über den Hafen. Hier störte man niemanden, es gab einen Mauervorsprung, auf den man sich setzen konnte, und ein Aufseher ließ ihn eine nahe gelegene Toilette umsonst benutzen. Nachdem er sich vergewissert hatte, dass keine Polizeistreife unterwegs war, holte er zwanzig Sonnenbrillen aus seiner Adidas-Tasche und arrangierte sie mit ausgeklappten Bügeln in zwei akkuraten Reihen vor sich auf dem Boden. Es folgten fünf zusammenschiebbare Regenschirme, die er neben den Brillen platzierte. Ob Regen, ob Sonnenschein, er würde Umsatz machen.

Unglücklicherweise war es heute weder sonnig noch regnerisch. Es war einer dieser kühlen Frühlingstage in Tanger, an denen die Sonne nur mit Mühe die massigen Wolkenschichten durchdrang. In den ersten zwei Stunden kamen nur wenige Menschen vorbei. Mit der Fähre anreisende Touristen hatten im Grunde zwei Möglichkeiten, in die Medina aufzusteigen: entweder durch das Hafentor oder durch das Tor zur Gerberei. Heute schienen alle das Hafentor zu nehmen. Joseph machte das nichts aus. Er genoss den Ausblick auf den Hafen, beobachtete einen Gendarmen, der am Kai aus seinem Wachhäuschen trat, sich eine Zigarette anzündete und auf sein Handy sah. Auf dem

Boulevard schlenderte ein Pärchen Arm in Arm und blieb dann stehen, um sich die Plakatwände von der neuen Marina anzusehen. Zwischen der Marina und dem Tor zur Gerberei erstreckte sich ein großer Parkplatz, auf dem zwei Männer damit beschäftigt waren, Autos zu waschen. Bei den vielen Hundert Autofahrern, die diesen Parkplatz täglich benutzten, kamen die Männer mit der Arbeit kaum hinterher. Vor ein paar Wochen hatte ein besonders ungeduldiger Fahrer sogar Joseph darum gebeten, ihm den Peugeot 305 an der Standpumpe mit einem alten Schwamm zu waschen. Joseph hatte den Wagen von oben bis unten auf Hochglanz gebracht, aber für all seine Anstrengungen am Ende bloß ein hämisches *Beslama, azzi!* geerntet. *Tschüss, Nigger*!*

Da hatte der Verkauf von Brillen und Schirmen den Vorteil, dass niemand ihn übers Ohr hauen konnte. Er allein entschied, was er verkaufte und wie viel er dafür verlangte. Dabei bevorzugte er billige Dinge, die jeder haben wollte und die er in Sekundenschnelle aufsammeln konnte, sollte die Polizei auftauchen.

Sobald die Sonne durchbrach, erwärmte sich die Luft, und der Betrieb auf der Straße wuchs an. Joseph legte noch fünf Reihen Sonnenbrillen aus: Ray-Ban, Giorgio Armani, Gucci, Cartier. Um drei traf die Fähre aus Tarifa ein. Kurz darauf spazierten ein paar Gruppen von Tagestouristen vorbei. Eine junge Spanierin hielt an und kaufte eine Ray-Ban für zwei Euro.

Draußen auf dem Meer konnte er die weißen Linien der sich brechenden Wellen ausmachen. Joseph kannte inzwischen sämtliche Stimmungen, die das Meer annahm: die spiegelglatte Oberfläche an einem ruhigen Abend genauso wie das metallische Glitzern, das einen Wetterumschwung ankündigte. Er fragte sich, was wohl aus seinem Nachbarn geworden war, der das Camp vor einer Woche verlassen hatte. Er hatte versprochen, Joseph eine Nachricht zu schicken. Vielleicht war sein Telefon nass geworden. Handys vertrugen kein Salzwasser, das wusste hier jeder. Selbst wenn man die Dinger in drei Lagen Plastik wickelte – kaum gerieten sie in Kontakt mit Meerwasser, schon konnte alles Mögliche passieren. Joseph griff in seine Tasche und spürte die beruhigenden Umrisse seines Samsung. Am Morgen war er damit im Einkaufszentrum gewesen und hatte es zehn Minuten aufladen können, bevor ein Mitarbeiter der Security ihn verscheuchte.

Da war die Fähre, die zurück nach Tarifa fuhr. Tarifa klang nach einem hübschen Ort. Lange Sandstrände und schicke Restaurants. Vielleicht saß sein Nachbar aus dem Camp ja gerade in einem davon und grinste über beide Backen.

Ein Gutes hatte es, am Samstag den Nachtzug nach Tanger nehmen zu müssen: Es gab Karim eine Entschuldigung, Ayesha aus dem Weg zu gehen. Der Zug war voll, und ein schreiender Säugling wollte keine Ruhe geben. Aber immerhin hatte er einen Sitzplatz, und das Deckenlicht war nicht allzu grell. Im Laufe der Nacht kühlte es im Wagen immer stärker ab, sodass er sein Jackett anzog. Der schnarchenden alten Frau ihm gegenüber baumelte ein Speicheltropfen von der Unterlippe.

Da er keinen Schlaf fand, spielte Karim auf seinem Handy. Abdou vertrieb sich die Zeit am liebsten mit Rätselheften, und Karim ärgerte sich, am Bahnhof nicht an den Kauf eines Sudoku-Buchs gedacht zu haben. Als ihm die Augen zu schmerzen begannen, schaute er aus dem Fenster. Sie durchquerten gerade die Doukkala-Ebene – kilometerlang im Mondlicht schimmernde Weizenfelder, unterbrochen von verschlafenen Weilern.

Karims Gedanken wanderten zurück zu der Zeit vor achtzehn Monaten, als Abdou und er den Handel mit gefälschten Medikamenten aufgedeckt hatten. Sie waren auf Antibiotika gestoßen, auf Schmerzmittel, Herz- und Krebspräparate – durchweg hochpreisige Pharmaka, die sich nur Besserverdienende leisten konnten –, die in chinesischen Fabriken nachgeahmt und containerweise in den Maghreb verschifft wurden. In vielen Fällen enthielten diese gefälschten Arzneien nichts anderes als Glukose. Manchmal waren sie aber auch mit gesundheitsschädlichen Stoffen wie Rattengift verschnitten.

Unter normalen Umständen hätte Karim den Auftrag in Tanger selbst übernommen. Weil er Abdou aber von einer früheren Aktion in Agadir ausgeschlossen hatte und ihm einen Gefallen zu schulden glaubte, hatte er ihm den Job übertragen. So ein Abstecher an die Nordküste wäre sicherlich eine spannende Erfahrung, hatte er ihm gesagt. Immerhin handelte es sich bei Tanger-Med um den größten und modernsten Hafen Marokkos. Hier konnte Abdou sich mit den neuesten Scanning- und Logistikmethoden vertraut machen. Er würde den Kollegen in Tanger mit seinen Kenntnissen weiterhelfen, was im Gegenzug deren Kooperationsbereitschaft bei künftigen Fällen fördern sollte.

Erst als er am Freitagnachmittag über Abdous Verschwinden informiert worden war, hatte Karim sich etwas genauer mit der Situation in Tanger-Med beschäftigt. Seit 2011 hatte die Beschlagnahmung gefälschter Medikamente kontinuierlich zugenommen. Dann, vor etwa sechs Monaten, war die

Trefferquote abrupt eingebrochen. Im Dezember – dem letzten Monat, für den Daten vorlagen – war keine einzige Ladung mehr konfisziert worden. Heroin, Waffen und andere Schmuggelware entdeckten die Behörden zwar weiterhin, aber keine gefälschten Arzneimittel mehr.

Karim hoffte, dass es für Abdous Verschwinden eine einfache Erklärung gab. Vielleicht operierte er vorübergehend undercover, um Sicherheitsabläufe zu untersuchen. Mit etwas Glück von oben würde Abdou am Montagmorgen im Polizeipräsidium auf ihn warten und sich mit breitem Grinsen nach dem neuesten Klatsch aus dem Kommissariat in Marrakesch erkundigen.

»*Qahwa?*« Die alte Frau ihm gegenüber hielt fragend eine Thermoskanne und einen Kaffeebecher hoch.

»Ja, danke«, sagte Karim. Der Kaffee schmeckte süß und milchig.

»*Dar Bayda?* Fahren Sie nach Casablanca?« Die Haut der Frau war zerklüftet wie eine Walnuss. Eine graue Haarsträhne ragte unter ihrem Kopftuch hervor.

»Tanger.«

»*Tanja?*«, wiederholte die Frau, die leicht zusammengeschreckt war.

»Ja.«

»Ihr erster Besuch?«

Karim nickte.

Die alte Frau beugte sich vor und reckte warnend ihren knochigen Zeigefinger in die Höhe. »Eine schöne Stadt. Aber gefährlich!«

Karim lachte.

Die Frau trank von ihrem Kaffee und blickte ihn schweigend an.

»Keine Sorge, *a lalla*. Ich bin Kriminalpolizist und war schon überall im Maghreb.«

»Tanger ist nicht wie der Maghreb.«

»Wie meinen Sie das?«

Die Frau starrte ihn erneut minutenlang an, bevor sie sagte: »Da gehen Menschen verloren.«

Karim lachte laut auf, aber dann wurde ihm bewusst, dass er aus genau diesem Grund nach Tanger fuhr, und sein Lachen erstarb. Die Frau schloss die Augen und war wenig später mit der Thermoskanne in der Hand eingeschlafen.

Am Sonntagvormittag war Ayesha bei den Belkacems und spielte mit Safi, dem Äffchen der Familie. Safi hatte schon ein abenteuerliches Leben hinter sich. Als Jungtier hatte er seinem Besitzer auf dem Djemaa el Fna beträchtliche Einnahmen beschert, indem er Touristen auf den Schultern herumturnte. Da es ihn mit der Zeit aber mehr reizte, an Ohrringen zu ziehen, als für Fotos zu posieren, wurde Safi an einen Franzosen verkauft, der ihn seiner Freundin zum Geschenk machte. Bei der fiel er schon bald in Ungnade, und der Affe flüchtete genau in dem Moment, in dem er fortgeschafft werden sollte. Kurz darauf tauchte er eines Abends auf dem Dach der Belkacems auf, wo Ayesha ihn sofort adoptierte. Die Familie gab ihm den Namen Safi – »es reicht« –, weil er ständig irgendwelchen Unfug anstellte. *Safi, komm runter da! Safi, gib mir die Fernbedienung wieder! Safi, Finger weg vom Vogelfutter!* Karim hatte aus ein paar Latten einen Käfig für ihn gezimmert, aber Safi zog es vor, sich zum Dach hochzuhangeln und das Geschehen von oben zu verfolgen. Als Ayesha auszog, um bei Lalla Hanane zu wohnen, ging die Verantwortung für Safi auf Khadija über, der diese Aufgabe gar nicht gefiel.

»Ich habe ihm zum Naschen etwas gekochtes Hühnchen mitgebracht«, sagte Ayesha und nahm eine Frischhaltedose aus ihrer Tasche.

»Das hättest du dir sparen können«, schoss Khadija zurück. »Er bekommt jeden Abend die Reste.«

»Er öffnet sogar die Mülltonne und frisst die Schalen vom Gemüse«, seufzte Lalla Fatima. »Nicht mehr lange, und er bringt es fertig, die Kühlschranktür zu öffnen.«

Ayesha lachte laut auf, holte Safi von ihrer Schulter und setzte ihn sich auf den Schoß. »Du bist ein cleverer kleiner Racker, was?« Sie rieb ihm zärtlich mit der Nase über die Stirn. »Wenn ich mit der Akademie fertig bin, kommst du zu mir und kannst bei mir leben, so Gott will. Bis dahin bist du gefälligst ein braver Junge und ärgerst Khadija nicht!« Sie schaute sich im Innenhof um. »Wo ist Karim?«

»In Tanger.«

»Was macht er denn da?«

»Nach Abdou suchen. Der arme Junge ist verschwunden.«

Ayesha kannte Abdou gut. Früher hatte er häufig mit ihnen im Riad zu Abend gegessen. Unlängst, auf dem Rückweg von einem Sommerausflug ins Ourika-Tal, wo Abdous Familie lebte, hatte Lalla Fatima gesagt, dass Abdou doch eine feine Partie für Ayesha wäre – eine Bemerkung, über die Ayesha lachen musste, während Karim sich auf die Lippe biss und anschließend rasch das Thema wechselte.

»Ist er im Rahmen von Operation MEDIHA dorthin?«

»Operation ME-was?«

»Du weißt schon, diese Ermittlungen zu gefälschten Medikamenten, die Karim in Zusammenarbeit mit der *gendarmerie* und den Zollbehörden auf den Weg gebracht hat.«

»Ja, genau deswegen. Der arme Junge. Aber Karim ist überzeugt davon, dass er ihn findet, *inschallah*.«

Trotz der Zuversicht von Lalla Fatima konnte Ayesha sich lebhaft vorstellen, wie beunruhigt Karim sein musste. Wenn ein Kollege verschwand, war das immer ein Grund zu größter Besorgnis, und Abdou war nicht irgendein Kollege, sondern der Mensch, dem Karim neben Lalla Fatima und Ayesha am nächsten stand. Umso ärgerlicher war es, dass Karim bereits nach Tanger abgereist war. Sie hätten sonst gemeinsam den Zug bis Kenitra nehmen und den Fall besprechen können.

»Nun erzähl mal, Ayesha«, rief Lalla Fatima. »Welche tollen Sachen bringen sie euch denn auf der Akademie bei?«

»Mima, was für eine Frage! Man könnte denken, Karim wäre nicht auf dieselbe Schule gegangen!«

»Ja, aber du bist eine *Frau*! Sag noch mal, wie viele weibliche Auszubildende es da gibt.«

»Fünf.«

»Und wie viele Männer?«

»Neunhundert«, antwortete Ayesha lachend.

»Fünf Frauen und neunhundert Männer! Stell sich das einer vor!«

»Hör auf, Mima«, erklärte Khadija, der das Theater, das ihre Mutter um Ayesha veranstaltete, überhaupt nicht passte. Eigentlich sollte sie jetzt diejenige sein, die bloß zu Besuch in den Riad kam, in den Armen ihr Erstgeborenes, das sie stolz herumzeigte. Keine Sekunde lang hätte sie sich vor zwei Jahren vorstellen können, heute noch immer bei ihrer Mutter zu wohnen und stattdessen einen *Affen* zu versorgen!

»Und Salma?«, erkundigte sich Lalla Fatima. »Was macht sie am Wochenende?«

»Büffelt für die Prüfungen.«

»Ich hoffe, du büffelst auch genug.«

»Ich habe Supernoten in Selbstverteidigung. Und am Freitag habe ich ein 400-Meter-Rennen gewonnen – gegen achtzehn Männer!«

»Lalla Hanane ist bestimmt stolz auch dich!«

»Stolz ist sie schon. Aber ich fehle ihr eben sehr, wenn ich an der Akademie bin. Sie erträgt es nicht, wenn ich fort bin.« Ayesha warf einen Blick auf die Uhr. »Ich kann auch nicht lange bleiben.«

»Die arme Frau! Sie hat so schrecklich gelitten. Kein Wunder, dass sie sich jetzt so an dich klammert.«

»Wo wir gerade dabei sind«, fuhr Ayesha fort. »Sie hat einen Brief von Abderrahim bekommen und darauf gewartet, dass ich ihn ihr vorlese.«

Bei der Wiedervereinigung mit ihrer leiblichen Familie hatte Ayesha unter anderem erfahren, dass sie einen älteren Bruder besaß: Abderrahim. Er verbüßte gerade eine dreijährige Haftstrafe in einem Hochsicherheitsgefängnis wegen Zugehörigkeit zu einer verbotenen islamistischen Organisation.

»Seinem Brief zufolge ist er in der Küche beschäftigt, wo er irgendwelche Hilfsdienste verrichtet. Von den anderen Gefangenen hält er sich eher fern.«

»Was für Männer sitzen denn dort ein?«

»Gottlose Menschen, wie Abderrahim es formuliert. Aber er isst regelmäßig und sagt, dass er bei guter gesundheitlicher Verfassung ist.«

»*Alhamdulillah!*«

»Er macht auch eine Weiterbildung zum Stuckateur.«

»Als Stuckateur kann ich mir Abderrahim so gar nicht

vorstellen!«, kommentierte Khadija barsch. Sie kannte Abderrahim noch aus der Zeit vor seiner Haftstrafe und hatte ihn als steifen jungen Mann mit langem Bart in Erinnerung, der stets islamische Gewänder trug.

»Kennt er schon sein Entlassungsdatum?«

»*Ma ereftch*«, antwortete Ayesha achselzuckend und schob Safi vom Schoß. »Keine Ahnung.«

»Du solltest ihm etwas zu essen vorbeibringen, Ayesha«, riet Lalla Fatima. »Mach ihm eine Tajine oder ein paar leckere *kefta briouates*.«

»Mima, ich hab den ganzen Tag Schule! Da kann ich nicht einfach in die Küche gehen und zu kochen anfangen!«

»Wie ich gehört habe, muss das Essen im Gefängnis miserabel sein«, bemerkte Khadija und verzog angewidert den Mund.

»Dann bring ihm wenigstens etwas frisches Obst.«

Obwohl sie nickte und *inschallah* murmelte, hatte Ayesha keineswegs die Absicht, Abderrahim zu besuchen. Einen verurteilten Straftäter zum Bruder zu haben war eine beschämende Sache, vor allem für eine angehende Polizistin. In der Akademie hatte Ayesha ihren Bruder mit keinem Wort erwähnt, nicht einmal Salma gegenüber, und dabei sollte es auch bleiben.

Sie hörten, wie Porzellan klirrend zerbrach. Sofort schoss Khadija von ihrem Platz hoch und schrie: »Safi! Raus aus der Küche!«

Karim spürte die salzige Meeresluft schon in der Nase, bevor der Zug in Tanger hielt.

Im Bahnhof suchte er zuerst den Gebetsraum an der Rückseite des Gebäudes auf und verrichtete gemeinsam mit ein paar Bahnangestellten und Bauarbeitern das Gebet zur Morgendämmerung. Anschließend frühstückte er in einer von Gerüsten umstellten Snackbar. Als er endlich nach draußen trat, war die Sonne bereits aufgegangen. Blinzelnd schaute er sich um. Er war zum ersten Mal in Tanger und brauchte einen Moment, um sich zu orientieren. Der alte Bahnhof wurde gerade durch einen neuen, um ein Vielfaches größeren ersetzt. Auf der anderen Straßenseite überragte ein mächtiger Kran ein halb fertiggestelltes Hochhaus. Genau wie Marrakesch schien Tanger von einer regelrechten Bauwut erfasst.

Die Medina, in der Abdous Hotel lag, war knapp fünf Kilometer entfernt, aber angesichts des schönen Wetters und der zehnstündigen Bahnfahrt, die er in den Knochen hatte, beschloss Karim zu laufen. Er folgte der Straße Richtung Strand, und da sah er es auch schon: das Mittelmeer. Ein blaugrauer Streifen jenseits einer weit geschwungenen Sandfläche. Karim überquerte einen Boulevard, an dem sich moderne Hotels und Apartmenthäuser aneinanderreihten, zog seine Schuhe aus und ging barfuß über den Strand, vorbei an Fußball spielenden Jungs und nicht mehr ganz so jungen Joggern in Trainingsanzügen. Als wenig später das Wasser Karims Füße umspülte, war es so kalt, dass ihm der Atem stockte.

Er setzte sich auf seine Reisetasche und kramte sein Fernglas heraus. Über die unruhigen Wellen der Straße von Gibraltar hinweg erkannte er grüne Hügel, Windräder, Häuser, eine Kirche, einen Jachthafen und einen Fährterminal: Europa – und das so dicht, als könnte er den Arm ausstrecken und es berühren. Abgesehen von der Kirche war der Anblick enttäuschend gewöhnlich. Im Grunde kaum anders als von Salé über den Fluss nach Rabat und so gar nicht wie die Entdeckung eines anderen Kontinents. Ein lang gestrecktes Frachtschiff, auf dessen Deck sich Container stapelten, bewegte sich gemächlich durch das Sehfeld seines Fernglases.

Was für ein friedliches Plätzchen. Das sanfte Schwappen der Wellen, die nackten Füße im Sand vergraben, die wärmende Sonne im Rücken – so saß Karim da, beobachtete die Schiffe und überlegte, wohin sie wohl fuhren. Erst nach einer Stunde stand er wieder auf und ging zurück zur Straße. An der Ampel begegnete er dem ersten Geflüchteten. Eine junge Afrikanerin, die einen Säugling in einem umgebundenen Tuch trug, lief im Zickzack durch die Autoreihen.

Karim gab ihr, was er an Münzgeld in der Hosentasche hatte, und stieg zur Medina hinauf. Die Touristenläden verkauften den üblichen Ramsch: Teppiche, Ledertaschen, grellbunte Keramik. Da er Marokkaner war, schenkten die Besitzer Karim keinerlei Beachtung und schauten an ihm vorbei nach Kundschaft. Unmittelbar vor der Kuppe des Hügels warf er einen kurz Blick in einen Fischmarkt. Die mächtige Halle war erfüllt von den Rufen der Händler und dem klatschenden Geräusch von Fisch auf Stein.

Karim wechselte die Straßenseite, bog rechts ab, kam an einem Tor vorbei, hinter dem sich – einem Schild zufolge – der *Cimetière Juif* befand, und folgte dann den Mauern der Medina hinunter Richtung Meer. Am Fuß des Hügels angekommen, wurde ihm klar, dass er im Kreis gelaufen war. An der Straßenecke sah er einen Afrikaner, der Sonnenbrillen verkaufte, und spielte kurz mit dem Gedanken, ihn nach dem Weg zu fragen, erkundigte sich dann aber doch lieber in einem Lebensmittelgeschäft.

»Das Fuentes?«, erwiderte der Ladenbesitzer. »Da kann ich Ihnen ein besseres Hotel nennen.«

Er begann, die alternative Unterkunft mit so viel Begeisterung anzupreisen, dass Karim vermutete, dass ihm jede erfolgreiche Vermittlung eine Provision einbrachte. Da Karim dennoch auf dem Fuentes beharrte, streckte der Mann den Arm aus und erklärte: »Die Stufen da hoch, immer der Gasse folgen, dann sehen Sie es schon an der Ecke.«

Ein paar Minuten später erreichte Karim einen kleinen Platz, der so schmal war, dass es wirkte, als hätte ein Riese die Häuserzeilen zusammengeschoben. Einem Straßenschild zufolge war dies der *Souk al Dakhel*, der *Petit Socco*. Marokkaner und Europäer saßen an den Tischen der Cafés und beobachteten den endlos vorbeiziehenden Strom aus Lastenträgern in blauen Arbeitskitteln, Touristen mit Rucksäcken vor der Brust, Arbeitern in Warnwesten, vornübergebeugt laufenden Gestalten in *djellabas*, Kindern, die Papiertaschentücher verkauften, und eleganten Frauen in modischen Regenmänteln. Karims Nase registrierte den Duft von Minze und den süßlichen Geruch von Kief. Links von ihm prangte auf der Seitenwand eines Gebäudes der Schriftzug *Hotel Fuentes*.

Innen wirkte das Hotel düster und bedrückend. Die stuckverzierten Decken und die bogenförmigen Durchgänge mit dem abblätternden Putz machten den Eindruck einer ehemals luxuriösen, aber mittlerweile heruntergekommenen Bleibe. Karim stieg die mit einem Absatz unterbrochene Treppe zum Café im ersten Stock hinauf und stieß an dessen Schwelle auf einen Empfangstresen, über dem ein verblichenes Werbeposter der Stadt hing. Dahinter saß ein Hotelangestellter in Gesellschaft eines Mannes mit schläfrigem Blick und schmuddeliger *djellaba*. In der Annahme, dass dies die Rezeption für das Hotel war, erkundigte sich Karim, ob noch ein Zimmer zu haben sei.

»Ja, mein Herr!«, rief der Empfangschef und sprang auf.
»Sogar mit Waschbecken!«
»Wie viel?«
»Vierzig Dirham.«
»Für ein Einzelzimmer?«
»Einzelzimmer ... ts, ts, ts«, wiederholte der Empfangschef in halb herablassendem, halb nachsichtigem Ton, als hätte er einen Einfaltspinsel vom Land vor sich, der keine Ahnung hatte, wie die Dinge in der Großstadt so liefen. »Nein, *sidi*. Im Mehrbettzimmer. Ein Einzelzimmer werden Sie in Tanger nirgends für vierzig Dirham finden.«
Karim ließ den Blick kurz durch das Café wandern. Es war ein großer Raum mit viereckigen Säulen, einem Balkon und einem Spiegel an der Stirnseite. Einige Männer saßen vor dem Fernseher oder unterhielten sich rauchend bei Minztee.
»*Shahal d-lilat?*«, fragte der Empfangschef. »Wie viele Nächte?«
»Vier, vielleicht mehr.«
»Ich mache Ihnen einen Vorschlag. Im Augenblick ist nicht viel los, daher gebe ich Ihnen für den Preis ein eigenes Zimmer. Na, wie klingt das?«
Karim drehte sich zurück zu ihm. »Vierzig Dirham ist noch immer viel Geld.«
Der Mann mit den hängenden Augenlidern bemerkte Karims Akzent und mischte sich in das Gespräch ein: »*Wisch nta Marrakschi?* Sind Sie aus Marrakesch?«
»Ja.«
»Hier wohnt noch jemand aus Marrakesch.«
Karim wurde hellhörig. »Ja, ein Freund von mir.«
»Ihr Freund hat sich seit fünf Tagen nicht mehr sehen lassen«, meinte der Empfangschef erregt. »Er ist am Dienstag fortgegangen und seitdem ... *walu*, nichts!«

»Seine Mutter ist erkrankt«, improvisierte Karim.

»Ihr Freund schuldet mir zweihundertneunzig Dirham!«

»Keine Sorge. Wenn er zurückkommt, wird er Ihnen das Geld geben. In der Zwischenzeit zieh ich einfach bei ihm mit ein.«

Das Zimmer im zweiten Stock hatte eine hohe Decke und ausgeblichene gelbe Bodenfliesen. Drei Einzelbetten standen entlang der Wände. Es gab ein Waschbecken mit fließend Wasser, einen wackligen Kleiderschrank und eine zweiflügelige Balkontür. Die auf einem der Betten ordentlich gestapelten Kleidungsstücke stammten von Abdou, das erkannte Karim sofort. Er trat ans Waschbecken und streifte mit dem Finger über einen Riss in der Keramik.

»Wie viel, sagten Sie, kostet das Zimmer?«

»Vierzig«, antwortete der Empfangschef erschöpft.

»Ich gebe Ihnen dreißig. Hier haben Sie zwei Nächte im Voraus. Und wenn mein Freund nicht zurückkommt, übernehme ich auch seine Rechnung, einverstanden? *Wakha?*«

Sobald Karim allein im Zimmer war, kniete er sich neben Abdous Bett und zog dessen Reisetasche darunter hervor. Sie besaß die gleiche Größe und Farbe wie seine eigene. Im Innern fand er weitere Kleidungsstücke, einen Kulturbeutel, eine Wollmütze, eine Dose Hustenbonbons und ein Handy-Ladekabel. Von Abdous Notizbuch und seiner Pistole fehlte jede Spur.

Karim trat hinaus auf den Balkon, der unter seinem Gewicht erzitterte. Unter sich sah er auf die Köpfe der Passanten. Als er den Lautsprecheraufruf von der nahe gelegenen Moschee hörte, wusch er sich Gesicht und Arme, rieb sie trocken und breitete seinen Gebetsteppich zwischen den Betten aus.

Ayesha kehrte erst spät nach Kenitra zurück. In der Wache am Tor gab sie ihr Handy ab und unterschrieb im Eingangsbuch. Sie fand Salma in der Präsenzbibliothek, wo diese am Computer arbeitete.

»Einen kleinen Moment noch«, sagte Salma.

Ayesha durchstöberte die Bücherreihen, während sie wartete. Die Regalgänge liefen strahlenförmig von dem zentralen Arbeitsbereich mit seinen acht Tischen, dem Münzkopierer, zwei Lesesesseln und dem Zeitschriftenständer mit alten Ausgaben des Fachmagazins *Police* ab. Da die meisten Schüler lieber auf dem Zimmer lernten, wurde die Bibliothek nur wenig benutzt. Zu ihrer Überraschung entdeckte Ayesha unter den Büchern sogar das Sachgebiet »Steno und Schreibmaschine« – Themen, die längst aus dem Lehrplan gestrichen waren.

Gemeinsam überquerten die beiden Freundinnen kurz darauf den Exerzierplatz in Richtung Wohnheim.

»Wie war Marrakesch?«

»Anstrengend. Immerhin konnte ich eine Stunde im *hammam* einschieben.«

»Zusammen mit deiner Mutter?«

»Leider nicht, dafür ist sie zu schwach«, antwortete Ayesha mit einem Seufzer. »Sie weigert sich, vor die Tür zu gehen. Den ganzen Tag hockt sie zu Hause und hält meine Hand.«

»Gott schütze sie!«

»Erinnerst du dich noch an die Unterrichtseinheit über posttraumatische Belastungsstörung, die wir hatten? Vermutlich hat meine Mutter genau das.«

»Du solltest mit ihr zu einer *tbiba*«, schlug Salma vor.

»Einer Ärztin?«, wiederholte Ayesha skeptisch. »Was soll die helfen? Meinen Vater oder meine Schwester von den Toten wiedererwecken kann die auch nicht.«

Lalla Hanane hatte sich niemals von dem doppelten Schicksalsschlag erholt, den die Familie unmittelbar vor der Wiedervereinigung mit Ayesha erlitten hatte. Zwar waren die Talals in der Nachbarschaft nie besonders beliebt gewesen und waren unter dem patriarchalischen Regiment von Omar Talal weitgehend unter sich geblieben, aber selbst die Nachbarn mit den spitzesten Zungen mussten einräumen, dass keine Frau innerhalb eines einzigen Monats die grauenhafte Ermordung der Tochter und den raschen Verfall und Tod des Ehemanns durchleben sollte.

»Das einzig Gute war, dass es einen Brief von meinem Bruder gab.«

»Karim?«

»Nein, mein *leiblicher* Bruder.«

Salma blieb in der Eingangshalle stehen. »Von einem leiblichen Bruder hast du mir noch nie etwas erzählt!«

»Es ist … ein wenig unangenehm.« Zwei männliche Mitschüler kamen vorbei, und Ayesha senkte die Stimme. »Ich erkläre es dir später.«

»Jetzt hast du mich neugierig gemacht!«

»Bis zur Nachtruhe haben wir ja noch eine Stunde. Da können wir reden.«

»Erzähl sofort! Handelt es sich vielleicht um einen attraktiven Junggesellen mit hervorragenden beruflichen Aussichten, der gerade auf der Suche nach einer bildschönen, hochgebildeten Frau ist?«

»Äh … nicht wirklich«, antwortete Ayesha lachend.

Bei seiner Rückkehr ins Camp fiel Joseph ein unter den Bäumen geparkter Geländewagen auf. Dann bemerkte er zwischen den Zelten zwei Fremde – Marokkaner. Der größere trug einen Freizeitanzug von Lacoste und unterhielt sich mit Marie-Louise, einer jungen Frau aus Kinshasa. Sie schwenkte enthusiastisch die Arme, aber dann wachte ihr Baby auf, und sein Schreien drang aus dem Zelt. Babys gingen gar nicht, verrieten einen sofort. In einer ruhigen Nacht konnte man ein schreiendes Baby noch in zwei Kilometern Entfernung hören. Prompt gab der Lacoste-Mann seinem Begleiter ein Zeichen und zog mit ihm weiter zum nächsten Zelt.

Er würde sich schwertun, hier Kunden zu finden. Die Hälfte der Campbewohner war bereits fort, darunter auch Josephs Nachbar. Jetzt hatte sich Joseph unter dessen Plane am Eukalyptusbaum niedergelassen. Der Platz lag eigentlich gut, geschützt und nahe am Feuer, aber bei einem richtigen Wolkenbruch nutzte die Plane nichts, und die ersten fetten Tropfen konnte Joseph schon spüren. Rasch begann er damit, die an den Ästen über seinem Kopf aufgehängte Wäsche einzusammeln. Dabei rutschte der Ärmel seines Parkas so weit hoch, dass der in großen Buchstaben auf die Innenseite seines Unterarms tätowierte Name *Joseph* sichtbar wurde.

Mit einer kurzen Handbewegung entrollte er die Plastikabdeckung seines provisorischen Unterstands und schlenderte zum Feuer, wo Jean-François, sein Freund von der Elfenbeinküste, Reis und Milch in einer verbeulten Pfanne erhitzte. Der große Marokkaner traf gleichzeitig mit Joseph ein und hockte sich vor der Feuerstelle auf seine Fersen.

»Sprechen Englisch? Französisch?«

»*Français*«, antwortete Joseph.

»*Mauvais temps*«, sagte der Lacoste-Mann mit starkem Akzent. »Schlechtes Wetter. Auf der anderen Seite ist es besser.«

»*Oui.*«

»Dort brauchen sie Obstpflücker. Kräftige Männer.« Er drückte Josephs Bizeps. »Sechzig Euro am Tag.«

Er zeigte ihnen ein Foto, auf dem ein Fischerboot mit zwei Außenbordmotoren zu sehen war. Josephs Augen verengten sich. Ähnlich wie Zuhälter, die mit Bildern von wunderschönen Mädchen lockten, köderten auch Fluchthelfer die Leute häufig mit Fotos von leistungsstarken Booten, wenn sie in Wahrheit bloß ein halb demontiertes Wrack erwartete.

»Nur achttausend Dirham – einschließlich Rettungswesten.«

Joseph und Jean-François schüttelten die Köpfe. Im Feuer zischten die Regentropfen.

»*C'est un très bon prix.*«

Joseph schüttelte erneut den Kopf. Er besaß keine achttausend Dirham. Nicht einmal annähernd so viel.

Der Lacoste-Mann richtete sich auf. »Dann ein andermal, *inschallah*.«

Joseph verfolgte, wie die beiden Männer zu ihrem Jeep Cherokee zurückgingen. Dem Wagen nach zu urteilen, verdienten die beiden offenbar gutes Geld. Vielleicht stimmte ja doch, was sie über das Boot erzählt hatten.

»Hey!«, rief Joseph, der erst jetzt bemerkte, dass er das Foto noch in der Hand hielt. Er stand auf und schwenkte es in der Luft. »*Vous l'avez oublié!*«

Aber die beiden saßen bereits im Wagen, und der Lacoste-Mann drehte gerade den Zündschlüssel. Einen Sekundenbruchteil später erstrahlten die Bäume in gleißendem Weiß, und ein Explosionsknall wie von tausend abgefeuerten Pistolen erschütterte die Erde. Joseph wurde zu Boden geschleudert, und um ihn herum prasselte – vermischt mit den Regentropfen – ein Schauer aus Metallteilen herab.

Als er den Kopf hob, schlugen fauchend die Flammen aus den Fenstern des Jeeps. Hinter dem Steuer saß ein schwarzer Leichnam, dessen Haut mit dem Lacoste-Anzug verschmolz.

2

Karim erwachte vom Plätschern des Regens. Er saß unter einer maroden Markise im Petit Socco, wo es ihm in den *nuss-nuss* tropfte – sein Lieblingskaffee aus halb Espresso und halb heißer Milch –, und ärgerte sich darüber, den Wecker an seinem Handy überhört zu haben. Rasch sprang er auf, um unten auf dem Boulevard vor der Medina ein Taxi heranzuwinken. Und während seine Schuhe noch in schnellem Rhythmus auf das nasse Pflaster platschten, überlegte er fieberhaft, womit er sein Zuspätkommen beim Commissioner am besten entschuldigte.

Das neue Zentrum von Tanger wirkte eher trist. Öde moderne Gebäude und geschmacklose Läden, deren Schaufenster mit *Sale*-Schildern tapeziert waren. Hinter einer katholischen Kirche setzte das Taxi ihn an einem großen Parkplatz ab, auf dem mit Schutzgittern ausgerüstete Mannschaftswagen standen. Karim passierte einen Wachposten, der eine Maschinenpistole trug, und wies sich bei der Anmeldung aus. Diese innerstädtische *préfecture* war weitaus eindrucksvoller als sein Kommissariat in Marrakesch und strahlte straff durchorganisierte Effizienz aus. Vorbei an Kollegen in Zivil, die ihm zu zweit oder dritt entgegenkamen, stieg Karim in den sechsten Stock hinauf und kam sich wie ein Kind am ersten Schultag vor. Er strich sich die nassen Haare glatt und richtete seine Krawatte.

»Ah, Lieutenant Belkacem. *Merhaba*, willkommen! Den hiesigen Schmugglern schlottern schon die Knie, haha!« Der Polizeichef war ein kräftig gebauter Vierzigjähriger, dessen dunkles Haar an den Schläfen ergraute. Er trug sein weißes Hemd mit offenem Kragen und einen elegant geschnittenen Anzug, womit er sich stark von den Kollegen in ihrer billigen Konfektionsware abhob. »Mein Name ist Sidi Mohammed Layachi«, fuhr er fort. »Aber jeder nennt mich Simo.«

Karim durchquerte hinter ihm ein Großraumbüro und bemerkte, wie die Männer aufschauten, als ihr Chef vorbeikam. »Sie sind hier ein berühmter Mann, müssen Sie wissen«, erklärte ihm Simo über die Schulter hinweg. »Sie haben das alles in Gang gebracht. Unsere Drogenabteilung hatte allein auf Kokain und Heroin geachtet, während direkt vor ihrer Nase gefälschtes Tramadol containerweise ins Land geschmuggelt wurde!«

»Ich ... äh ...«

»Wie war die Zugfahrt? Anstrengend vermutlich! Mit Hochgeschwindigkeitszügen soll man in ein paar Jahren nur noch zwei Stunden von Casablanca nach Tanger brauchen, heißt es!«

Simo bat Karim in ein weiträumiges, mit Glaswänden abgetrenntes Büro, in dem bereits ein Mann wartete. Karims Hoffnungen schossen in die Höhe und verpufften sofort wieder. Es war nicht Abdou. Der Mann, der dort an der Wand saß und den Blick starr zu Boden gesenkt hielt, war kleiner und älter. Der Commissioner steuerte einen Schreibtisch an, der doppelt so groß war wie jeder, den Karim bis dahin gesehen hatte, und deutete auf einen Stuhl. Karim hängte seine nasse Jacke über die Rückenlehne und nahm Platz. Von der Wand sah ein großes Fotoporträt des Königs auf sie herab.

»Kaffee?«, fragte Simo, hob den Hörer ab, brummte ein einziges Wort und lehnte sich dann wieder in seinem Stuhl zurück. »Der gute Abdou! So ein sympathischer Mensch. Wie traurig, dass plötzlich jede Spur von ihm fehlt. Aber

wir wollen keine voreiligen Schlüsse ziehen. Vielleicht ist er bloß versehentlich in einem der Container eingeschlossen worden. In diesen Dingern kann man Wochen überleben. Und er wird ja erst seit fünf Tagen vermisst.«
»Sechs«, korrigierte Karim. Es war das erste Wort, das er sagte.
»Oh, das ist gar nichts«, entgegnete Simo und tat den Hinweis mit einer Handbewegung ab.
»Demnach haben Sie noch nicht herausgefunden, was ihm zugestoßen ist?«
»Was soll ich dazu sagen?«, antwortete der Polizeichef. »Wir haben den Hafen von oben bis unten abgesucht. Wir haben die Videoaufzeichnungen kontrolliert. Und Sie müssen schon entschuldigen, aber wir hatten in der Zwischenzeit auch noch andere Dinge zu tun – Studentendemonstrationen, eine Explosion in einem Gaswerk, ein Besuch des Königs ...«
»Wann hat man ihn zuletzt gesehen?«
»Den König?«, fragte Simo und lachte. »Oder Abdou?«
»Abdou«, erwiderte Karim gereizt.
»Eine Kamera zeigt ihn am Dienstag gegen 17:40 Uhr in Terminal 1. Es gibt zwei Terminals in Tanger-Med. Er inspizierte offenbar ein Containerlager in Terminal 1. Erst sieht man ihn noch, und dann – *schwupp!* – ist er weg.« Der Polizeichef reichte ein Blatt Papier über den Schreibtisch. »Das ist eine Liste aller Schiffe, die während Abdous Aufenthalt in Tanger am Terminal festgemacht hatten, bis einschließlich zum Tag seines Verschwindens.«
Karim suchte die Liste nach einem ihm bekannten Schiffsnamen ab.
»Hicham hier war Abdous Fahrer«, erklärte Simo mit Blick auf den wartenden Mann weiter. »Erzählen Sie dem Lieutnant, was passiert ist.«

»Ja, *sidi*.« Der Mann brach immer wieder mitten im Satz ab und vermied jeden Blickkontakt mit Karim. »An diesem Tag habe ich Herrn Abdou nicht gefahren. Morgens um neun habe ich ihn wie gewöhnlich in Tanger-Med an der *préfecture* abgesetzt ... das war ... ähh ... Dienstag ... der 5. März ... und ich habe ihm gesagt, dass ich ihn leider ... ähh ... an diesem Abend nicht abholen kann. Er sagte, kein Problem, dann würde er sich vor dem Gare Maritime ein Taxi nehmen.«

Die Tür ging auf, und eine Sekretärin brachte Kaffee. Karim fiel auf, dass nur zwei Tassen auf dem Tablett standen.

»Warum konnten Sie Herrn Abdou ... ich meine, Lieutenant el-Mokhfi ... nicht abholen?«, fragte Karim.

»Ich hatte einen Termin in der Schule meines Sohnes ... er hat irgendwelchen Ärger. Ich habe Herrn Abdou von dem Termin erzählt ... wir haben uns immer während der Fahrt unterhalten, und er sagte: ›Keine Bange, ich finde schon irgendwie zurück.‹«

»Hat er Ihnen gegenüber durchblicken lassen, wann das sein würde?«

»Nein, Herr Lieutenant.«

»Wir denken, dass er dabei war, leere Container zu kontrollieren«, unterbrach ihn Simo.

»Erzählen Sie mir etwas über die Schiffe, die zu diesem Zeitpunkt am Kai von Terminal 1 lagen.«

»Das waren zwei«, antwortete der Polizeichef. »Die *MSC Santa Cruz* wurde mit Renaults beladen, die nach Rotterdam gehen sollten. Und dann noch ein mittelgroßes Schiff namens *COSCO Oceania*, das unter der Flagge Panamas fährt und nach Abidjan unterwegs war. Wir haben beide überprüft. Nichts Verdächtiges.«

»Hätte Abdou auf eins dieser Schiffe kommen können?«

»Keiner kann ein Schiff ohne Erlaubnis des Kapitäns betreten«, verneinte Simo kopfschüttelnd.

»Warum hatte Abdou keine Begleitung?«

Simo drehte die Handflächen nach oben. »Eigentlich hätte jemand von der Hafenaufsicht oder dem Terminalbetreiber bei ihm sein sollen. Das war ein Versehen. Andererseits wollte Abdou auch lieber allein arbeiten. Das hat er immer wieder betont.«

»Irgendwelche Zeugen?«

»Natürlich waren Leute im Terminal – Fahrer, Kranführer, die Männer vom Sicherheitsdienst –, aber in der Stunde vor seinem Verschwinden hat ihn keiner mehr gesehen.«

Karim wandte sich an den Fahrer: »Hicham, haben Sie Lieutenant el-Mokhfi jeden Morgen von seinem Hotel abgeholt?«

»Ja. Das heißt … ich habe immer auf dem Parkplatz unterhalb des Hotels gewartet. Im Petit Socco sind Autos verboten.«

»Wie Sie sagten, hat er sich mit Ihnen unterhalten. Hat er erwähnt, woran er gerade arbeitet?«

»Nein, Lieutenant«, antwortete der Fahrer. »Da war er diskret … ganz wie ein anständiger Polizist es sein sollte.«

»Fragen wir doch mal Larbi«, schaltete Simo sich ein und stand auf. »Er ist der leitende Polizeioffizier in Tanger-Med. Trinken Sie Ihren Kaffee, wir brauchen eine Dreiviertelstunde da raus.«

Sie huschten im Laufschritt zum Wagen, um nicht pitschnass zu werden. Die wenigen Menschen auf der Straße trugen Schirme oder hatten sich in Hauseingängen untergestellt. Als sie wenig später auf der Schnellstraße an modernen Wohnblöcken vorbei die Stadt verließen, erkundigte sich Simo, wo Karim abgestiegen war.

»Im Fuentes?«, kommentierte er entrüstet. »Das ist doch

eine miese Absteige! Vor fünf Jahren haben wir den Laden wegen Prostitution sogar mal dichtgemacht! Keine Adresse für einen Lieutenant der Polizei. Abdou habe ich das auch gesagt, aber er wollte nicht auf mich hören! Seid ihr Marrakschis alle so? Sie können bei mir wohnen. Ich habe ein hübsches Häuschen in Casabarata. Solange Sie in Tanger zu tun haben, sind Sie einfach mein Gast. Damit wäre das geklärt, und ich rufe nur rasch meine Frau an, um ihr zu sagen, dass wir Sie zum Abendessen bei uns haben.«

»Vielen Dank, aber ich bleibe lieber im Hotel.«

»Jetzt beleidigen Sie mich doch nicht! Welchen vernünftigen Grund könnte es dafür geben, ein Hotel vorzuziehen? Es sei denn, Sie wollen sich mit den Mädchen hier amüsieren. Vorsicht! Die Mädchen in Tanger sind hübsch, aber sie räumen Ihnen die Taschen leer!«

»Ich habe es nicht auf Mädchen abgesehen. Ich bin hier, um meinen Kollegen zu finden.«

»Wie Sie wünschen. *Kima bghiti!* Aber sagen Sie nachher nicht, ich hätte Sie nicht gewarnt!«

Die restliche Fahrt redeten die beiden Männer über Berufliches und ihre Familien. Schließlich unterquerte die Autobahn ein kilometerlanges Eisenbahnviadukt und beschrieb einen langen Bogen zum Meer, bis ein über die Straße reichendes Hinweisschild ihr Ziel ankündigte: *Tanger-Med*. Karim setzte sich auf, um besser sehen zu können. Vor ihm breiteten sich Industrieparks aus, dazu Anlegeplätze, Baustellen, Containerdepots, ein riesiges Geflecht aus Straßen, daneben Grünanlagen, moderne Bürokomplexe, eine lange Mole und zwölf der gigantischsten Kräne, die Karim je gesehen hatte.

Das war nicht bloß ein Hafen – das war eine Stadt!

Der Unterrichtsraum bestand aus zwei langen Tischreihen und einem Whiteboard. Zwanzig Kadetten saßen einander in Tarnhose mit Koppel und schwarzen Rollkragenpullovern gegenüber. Beim Eintritt des Ausbilders sprangen alle auf und nahmen Haltung an.

Der Ausbilder war in den Vierzigern und trug eine schwarze Uniform mit einem aufgenähten Namensschild über der Brusttasche: CHOUKRI. Mit einer kurzen Handbewegung forderte er die Klasse auf, sich zu setzen, nahm einen Boardmarker und schrieb *Critical Incident Management* an die Tafel.

»Wer kann mir den Unterschied zwischen einem gewöhnlichen und einem kritischen Ereignis erklären?«, fragte er sich umdrehend.

Ein Schüler meldete sich. »Wenn es schwerwiegender ist?«

Der Ausbilder bedachte ihn mit einem eisigen Blick und sagte: »Kann mir jemand ein Beispiel für ein kritisches Ereignis nennen?«

»Geiselnahme, Terroranschlag oder möglicher Mord«, antwortete ein anderer Schüler.

»Richtig. Und was ist diesen drei Situationen gemein?«

»Der Gefahrengrad?«

»*Besahh!* Genau.« Choukri schrieb das Wort *Risiko* an die Tafel. »Kritisch ist ein Ereignis, sobald gravierende Risiken damit verbunden sind. Wie sollte ein Polizist reagieren, wenn er als Erster am Tatort eines kritischen Ereignisses eintrifft?«

Er wandte sich an Khalid Hakimi, den Schüler, den Ayesha im 400-Meter-Rennen geschlagen hatte. »Sie ... Hakimi. Was würden Sie tun?«

Hakimi stand sichtlich verwirrt auf und meinte unsicher: »Verstärkung anfordern, Sir?«

»Nicht als Erstes«, erklärte Choukri und sah zu den anderen. »Noch jemand? Wie sollte sich ein Polizist bei einer kritischen Situation verhalten?«

Salma stand auf. »Das Risiko abwägen, eine angemessene Reaktion bestimmen, bei Bedarf weitere Kollegen hinzuziehen.«

»Abwägen, ausgezeichnet.« Der Ausbilder schrieb *Assessment* auf die Tafel. »Und was ist dabei unser vorrangigstes Ziel?«

»Die Sicherheit der Bürger schützen und den Verlust von Menschenleben minimieren«, antwortete Salma sofort.

Choukri nickte anerkennend. »Sie dürfen sich wieder setzen. Risiko-Assessment bedeutet, die Vorteile gegenüber den möglichen Nachteilen abzuwägen. Ihnen mag nur eine Sekunde zum Nachdenken bleiben, aber Sie dürfen niemals – ich wiederhole: *niemals* – handeln, bevor Sie nicht auch die Risiken bedacht haben. Wer diese Regel missachtet, der gefährdet Menschenleben. Hakimi!«

»Ja, Sir?«

»Erklären Sie noch einmal, worin die Hauptaufgabe eines Polizisten besteht ...«

»Risiken abzuwägen?«

»Falsch.«

»Dem Gesetz Geltung zu verschaffen, Herr Colonel?«

»Falsch.« Choukri schaute sich um. »Sonst jemand? Was meinen Sie, Talal?«

Ayesha sprang auf. »Das Leben der Bürger zu schützen, Sir.«

»Richtig. Wir stehen im Dienst des Volkes. Bei einem kritischen Ereignis zielt Ihr Handeln stets auf den Schutz der Bürger ab. Denken Sie daran, bevor Sie sich eine wilde Verfolgungsjagd liefern oder mitten in einem Einkaufszentrum von der Waffe Gebrauch machen. Gute Polizisten unterscheiden sich von mittelmäßigen allein dadurch, dass sie erst denken und dann handeln. Talal?«

»Ja, Sir?«

»Würden Sie sagen, dass Sie gut im Abwägen von Risiken sind?«

Ayesha errötete leicht. »Ich bemühe mich darum.« Um sie herum wurde gekichert.

»Stellen Sie sich vor, Sie verhandeln mit einem Terroristen. Der Verdächtige ist bewaffnet. Würden Sie auf Verstärkung warten?«

»Nicht unbedingt, Herr Colonel.«

»Warum nicht?«

»Bis zum Eintreffen der Verstärkung könnte es bereits Tote gegeben haben. Daher würde ich versuchen, selbst mit der Situation fertigzuwerden.«

Choukri wandte sich an Hakimi: »Haben Sie das gehört, Hakimi? Talal würde nicht zuerst Verstärkung anfordern. Macht ganz den Eindruck, als wären Sie auf sich allein gestellt.« Alle Schüler lachten – mit Ausnahme von Hakimi, der aussah, als wäre er am liebsten im Erdboden versunken.

Der 2007 feierlich eröffnete Seehafen Tanger-Med ist die größte Hafenanlage Afrikas. Ihre Entstehung verdankt sie dem strategischen Weitblick Seiner Majestät König Mohammed VI., der beschloss, hier einen zentralen Umschlagplatz von globaler Bedeutung für Handel und Industrie zu errichten. Nach der für 2016 geplanten Fertigstellung von Tanger-Med 2 werden die beiden Tiefseehäfen über eine Gesamtkapazität von neun Millionen Containern jährlich verfügen ...

»Wenn man überlegt, dass an dieser Stelle vor ein paar

Jahren noch Schafe weideten!«, bemerkte Simo amüsiert, als er wieder zu Karim trat, der sich im Empfangsbereich ein Werbevideo anschaute. Begleitet wurde Simo von einem weiteren Polizei-Commissioner namens Larbi, einem kleinen, erschöpft wirkenden Mann Anfang fünfzig. Aus seinem braunen Synthetikanzug und der schwarzen Krawatte schloss Karim, dass er unverheiratet war, denn keine Frau würde ihren Mann in einer derart unpassenden Zusammenstellung aus dem Haus gehen lassen. Das schüttere Haar hatte er quer über den Kopf gekämmt, und eine Zigarette klemmte zwischen seinen Fingern. Larbi reichte Karim eine schweißfeuchte Hand und führte ihn in ein Büro im Erdgeschoss.

»Dies war der Arbeitsplatz Ihres Kollegen.«

»*Ist* der Arbeitsplatz«, korrigierte ihn Simo. »Wir wollen doch keine voreiligen Schlüsse ziehen.«

Eine Wand des Raums hing voller Bildschirme, die Aufnahmen von Überwachungskameras an diversen Stellen des Hafens zeigten. Am Schreibtisch gegenüber saß ein Mitarbeiter in Zivil, der Kopfhörer trug und zwischen den Kameras hin und her schaltete. Karim bewegte die Maus auf Abdous Schreibtisch. Prompt leuchtete als Bildschirmschoner ein Foto von den Wasserfällen im Ourika-Tal auf, aus dem Abdou stammte.

»Ich kenne sein Passwort, falls Sie es brauchen«, sagte Larbi.

»Haben Sie seine Dateien und E-Mails durchgesehen?«

Larbi nickte. »Nicht der kleinste Hinweis darauf, was ihm zugestoßen sein könnte.«

»Wir denken, dass er zum Zeitpunkt seines Verschwindens gerade irgendeiner eigenen vagen Ahnung gefolgt ist«, ergänzte Simo.

»Wo ist er zuletzt auf Video zu sehen?«, fragte Karim.

Larbi sprach mit dem Mann am Kontrollpult, und kurz darauf wechselte einer der Monitore von Livebildern zu Archivaufnahmen. Der Techniker spulte zurück, bis Larbi ihm befahl anzuhalten.

»Dies ist Terminal 1 um 15:50 Uhr am vergangenen Dienstagnachmittag.«

Karim trat dichter zur Wand, um besser sehen zu können. Zwei Männer mit Sicherheitswesten und Schutzhelmen standen mit dem Rücken zur Kamera. Neben den gestapelten Containern wirkten sie geradezu zwergenhaft.

»Der Mann rechts ist Abdou«, sagte Simo.

Jetzt erkannte Karim seinen Freund im Profil. Der Mann neben ihm trug einen gestreiften Schal, aber sein Gesicht war nicht auszumachen.

»Wer ist das?«, fragte Karim.

»Einer unserer Männer«, erklärte Larbi. »Er hat Abdou zum Terminal begleitet, ihn aber wenig später verlassen. Seiner Aussage zufolge haben sie sich lediglich über die eisige Kälte an diesem Abend unterhalten.«

»Kann ich mit ihm sprechen?«

Larbi zündete sich die nächste Zigarette an. »Er ist im Urlaub und wird erst wieder in zwei Wochen hier sein.«

»Und das Schiff im Hintergrund?«

»Die *Santos*, fährt unter panamaischer Flagge«, antwortete Larbi. »Detaillierte Angaben liegen uns vor.«

Die Aufzeichnung wechselte zu einer Kamera, die auf die beiden fünf Container hohen Reihen am Ende des Lagerplatzes gerichtet war. Die Zeitschiene zeigte nun 17:37:27.

»Anderthalb Stunden später haben wir ihn hier noch mal entdeckt«, fuhr Larbi fort. Tatsächlich tauchten für einen Moment am unteren Bildrand die jugendlichen Gesichtszüge Abdous auf.

»Ist das eine Taschenlampe in seiner Hand?«

»Ja«, antwortete Larbi. »Er ist dort zwischen J2 und K2. Buchstaben bezeichnen den jeweiligen Block, Zahlen die Reihe. Jede Reihe teilt sich noch mal in Unterreihen.«
»Decken die Überwachungskameras das gesamte Hafengelände ab?«
»Ja.«
»Nein«, warf Simo ein. Die beiden wechselten Blicke. »Es gibt ein paar tote Stellen. Zwischen den Reihen und am Ende von K2.« Er wandte sich an den Mann mit den Kopfhörern. »Zeigen Sie dem Lieutenant die Aufzeichnungen von Kamera neun.«

Ein anderer Blickwinkel erschien auf dem Monitor, und die Zeitangabe lautete nun 17:37:28. Die Aufnahme lief einige Sekunden, ohne dass jemand ins Bild geriet.

»Eigentlich sollte man ihn jetzt sehen«, sagte Larbi. »Aber er ist offenbar im toten Winkel verschwunden. Danach hat ihn keine Kamera mehr erwischt.«

»Verstehe ich das richtig?«, bohrte Karim nach. »Ihrer Meinung nach hat mein Kollege den Hafen überhaupt nicht verlassen?«

»Nein, ich sage nur, dass wir keinen Nachweis darüber haben.«

Karim brauchte eine Weile, um die Information zu verarbeiten. »Worin genau hat Abdou Sie unterstützt?«, erkundigte er sich dann bei Larbi. »Verbesserung der Sicherheit? Kontrolle eintreffender Container?«

Larbi musterte Karim kühl. »Was verstehen Sie schon von den Problemen, die wir hier in Tanger-Med haben?«

»Nun mal halblang, Larbi!«, mischte Simo sich ein. »Lieutenant Belkacem kennt sämtliche marokkanischen Häfen am Atlantik aus eigener Anschauung!«

»Tanger-Med ist völlig anders.«

»Ich weiß, dass Tanger-Med der Hauptumschlagplatz

für Waren aus China ist – einschließlich gefälschter Medikamente«, erklärte Karim scharf und konterte Larbis durchdringenden Blick.

»Sie sprechen über Logistik.«

»Nein, ich spreche über Schmuggel«, sagte Karim.

»Hier geht es um wirtschaftliche Fragen.«

Simo versuchte zu vermitteln: »Die Regierung möchte Tanger-Med weiter wachsen sehen. Das bedeutet, Verkehr von Konkurrenzhäfen wie Algeciras abzuwerben. Derzeit braucht es sechzig Sekunden, einen Container zu scannen. Einige der Schiffe, die hier andocken, löschen bis zu zehntausend Container. Oft liegen vier Schiffe gleichzeitig im Hafen, und weitere sechs warten draußen auf See. Selbst wenn wir nur zehn Prozent aller Container scannen, schwellen die Turnaround-Zeiten derart an, dass der Hafen sich wirtschaftlich nicht mehr trägt. Jeder potenzielle Kunde würde abgeschreckt. Daher ... ja, es gibt Schmuggel. Aber wir stehen eben unter Druck, die Zahl der Kontrollen gering zu halten.«

»Wie gering?«

»Einer von hundert.«

»In Casablanca werden sechs Container von hundert kontrolliert!«, erwiderte Karim entsetzt.

»Wir sind ja auch dreißigmal so groß wie Casablanca«, sagte Larbi achselzuckend.

»Hat Lieutenant el-Mokhfi einen Vorschlag zur Lösung dieses Problems gemacht?«, wollte Karim wissen.

»Nein«, antwortete Larbi.

»Das ist nicht ganz richtig«, bemerkte Simo. »Abdou schlug vor, zumindest alle aus China kommenden Container zu überprüfen. Aber chinesische Container machen fünfzig Prozent des Gesamtverkehrs aus. Nachdem wir ihm klargemacht hatten, dass wir nur stichprobenartig kontrollieren können, schien Abdou das Interesse an dieser Frage zu verlieren. Er hat dann mehr eigene Sachen unternommen.«

Das klang gar nicht nach Abdou, dachte Karim. Bei ihrem letzten Telefonat, zehn Tage vor seinem Verschwinden, hatte Abdou zwar über die mangelnde Kooperationsbereitschaft der Verantwortlichen im Hafen gemurrt, aber etwas Gegenwind war im Rahmen von Operation MEDIHA keineswegs ungewöhnlich. Wem gefiel es schon, von auswärtigen Leuten erzählt zu bekommen, was man gefälligst zu tun hatte?

»Wie viele Container hat er kontrolliert?«

»Sechs oder sieben«, sagte Simo. »Der letzte war am 2. März auf einem chinesischen Schiff, der *Pacific Star*. Drei Tage vor seinem Verschwinden.«

»Fand er etwas Verdächtiges?«

»Nicht das Geringste.«

»Können wir uns das Terminal mal ansehen?«

»Natürlich«, sagte Simo. »Ich habe allerdings keine Sicherheitsfreigabe für diesen Bereich, daher nehmen wir besser Larbis Wagen.«

Larbi reichte Karim eine orangefarbene Jacke. Sie mochte ihn vor Regen schützen, minderte Karims Abneigung gegenüber dem Mann jedoch kein bisschen.

Es stimmte wirklich: Wenn man wochenlang am selben Fleck stand, bemerkte man Dinge, die den anderen Menschen entgingen. Von seinem kleinen Stand am Tor zur Gerberei beobachtete Joseph, dass einer der Parkwächter mehr als seine Kollegen verdiente, indem er stets vorgab, nicht herausgeben zu können. Reichte ein Autofahrer ihm eine Fünf-Dirham-Münze, zeigte er einfach seine leeren Taschen, und der Kunde fuhr genervt davon. Dann war da dieser Ladenbesitzer auf der gegenüberliegenden Seite, der Haschpfeifen und Angelzeug verkaufte. Eigentlich eine seltsame Kombination, bis man die Kundschaft genauer betrachtete: durchweg träge Männer mit leeren Blicken, die ihren Lebensunterhalt nur noch damit bestreiten konnten, dass sie auf den Felsen jenseits des Strandes von Merkala ein wenig angelten. Der junge Kerl, der das Geschäft daneben führte, lachte ständig und scherzte mit jedem Kunden, doch sobald er allein war, erschlafften seine Mundwinkel, und er starrte missmutig auf sein Handy. Von Zeit zu Zeit kam ein groß gewachsener Typ mit einer Hasenscharte vorbei, blieb stehen und verwickelte ihn in eine kurze Unterhaltung, bevor er weiterzog, ohne etwas zu kaufen.

Joseph musste an die Explosion im Camp denken. Laut Jean-François fand gerade ein Krieg zwischen rivalisierenden Schleusern statt. Franco, der Koch aus Conakry, meinte hingegen, der Täter sei ein Geflüchteter, den die beiden Marokkaner übers Ohr gehauen hatten. Andere befürchteten, dass die Polizei die Explosion zum Vorwand für eine Räumung nehmen könnte. Zur Überraschung aller war am nächsten Morgen um sieben ein Abschleppwagen ins Lager gekommen, hatte den ausgebrannten Jeep – samt den beiden Leichen! – aufgeladen und war wieder verschwunden.

Joseph hatte den ganzen Tag nichts gegessen. Beim Anblick der hart gekochten Eier und Fladenbrote, die sich auf dem Tresen des Lebensmittelladens türmten, bekam er Hunger. *Alle afrikanischen Hungerleider landen am Ende in Tanger – wie Abschaum, der an die Oberfläche steigt.* Ein unfreundlicher Marokkaner hatte das einst zu ihm gesagt.

Am frühen Nachmittag blieb ein Mann in einem weiten

Gewand stehen und kaufte einen Schirm. Etwas später trat ein Paar, dem Augenschein nach marokkanische Mittelschicht, aus dem Hotel Nahda, schaute sich um und ging in entgegengesetzten Richtungen davon. Als er seinen Hunger nicht länger aushielt, lief Joseph auf die andere Straßenseite und kaufte sich ein hart gekochtes Ei und ein Fladenbrot. Er stopfte das Ei ins Brot, bestreute es mit Salz und Pfeffer, kehrte an seinen Platz zurück und aß unter seinem Schirm. Sein Handy zeigte 16:15 Uhr. Jetzt war seine Schwester Gloria bestimmt dabei, die Wäsche auszuliefern. Abends sammelte sie die schmutzigen Sachen ein. Nachts wusch sie. Morgens wurde gebügelt. Und dann lieferte sie alles wieder aus. Zu Fuß brauchte sie zwei Stunden für ihre Tour durch den Ort. Eines Tages würde er ihr ein kleines Moped mit aufmontierter Box schenken. Eines Tages.

Vom Terminaleingang bis zum Kai waren es vielleicht achthundert Meter. Aus dieser Entfernung ähnelten die Containerkräne riesigen Geiern, die an einem Kadaver pickten. Karim fiel die ihm unbekannte blaue Uniform des Wachmanns an der Schranke auf.

»Wer ist denn hier für die Sicherheit zuständig?«

»Eine Privatfirma namens EDS.«

Die drei Polizisten stiegen aus, und sofort eilte ein gut aussehender junger Mann mit einem großen Golfschirm herbei. Regentropfen glitzerten auf dem Kunstfaserstoff seines Anzugs.

»*Salamu alaikum*«, sagte er und streckte Karim die Hand entgegen. »Driss El Hajjem, Leiter des Sicherheitsdienstes im Hafen. Warten wir doch drüben in der Hütte, bis der Schauer vorbei ist.«

Larbi murmelte etwas von einem Meeting und fuhr davon. Die anderen stellten sich in der Wachhütte unter. Karim fragte den Sicherheitschef, ob er es für möglich hielt, dass Abdou noch irgendwo auf dem Terminalgelände war.

»Also wenn Sie mich fragen: Ich denke, Ihr Kollege ist versehentlich in einen Container geraten, und der schwimmt jetzt irgendwo auf hoher See. Vielleicht lebt er noch, vielleicht ist er tot.«

»Sie glauben nicht, dass man ihn ausgeschaltet hat?«

»Umgebracht, meinen Sie?« Der Sicherheitschef schüttelte den Kopf. »Dann hätten wir inzwischen seine Leiche gefunden.«

»Sie arbeiten für EDS, richtig?«

»Das stimmt.«

»Sind die Sicherheitsmaßnahmen im Terminal engmaschig?«

»Ja.«

»Vertrauen Sie Ihren Leuten?«

El Hajjem stieß ein Lachen aus. »Die können sich nicht einmal in der Nase bohren, ohne dass ich davon erfahre.«

»Ich wollte wissen, ob Sie ihnen vertrauen.«

»Ja.«

»Simo erwähnte tote Winkel.«

»Ein paar tote Winkel gibt es schon«, gestand sein Gegenüber.

»Nehmen wir mal an, mein Kollege sitzt in einem Container gefangen, der sich noch irgendwo auf dem Terminalgelände befindet. Würden Sie das bemerken?«

»Ihr Kollege könnte mit seinem Handy um Hilfe rufen. Oder er würde gegen die Containerwand hämmern.«

»Würde das jemand hören? Die Lastwagenfahrer scheinen alle Ohrenschützer zu tragen.«

»Irgendjemand würde ihn hören«, sagte Simo.

»Sind alle Container auf dem Lagerplatz gescannt worden?«

»Wir haben hier siebzigtausend Container!«, erwiderte der Sicherheitschef und lachte erneut kurz auf. »Die können wir unmöglich alle scannen!«

»*Hätten* Sie alle gescannt, wüssten Sie, ob sich jemand im Innern befindet!«, fauchte Karim ihn an.

»Die Container zu scannen würde nichts bringen, Karim«, mischte Simo sich ein. »Der Umschlag erfolgt viel zu schnell. Das ist hier ein Umladehafen. Ein Schiff löscht seine Container, und die landen für ein paar Tage – oder auch nur für ein paar Stunden – im Containerlager, bevor sie aufs nächste Schiff verladen werden, das sie an ihren Zielhafen bringt.«

»Ich weiß, wie Umladen funktioniert«, erklärte Karim gereizt.

»Dann ist Ihnen sicherlich auch bekannt, dass Container im Ursprungshafen versiegelt werden«, bemerkte El Hajjem. »Sie reisen fest verschlossen. Wenn die Siegel unbeschädigt sind, erübrigt es sich also, den Container zu scannen, um zu klären, ob jemand hineingeraten sein könnte.«

Der Regenschauer war in grautrübes Nieselwetter übergegangen. Die drei Männer setzten Schutzhelme auf und machten sich auf den Weg zum Containerlager. Der Sicherheitschef bot Karim zwei Gummistöpsel an.

»Gegen den Lärm.«

Karim schüttelte den Kopf. Sollte es im Lager irgendwelche ungewöhnlichen Geräusche geben, wollte er sie hören können.

Aus der Nähe wirkten die Containerreihen wie Schluchten mit bunt gescheckten, hoch aufsteigenden Wänden zu beiden Seiten. Tieflader mit rotierenden Warnleuchten pendelten unaufhörlich zu den Reihen, wo ihnen Portalhubwagen die Ladung abnahmen. Karim lauschte nach Schreien oder Klopfzeichen, aber je näher sie der Kaianlage kamen, desto ohrenbetäubender wurde das Klappern und Surren.

»Wir schauen uns erst am Kai um und gehen dann zu dem Block, in dem Ihr Kollege verschwunden ist«, brüllte der Sicherheitschef über den Lärm hinweg.

Das erste der beiden Schiffe, die am Terminal lagen, war ein riesiger Stahlkoloss, der die gesamte Kailänge benötigte. Während Kräne Container zeitgleich ab- und aufluden, schwirrten unter ihnen Laster und Gabelstapler herum.

»Früher hat man hundert Männer gebraucht, um ein Schiff zu entladen«, schrie Simo. »Jetzt genügen zwei Leute dafür.«

Karim starrte zu den Kranführern hoch, die auf den hellblauen Kranbrücken in ihren Kabinen hockten, und überlegte, wie die Welt von dort oben wohl aussah. Ein junger Mann mit einem Clipboard trat zu ihnen.

»Faisal Berrada«, brüllte er. »Operation Manager für APM, die Betreiberfirma des Hafens.« Er lenkte sie mit einer Armbewegung zu einer Hütte, wo es sich leichter reden ließ.

»Was wissen Sie über den Polizisten, der vermisst wird?«, fragte Karim, sobald es leise genug war.

»Ein paar Stunden vor seinem Verschwinden haben wir noch miteinander gesprochen.«

»Worüber?«

»Vergangenes Jahr haben unsere Leute eine Ladung gefälschter Schlaftabletten aufgespürt«, antwortete der Mann. »Er wollte die genauen Details wissen.«

»Und die waren?«

»Ach, das Übliche eben. Versteckter Stauraum. Die in der Frachtliste verzeichneten Waren nahmen nur etwa ein

Drittel des Containers ein. Die anderen zwei Drittel befanden sich hinter einer falschen Wand.«

»Wohin ist der Lieutenant dann weitergegangen?«

»Zum Lagerplatz.«

»Hätten Sie ihn nicht begleiten sollen?«

Berrada schabte mit der Zehenkappe seines Stiefels über den Holzboden, und ein paar Späne lösten sich. »Nicht mein Zuständigkeitsbereich.«

»Wer ist dann dafür zuständig?«, fragte Karim, dem Berradas gleichgültige Art gehörig gegen den Strich ging.

»Der Hafenleiter.«

»Und den finde ich wo?«

»In Rabat.«

»Bei Allah!«, rief Karim, dem jetzt der Geduldsfaden riss. »Ein Polizist wird vermisst. Womöglich erstickt er gerade qualvoll in einem Container, oder er wird als Geisel festgehalten, oder er treibt irgendwo da draußen auf dem Meer herum!«

»So etwas hat es hier noch nie gegeben«, sagte Simo und legte seine Hand auf Karims Schulter. »Daher fehlt dafür eine erprobte Vorgehensweise.«

Ein Lastwagen hielt vor der Hütte. Der Fahrer streifte beim Eintreten seine Ohrenschützer ab und blickte sich verwundert um. Offenbar hatte er nicht damit gerechnet, auf eine Versammlung von Männern in Anzügen zu treffen.

»Wer sind Sie?«, brachte Karim verwirrt hervor.

»Einer der Fahrer.«

»Haben Sie meinen Kollegen vor seinem Verschwinden irgendwo bemerkt?«

»Nein.«

Karim ließ die Schultern sinken. Die Suche entwickelte sich noch schwieriger als befürchtet. Wie ein Verbraucher, der sich bei einer Aufsichtsbehörde beschweren will, wurde er ständig von einer Stelle zur nächsten verwiesen. Verzweifelt wandte er sich an Simo.

»Kann ich hier irgendwo beten?«

Als Karim vom Gebetsraum zurückkehrte, stand Simo im Containerlager neben einer riesigen, auf den Boden gesprühten 2 und winkte ihn zu sich.

»Ah, da sind Sie ja«, sagte Simo. »Hier wurde Abdou das letzte Mal von der Videoüberwachung erfasst.«

Hinter Simo ragte ein Turm aus fünf Containern in die Höhe. Die Vorstellung, dass sein Freund an genau dieser Stelle vor sechs Tagen noch gestanden hatte, versetzte Karim einen heftigen Stich. Mit dem Rücken gegen den untersten Container gelehnt, rang er einen Moment um Fassung. Dann schaute er sich um. Bis zum Maschendrahtzaun, der das Gelände umgrenzte, waren es etwa zehn Meter. Er bewegte sich nach rechts und geriet sofort ins Blickfeld einer Sicherheitskamera. Er ging zwei Schritte zurück. Jetzt konnte er die Kamera nicht mehr sehen. Während er noch ein paar Fotos machte, gesellte sich Faisal Berrada, der Terminal-Manager, wieder zu ihnen.

»Was wissen Sie über die Container, die letzte Woche hier gestanden haben?«, fragte Karim an Berrada gewandt.

»Wir sind noch immer dabei, die Seriennummern ausfindig zu machen.«

»Ich dachte, das wäre heutzutage alles computerisiert.«

»Erfasst wird lediglich, in welchen Reihen die Container stehen. Innerhalb der Reihen wandern die Container ständig von einem Platz zum anderen. Aber wir finden schon heraus, wo sie hin sind, keine Bange.«

»Wie viele von all diesen Containern sind leer?«, fragte Karim und machte eine ausladende Handbewegung.
»Nur sehr wenige. In E7 gibt es einen. Sollen wir mal hin?«
Wenig später standen die drei Männer vor einem blauen Container. Berrada legte den Hebel um und öffnete die Tür. Karim warf einen kurzen Blick hinein und trat zur Seite. »*Sidd nta*«, forderte er den Terminal-Manager auf. »Sie gehen rein.«
Berrada sah zu Simo, der kaum merklich nickte. Sobald Berrada im Innern war, schloss Simo die Tür.
»Können Sie uns hören?«, versuchte es Karim. Keine Antwort. »Können Sie uns hören?«, wiederholte er schreiend. Als Reaktion auf seine Worte folgte ein dumpfes Klopfen.
»Er soll weiterklopfen«, sagte Karim zu Simo und entfernte sich einige Schritte vom Container. Schon nach etwa drei Metern war das Klopfen über den anderen Lärm hinweg nicht mehr zu vernehmen. Karim trat wieder zu Simo.
»Sofern Abdou nicht mit etwas richtig Massivem gegen die Wand schlagen konnte, hätte ihn unmöglich jemand bemerkt.«
»Sollten wir Berrada jetzt nicht besser wieder rauslassen?«, fragte Simo und entriegelte bereits die Tür. Der Terminal-Manager trat ins Freie. An seiner Wange zuckte ein Muskel.
»Jetzt Sie«, sagte er nur.
Karim schlüpfte hinein und ging über Sperrholzplatten bis in die Mitte des höhlenartigen Raums. »Schließen Sie die Tür«, rief er Simo zu. »Aber nicht verriegeln.«
Die Türen schlossen sich scheppernd, und es wurde schwarz um ihn herum. Ein paar Lichtstreifen, die am hinteren Ende durch zwei Lüftungsgitter fielen, milderten das klaustrophobische Gefühl. Auf Zehenspitzen reckte sich Karim zu einem der Gitter und zog daran. Selbst unter

Einsatz all seiner Kräfte würde es keinen Millimeter nachgeben. Er ging zurück zur Tür und drückte sie auf.

»Hatten Sie etwa Angst, wir würden Sie einschließen?«, meinte Berrada grinsend.

»Keineswegs. Ich wollte bloß beweisen, dass man die Tür von innen öffnen kann, wenn sie zugefallen ist. Und versehentlich selbst verriegeln kann sich die Tür gar nicht.« Karim packte den Stahlhebel an der Außenseite des Containers. »Diese Stange muss man anheben, drehen und nach unten drücken. In einem Container eingeschlossen zu werden ist also vollkommen unmöglich. Es sei denn natürlich, jemand sperrt von außen absichtlich zu.«

»Vielleicht ist der Lieutenant ja gestolpert, mit dem Kopf aufgeschlagen und hat für einen Moment das Bewusstsein verloren«, erklärte Berrada eilig. »Ein zufällig vorbeikommender Wachmann hätte dann die offene Tür gesehen und sie verriegelt.«

»Ohne zu kontrollieren, ob jemand drin ist?«, fragte Karim zurück. »Besteht nicht eine Ihrer zentralen Aufgaben darin, nach blinden Passagieren Ausschau zu halten?«

Berrada suchte vergeblich nach Worten.

»Wie viele Container haben Lüftungsgitter?«, fuhr Karim fort.

»Etwa vier von zehn«, antwortete der Terminal-Manager.

»Würde ein Mensch in einem Container ohne Lüftung ersticken?«

»Schwer zu sagen. In einem leeren Container würde ihm womöglich die vorhandene Luft zum Überleben genügen. In einem vollbeladenen, oder wenn die Lüftungsgitter von Kartons versperrt sind, würde er dagegen wohl ersticken.«

»Wie wäre es mit einem Kaffee?«, schlug Simo betont fröhlich vor.

Statt der Autobahn nahmen Simo und Karim auf dem Rückweg die sich entlang der Küste schlängelnde N16. Die Wolken hingen tief, und der jenseits der Straße von Gibraltar liegende spanische Küstenstreifen war in Dunst gehüllt. Karim entschied sich dazu, laut auszusprechen, was ihn beschäftigte.

»Sollte Abdou irgendwie in einen Container geraten sein, ist er inzwischen entweder tot oder kurz davor. Wäre er ins Hafenbecken gestürzt, hätten wir seine Leiche bestimmt irgendwo gefunden. Niemand hat bislang eine dritte, viel wahrscheinlichere Möglichkeit ins Gespräch gebracht.«

»Und die wäre …«

»Dass er ermordet wurde«, erklärte Karim. »Wir wissen, wie brutal die chinesischen Schmuggler sind. Sollten sie befürchtet haben, dass Abdou ihnen die Geschäfte versaut, hätten sie bestimmt versucht, ihn aus dem Weg zu schaffen.«

»Ts, ts, ts«, schnalzte Simo leise und schüttelte den Kopf. »Immer langsam, Karim! Die letzte Kontrolle – die auf der *Pacific Star* am 2. März – fand unter Leitung der EDS statt. Abdou war dabei bloß Beobachter. Hätten die Chinesen sich rächen wollen, wäre viel eher Driss El Hajjem ihr Ziel gewesen.«

»Abdou war es, der die Kontrolle veranlasst hat.«

»Berrada und Larbi kontrollieren ständig irgendwelche Container! Hätte Abdou etwas entdeckt, läge die Sache anders. Aber er hat nichts gefunden … gar nichts.«

»Dieser Schal auf dem Überwachungsvideo – den der Polizist getragen hat, der sich mit Abdou am Abend seines Verschwindens noch unterhielt –, haben Sie den erkannt?«

»Nein, warum fragen Sie?«

»Reine Neugier.«

Simo hielt an einem Strommast und stieg aus, um sich zu erleichtern.

Karims Blick wanderte den links von ihnen aufsteigenden Hang hinauf, der sporadisch mit knorrigen Bäumen und Ginsterbüschen bewachsen war. Hier und da lugten schemenhaft schwarze Felsen aus dem Nebel. Plötzlich schrak Karim auf: Die Schemen waren keine Felsen, sondern dunkelhäutige Gesichter, die auf ihn heruntersterrten.
Simo folgte seinem Blick. »*Afaraqa*. Afrikaner.«
»Was tun sie da?«
»Warten.«
»Auf die Überfahrt?«
»Ja.«
»Wo leben sie?«
»Im Wald.«
Karim musterte die Männer, die gar keine Anstalten machten, sich zu verstecken. Während Simo wieder ins Auto stieg, führte einer der Afrikaner eine unsichtbare Tasse zum Mund, so als hätte er Durst und würde Karim um Wasser bitten.

Karim lief vom Parkplatz zum Hotel hinauf und bemerkte auf halbem Weg Joseph, der mit einem Schirm in der Hand am Straßenrand auf Kundschaft wartete. Lächelnd streckte er den Arm aus, um Karim den Schirm anzubieten, wobei der Ärmel seiner Jacke zurückrutschte.
»*Combien?*«, fragte Karim.
»*Cinquante.*«
»*Trente.*«
»Einverstanden.«
Karim las das Tattoo auf der Innenseite von Josephs Unterarm.
»Ist das dein Name?«
Joseph nickte.

»Woher stammst du, Joseph?«
»*République Démocratique du Congo.*«
»Ich heiße Karim und komme aus Marrakesch. In meiner Heimatstadt benutzen wir Schirme allenfalls zum Schutz gegen die Sonne!«
»Genau wie im Kongo.«
Karim öffnete sein Portemonnaie, aber das war leer.
»Bezahl einfach ein andermal«, sagte Joseph mit breitem Lächeln. »Ich steh immer hier.«
Karim hob dankend die Hand, lief die Treppe zur Altstadt hinauf und verschwand im Eingang des Hotels.
»Guten Abend, Herr Marrakschi«, begrüßte ihn der Empfangschef, neben dem erneut der Freund mit dem schläfrigen Blick hockte.
»*Salam*«, erwiderte Karim.
»Ich wette, Sie wären jetzt lieber in Marrakesch, richtig?«
»Nicht ganz. Ich habe hier ein paar Dinge zu erledigen.«
Zu Karims Überraschung begann der Mann in der *djellaba* zu singen:

Mädchen aus Marrakesch
in der Welt keine Frau hat Augen wie sie
Mädchen aus Casablanca
machen dich staunen, langweilen dich nie
Mädchen aus Tanger
gewinnst du mit Schmuck und mit kostbaren Düften
Mädchen aus Rabat
nirgends findest du welche mit schmaleren Hüften

Das Lied war vor einigen Jahren populär gewesen, und der alte Mann sang es verblüffend gut. Während Karim mit dem Schlüssel die Treppe hinaufstieg, hörte er noch immer seine Stimme.

Mädchen aus Fès
die kochen und backen so herrliche Speisen
Mädchen aus Nador
kein Wunsch, den sie dir nicht gerne erweisen

An der Tür zu seinem Zimmer hielt Karim kurz inne, drehte sich um und ging zurück zur Rezeption.
»Ist irgendjemand vor meiner Ankunft im Zimmer meines Freundes gewesen?«
»Nein, *sidi*«, sagte der Empfangschef. »Keine Menschenseele.«
Der andere Mann begann erneut zu singen.

Doch all meine Träume, sie kennen nur dich, das Mädchen,
das wartet zu Hause auf mich.

3

Karim schlief unruhig. Kurz vor Sonnenaufgang warf der Wind die Balkontür krachend auf und ließ ihn hochschrecken. Draußen glänzte das regennasse Pflaster. Der Platz bot einen traurigen Anblick. Karim schloss die Tür, nahm die Decke von Abdous Bett und zog sie noch über seine. Auf der Seite liegend starrte er das leere Nachbarbett an. Abdou war für ihn der Mensch, der einem eigenen Bruder am nächsten kam. Mit Ausnahme von Noureddine war er der einzige Kollege im Kommissariat, den er mochte und der umgekehrt auch ihn mochte. Nahezu jeden Morgen gingen sie gemeinsam Kaffee trinken. Regelmäßig beteten sie in der Moschee des jeweils anderen und verbrachten Stunden zusammen im *hammam*.

Würde Abdou sein geliebtes Ourika-Tal jemals wiedersehen? Würde er das Glück einer Ehe, die Freuden eines Vaters erleben? Das eigene Kind, das die ersten Schritte macht, oder die leuchtenden Augen der Tochter, wenn er mit ein paar Süßigkeiten vom Souk nach Hause kam?

Karims schwermütige Gedanken wurden vom Ruf des Muezzins unterbrochen. *Beten ist besser als schlafen.* Er wusch sich, rollte seinen Teppich aus und verrichtete seine Gebete. Dann legte er sich wieder ins Bett, diesmal im wärmenden Trainingsanzug. Endlich fand er wenigstens für einige Minuten Schlaf.

Gegen halb acht stand er auf, nahm sein Handtuch und lief über den Flur zur Etagendusche. Als er den Hahn aufdrehte, klapperte es in der Leitung, und zu seiner großen

Enttäuschung kam lediglich ein eiskaltes Rinnsal aus der Brause. Zehn Sekunden lang hielt er es schlotternd darunter aus. Während er sich trocken rieb, beschloss er, heute erst die Dateien auf Abdous Computer durchzusehen und anschließend noch einmal zum Terminal hinauszufahren. Vielleicht war der Hafenleiter inzwischen aus Rabat zurück.

Im Flur stieß Karim auf ein Zimmermädchen, das den Boden wischte. Den Oberkörper tief nach unten gebeugt, hielt sie den Putzlappen in beiden Händen und schwang von einer Seite zur anderen.

»Sie brauchen einen Wischmopp!«, rief er lachend.

Nach den üblichen Begrüßungsfloskeln fragte er sie nach Abdou. Sie lächelte.

»Ein sympathischer Mann. *Dreef bezaf*. Sehr freundlich. Ich habe ihn schon seit einer Weile nicht mehr gesehen.«

»Wann haben Sie sein Zimmer das letzte Mal gemacht?«

»Ich mache jeden Tag sauber!«, entgegnete das Zimmermädchen entrüstet und stemmte die Fäuste in die breiten Hüften.

»Ist sein Zimmer normalerweise aufgeräumt, wenn er geht?«

»Ja, *sidi*. Sehr ordentlich. Nur einmal ... wann war das noch? ... Mittwoch. Da lag seine Kleidung auf dem Boden.«

»Und sein Bett? Hatte er darin geschlafen?«

»Jetzt, wo Sie davon sprechen ... nein, hatte er nicht. Ist dem Herrn etwas zugestoßen?«

»Fatiha!«, rief der Empfangschef in diesem Moment vom Flurende und fixierte sie scharf. »Komm runter und putz im Café.«

Karim dankte der jungen Frau, ging in sein Zimmer und zog sich an. Er streifte Abdous grauen Kapuzenpullover über, der wärmer war als seiner, und nahm den Schirm mit.

Draußen lief er rasch zu einem Geldautomaten, um seine Schulden bei Joseph begleichen zu können. Als er am Tor zur Gerberei vorbeikam, war Joseph jedoch nirgends zu sehen.

Seine morgendlichen Dienstverpflichtungen erledigte Simo Layachi bevorzugt im Café Amine, das eine Querstraße entfernt vom Präsidium für deutlich mehr Annehmlichkeiten sorgte. Der Polizeichef besaß nämlich eine gewisse Schwäche für Süßes, und der Cafébetreiber bezog täglich frische Backwaren von einer lokalen französischen Patisserie. Karim huschte gerade im Regen an dem Café vorbei, als jemand an die Scheibe klopfte.

»Kommen Sie rein ins Trockene, mein Bruder!«

Simo stellte ihm den anderen Mann am Tisch vor, einen uniformierten Kollegen mit Hakennase. Karim reichte ihm die Hand.

»Wie haben Sie geschlafen?«, fragte Simo.

»Nicht gut.«

»Ah-ha!«, rief Simo aus und zwinkerte dem anderen zu. »Ich habe Karim gleich gesagt, er soll bei mir zu Hause wohnen. Saubere Laken, bequemes Bett und das beste Essen in ganz Tanger. Sie können es sich gerne noch anders überlegen, mein Bruder!«

Karim lachte und schüttelte den Kopf. Wenn Abdou und er im Rahmen von MEDIHA unterwegs waren, stiegen sie immer in billigen Hotels ab. Würden sie private Einladungen akzeptieren oder Dienstquartiere nutzen, könnten örtliche Behörden viel leichter Druck auf sie ausüben.

»Meine Frau besteht darauf, dass Sie wenigstens morgen Abend zum Essen kommen«, fuhr Simo fort. »Sie mögen doch hoffentlich Fisch und Meeresfrüchte.«

»*Barakallahufik*, tausend Dank.«
»Nun, was wollen Sie trinken?«
»*Nuss-nuss*.«
Simo gab die Bestellung an den Kellner weiter.
»Karim ist der Mann, der Operation MEDIHA ins Leben gerufen hat«, erklärte Simo dem Kollegen, der offenbar Jibrane hieß. »Der absolute Topermittler von Marrakeschs Polizei.«
Karim grinste schief über das unverdiente Lob.
»Tatsächlich?«, fragte Jibrane mit leicht spöttischem Unterton. »Und wie gefällt Ihnen Tanger?«
»Gefällt mir sehr. Obwohl ich mich in der Medina noch immer verlaufe.«
»Mit der Medina ist es wirklich ganz einfach«, erklärte Simo lächelnd. »Wenn es bergauf geht, läuft man Richtung Grand Socco oder Kasbah. Geht es bergab, läuft man Richtung Meer.«
»Und wenn es ganz simpel geradeaus geht?«
»Ganz simpel geradeaus geht in dieser Stadt nie irgendwas.«
Alle lachten.
»Haben Sie vor, heute wieder zum Frachthafen zu fahren?«, erkundigte sich Simo.
»Ja.«
»Leider kann ich Sie nicht begleiten. Der Lieutenant und ich müssen uns um eine dringliche Angelegenheit in Boukhalef kümmern.«
Insgeheim war Karim erleichtert. Ungehindert auf dem Hafengelände herumlaufen zu können, ohne dass Simo ihm ständig über die Schulter schaute, war ihm bedeutend lieber. Schließlich hatte er erlebt, wie die Leute in Gegenwart ihres Chefs alle sofort in Habachtstellung erstarrten. Wenn er sich mit ihnen unter vier Augen unterhalten

konnte, würden Zeugen sicherlich eher den Mund aufmachen.

»*Mäkäyen mushkil*«, versicherte Karim. »Kein Problem. Aber wie komme ich hin?«

»Ich habe Ihnen schon eine Fahrgelegenheit besorgt.«

»Sie geben mir Abdous Fahrer?«, rief Karim erfreut. Das war natürlich ideal. Dem Fahrer wollte er sowieso noch ein paar Fragen stellen.

»Äh, nein. Der ist gerade unabkömmlich.«

»Und wie ...?«

Simo hob die Hand und klimperte mit einem Autoschlüssel. »Parkplatz, rechte Seite. Ein blauer Dacia.«

Joseph wartete geduldig in der Schlange vor dem Thekenfenster des Fleischers und betrachtete die makellos sauberen Wildlederslipper der Frau vor ihm. Er fragte sich, wie es den Araberinnen bei dem vielen Dreck überall bloß immer gelang, ihre Schuhe derart sauber zu halten. Der Metzger zerteilte ein Kilo bestes Lammfleisch und stopfte es in den Fleischwolf. Für Joseph mit seiner Handvoll Kleingeld waren solche Köstlichkeiten unerschwinglich. Er konnte sich allenfalls Lammhals leisten, aus dem Marie-Louise für ihn und seine Freunde ein Abendessen zubereiten würde. Jeder von ihnen trug etwas zu den Unkosten bei, abgesehen von Marie-Louise, die keine Möglichkeit zum Geldverdienen hatte. Vor einem Jahr hatte die Polizei sie und ihre Familie aus ihrer Wohnung zwangsgeräumt und den Ehemann ins Gefängnis geworfen. Nach seiner Entlassung war er bei dem Versuch, in einem Kajak nach Spanien zu paddeln, gekentert und ertrunken. Jetzt hatte Marie-Louise die drei kleinen, hungrigen Mäuler ganz alleine zu stopfen.

»Ich bin dran«, rief eine massige Frau in einem blauen Hausmantel und drängte sich vor. Joseph störte es nicht. Er nutzte die Gelegenheit, um seinen weiteren Tagesablauf in Ruhe zu planen. Erst würde er zurück ins Camp gehen und Marie-Louise die Lebensmittel vorbeibringen. Von dort brauchte er zu Fuß etwa eine Stunde bis zum Tor zur Gerberei. Er hob den Blick. Dunkle Wolken hingen am Himmel. Womöglich würde er heute ein paar Schirme verkaufen. Und wenn er den Heimweg über die Tankstelle nahm, könnte er auf der Rückseite des Gebäudes sein Handy aufladen. Der Fleischer bediente ihn mit seinem typischen herzlichen Lächeln. Warum konnten nicht alle Marokkaner so freundlich sein?

Bis zum Camp lief man zwanzig Minuten. Joseph hielt sich mitten auf der Fahrspur, um den mit Regenwasser gefüllten Schlaglöchern am Straßenrand auszuweichen. Ein so merkwürdiges Stadtviertel wie Boukhalef hatte er noch nie gesehen. Die Stadt hatte große Wohnblocks für ein Industrieprojekt errichten lassen, das dann nie realisiert wurde, und nun standen die Rohbauten leer und verrotteten. Viele der Räume, die weder Strom- noch Wasseranschluss besaßen, waren dennoch bewohnt oder in den Händen von Gangs, die sie an Familien von Geflüchteten wie die von Marie-Louise zum Doppelten der ortsüblichen Miete weitergaben.

»*Comment ça va?*«, grüßte er ein kleines Mädchen, das auf der Straße spielte, aber sofort eilte die Mutter herbei und scheuchte die Kleine ins Haus. Am Ende der Wohnblocks bog er ab und überquerte ein mit Müll übersätes Stück Brachland, auf dem nur Eukalyptus und ein paar Zwergpalmen wuchsen. In einem morastigen Loch türmten sich alte Metallfässer. Selbst Kisangani war nicht derart vermüllt.

Während Joseph bereits an den Eintopf dachte, den Marie-

Louise zubereiten würde, an all das saftige, langsam geschmorte Fleisch und das karamellisierte Gemüse, das im Mund zerging, brauste plötzlich ein Mannschaftswagen der Polizei mit heulender Sirene an ihm vorbei. Über den Bäumen stieg Rauch auf. Sein Puls beschleunigte sich. Hatte es erneut eine Explosion gegeben? Er begann zu laufen.

Als er in Sichtweite des Camps kam, zerschlugen Polizisten in Kampfmontur gerade das gesamte Lager. Wo das Zelt von Jean-François gewesen war, loderte jetzt ein Scheiterhaufen aus Brettern, Kleidung, Schlafsäcken und Rettungswesten. Joseph hörte Schreie und das heisere Krächzen von Sprechfunkgeräten. Drei Campbewohner wurden in einen Polizeitransporter gedrängt. Alle anderen schienen geflohen zu sein. Marie-Louise stand mitten auf dem Gelände, ihr Baby fest umschlungen, und redete flehentlich auf einen kommandierenden Polizisten mit markanter Hakennase ein, der Benzin aus einem Kanister verspritzte.

Joseph wandte sich ab und rannte so schnell wie möglich zurück nach Boukhalef. Sobald er die Wohnblocks erreichte, versteckte er sich mit hämmerndem Herzen im erstbesten Treppenhaus. Zehn Minuten später fuhr ein Konvoi aus gepanzerten Mannschaftswagen vorbei. Erst als Joseph sicher sein konnte, dass die Luft rein war, schlich er zurück zum Camp. Dort stocherten ein paar Geflüchtete suchend in den Trümmern, aber von Marie-Louise oder seinen anderen Freunden fehlte jede Spur. Unter dem Eukalyptusbaum fand er seine Adidas-Tasche, stellte fest, dass noch alles drin war, und warf sie sich über die Schulter, bevor er über die Felder in Richtung Perdicaris-Park verschwand. Nach mehreren Stunden Fußmarsch stieß er auf eine verlassene Bauruine, wo er in eine Betonröhre kroch und einschlief.

Larbi verzog das Gesicht.

»Ein Schreibtisch und ein Computer? Hat Simo das genehmigt?«

Widerstrebend rief er einen seiner Leute – den Mann, der am Tag zuvor die Überwachungsvideos abgespielt hatte – und befahl ihm, für alles Nötige zu sorgen.

»Wär's das?«, blaffte Larbi dann.

»Im Augenblick ja«, antwortete Karim ruhig. »Aber ich brauche Sie nachher, um Zugang zum Terminal zu bekommen.«

»Hören Sie, ich habe andere Dinge, um die ich mich …«

»In einer Stunde.«

Als Larbi den Raum verlassen hatte, stieß sein Untergebener einen anerkennenden Pfiff aus und meinte: »Das hat gesessen!«

Der Mann hieß Ali, war Lieutenant, in den Zwanzigern und machte einen sympathischen, aufrichtigen Eindruck. Neben seiner Arbeit bei der Polizei absolvierte er ein Masterstudium in Seeverkehrswirtschaft.

»Stimmt es, dass die Straße von Gibraltar das höchste Verkehrsaufkommen aller Wasserstraßen weltweit hat?«, fragte Karim neugierig.

»*Besahh!*«, bestätigte Ali. »Absolut! Einhunderttausend Schiffe im Jahr, die uns mit Büchern, Glühbirnen, Spielzeug, dem Handy da in Ihrer Hand oder all den Geräten in diesem Raum versorgen!«

»*Und in den Schiffen, die das Meer befahren mit dem, was den Menschen nützt*«, zitierte Karim eine Koransure.

»Genau, mein Bruder. Ohne Containerverkehr würden schon bald alle Räder stillstehen.«

»Tanger-Med scheint ganz ordentlich davon zu profitieren.«

»Das hängt damit zusammen, dass es auf der Ideallinie der Nullabweichung liegt«, erklärte Ali.

Karim schaute ihn verständnislos an.

»Schiffe, die auf dem Weg von Asien nach New York oder Rotterdam sind, können in Tanger-Med anlegen, ohne von ihrem idealen Kurs abzuweichen«, fuhr Ali fort. »Dadurch verlieren sie keine Zeit, und wie wir alle wissen: *Al-waqt ghali!* Zeit ist Geld!«

»Liegt Algeciras auch auf dieser Linie?«

»Selbstverständlich.«

»Also stehen die beiden Häfen in Konkurrenz zueinander?«

»Ja.«

»Was ist mit den Schiffen, die die Straße gar nicht durchqueren wollen? Es muss doch viele chinesische Schiffe geben, deren Zielhafen Tanger ist.«

»Sie meinen als Transshipment-Hafen?«, erwiderte Ali enthusiastisch. »In der Tat. Die sogenannten ULCVs – die Ultra Large Container Vessels – und die kleinen Feederschiffe treffen sich genau hier, in Tanger-Med. Diese Shortsea-Schiffe übernehmen dann den Transport der Container bis zum endgültigen Bestimmungsort.«

»Gott belohne Sie für Ihre freundlichen Auskünfte«, bedankte Karim sich bei dem Kollegen.

Als er allein war, öffnete Karim den Browser und begann damit, Abdous Dateien zu sichten. Er fand eine Frachtliste der *Pacific Star*, ausführliche Angaben über Beschlagnahmungen von gefälschten Medikamenten in Tanger-Med und eine Aufstellung der chinesischen Exporte nach Marokko. Abdous Surfchronik zeigte nur banale Einträge wie Wetter und Tidenkalender. Karim massierte sich die Augen, dann erstellte er ein neues Dokument, in dem er eine Tabelle mit zwei Spalten anlegte. Der linken Spalte gab er die Überschrift *Tot*.

Unfalltod außerhalb von Container (z. B. Ertrinken)
Unfalltod nach Einschluss in Container (durch Ersticken oder Dehydration)
Ermordet außerhalb von Container
Vorsätzlich in Container eingeschlossen

Über die zweite Spalte tippte er: *Lebt.*

Eingesperrt in Container auf hoher See (mit Zugang zu Trinkwasser?), aber bewusstlos oder ohne funktionierendes Handy
Eingesperrt in Container auf Hafengelände, aber bewusstlos oder Akku von Handy leer
Geisel/Entführt
Spanien?

Larbi erschien in der Tür. Er trug seine Uniformjacke. »Los geht's.«

Doch statt sich zu bewegen, stellte Karim die Frage, die ihn beschäftigte, seit er das erste Mal von Abdous Verschwinden erfahren hatte: »Warum sind in letzter Zeit immer weniger gefälschte Medikamente beschlagnahmt worden? Im ersten Halbjahr 2011 wurden im Hafen noch – lassen Sie mich nachsehen – 150 Tonnen entdeckt. Aber in den vergangenen sechs Monaten waren es lediglich ...« Er zog erneut Abdous Computer zurate. »... zwölf Tonnen.«

»Die Schmuggler sind auf Häfen wie Nouakchott oder Abidjan ausgewichen, wo sie es leichter haben«, erklärte Larbi unbeeindruckt.

»Soll das heißen, die Gefahr für den Maghreb ist vorbei?«, bohrte Karim nach.

»So habe ich das nicht gemeint«, sagte Larbi und fuhr sich durch das schüttere Haar. »Die Schmuggler haben bloß andere Lieferwege gefunden – etwa über Land oder über einen Hafen wie Casablanca. Hören Sie, ich habe viel zu tun. Können wir den Besuch des Terminals jetzt bitte hinter uns bringen?«

»Ich habe es mir anders überlegt«, erwiderte Karim bestimmt. »Rufen Sie bitte beim Terminal an und sagen Sie, dass ich allein komme.«

»Ihnen fehlt die Sicherheitsfreigabe.«

»Dann erteilen Sie mir eine – Sie sind der leitende Polizeioffizier«, entgegnete Karim und schob in sanfterem Ton nach: »Schließlich haben Sie doch selbst gesagt, dass Sie so viel anderes zu tun haben.«

Der Wachmann musterte Karim prüfend durch das Seitenfenster und winkte ihn durch. Karim nahm eine Warnweste und einen Schutzhelm aus dem Kofferraum des Dacia und überquerte den Lagerplatz zwischen zwei Reihen Kühlcontainern. Gott bewahre, dass Abdou in so einem steckte!

Das Schiff am Kai war ein anderes als gestern. Faisal Berrada, der Terminal-Manager, stand unter einem der gigantischen Portalkräne und unterhielt sich mit einem Arbeiter. Die Räder des Krans reichten den Männern bis zu den Schultern. Während er darauf wartete, dass Berrada fertig wurde, stoppte Karim die Ladezeiten des Krans. Neunzig Sekunden brauchte der Spreader, um an einem Ende der Brücke im Laderaum zu verschwinden, einen Container herauszuheben, ihn entlang der Brücke zu einem leeren Tieflader zu transportieren und nach dem Absetzen wieder zurück zum Schiff zu gleiten. Ein paar Sekunden länger brauchte der andere Kran, der umgekehrt arbeitete und ausgehende Container von einer zweiten Reihe Tieflader hob und im Laderaum des Schiffs verstaute.

Ein Laster hielt unmittelbar neben Karim.

»*Salamu alaikum*. Schon wieder hier?« Es war der Fahrer, der gestern Morgen in die Hütte getreten war. »Sie sind doch ein Kollege des Polizisten, der vermisst wird, richtig?« Der Mann streckte den Arm aus dem Seitenfenster und schüttelte Karim die Hand. »Mein Name ist Saïd. Schon etwas herausgefunden?«
»Nicht viel.«
»Wirklich eine traurige Geschichte.«
Eine Weile schauten sie stumm dem arbeitenden Kran zu.
»Sagen Sie, Saïd, wie lange bleibt so ein Container im Terminal, bevor er weitertransportiert wird?«, fragte Karim schließlich.
»Im Durchschnitt drei Tage«, antwortete der Fahrer. »Jeder Container, der bloß herumsteht, kostet nur Geld!«
»Mit anderen Worten, die Container, die vergangene Woche hier waren, sind jetzt alle irgendwo anders?«
»Die meisten, ja.«
»Sind Sie meinem Kollegen mal begegnet?«
»Ja. Er war fast jeden Tag hier.«
»Glauben Sie auch, dass er in einen Container geraten ist?«
»So leid es mir tut, aber das glaube ich tatsächlich«, sagte Saïd und seufzte. »Er hätte nicht allein unterwegs sein dürfen. Containerhäfen sind gefährliche Orte. Überall große Maschinen und schweres Gerät.«
»Was könnte ihm denn Ihrer Meinung nach zugestoßen sein?«
Der Fahrer versicherte sich erst, dass Faisal Berrada ihnen noch immer den Rücken zukehrte.
»Einige Male habe ich ihn direkt am Kai gesehen«, sagte er dann. »Vielleicht ist er ins Wasser gefallen.«
»Wo?«
»*Nshoufou*. Steigen Sie ein, ich zeige es Ihnen.«

Karim kletterte ins Führerhaus, und sie fuhren im Zickzack zwischen den anderen pendelnden Lastern bis zum östlichen Ende des Terminals, wo sie an einer Sperre hielten, die Terminal 1 von Terminal 2 trennte. Hier waren sie in einer Art Niemandsland, etwa gleich weit entfernt von den Schiffen an den beiden Terminals. Karim fiel auf, dass Terminal 2 von einer anderen Firma betrieben wurde, die Eurogate hieß. Deren Kräne und Fahrzeuge erkannte man an ihrer weißen Farbe, während in Terminal 1 alles blau war. Saïd und Karim stiegen aus und schauten neben einem Poller zwanzig Meter in die Tiefe zum Wasser hinab.

»Sie meinen, er könnte hier hineingefallen sein?«

»Darf ich ganz ehrlich sein?«, erwiderte Saïd in einem gedämpften, fast ängstlichen Ton, der Karim überraschte.

»Natürlich.«

»Meiner Meinung nach ist das so gut wie ausgeschlossen«, erklärte Saïd leise. »Und es wird auch niemand versehentlich in Containern eingeschlossen. So etwas gibt es einfach nicht.«

»Sprechen Sie weiter.«

»Ich denke, dass Ihr Kollege zum Schweigen gebracht wurde.«

Karim war plötzlich hellwach. Hier bestätigte zum ersten Mal jemand in Tanger ganz offen seinen Verdacht, dass ein Verbrechen vorliegen könnte.

»Das ist eine schwerwiegende Behauptung.«

»Mehr eine Ahnung.«

»Die worauf basiert?«

Saïd tat, als würde er Karim im Wasser etwas zeigen. »Hören Sie – ich bin bloß ein Fahrer. Aber ich habe schon gesehen, wie Container ohne jeden Papierkram in den Hafen rein- und wieder rausgekommen sind. Sie werden an der Schranke einfach durchgewinkt. In der Nacht, in der

Ihr Kollege verschwand, bin ich zwar nicht selbst hier gewesen, aber von einem Kollegen weiß ich, dass zwischen den Containerreihen ein Mannschaftswagen der Sûreté geparkt war. Ich habe Commissioner Larbi sogar darauf angesprochen.«

»Was hat er gesagt?«

»Er meinte nur, er habe die Situation unter Kontrolle.«

In diesem Moment drang eine krächzende Stimme aus Saïds Sprechfunkgerät. Er meldete sich, und plötzlich war sein Ton wieder ganz normal, so als hätte es das Gespräch mit Karim nie gegeben.

»Ich habe jetzt Mittagspause«, erklärte er Karim anschließend. »Soll ich Sie bis zum Tor mitnehmen?«

»Nein, danke. Ich laufe lieber.«

»Bleiben Sie innerhalb der Markierungen für Fußgänger«, sagte Saïd und legte Karim die Hand auf den Unterarm. »*Redd balek.* Seien Sie vorsichtig!«

Die Büros der Tanger-Med Port Authority lagen auf einer kleinen, begrünten Anhöhe mit Blick über das Hafengelände. Innen erinnerte das Ganze an eine bessere Werbeagentur mit all den hoch engagiert wirkenden Mitarbeitern, den Marmorböden und den mit Plänen und Fotos tapezierten Wandtafeln. Geschäftsführer war der etwa dreißigjährige Ben Jelloun, der – wie Karim fand – trotz seiner tiefernsten Miene reichlich jung für einen derart verantwortungsvollen Posten war. Der CEO führte Karim in eine Kantine, wo sie sich an der Selbstbedienungstheke etwas zu essen holten, bevor sie an einem Fenster Platz nahmen.

»Gestern musste ich nach Rabat«, sagte Ben Jelloun und

stocherte in seinem Salat. »Haben Sie alles Nötige herausgefunden?«

»Ich suche noch«, antwortete Karim. »Sagen Sie, Herr Ben Jelloun, Sie sind der verantwortliche Leiter des größten Hafens im ganzen Land, dennoch werden beide Terminals sowie deren Sicherheitsdienste von privaten Firmen betrieben.«

Der Hafendirektor zuckte mit den Achseln. »So laufen die Dinge eben heutzutage im Maghreb.«

»Aber bedeutet das nicht auch, dass Sie weniger Einblick in alles haben, nicht immer genau wissen können, was vor sich geht?«

»Wie gesagt, so laufen die Dinge heutzutage im Maghreb.«

»Sind Sie zufrieden mit der Arbeit der EDS?«

»Sie arbeiten sehr effizient«, erwiderte Ben Jelloun vorsichtig.

»Wie Commissioner Larbi mir sagte, wird nur ein Prozent aller Container überprüft.«

»Container zu öffnen kostet Zeit«, erklärte Ben Jelloun. »Der betreffende Agent muss anwesend sein. Alles muss fotografiert werden. Wir haben einen Haufen Formulare auszufüllen und müssen die Eigner verständigen. All das braucht Zeit, und Zeit ...«

»... ist Geld, ich weiß«, unterbrach ihn Karim. »Demnach vertreten Sie auch die Theorie, dass mein Kollege versehentlich in einem Container eingeschlossen wurde?«

»Dieser Container in K2 war versiegelt«, antwortete der Hafendirektor. »Er wurde am nächsten Tag verladen und weiterbefördert nach Le Havre. Die dortige Behörde hat ihn auf unsere Anfrage hin überprüft. Das Siegel war unbeschädigt, und der Container enthielt lediglich landwirtschaftliches Gerät.«

Die Information war neu für Karim. Faisal Berrada, der Terminal-Manager, hatte ihm noch versichert, dass er den

Verbleib des Containers aus K2 bislang nicht habe klären können. Als er Ben Jelloun damit konfrontierte, winkte der gelassen ab.

»Das haben wir auch erst heute Morgen erfahren.«

»Wo aber steckt dann Lieutenant el-Mokhfi?«, fragte Karim. »Oder seine Leiche?«

»Tja, das zu klären ist Ihre Aufgabe und die von Commissioner Larbi.«

»Auf dem Gelände von Terminal 1 definitiv nicht mehr?«

Erneut zuckte Ben Jelloun mit den Achseln.

»Halten Sie es für möglich, dass Lieutenant el-Mokhfi sich in Terminal 2 umgeschaut hat?«

»Nein. Dann hätte das jemand bemerkt. Überall auf dem Gelände sind Schweinwerfer und Überwachungskameras.«

»Aber es gibt tote Winkel und unbeleuchtete Ecken.«

»Ja.«

»Etwa zwischen den Containerreihen.«

»Ja.«

»Nehmen wir mal rein theoretisch an, ich würde in Terminal 1 jemanden überfallen wollen«, fuhr Karim fort. »Wenn ich wüsste, wann er an einer Stelle steht, die *nicht* von Kameras erfasst wird, würde mir das doch die Sache erleichtern, oder? Ich würde ihm in der dunklen Gasse zwischen den Containerstapeln auflauern, richtig?«

»Die Täter müssten aber immer noch die Leiche irgendwie wegschaffen.«

»Zum Beispiel auf demselben Weg, auf dem sie sich heimlich angeschlichen haben.«

»Stimmt.«

»Wir sind uns also einig, dass ein unbemerkter Überfall möglich gewesen wäre.«

»Reichlich unwahrscheinlich allerdings«, meinte Ben Jelloun zögerlich.

»Unwahrscheinlich, aber *möglich*?«
»Ja.«
»Wie werden denn ausgehende Container kontrolliert – ich meine die, die per Lkw in den Hafen kommen und ihn per Schiff verlassen?«
»Wir bauen gerade eine neunzehn Hektar große Export Access Zone mit einer Abfertigungskapazität von bis zu zweitausend Lastwagen pro Tag ...«
»Und jetzt?«, bohrte Karim nach. »Wie viele Lastwagen werden bereits jetzt täglich abgefertigt?«
»Etwa achthundert«, gestand der Geschäftsführer. »Der Containerverkehr weist in Tanger-Med starke Wachstumsraten auf. Manchmal bleibt uns da nur Zeit für stichprobenartige Kontrollen.«
»Wie mir erzählt wurde, herrscht in der Hafenbranche ein mörderischer Konkurrenzkampf.«
»Ich würde lieber von *intensivem Wettbewerb* sprechen. Aber Tanger-Med weiß sich da schon zu behaupten.«
»Beunruhigt Sie die dramatisch gesunkene Menge an beschlagnahmten gefälschten Medikamenten gar nicht?«, wechselte Karim das Thema.
»Die Entwicklung ist mir zu Ohren gekommen«, antwortete Ben Jelloun.
»Und das lässt Sie nicht stutzig werden?«
»Ich habe vollstes Vertrauen in unser Kontrollsystem.«
»Aber ist mein Kollege nicht gerade deswegen hergekommen ... um Ihnen zu helfen, Ihr Kontrollsystem zu verbessern?«, entgegnete Karim.
»Doch«, räumte der Geschäftsführer ein.
»Wenn dem Hafen nachgesagt würde, miese Sicherheitsstandards zu haben, wäre das vermutlich schlecht fürs Geschäft, hab ich recht?«
»Sehr schlecht.«

»Schlimmer als Verzögerungen bei Umschlagzeiten?«
»Aus Sicht der Hafenleitung schon, ja.«
Karim dachte eine Weile über diese neue Information nach. Sie widersprach dem, was Larbi und Simo über die wirtschaftlichen Zwänge bei der Führung eines Hafenbetriebs gesagt hatten.
»Mein Kollege hat offenbar einen Container auf einem chinesischen Schiff namens *Pacific Star* überprüfen lassen.«
»Das ist richtig«, sagte Ben Jelloun. »Der Inhalt entsprach jedoch den Frachtpapieren. Nichts als T-Shirts, Sweater, Trainingshosen und Schuhe. Wir haben den Container an den Adressaten weitergeleitet.«
»Um welche Firma handelte es sich?«, fragte Karim und nahm sein Notizbuch zur Hand.
»Best Century Clothing.«
»Wo hat die ihren Sitz?«
»In der Free Zone.«
»Hier auf dem Hafengelände?«
»Nein, die Free Zone in der Stadt.«

Als Joseph aufwachte, war es Nachmittag, und seine Schulter schmerzte von dem harten Beton, auf dem er lag. Joseph fürchtete sich davor, ins Camp zurückzukehren. Selbst wenn er seinen Unterstand wieder aufbauen konnte, lastete auf dem Ort jetzt eine Art Fluch. Er hatte von einem anderen Lager in Casiago gehört, aber das lag fast fünfzig Kilometer entfernt.
Und um dem Ganzen die Krone aufzusetzen, war auch noch der Akku seines Handys leer, und er konnte Jean-François nicht anrufen und in Erfahrung bringen, wohin seine Freunde sich gerettet hatten. Für einen allein reisen-

den Geflüchteten war Marokko ein gefährliches Pflaster. Je schneller ihm die Überfahrt nach Spanien gelang, desto besser. Er zählte das Geld in seinem Gürtel: sieben Zweihundert-Dirham-Scheine, drei Hunderter, ein Fünfziger und ein zerknitterter Zwanziger.

Die Bilder von der Explosion am letzten Sonntag kamen ihm wieder in den Sinn. Allem Anschein nach machte die Polizei die Geflüchteten dafür verantwortlich und hatte zur Strafe diese überfallartige Razzia durchgeführt. Oder die Polizei selbst hatte die Bombe im Jeep der Marokkaner platziert, um ein paar Schleuser auszuschalten und zugleich einen Vorwand zu haben, das Camp zu räumen. So oder so, die Lage verschlimmerte sich, keine Frage. Bei seiner Ankunft vor einem Jahr hatte man nicht einmal seine Fingerabdrücke genommen. Jetzt verprügelten die Polizisten die Leute, warfen sie aus ihren Wohnungen und zerstörten ihre Lager. Dabei hatte doch keiner von ihnen die Absicht, einen Tag länger als unbedingt nötig in ihrem beschissenen Land zu bleiben!

Vorsichtig lugte er aus der Betonröhre. Überall um ihn herum war Schlamm. Ein Raupenfahrzeug hatte beim Roden und Planieren der zwei Fußballfelder großen Fläche ein wirres Spurenmuster zurückgelassen. Abgesehen von den Betonröhren fehlten jedoch alle Anzeichen von Bauarbeiten. Er hockte sich wieder in die Röhre und nagte an dem Stück Lammhals, das er gekauft hatte. Rohes Fleisch aß er nicht zum ersten Mal. Beim Durchqueren der Sahelzone hatte er sogar einen tot am Straßenrand liegenden Falken gegessen. Da ihm nichts Besseres einfiel, streckte er sich erneut in der Röhre aus und schlief weiter.

Stunden später weckten ihn Scheinwerferlicht und Motorengeräusche. Es war bereits dunkel. Von seinem Versteck aus sah er drei Männer aus einem Wagen steigen. Ein Feuerzeug flammte auf, dazu drangen Gelächter und das Klimpern von Flaschen durch die Nacht. Wahrscheinlich waren die Männer harmlos und wollten nur heimlich Alkohol trinken, aber Joseph musste jedes Risiko vermeiden. Wer wusste schon, was passierte, wenn drei Marokkaner an ihrem geheimen Saufort einen Geflüchteten entdeckten? Also kroch Joseph bis zum anderen Ende der Röhre und lief dann in weitem Bogen um den Wagen der Männer herum zur Hauptstraße zurück.

Der Polizeifahrer Hicham warf einen Blick in den Rückspiegel und hätte fast einen Herzschlag erlitten.

»Na, heute früher Feierabend?«, fragte Karim von der Rückbank aus.

»Ja«, stammelte Hicham. »Es ... ist mit der Zentrale abgeklärt. Meine Frau hat mich angerufen. Mein Sohn ist nicht nach Hause gekommen. Er ... geht manchmal nach Malabata, um mit einem Freund Kief zu rauchen.«

»Ich komme mit.«

»Aber ...«, schnaubte Hicham entsetzt.

»Wir können uns auf der Fahrt ein wenig unterhalten.«

Hicham parkte aus und fuhr durch die Innenstadt. Abends sah das Stadtzentrum schon besser aus, fand Karim. Die Läden waren hell erleuchtet, und auf dem Bürgersteig drängten sich gut gekleidete Tanjaouis, die von der Arbeit kamen oder ausgingen.

»Erzählen Sie mir von den Fahrten, die Sie gemeinsam mit Lieutenant el-Mokhfi gemacht haben«, begann Karim.

»Das ... das habe ich Ihnen doch schon alles gesagt. Gewöhnlich habe ich morgens auf dem Parkplatz unterhalb des Hotel Continental auf ihn gewartet. Dann sind wir nach Tanger-Med gefahren. So gegen achtzehn Uhr habe ich ihn am Hafen wieder abgeholt, entweder an der dortigen *préfecture* oder an Terminal 1. An manchen Tagen habe ich ihn auch erst viel später abgeholt, um Mitternacht oder so.«

»Was hat er an diesen Abenden gemacht?«

»Keine Ahnung, Lieutenant. Über Dienstliches hat er nicht mit mir gesprochen.«

»An dem Tag, an dem er verschwunden ist, wusste da sonst noch jemand, dass Sie ihn nicht abholen würden und er nachts selbst seinen Rückweg organisieren musste?«

»*Momken*, kann sein«, antwortete Hicham und überlegte einen Moment. »Die Einzelheiten meines Dienstplans stehen schließlich im System.«

»In dem am Hafen?«

»Und hier in der Stadt«, erklärte der Fahrer. »Der Einsatzleiter bekommt meinen Fahrtenplan immer einen Tag vorab, damit er weiß, wer gerade in der Gegend ist, wenn irgendwo ein Wagen benötigt wird. Ich schwöre Ihnen, wenn ich es noch einmal zu tun hätte, würde ich zum Terminal fahren und am Tor auf ihn warten! Das schwöre ich auf den Koran! Ich würde darauf bestehen, dass die Wachleute nach ihm suchen. Ich würde selbst suchen gehen!« Tränen traten in Hichams Augen. »Er war ein guter Mensch, der Herr Abdou. Die anderen Polizeioffiziere, die sitzen immer nur hinten und beschäftigen sich mit ihren Handys, aber er … er hat vorn bei mir gesessen und mit mir geredet.«

Das klang so typisch nach Abdou, dass auch Karims Augen einen Moment lang feucht wurden.

»Worüber haben Sie geredet?«

»Die Lage in Syrien, den Afrika-Cup, alles Mögliche eben.«

»Aber nichts Dienstliches?«

»Nein. Da hat er die Vorschriften sehr genau genommen.«
Wie an einer Perlenschnur aufgereiht glitzerten vor ihnen die Lichter der Laternen, während sie in einem lang gezogenen Bogen der Küstenstraße folgten.

»Hat er nie irgendetwas Ungewöhnliches erwähnt?«

»Bei einer Gelegenheit schon«, erinnerte sich Hicham. »Ich habe dem damals nicht viel Beachtung geschenkt, aber jetzt, wo Sie danach fragen ...«

»Erzählen Sie«, sagte Karim und beugte sich vor.

»Es war vergangenen Montag, am Tag vor seinem Verschwinden«, begann Hicham. »Wir unterhielten uns über meinen Sohn. Ich habe ihm geschildert, wie gereizt und frech er ständig ist. Ich habe mir Sorgen gemacht, dass er nach der Schule Kief raucht. Herr Abdou meinte, dass er bei seiner Arbeit eine wichtige Sache gelernt habe: Suche nie nach Datteln an einem Olivenbaum.«

»Was wollte er denn damit sagen?«

»Dass es für das Verhalten meines Sohnes auch eine andere Erklärung geben könnte.«

»Sich nicht vom äußeren Anschein täuschen lassen?«

»Genau.«

Sie kamen an einigen modischen Klubs vorbei, die um diese Uhrzeit aber fast alle noch geschlossen waren.

»Wir sind gleich in Malabata«, erklärte Hicham und fragte hoffnungsvoll: »Soll ich Sie jetzt nach Hause bringen, *sidi*?«

»Nein, suchen wir erst nach Ihrem Sohn. Wohin geht er normalerweise?«

»Zum Leuchtturm.«

Ein paar Minuten später bogen sie von der Schnellstraße ab. Die schmale Zufahrtsstraße endete an einem alten Leuchtturm, dessen Fassade der schon etwas verblichene fünfzackige Stern Marokkos schmückte. Seitlich davon war unter den Kiefern ein kleines Café, in dem ein Kellner Tische und Stühle für die Nacht aufstapelte. Hicham zeigte ihm ein Foto und befragte ihn, aber der Mann schüttelte nur den Kopf. In diesem Moment klingelte Hichams Handy, und Karim nutzte die Zeit, um zu einer Brüstung mit weitem Blick übers Mittelmeer zu schlendern. Die Stelle schien ein beliebter Aussichtspunkt zu sein. Gegenüber funkelten in der Ferne die Lichter von Algeciras.

Kurz darauf trat ein grinsender Hicham zu ihm. »Das war meine Frau«, sagte er. »Mein Sohn ist zu Hause. Er ist noch im Einkaufszentrum gewesen, um sich einen Controller für seine PlayStation zu kaufen.«

»*Alhamdulillah,* Gott sei Dank. Da hat Herr Abdou am Ende doch recht behalten, wie es scheint.«

Als sie zurück am Präsidium waren, begann es zu regnen.

»Sie sind ein anständiger Kerl, Hicham«, sagte Karim zum Abschied. »Möge Gott Sie und Ihre Familie beschützen.«

Karim stellte den Dacia am Fuß der Medina ab. Inzwischen prasselten schwere Tropfen auf das Dach. Durch das Seitenfenster verhandelte er mit dem Parkwächter, der ein Regencape aus transparentem Plastik trug, und einigte sich mit ihm auf eine Wochengebühr. Er stieg aus, spannte seinen Schirm auf und eilte den Hügel hinauf. Erneut nirgends eine Spur von Joseph. Er war morgens schon nicht da gewesen, und nun war er auch abends nicht da! Andererseits, wer würde schon gerne an einem solchen Abend hier draußen herumstehen? Der Lebensmittelhändler hatte sich in seinen kleinen Laden verkrochen und die Kapuze seines dicken wollenen *burnus* über den Kopf gezogen.

Die Treppenstufen vom Bab Dar Dbagh hinauf zur Medina bildeten eine lange Folge winziger Wasserfälle. Wie er so durch die leere Gasse zum Fuentes stapfte und seine Füße in den pitschnassen Schuhen schwammen, musste Karim an ein melancholisches Lied von Fairuz denken. Es handelte von eisig kalten Wintertagen, wenn die Straßen unter Wasser stehen, und von einer jungen Frau, die an einem solchen Tag trotzdem aus dem Haus geht, um ihren Geliebten zu treffen, nur um festzustellen, dass er sie vergessen hat. Schon beim Gedanken an dieses Lied wurde Karim ganz schwer ums Herz.

Im Hotel nahm er am Empfang wortlos seinen Schlüssel entgegen, kroch in seinem Zimmer sofort ins Bett und zog sich die Decke über den Kopf. Einsam und allein in Tanger, erdrückt vor Sorge um seinen verschwundenen Freund, musste er unwillkürlich an Ayesha denken. Er stellte sich vor, wie sie in der Akademie gerade lernte und mit ihrer Mitbewohnerin lachte. Wenn sie lachte, riss ihn das aus jeder schlechten Laune. Und wenn sie verschlossen und einsilbig war, wirkte alles plötzlich kalt und trostlos. Sobald sie in seiner Nähe war, verlor alles andere um ihn herum an Bedeutung. Dann hätte ein Mann keine fünf Schritte entfernt eine Bank ausrauben können, Karim hätte es nicht bemerkt.

Abgesehen von Ayesha wusste niemand etwas von seinen Empfindungen. Es war undenkbar, anderen von seinen Gefühlen für sie zu erzählen. Schließlich war Ayesha genauso seine Schwester wie Khadija. Jahrhundertealte religiöse Grundsätze und Tabus machten sie zu Geschwistern. Aber Liebe war stärker als jedes Tabu. Und daher wanderten Karims Gedanken unwillkürlich zu Ayesha, wenn er sich nach einem frustrierenden Tag wie heute niedergeschlagen und traurig fühlte.

Karim war so in seiner trübsinnigen Stimmung gefangen, dass er den ersten Schuss überhaupt nicht bewusst wahrnahm. Beim zweiten jedoch war kein Zweifel mehr möglich. Ein hässlich scharfer Knall, genau unter seinem Zimmer. Karim sprang vom Bett und stürzte hinaus auf den Balkon. Unten lag eine Gestalt bäuchlings auf dem Pflaster. Von der gegenüberliegenden Seite des Platzes gafften zwei Neugierige. Karim raste die Treppe hinunter und auf den Platz. Das Opfer war männlich, Mitte dreißig und bekleidet mit Kapuzenpulli, schwarzen Jeans und Turnschuhen. In seiner Brust klafften zwei Eintrittswunden. Der Tiefe und dem Durchmesser nach zu urteilen, stammten sie von einer großkalibrigen Waffe. Während er nach dem Puls fühlte, warf Karim einen Blick über den Platz, konnte aber außer einem wachsenden Kreis starrender Gesichter nichts sehen. Im Eingang des Café Central stand ein Kellner.

»Was ist passiert?«, rief Karim ihm zu. »Haben Sie etwas gesehen?«

Der Mann wich erschrocken zurück und schüttelte den Kopf. »Nein, ich war drinnen.«

»Rufen Sie die Polizei und einen Krankenwagen.«

»Ist er tot?«, fragte jemand.

Karim nickte.

»Ich hab's gesehen«, erklärte ein Mann mit grau melierten Haaren, der einen Handkarren voller Gasflaschen vor sich herschob. »Er hat mit einem anderen gestritten, und der hat dann auf ihn geschossen.«

»Können Sie den anderen Mann beschreiben?«

»Nein. Er hatte sich die Kapuze seiner *djellaba* über den Kopf gezogen.«

»Es war ein *azzi*, ein Schwarzer«, rief ein Gast, der von seinem Tisch vor dem Café Tingis aufgestanden war.

»Woher wissen Sie, dass er schwarz war?«, fragte Karim.

»Äh, na, er klang halt wie ein Schwarzer …«
»Was hat er denn gesagt?«
»Das konnte ich nicht hören …«, gestand der Mann schon deutlich leiser und setzte sich wieder.
»Es war so ein junger Typ«, meldete sich eine Frau in einem grünen Kaftan.
»Nein, er war alt, mindestens fünfzig!«
Karim hob beschwichtigend die Hände. »Ganz ruhig, und das gilt jetzt für alle: Wenn jemand etwas gesehen oder gehört hat, bitte warten Sie das Eintreffen der Polizei ab.«
Sofort zerstreute sich ein Großteil der Menge. Wenig später hallte die Sirene eines Krankenwagens von den Gebäuden des Petit Socco wider, und das Licht seiner Warnleuchte zuckte über die Fassaden.

Karim teilte einem gestresst wirkenden Polizisten mit, was er wusste. Sobald der Mann begriff, dass Karim die Schießerei gar nicht selbst gesehen hatte, wandte er seine Aufmerksamkeit dem Gasflaschenverkäufer und dem Kellner zu, die als einzige Zeugen auf dem Platz zurückgeblieben waren.

Einem durch Schüsse getöteten Opfer begegnete Karim in seiner Laufbahn zum ersten Mal. Außer bei Jägern, Polizisten und Soldaten stieß man in Marokko eher selten auf Schusswaffen. Der ganze Zwischenfall ließ Karim seltsam erholt und erfrischt zurück, als hätten die Enttäuschungen des heutigen Tages endlich ein Ventil gefunden. So entsetzlich dieses Gewaltverbrechen auch sein mochte, es war zugleich ein neutrales Ereignis, eine polizeiliche Angelegenheit, die er rein professionell analysieren und beurteilen konnte. Zuerst hatte er jedoch noch etwas anderes zu erledigen.

Die Moschee war ein altes Gebäude mit einer von Stuck umrahmten grünen Tür. Karim folgte einem anderen Gläubigen zum Brunnen im Innenhof, wo er sich die Hände wusch, Mund und Gesicht abspülte und zuletzt die Füße unter den Wasserauslauf hielt, bevor er sich mit einem Handtuch abtrocknete. Im Gebetsraum kniete er einen Moment mit den Händen auf den Oberschenkeln, legte dann die Handflächen vor sich auf den Boden und pendelte mit dem Oberkörper, sodass seine Stirn jedes Mal den Boden berührte. *Ehre sei Dir, o Allah, gelobt seist Du und geheiligt Dein Name, hoch lebe Deine Herrlichkeit, keinem soll gehuldigt werden neben Dir.* Als er um halb neun die Moschee verließ, fühlte Karim sich wieder vollständig erholt und bei Kräften.

Er lief das kurze Stück zum Petit Socco zurück, wo die Polizei bereits abgezogen war. Auch von der Spurensicherung war nichts zu sehen. Womöglich hatte sie ihre Arbeit erledigt, während er in der Moschee gewesen war. Dennoch verblüffte es ihn, dass nicht das Geringste mehr an die Bluttat erinnerte, nicht einmal ein Absperrband. Der Regen hatte aufgehört, und vor dem Central saßen die Gäste mit gegen die Kälte hochgeschlagenen Kragen und Kapuzen, tranken Tee und rauchten. Die Stimmung war ein wenig gedrückt, und einige schauten zu ihm herüber und tuschelten. Dann hörte er eine laute Stimme.

»*Labas, kolshi bekhair?*« Der Mann mit dem schläfrigen Blick saß an einem der Tische und rauchte Kief in einer langstieligen *sebsi*. »Alles in Ordnung? Wenn Sie etwas brauchen, während Sie in Tanger sind – einfach mich fragen. Mein Name ist Mokhtar!«

Karim musterte ihn misstrauisch. Sein Alter war unmöglich einzuschätzen. Er konnte fünfzig sein oder genauso gut siebzig. Die Stirn unter dem Kapuzenrand seiner *djellaba* war von Falten durchfurcht, und sein Mund zeigte ein breites Grinsen.

»Wissen Sie etwas über die Schüsse?«

»Nein, mein Herr! Da war ich nicht hier.«

Karim drängte sich an ihm vorbei ins Café. Er wollte erfahren, was der Kellner gegenüber der Polizei ausgesagt hatte, doch der war gerade viel zu beschäftigt und sagte ihm, er solle später noch einmal vorbeikommen. Zu Karims Verdruss stand Mokhtar bei seinem Weggang auf und folgte ihm. Etwa in der Mitte der Rue Siaghine trat Karim in einen kleinen Laden, der CDs und DVDs verkaufte. Er durchstöberte das Angebot und stieß auf eine CD mit Liedern von Fairuz. Mokhtar schielte ihm über die Schulter.

»Ah, Fairuz!«, sagte er. »Die libanesische Nachtigall!« Er begann, einen bekannten Fairuz-Titel zu summen. Karim bedachte Mokhtar mit einem giftigen Blick und marschierte hinaus. Er ging in eine Markthalle auf der anderen Straßenseite und streifte zwischen den hell erleuchteten Ständen umher, die in Salzlake eingelegte Zitronen und Datteln oder zu roten, gelben und orangefarbenen Pyramiden aufgeschüttete Gewürze anboten. Karim hielt an einem Obststand und probierte eine Erdbeere.

»Mhm, Erdbeeren aus Agadir!«, schwärmte Mokhtar hinter ihm.

Der Kerl ist ja schlimmer als ein kleiner Hund, dachte Karim. Um ihn abzuschütteln, joggte er die Treppe zum Grand Socco hinauf. Der Platz war größer und weiträumiger als der Petit Socco und besaß in der Mitte sogar eine kleine Grünanlage. Viele Leute schlenderten herum, saßen in den Restaurants, ruhten sich auf den Parkbänken aus oder betrachteten die Aushänge vor einem Kino. Karim betrat eine Apotheke, dicht gefolgt von Mokhtar.

»Suchen Sie Verhütungsmittel?«, raunte Mokhtar.

Karim fragte die junge Frau hinter der Theke nach Antibiotika. Sie nahm drei verschiedene Amoxicillin-Präparate aus dem Regal, und Karim untersuchte jedes davon genau.
»Haben Sie etwa eine Entzündung?«, zischte Mokhtar. Nachdem er sich davon überzeugt hatte, dass es durchweg Originalmedikamente waren, dankte Karim der Verkäuferin und verließ das Geschäft wieder.
»Kaufen Sie denn gar nichts?«, fragte Mokhtar und bemühte sich, Schritt zu halten. »Wohin jetzt, mein Herr? Die Kasbah? Eine Kleinigkeit essen?«
Karim hielt an und schaute sich um. Er bemerkte einen Mann, der den gleichen Schal trug, den er auf dem Überwachungsvideo vom Hafen gesehen hatte.
»Was ist das für ein Schal?«
»Welcher Schal, mein Herr? Der grün-weiße da? Das ist ein Raja-Fanschal, mein Herr. Ich weiß, wo Sie den schon für vierzig Dirham bekommen können – vielleicht sogar fünfunddreißig!«
Karim geriet einen Moment ins Schwanken, ob Mokhtar nicht womöglich doch nützlich sein könnte. Nachdenklich strich er sich mit den Fingern über das Kinn.
»Ich brauche eine Rasur.«
Mokhtar verzog den Mund zu einem breiten Grinsen. Seine Zähne sahen aus wie eine Reihe verfallener Grabsteine.
»Kommen Sie!«

Der Barbier war schmächtig und hatte durch sein verkrümmtes Rückgrat einen ausgeprägten Buckel. Seine körperlichen Gebrechen kompensierte er mit überaus kräftigen Fingern, die Karims Wangen beim Einseifen energisch durchwalkten. Die beiden anderen Drehstühle im Laden waren unbesetzt. Neben dem Spiegel hing ein Glasregal, auf dem eine staubige Flasche Aftershave und die gewellte Ansichtskarte einer Hotelanlage am Meer standen.

»Die Oberlippe nicht«, bat Karim den Barbier. »Ich lasse mir einen Schnurrbart stehen.«

Im Spiegel konnte er Mokhtar sehen, der albern grinsend auf einem der Wartestühle an der gegenüberliegenden Wand saß und ihm das Daumen-hoch-Zeichen gab. Von Zeit zu Zeit machte er eine beiläufige Bemerkung zum Barbier oder zu dem jungen Marokkaner, der ein Stück weiter saß, auf sein Handy starrte und den Mund anscheinend nie zubekam.

»Der Mann, der heute Abend auf dem Platz erschossen wurde«, sagte Karim unvermittelt. »Wer war das?«

Der Barbier blickte kurz auf, sagte aber nichts.

»Gesindel«, brummte Mokhtar. »Wahrscheinlich ein Drogenhändler.«

»Da hört man auch anderes«, bemerkte der junge Mann und zog sich die Ohrstöpsel raus. »Mir hat jemand erzählt, dass es ein Menschenschmuggler war.«

Karim betrachtete das Gesicht des jungen Mannes im Spiegel. »Ein Fluchthelfer, meinen Sie?«

»Alles bloß Gerede«, kommentierte der Barbier und richtete Karims Kopf wieder geradeaus. »Was sollte ein Schleuser in der Medina zu suchen haben?«

»Vielleicht kam er gerade von diesem afrikanischen Laden«, sagte der junge Mann. »Wie heißt der noch? Chez irgendwas.«

»Chez Kebe«, sagte der Barbier und schabte den letzten Rest Schaum von Karims Haut.

»Was ist das Chez Kebe?«, erkundigte sich Karim.

»Ach, bloß ein Lokal, wo viele Afrikaner verkehren«, sagte Mokhtar abwiegelnd.

»Augenbrauen auch?«, fragte der Barbier, während er

Karim das Gesicht mit einem Handtuch trocken rieb. Karim nickte. Der Barbier legte einen Kamm an seine Brauen und schnitt die Überstände ab.

Ein paar Minuten später beugte sich Mokhtar draußen vor dem Laden zu Karim und zischte: »Darüber redet man doch nicht so einfach, mein Herr.«

»Worüber?«

»Über Leute, die schmuggeln! Das ist gefährlich. Man weiß nie, wer zuhört!«

»Glauben Sie denn auch, dass der Mann ein Schleuser war?«

»Schhh!«, ermahnte ihn Mokhtar und schaute sich um. »Keine Ahnung!« Es war spät und die Gasse verwaist, da die meisten Geschäfte bereits geschlossen hatten. »Meiner Meinung nach war es eher irgend so ein mieser Drogenhändler, der Ärger bekommen hat. Und wohin jetzt, mein Herr? Interesse an einem Mädchen?«

»Bringen Sie mich zu diesem afrikanischen Lokal, Chez Kebe.«

»Pure Zeitverschwendung. Hat längst zu.«

»Zeigen Sie es mir trotzdem.«

Begleitet von reichlich Schnaufen und Murren führte Mokhtar ihn durch eine Reihe dunkler Gassen.

»Da, bitte! Sehen Sie! Zu!«

Sie standen vor einem Haus mit heruntergelassenen Metallrollläden, über denen die Worte *Chez Kebe* auf die Fassade gepinselt waren.

»Bringen Sie mich zum Platz zurück.«

Keine zwei Minuten später waren sie wieder im Petit Socco.

»Mokhtar«, begann Karim. »So war doch Ihr Name, richtig?«

»Ja, Mokhtar, stets zu Ihren Diensten! Und Sie sind

Karim. *Der Großzügige.*« Die Bedeutung des arabischen *karim* hatte er mit besonderer Betonung angefügt. Als Karim dennoch ungeniert fortging, hüstelte er vernehmlich.

Karim drehte sich um und kam zurück. »Sie wollen, dass ich großzügig bin? Ich kann großzügig sein. Hat irgendjemand vergangene Woche das Zimmer meines Freundes durchsucht?«

»Keine Ahnung, mein Herr.«

»So nutzen Sie mir nichts«, sagte Karim und stieß Mokhtar vor die Brust. »Finden Sie heraus, was meinem Freund zugestoßen ist, und Sie werden erleben, dass ich tatsächlich äußerst *karim* sein kann.«

4

Da sich der Ausbilder morgens zur ersten Unterrichtseinheit verspätete, hatten die Kadetten noch ein wenig Zeit, sich zu unterhalten.

»Warum wir *Kontrollausübung bei Menschenansammlungen* hier im Klassenraum behandeln, kapiere ich nicht«, brummte Ayesha. »Das könnte man viel besser draußen auf dem Exerzierplatz üben.«

»Du weißt doch, welch großen Wert Choukri immer darauf legt, dass man aus vergangenen Fehlern lernt«, sagte Salma. »Wahrscheinlich möchte er uns also erst einen historischen Überblick geben und etwas über die dunkle Vergangenheit der Sondereinsatzkräfte erzählen.«

»Was meinst du damit?«

»Na, die schnelle Einsatzgruppe gegen gewalttätige Demonstranten und Randalierer, die vor acht, neun Jahren als Reaktion auf die Bombenanschläge von Casablanca gegründet wurde. Das war so eine Eliteeinheit, die schnittige Uniformen trug und in nagelneuen SUVs durch die Gegend brauste. Leider ist ihnen das alles etwas zu Kopfe gestiegen, und bei einer Protestaktion in Laayoune töteten sie einen Demonstranten. Andererseits ... Choukri hat die Leinwand aufgebaut. Vielleicht will er uns ja Aufnahmen von Ceuta zeigen.«

»Vom Sturm auf die Grenzanlage?«, erwiderte Ayesha erregt. »Eine entsetzliche Aktion. Das war eine Lehrstunde dafür, wie man eine Menschenansammlung *nicht* unter Kontrolle hält.«

»Vielleicht will er uns genau deshalb die Aufnahmen zeigen.«

»Hey, Talal!«, rief plötzlich eine Männerstimme. Ayesha war so in ihr Gespräch vertieft gewesen, dass sie gar nicht bemerkt hatte, wie Khalid Hakimi sie anstarrte. Ein Grinsen umspielte seine Lippen. Ayesha tauschte beunruhigte Blicke mit Salma.

»Bist du eigentlich bloß wegen deines Bruders nach Kenitra gekommen?«

Hakimi sprach so laut, dass alle im Raum verstummten und zuhörten. Ayesha spürte, wie ihr die Zornesröte ins Gesicht stieg. Versuchte Hakimi etwa, sie zu beleidigen, indem er ihr unterstellte, dass sie ihre Aufnahme in Kenitra lediglich Karims ausgezeichnetem Abschneiden in der Akademie vor vier Jahren zu verdanken hatte? Das wäre eine unverschämte Lüge!

»Was faselst du da?«

»Ich habe gehört, dass er ein mieses Dreckschwein ist.«

Die Spannung im Klassenzimmer war plötzlich mit Händen zu greifen. Alle Augen richteten sich auf Ayesha.

»Mein Bruder ist Polizist!«, sagte sie entrüstet.

»Da habe ich etwas anderes gehört.«

Ayesha zuckte zusammen. Salma legte die Hand auf ihren Unterarm.

»Meinen Informationen zufolge sitzt er im Knast«, fuhr Hakimi fort und blickte triumphierend in die Runde. »Und zwar hier in Kenitra.«

Ayesha öffnete den Mund, brachte aber keinen Ton hervor.

»Er ist einer der Bärtigen«, erklärte Hakimi genüsslich. »Habt ihr das gehört, Kameraden? Ein Terrorist. Gewiss ist er mächtig stolz darauf, dass sein Schwesterchen es auf die Polizeiakademie geschafft hat. Oder will er uns in Wahrheit am liebsten alle in die Luft jagen?«

Den Mitschülern stockte der Atem. Ayesha griff betont langsam nach einem Stift und tat, als würde sie schreiben. »Hast du denn gar nichts dazu zu sagen, Talal? Wie fühlt man sich so als Schwester eines Dschihadisten? *Allahu akbar!*«

Ayesha sprang auf und mit einem Satz über ihren Tisch. Blitzschnell packte sie Hakimis Arm und versuchte, ihm den Stift, den sie weiter umklammert hielt, in die Hand zu stechen. Erschrocken fuhr Hakimi von seinem Stuhl hoch und stieß sie von sich. In diesem Moment trat Colonel Choukri durch die Tür. Sofort nahmen alle anderen Schüler Habachtstellung an. Choukris Blick fiel auf Ayesha und Hakimi. Es wurde mucksmäuschenstill im Raum.

»Was tun Sie denn da?« Jedes Wort des Ausbilders traf wie ein Schlag mit dem Hammer. »Haben Sie etwa ... *gekämpft*?« Bei ihm klang es wie ein Verhalten, das menschliches Vorstellungsvermögen überstieg. »Sie bleiben beide nach dem Unterricht da«, fuhr Choukri nach einer Pause fort. »Talal, zurück an Ihren Platz.«

Vor Scham rot anlaufend stapfte Ayesha um den Tisch herum zurück. Von der anschließenden Stunde blieb kaum ein Wort bei ihr hängen. Immer wieder schaute Salma sie besorgt an. Als die Unterrichtseinheit zu Ende war, strömten die Mitschüler aus der Klasse, während Hakimi und Ayesha an ihren Plätzen stehen blieben. Colonel Choukri schloss die Tür.

»Hat jemand von Ihnen etwas zu sagen?«

Hakimi studierte gebannt das Barett in seinen Händen, als hätte er ein faszinierendes Muster entdeckt.

»Talal?«

Ayesha biss sich auf die Unterlippe. Die Bestrafung, die

sie am meisten fürchtete, war ein Vermerk auf dem Abschlusszeugnis, der ihre Chancen auf einen guten Posten erheblich mindern würde.

»Es war bloß ein Missverständnis, Colonel.«

»Ein Missverständnis?«, wiederholte der Ausbilder und begann, zwischen den Tischreihen auf und ab zu gehen. »Ein Missverständnis ist, wenn man den Klassenraum verwechselt oder wenn man im Unterricht etwas falsch mitschreibt. Wenn sich zwei Kadetten der Akademie wie Hooligans prügeln, ist das kein Missverständnis. Vielleicht ist Ihnen nicht mehr klar, wo Sie sich hier befinden! Dies ist das Institut Royal de Police, eine Eliteinstitution, die unmittelbar dem persönlichen Zuständigkeitsbereich Seiner Majestät König Mohammed VI. untersteht. Hier einen Platz zu erhalten ist eine Ehre und ein Privileg. Haben Sie mich verstanden?«

Die beiden Schüler nickten betreten.

»Ich fragte: Haben Sie VERSTANDEN?«

»Ja, Sir«, schallte es unisono zurück.

»Es gibt vieles, das Sie hier lernen sollen. Führungsqualitäten ... herausragende Fähigkeiten im Umgang mit Schusswaffen ... aber das Wichtigste, was von Ihnen erwartet wird, ist Disziplin.« Colonel Choukri wischte das Whiteboard sauber, faltete das Tuch zusammen und verstaute es ordentlich in einem Fach. »Letzte Woche haben Geflüchtete die Grenzanlage in Ceuta zu erstürmen versucht. Sie alle haben gesehen, was dann geschehen ist. Die Reaktion der Polizeikräfte endete in einem Desaster. Einem Schlachtfeld. Und warum? Mangelhafte Disziplin. Ordnungshüter, die völlig den Kopf verloren. In einer modernen Polizei ist Disziplin absolut unerlässlich.«

Er setzte seine Mütze auf. Auf dem Weg zur Tür drehte er sich noch einmal um.

»Ich erteile Ihnen beiden einen offiziellen Verweis. Zwei Verweise, und Sie fliegen raus. Kein Einspruch möglich. Ist das klar?«

»Ja, Colonel«, antworteten Ayesha und Hakimi.

Die Tanger Free Zone lag südlich vom Flughafen. Der Industriepark mit seinen sterilen Firmengebäuden, menschenleeren Straßen und akribisch gestutzten Grünflächen ähnelte einem Filmset, nachdem alle Schauspieler und Techniker nach Hause gegangen waren. Karim hatte Schwierigkeiten, die Gewerberäume von Best Century Clothing zu finden, so diskret war das Namensschild an der Tür. Am Eingang zeigte er seinen Dienstausweis und wurde wenig später von einem höflichen Chinesen unten abgeholt.

»*Ki dayr? Labas?* Wie geht es Ihnen?«

Wang-Wei Zhang verfügte über ein dienstbeflissenes Lächeln und eine beeindruckende Gewandtheit im marokkanischen Arabisch. Auf dem Weg die Treppe hoch erklärte er Karim: »Ich habe mir die hiesige Sprache angeeignet, da ich mich mit unseren Mitarbeitern, die alle weder Französisch noch Englisch sprechen, unterhalten wollte.«

Sein Büro im zweiten Stock war klein und funktional. An der Wand hing das obligatorische Porträt des Königs.

»Es handelt sich nur um ein paar Routinefragen«, begann Karim. »Wie ich erfahren habe, ist am 2. März einer Ihrer Container kontrolliert worden.«

»Ja«, antwortete Zhang, nachdem er seinen Computer zurate gezogen hatte. »Ein Container aus Guangdong. Gibt es irgendwelche Probleme wegen der geladenen Waren oder der Frachtdokumente?«

»Nein. Allerdings ist der Kollege, der die Kontrolle

damals durchgeführt hat, inzwischen verschwunden, und wir wissen nicht, was ihm zugestoßen ist.«

»Wie schrecklich! *Lah yerhamu!* Gott sei ihm gnädig!« Karim konnte nicht erkennen, ob die Überraschung des Managers aufrichtig oder gespielt war. Zudem irritierte ihn, dass sie das Gespräch auf Arabisch führten.

»Ich versuche, den Verlauf der Ereignisse unmittelbar vor seinem Verschwinden zu rekonstruieren. Können Sie mir sagen, woraus genau die Sendung bestand?«

»*L-hwayj*, Kleidung«, antwortete der Chinese. »Unser Frachtagent in Tanger-Med kann Ihnen die Papiere zeigen.«

»Was machen Sie mit den Kleidungsstücken, wenn sie aus China eintreffen?«

»Wir nähen ein Krokodil drauf. Oder drei Streifen, den Swoosh, einen Polospieler. Wir verwandeln gewöhnliche Kleidungsstücke in Designerstücke.«

»Mehr tun Sie nicht? Bloß Logos aufnähen?«

»Das Nähen ist durchweg reine Handarbeit«, erklärte der Manager. »Wie achten sehr auf Qualität!«

»Können Sie mich ein wenig herumführen?«

»*Tbiat al-hal*«, sagte Zhang lächelnd und stand auf. »Aber natürlich.« Wenig später betraten sie auf einem erhobenen Laufgang eine riesige Halle, über deren Decke sich ein Raster aus Leuchtröhren zog. Unter ihnen umkreisten zwei mit Kleidungsartikeln behängte Transportanlagen wie Karussells ein Heer von Näherinnen, die sich über ihre Nähmaschinen beugten. Entlang der Wände standen Regale, in denen sich gefaltete Versandkartons türmten.

»Verkaufen Sie Ihre Ware im Maghreb?«

»Dreißig Prozent, der Rest geht nach Europa. Wir haben ein Lagerhaus in der Nähe von Cádiz.«

»Warum nähen Sie die Logos denn nicht direkt in China

an die Kleidung?«, fragte Karim, dem das Geschäftsmodell irgendwie nicht einleuchten wollte.

»Weil Ihr Land ein Freihandelsabkommen mit der Europäischen Gemeinschaft hat«, erklärte Zhang mit einem verschwörerischen Augenzwinkern. »Wenn wir die Logos hier annähen, können wir die Waren in Europa verkaufen, ohne Einfuhrzölle bezahlen zu müssen.«

Am Ende des Laufgangs stiegen sie nach unten und gelangten in einen Außenbereich, wo Mitarbeiter Lastwagen beluden.

Karim ergriff ein herumliegendes Cuttermesser und sagte: »Sie haben doch nichts dagegen?« Ohne auf eine Antwort zu warten, schlitzte er einen der Kartons auf und nahm ein in Plastikfolie verpacktes Lacoste-T-Shirt heraus. Ein typisches Beispiel für den Handel mit Produktfälschungen eben. Vollkommen bedeutungslos für seine Ermittlungen. Karim legte das T-Shirt zurück und dankte dem Manager für seine Hilfe.

»*Mahrba!* Gern geschehen. Und hier – behalten Sie doch bitte das T-Shirt!«

Im Carrefour-Supermarkt herrschte reger Betrieb. Joseph schob das Ladekabel seines Handys in eine Steckdose an der Wand und tat, als würde er die Rückseite einer Waschmittelpackung studieren. Fünf Minuten später bemerkte ein übereifriger Angestellter das Handy und forderte ihn auf, das Geschäft zu verlassen. Joseph warf seine Adidas-Tasche über die Schulter, überquerte erst den Parkplatz, dann die große Durchgangsstraße und schlurfte gemächlich den steilen Anstieg nach Marshan hinauf. Unterwegs hielt er an und wählte die Nummer von Jean-François, erreichte ihn aber trotz mehrerer Versuche nicht. Er bummelte in der Nähe des früheren Sultanspalasts ein Gewirr an Sträßchen hinunter, lief vorbei an den Mendoubia-Gärten und weiter, bis er schließlich die anglikanische St. Andrew's Church erreichte.

Früher einmal zählte eine beträchtliche Kirchengemeinde zu St. Andrew's. Die gesamte britische Einwohnerschaft der Stadt suchte diesen Ort auf, um Messen zu feiern, Taufen oder Hochzeiten abzuhalten oder, wenn sie starben, auf dem Friedhof unter den Palmen beerdigt zu werden. Inzwischen war die Zahl der hier lebenden Briten jedoch stark geschrumpft, und nur der stete Zulauf von wechselnden Gruppen Geflüchteter aus afrikanischen Subsahara-Staaten hielt die Kirche am Leben.

Joseph verstand sich gut mit dem Hausmeister der Gemeinde und musste nur an dessen Fenster klopfen, um den Schlüssel zu erhalten. Nachdem er die massive Holztür aufgesperrt hatte, vergewisserte er sich erst einmal, dass er tatsächlich allein in der Kirche war. Von innen wirkte das Gotteshaus mit seinen weißen Wänden und der einfachen Holzdecke eher schlicht. Den stuckverzierten maurischen Altarbogen rahmte ein Fries mit dem Vaterunser in arabischer Schrift ein. Erneut schloss Joseph sein Handy an eine Steckdose an, rutschte auf eine der Bänke und sprach ein Bußgebet.

Gegen zwölf erschien eine ältere Engländerin namens Agnes mit einem Korb Blumen. Sie schenkte Joseph ein freundliches Lächeln, bevor sie in der Sakristei verschwand, aus der sie wenig später mit Vasen und einer Gartenschere zurückkam. Joseph beobachtete, wie sie die Blumen anschnitt und arrangierte. Sie gab sich größte Mühe, aus den wenigen Stängeln wenigstens zwei Sträuße zu bilden. Joseph trat zu ihr und nahm die Gartenschere.

»*Je peux …?*«

Agnes nickte unsicher. Joseph ging hinaus auf den Friedhof und schnitt ein paar Zweige von der Bougainvillea und vom Hibiskus, die er mit einigen Palmwedeln ergänzte. Es war gar nicht so einfach, und die scharfkantigen Palmblätter schnitten ihm mehrfach in die Hände. Doch dafür zeigte Agnes sich anschließend entzückt, und Joseph plagten nicht länger Gewissensbisse wegen seines kleinen Stromdiebstahls in der Kirche.

Er nahm wieder in der Bankreihe neben seiner Tasche Platz und überlegte, wo er heute Nacht schlafen sollte. Bettler und Drogensüchtige hatte er zwischen den Büschen der Mendoubia-Gärten herumstreunen sehen, aber er fürchtete, von ihnen überfallen zu werden. Ein Hostel konnte er sich nicht leisten, und am Strand lief die Polizei regelmäßig Streife.

»Schließen Sie nachher ab, mein Guter?«, rief Agnes auf dem Weg zur Tür, im Arm den leeren Blumenkorb.

Joseph betrachtete die Vasen zu beiden Seiten des Altars. Dann zog er das Ladekabel aus der Dose, sperrte die Tür hinter sich zu und brachte den Schlüssel beim Hausmeister vorbei.

»Ein Vermerk wäre schlimmer.«

Die beiden jungen Frauen saßen in der Kantine. Während Ayesha niedergeschlagen in ihren Becher Automatenkaffee starrte, tat Salma ihr Bestes, sie zu beruhigen.

»Nach deinem Abschluss weiß keine Menschenseele mehr etwas darüber. Aber von nun an musst du dich tadellos benehmen. Warum hast du mir auch nichts davon erzählt, dass dein Bruder hier in Kenitra im Gefängnis sitzt?«

»Wie hat Hakimi das nur herausgefunden?«, fragte Ayesha zurück.

»Ist doch unwichtig. Wichtig ist nur, dass du jetzt eine nette, folgsame Schülerin bist, die nicht die kleinste Regel missachtet.«

»Wie schätzt du Hakimi ein?«

»Ich weiß, dass er der zweitschnellste Läufer in unserer Klasse ist«, antwortete Salma kichernd. »Warum fragst du?«

»Weil ich ihm damit erneut Anlass gegeben habe, mich zu hassen. Er könnte sich rächen wollen.«

»Das bezweifle ich stark. Schließlich steht er einen Schritt vor dem Rausschmiss, genau wie du. Bis zu eurem Abschluss steckt ihr beide in derselben Situation.«

»Ich kann gar nicht glauben, wie bescheuert ich war.«

»Ja, Scham kann einen teuer zu stehen kommen«, sagte Salma und nickte schwer.

»Wie meinst du das?«

»Er hat dich bloßgestellt, weil er sich dafür schämt, gegen dich verloren zu haben. Und du bist deswegen gleich ausgerastet, weil du dich für deinen Bruder schämst. In diesem Land ist Scham eben für vieles der treibende Faktor.«

»Und du hast gar nichts, wofür du dich schämst?«

»Ich habe am Sonntag gleich zwei Schokoriegel genascht«, gestand Salma achselzuckend.

Ayesha lachte. In diesem Moment betrat Hakimi in Begleitung von zwei Freunden die Kantine.

»Nicht vergessen!«, zischte Salma. »Immer schön brav sein!«

Während die vielen Touristen, tief versunken in ihren Reiseführern, durch den Petit Socco schlenderten, liefen um sie herum Schulkinder mit weißen Überwurfwesten lachend und schwatzend nach Hause zum Mittagessen. Karim stand vor dem Hotel und überlegte, was er den restlichen Tag machen sollte. Die Vorstellung, erneut zum Hafen hinauszufahren und sich dort wieder mit Larbi und den anderen auseinandersetzen zu müssen, war einfach zu deprimierend. Er beschloss, ein wenig spazieren zu gehen, um den Kopf frei zu bekommen. Vielleicht konnte er auch noch etwas über den Mord am gestrigen Abend in Erfahrung bringen.

Er marschierte los in Richtung Chez Kebe, doch die Gassen sahen tagsüber ganz anders aus, und er hatte Schwierigkeiten, den Weg zu finden, den er mit Mokhtar gegangen war. Irrte er hier doch tatsächlich orientierungslos wie ein Tourist durch die Altstadt! Ein Durchgang, in dem nur ein paar Katzen ein Sonnenbad nahmen, erwies sich als Sackgasse. Karim erinnerte sich daran, was Simo über die Medina gesagt hatte, und wandte sich bergauf Richtung Kasbah. Zu seiner eigenen Überraschung stand er kurz danach vor dem Eingang des Chez Kebe.

Das Restaurant war klein und verfügte gerade mal über ein halbes Dutzend Tische, die fast alle von Subsahara-Afrikanern besetzt waren. Der einzige freie Platz, den Karim entdecken konnte, war an einem Tisch mit drei deutschen Rucksacktouristen. Die senegalesische Kellnerin brachte ihm lächelnd einen Teller Hühnchen in Zitronensenfsoße, den Karim genüsslich leerte, während er dem vergnügten Stimmengewirr an den Tischen lauschte. Dass einer dieser freundlichen Zeitgenossen eine Schusswaffe eingesteckt hatte und damit auch noch einen Menschen ermordet haben sollte, erschien ihm unvorstellbar, und er fragte sich, wer sonst für die Schüsse im Petit Socco verantwortlich sein könnte.

Die deutschen Rucksacktouristen sprachen gut Englisch. Sie erzählten, dass sie gerade mit der Fähre aus Spanien eingereist waren und weiter nach Chefchaouen wollten. Die Erwähnung der Fähre weckte in Karim plötzlich ein Fünkchen Hoffnung. Was, wenn Abdou im Rahmen seiner Ermittlungen einer Spur nach Tarifa gefolgt war? Als er zahlte, fragte Karim die dauerlächelnde Kellnerin, ob sie vom Mord in der Altstadt gehört habe, und ihre Stimmung schlug abrupt um.

»Die Polizei war bereits da, um Fragen zu stellen«, erzählte sie verärgert. »Ich hab gesagt, sie sollen es gefälligst woanders versuchen. Ich meine, warum sollte ausgerechnet einer dieser armen Schlucker ...«, sie machte eine ausholende Armbewegung, »... jemanden umbringen und damit auch noch seine letzten Hoffnungen aufs Spiel setzen? Die wollen nach Europa, nicht in irgendeinen *dégeulasse* marokkanischen Knast!«

Karim setzte seinen Weg bergauf fort und geriet wenig später in eine blau-weiße Gasse mit zahllosen knallbunten Pflanzentöpfen. Auch hier ging es nach einigen Metern nicht weiter, aber als Karim umdrehte, fiel ihm an einem Haus das Schild *Zimmer zu vermieten* auf. Aus reiner Neugier klopfte er. Eine schmale Frau in den Fünfzigern in einem grauen Kaftan und mit Kopftuch öffnete. Ihr Name war Khoury. Mit einem entschuldigenden Lächeln erklärte sie Karim, dass sie Witwe sei und das Zimmer an *näs maakulin*, verständnisvolle Leute, vermiete. Er bat darum, es sich anschauen zu dürfen, und sie führte ihn über einen gefliesten, von Ficus und Bogenhanf gesäumten Gang ins Haus. Auf seine Frage, ob die Pflanzen draußen ebenfalls ihre seien, nickte sie nur und sagte, dass sie sich zudem um neunzehn Katzen kümmere. Das Zimmer mit Einzelbett war schlicht und hatte ein Fenster, durch das man in einen blumenübersäten Hof blickte.

»*Alf rial*, fünfzig Dirham.«

»Führt die zur Kasbah?«, fragte Karim und deutete auf eine Tür im Innenhof.

»Ja«, antwortete die Frau. »Aber es ist kürzer über den Weg, den Sie gekommen sind.«

Karim dankte der Witwe und merkte sich die Adresse für alle Fälle. Kaum war er zurück auf der großen Straße, hörte er eine vertraute Stimme hinter sich.

»Hallo, mein Herr!«, rief Mokhtar und schlängelte sich rasch zu ihm durch. Er trug eine gestreifte *djellaba* und einen Pillbox-Hut. »Soll ich Sie ein Stück begleiten?«

»Nein, ich möchte gerne allein sein«, blaffte Karim abweisend.

Unbeeindruckt behielt Mokhtar seinen fröhlichen Ton bei. »Ich habe mich umgehört wegen Ihres Freundes, aber keiner hat ihn gesehen!«

»Was ist mit dem Mann, der gestern erschossen wurde? Was wissen Sie über den?«

»Das war ein Schleuser, hab ich Ihnen doch gesagt.«

»Mir haben Sie gesagt, er sei Drogenhändler.«

»Pah, ist doch eins wie's andere.«

»Wer hat ihn umgebracht?«

»Keine Ahnung.«

»Wie heißt die Straße da?«

»Ah, das kann ich Ihnen sagen«, jubelte Mokhtar. »Jnane el-Captane. Hat Ihnen das Zimmer gefallen?«

Karim wirbelte herum. »Spionieren Sie mir hinterher?«

»Nein, mein Herr«, versicherte Mokhtar und hob beschwichtigend die Hände. »Immer mit der Ruhe. Warum reagieren Sie denn immer gleich so empfindlich?«

Karim sparte sich eine Antwort. Kurz darauf erreichten sie einen großen gepflasterten Platz, auf dem zwei Jungs Fußball spielten. Gegenüber war ein altes Gebäude, das wie ein Museum aussah. Aus einem Hauseingang hörte Karim

Fetzen von Musik. Am liebsten hätte er sich irgendwo hingesetzt und Noureddine angerufen, aber Mokhtar gab einfach keine Ruhe mit seinen Erklärungen.

»Da drüben ist Dar Zero! Merkwürdige Adresse, finden Sie nicht? Das dort ist der einstige Palast von Sultan Mulai Ismail! Ich kann Ihnen kostenlos Eintritt verschaffen! Wollen Sie mal einen Blick reinwerfen?«

»Nein.«

Karim ging zu einem Torbogen am nördlichen Ende des Platzes, wo man auf die Straße von Gibraltar hinuntersehen konnte.

»Ah, das Meer!«, schwärmte Mokhtar sofort begeistert. »Geben Sie mir Ihr Handy. Ich mach ein Foto von Ihnen.«

»Nein.«

Über eine steile Treppe stieg Karim zu dem großen, die Küste entlangführenden Boulevard hinunter. Mokhtar klebte ihm weiter an den Fersen. Dabei summte er ein Lied und schien nicht im Geringsten darüber verärgert, dass Karim ihm keinerlei Beachtung schenkte. Als sie sich der Zufahrt zum Fischereihafen näherten, bemerkte Karim einen Wachposten, der jeden Wagen kontrollierte.

»Wonach sucht denn der?«, murmelte er vor sich hin.

Rasch trat Mokhtar neben ihn. »*Afaraqa*. Sie verstecken sich im Kofferraum und schleichen sich als blinde Passagiere auf die Fischerboote. Was wollen Sie dort, mein Herr? Ihr Freund hat sich ja an vielen Orten herumgetrieben, aber da ist er nie gewesen!«

Unbeirrt ging Karim an der Schranke vorbei auf das Gelände. Mokhtar zögerte einen Moment, dann entschloss er sich zu folgen und machte ein paar eilige Schritte, um Karim wieder einzuholen.

»Ihr Freund hat im Chez Hassan in der Rue d'Italie zu Abend gegessen, und gefrühstückt hat er im Manara Café, das meiner Ansicht nach allerdings nicht die beste Wahl ist. Gebetet hat er, genau wie Sie, in der großen Altstadtmoschee. Jeden Morgen ist er dann unten auf der Straße in einen Wagen gestiegen, genau wie Sie. Sind Sie etwa auch bei der Polizei?«

»Woher wissen Sie, dass er Polizist war?«, fragte Karim und blieb stehen.

»Ich weiß eben so manches«, meinte Mokhtar achselzuckend. »Sind Sie auch bei der Polizei?«

»Kann sein.«

Karim hegte den Verdacht, dass Mokhtar ihm Informationen vorenthielt, die er jedoch früher oder später – angeregt durch den einen oder anderen Geldschein – schon noch herausrücken würde. Sie kamen an einer stillen, menschenleeren Front von Lager- und Kühlräumen vorbei, begegneten zwei Männern in Ölzeug, die einen Schwertfisch trugen, und bogen schließlich ab zum Kai, wo reges Treiben herrschte. Die Fischerboote lagen sanft schaukelnd im Hafen, ihre blauen und roten Rümpfe leuchteten in der Mittagssonne. Auf dem Kai stapelte sich der Fang an Stein- und Heilbutt, Makrelen und Rochen, um den Großhändler und Hausfrauen feilschten, während die Fischer ein Stück weiter saßen, Netze flickten, Köder anbrachten oder sich einfach nur bei einer Zigarette unterhielten. Karim blieb stehen, um den Anblick zu genießen. Er liebte Fischerhäfen. Das laute Stimmengewirr und der Geruch von Fischeingeweiden bildeten einen krassen Gegensatz zur hoch technisierten Anonymität von Tanger-Med.

»Haben Sie Hunger, mein Herr?«, versuchte es Mokhtar. »Ich kenne da ein gutes Lokal!«

Karim fiel wieder die Essenseinladung bei Simo ein.

»Ein andermal.«

»Wie wäre es dann mit einem leckeren Minztee?«, fragte Mokhtar weiter.

Bevor Karim antworten konnte, sprang einer der Netze flickenden Männer beim Anblick von Mokhtar auf und stürmte wutentbrannt auf ihn zu.

»Verdammter Hurensohn, wo ist mein Geld?«

Er überschüttete Mokhtar schreiend mit Beleidigungen, während der sich ängstlich die Hände vors Gesicht hielt. Nachdem der Fischer ihm einen Tritt gegen das Schienbein versetzt hatte, verpasste er ihm noch eine Ohrfeige, die Mokhtar so unvorbereitet traf, dass er auf dem glitschigen Pflaster ausrutschte und wie ein Käfer auf dem Rücken landete. Mit einem höhnisch-triumphierenden Lachen streifte der Angreifer seinen Schuh an Mokhtars *djellaba* ab, was einen Dreckstreifen quer über der Brust zurückließ. Jetzt hatte Karim genug. Er rammte den Mann gegen die nächstbeste Wand.

»Was fällt Ihnen eigentlich ein?«

»Halten Sie sich da raus!«

Der Fischer schwang die Faust nach Karim, doch der parierte den Schlag und fixierte die Hand des Mannes mit einem schraubstockartigen Klammergriff.

»Immer mit der Ruhe, mein Bruder«, sagte er und zog seinen Dienstausweis. »Kein Grund auszurasten.«

»Sûreté de Marrakech?«, las der Mann spöttisch vor. »Wir sind hier in Tanger, falls Ihnen das noch nicht aufgefallen sein sollte! Sie haben hier überhaupt keine Befugnisse!«

»Ach, wirklich? Ich bin gerade auf dem Weg zu einem Treffen mit Simo Layachi, dem Chef der hiesigen Polizei. Er ist ein guter Freund von mir. Soll ich ihn bitten, mal vorbeizukommen und die Sache zu klären?«

»Wenn Sie bei der Polizei sind, was geben Sie sich dann

mit solch einem Gesindel ab?«, sagte der Mann und reckte das Kinn in Richtung Mokhtar. »Ah ja, natürlich – der Kerl ist ein Spitzel.«

»Verschwinden Sie!«, befahl Karim und ließ die Hand des Mannes frei. »Oder Sie verbringen die Nacht in einer Zelle!«

Der Mann starrte ihn zornig an, spuckte aus und kehrte zu seinen Netzen zurück. Karim half Mokhtar auf die Beine.

»Schönen Dank, mein Herr«, sagte der und klopfte seine *djellaba* ab. »Behauptet dieser Bastard doch, ich würde ihm Geld schulden. Dabei ist er derjenige, der *mir* Geld schuldet!« Er humpelte davon, nicht ohne sich dabei immer wieder umzudrehen und eine schier endlose Litanei an Beleidigungen auszustoßen, eine blumiger als die andere. »Möge Gott ihn in einen riesigen Kessel stecken und im Höllenfeuer sieden! Möge Gott ihn mit einem Angelhaken aufschlitzen und ihn zwingen, sich mit den eigenen Händen die Eingeweide herauszureißen!«

Mokhtar machte seinem Ärger weiter Luft, bis sie zurück im Petit Socco waren.

Der einzige Ort, von dem Joseph wusste, dass er dort sicher war und für wenig Geld etwas zu essen bekommen würde, war das Chez Kebe. Abends um halb sieben war das Lokal bereits voll. Die stets lächelnde Kellnerin brachte ihm ein köstliches *poulet yassa*. Da er außer dem rohen Fleisch seit zwei Tagen nichts gegessen hatte, machte sich Joseph gierig darüber her. An den Tischen war noch immer die Ermordung des Fluchthelfers am Petit Socco das beherrschende Thema. Einige hegten die Vermutung, dass die Polizei dahintersteckte. Joseph berichtete von der Räumung des Lagers in Boukhalef und erntete ringsum mitfühlendes Nicken. Ein Bekannter aus Ghana gab ihm die Adresse eines leer stehenden Gebäudes in der Nähe des Busbahnhofs.

Als er wenig später auf dem Weg in die Neustadt den Petit Socco überquerte, hörte er jemanden aus einem Café seinen Namen rufen. Zögernd näherte er sich Karim, der Mokhtar zu einem Minztee eingeladen hatte. Mokhtar musterte Joseph von Kopf bis Fuß. Auch die Adidas-Tasche und das Tattoo am Unterarm entgingen ihm nicht.

»Reden Sie nicht mit dem, mein Herr«, zischte er. »Hier kann Sie jeder sehen!«

»Unfug!«, erklärte Karim und zog einen Stuhl heran. »Nimm Platz, Joseph. Wo bist du denn gewesen?«

»Ich war ... *à l'église*«, antwortete Joseph, ohne sich zu setzen.

»Meinst du die katholische Kirche ganz in der Nähe der *préfecture*?«

Joseph stieg unsicher von einem Bein aufs andere. »Nein. St. Andrew's.«

»Die ist oben, gleich hinter der Bou Abid«, brummte Mokhtar.

»Gehst du da häufig hin?«

»Ich ... ich bin da sonntags um elf«, antwortete Joseph, dem der Gesichtsausdruck des Marokkaners in der *djellaba* gar nicht gefiel. »Manchmal auch sonst noch.«

Karim deutete auf die Verletzung an Josephs Hand. »Du hast dich geschnitten. Soll ich dir ein Pflaster holen?«

»Das ist nichts«, versicherte Joseph und steckte die Hand rasch in die Hosentasche.

Der Kellner trat an ihren Tisch und sagte leise zu Karim gebeugt: »Was soll das? Sie verjagen mir die Kundschaft!«

»Jetzt lassen Sie den armen Kerl gefälligst in Frieden!«,

erwiderte Karim verärgert zum Kellner gewandt. »Was hat er Ihnen denn getan? Gestern haben Sie behauptet, den Schützen nicht gesehen zu haben, obwohl der seine Waffe direkt vor Ihrer Nase abgefeuert haben muss! Nun fangen Sie hier an, einen völlig unschuldigen Mann zu drangsalieren. Wahrscheinlich glauben Sie auch noch, dass er dafür verantwortlich ist, was? Bringen Sie lieber eine Cola!«
»Für wen?«
»Für ihn natürlich!«
Aber als Karim sich umdrehte, war Joseph schon fort.

Der offene Streit auf dem Platz hatte Joseph einen Riesenschrecken eingejagt. Statt zum Busbahnhof lief er bergauf Richtung Kasbah und dann im Zickzack durch allerlei Nebenstraßen nach Marshan. Er mochte Marshan. Ihm gefielen die mit Blauregen überwucherten Villen und die Grünanlagen, in denen Jugendliche unter bunten Lichterketten saßen und *parchay* spielten. Er ließ sich auf eine Bank fallen und wählte die Nummer von Jean-François. Diesmal meldete sich sein Freund. Die Neuigkeiten klangen nicht gut. Wo Marie-Louise war, wusste keiner. Jean-François und einige der anderen hielten sich in den Hügeln oberhalb von Sidi Kancouch versteckt und hofften, es am nächsten Tag bis Casiago zu schaffen. Er drängte Joseph, ihnen nachzukommen, doch der zögerte.
»Außerhalb von Tanger kann ich nichts verdienen!«
»Die Zeiten sind vorbei, mein Freund«, erwiderte Jean-François. »In Tanger ist es einfach nicht mehr sicher. *Viens!* Es gibt zwar eine Straßensperre in Malabata, aber die Polizisten haben viel zu viel damit zu tun, alle Autos zu kontrollieren, um auf dich zu achten.«

Am Ende ließ sich Joseph dazu überreden aufzubrechen, sobald es hell wurde. Inzwischen war es zehn Uhr abends. Er schlich sich durch den Park zum Friedhof von Marshan. Ein paar Monate zuvor hatte er sich etwas Geld damit verdient, an der Wasserpumpe leere Plastikflaschen zu füllen und sie dann an die Besucher zu verkaufen, die kamen, um die Gräber von Freunden oder Verwandten zu wässern. Er kletterte über eine rückwärtige Mauer und fand einen Grabstein, hinter dem er sich gut verbergen konnte. Eine Stunde später zog die Kälte empfindlich an. Joseph stand noch einmal auf, stampfte sich die Füße warm und blickte dabei über die Mauer auf das schwarze Meer weit unter ihm.

Die Adidas-Tasche unter den Kopf geschoben, legte er sich kurz darauf wieder hin und hoffte, dass es bis morgen früh nicht regnen würde. Es gruselte ihn zwar, so unter den Toten zu schlafen, aber in der gegenwärtigen Situation war er hier sicherer als unter den Lebenden.

Casabarata war ein Viertel, in dem es sowohl preiswerte Mietwohnungen als auch unspektakuläre Einfamilienhäuser gab. Simo wohnte in einem der Letzteren, einem zweigeschossigen Haus, das von Palmen halb verdeckt wurde. Hätte es in einem exklusiven Vorort wie Marshan oder Vieille Montagne gelegen, das Anwesen wäre Millionen wert gewesen. So jedoch sah es aus wie das Heim eines Beamten im höheren Dienst, der es zu etwas gebracht hatte.

Der *salon* war modern als offener Wohnbereich gestaltet, mit einem grauen Teppich und einem Esstisch aus Massivholz, wie man es in Europa gerne hatte. Karim betrachtete die abstrakten Gemälde an der Wand und kam zu dem

Schluss, dass er mit den unbegreiflichen Formen nichts anfangen konnte. In einer Ecke standen zwei mit blau-gelb gemustertem Brokat bezogene Diwane um einen niedrigen Couchtisch. Simos Tochter, eine zierliche Zwölfjährige, bekleidet mit Kopftuch und Trainingsanzug, brachte einen Korb mit ofenwarmem Brot, lächelte Karim schüchtern an und zog sich wieder zurück. Simos Frau hatte nur kurz die Küche verlassen, um *salam* zu sagen.

Simo goss Karim ein Glas Limonade ein. »*Kul*, greifen Sie zu.«

Karim bestaunte den vor ihm aufgebauten Festschmaus: Tintenfisch-Tajine mit Tomaten und *harissa*, Tajine aus Dorade mit *chermoula* und eingelegten Zitronen, Salate aus Auberginen, Blumenkohl und grünen Bohnen, ein Teller mit selbst gemachten Pommes frites sowie Schüsselchen mit grünen und schwarzen Oliven. Er nahm sich etwas Fisch und berichtete Simo von den tödlichen Schüssen im Petit Socco.

»Angeblich soll es sich um einen Schleuser gehandelt haben.«

Simo schnaubte verächtlich.

»Sie glauben das nicht?«, fragte Karim.

»Ganz im Gegenteil. Wir wissen, dass es sich um einen Schleuser gehandelt hat.«

Karim fiel auf, dass Simo nicht so gut gelaunt wirkte wie sonst. Irgendwie schien er nervös und gereizt.

»Aufs Schmuggeln verstehen sie sich in dieser Stadt eben immer noch am besten«, erklärte er. »Vor achtzig Jahren war es Bargeld in unterschiedlichsten Währungen, dann Waffen und schließlich Haschisch. Jetzt sind es eben Menschen.«

Und gefälschte Medikamente, dachte Karim, behielt den Gedanken aber lieber für sich.

»Zurzeit erleben wir einen Krieg rivalisierender Banden, der in dieser Stadt seinen Schwerpunkt hat.«
»Die Gruppen bringen sich gegenseitig um?«
»Genau.«
»Demnach wurde der Mann im Petit Socco von einem Konkurrenten umgebracht?«
»Mit an Sicherheit grenzender Wahrscheinlichkeit.«
Karim sah die Einschusslöcher in der Jacke des Mannes noch deutlich vor sich und fragte unwillkürlich: »Glauben Sie, dass Abdou in diese Sache hineingezogen worden ist?«
»Nein. Abdou ist am Hafen verschwunden.«
»Was macht Sie so sicher, dass keine Verbindung besteht?«
»Ich weiß, was in dieser Stadt los ist.«
»Und dennoch wissen Sie nicht, was mit Abdou passiert ist!«
Simo ließ die Gabel sinken. »Sie sind Gast in meinem Haus, Karim. Also bitte beleidigen Sie mich nicht. Ich nehme Abdous Verschwinden überaus ernst, und wir werden schon bald herausfinden, was genau mit ihm geschehen ist.«
Karim wechselte lieber das Thema, und schnell kamen sie auf Operation MEDIHA zu sprechen.
»Alles begann mit Ermittlungen zum Handel mit gefälschten Designerwaren. Keiner wollte den Fall, bis ich ihn übernommen habe.«
»Hat das Innenministerium diese Ermittlungen veranlasst?«
»Nein, die Europäer haben Gelder zur Verfügung gestellt.«
»Und sobald die Europäer etwas von uns wollen, legen wir sofort artig los«, meinte Simo bissig.
»Vermutlich waren sie besorgt über die vielen Produktfälschungen hier im Maghreb. Nach etwa einem Monat

haben Abdou und ich festgestellt, dass die weit heikleren Geschäfte mit Pharmazeutika betrieben werden. Da viele dieser Arzneimittel von europäischen Firmen wie Sanofi oder Hoffmann-La Roche hergestellt werden, legten die Europäer natürlich Wert darauf, dass wir uns darum kümmern.«

»Wie gesagt: Kaum bitten uns die Europäer um etwas, schon springen wir.«

»Bei Ihnen klingt das, als wären wir bloß deren Dienstboten.«

»Wir mögen nicht unbedingt deren Dienstboten sein, aber wir hängen sklavisch von ihren Geldhähnen ab, so viel ist sicher. Wir fabrizieren ihre Kleidung, wir betreiben ihre Callcenter, wir bauen für sie Gemüse und Obst an, wir realisieren ihre Urlaubsträume ...«

»Aber Simo, wir profitieren doch auch von der Situation! Nehmen wir das Beispiel gefälschte Arzneimittel. Unsere Bürger profitieren doch davon, dass sie ordentlich zugelassene Medikamente erhalten. Medikamente, die tatsächlich wirken, wie sie wirken sollen. Meinen Sie nicht? Letztes Jahr musste ich zwei Frauen in Amizmiz besuchen, die ihren Babys gegen Keuchhusten Antibiotika gegeben hatten. Wissen Sie, was diese Tabletten enthielten? Strychnin! Beide Kinder sind gestorben.«

»Sie haben recht, das ist eine miese Geschäftemacherei. Haben Sie jemanden verhaften können?«

»Ja«, antwortete Karim. »Der Importeur sitzt gerade eine zehnjährige Haftstrafe ab.«

»Sagen Sie ...« Simo zögerte einen winzigen Moment, bevor er fragte: »Wie ist Abdou denn so als Ermittler bislang gewesen?«

»Absolut erstklassig. Er weiß sofort, ob ein Zollbeamter oder ein Apotheker korrupt ist. Er wirft einen Blick auf eine Packung Avastin und erkennt am Schrifttyp, am verwendeten Kleber oder an irgendeinem anderen Detail, das ich überhaupt nicht bemerkt habe, dass es sich um eine Fälschung handelt.«

»Hat er nie Geld angenommen?«

Die Frage traf Karim völlig unvorbereitet. »Natürlich nicht«, sagte er entrüstet.

»Entschuldigen Sie die Frage«, erklärte Simo. »Aber wir dürfen bei unseren Ermittlungen nichts von vornherein ausschließen. Und eine Möglichkeit ist eben, dass Abdou mit den Schmugglern gemeinsame Sache gemacht hat.«

»Sie sollten lieber von dem wahrscheinlicheren Fall ausgehen, dass man ihn zum Schweigen gebracht hat«, fauchte Karim wütend zurück. »Zum Schweigen gebracht von denselben Verbrechern, denen Sie eigentlich das Handwerk legen sollten!«

»Und welche Indizien genau haben Sie für diese These?«, fragte Simo. »Ihre Frustration kann ich ja nachvollziehen. Wahrscheinlich fühlen Sie sich zudem ein wenig schuldig, weil Sie einen so unerfahrenen Mann mit einer so heiklen Aufgabe betraut haben. Aber derzeit haben wir weder eine Leiche noch einen Verdächtigen noch ein Motiv. Abdou hat nie etwas entdeckt und keinerlei Verhaftungen durchgeführt. Wir haben sämtliche Leute vernommen, die sich zum Zeitpunkt seines Verschwindens im Terminal aufhielten. Es kann Wochen oder sogar Monate dauern, bis wir ihn finden. Nehmen Sie sich noch ein wenig Tajine. Meine Frau wäre todtraurig, wenn wir sie nicht aufessen.«

»Er könnte noch immer auf dem Terminalgelände sein«, presste Karim zwischen den Zähnen hervor.

»Karim ... wie wir Ihnen bereits erklärt haben, gibt es dort siebzigtausend Container, und rund um die Uhr kommen und gehen welche.«

»Wenn einer Ihrer Leute auf einer Dienstreise in Marrakesch verschwinden würde, könnten Sie sicher sein, dass meine Kollegen und ich Himmel und Hölle in Bewegung setzen würden, um ihn zu finden. Was ist zum Beispiel mit dieser Fabrik in der Free Zone? Die Firma, deren Container Abdou kontrollieren ließ? Haben Sie den Laden mal durchsuchen lassen?«

»Ich kann Ihnen versichern, dass dort lediglich Kleidung hergestellt wird.«

»Vielleicht ein bloßes Tarngeschäft für das Kartell.«

»Das *Kartell*?«, wiederholte Simo lachend. »Sie schauen sich zu viele amerikanische Krimis an! So aufregend ist das Leben in Tanger nun auch wieder nicht. Wir haben einige Probleme mit Flüchtlingen und Schleusern, aber da bereitet uns die Sicherheit unserer Pensionen größere Sorge. Wie ich bereits mehrmals erklärt habe, wird sich wahrscheinlich herausstellen, dass es für Abdous Verschwinden irgendwelche ganz profanen Gründe gibt, nichts Spektakuläres.«

Simo klatschte in die Hände, woraufhin seine Tochter zurückkam, den Tisch abräumte und eine Schüssel mit Obst brachte. Karim schäumte noch immer vor Wut.

»In dieser Stadt benimmt sich jeder, mit dem ich rede, als hätte er etwas zu verbergen.«

»Das liegt daran, dass wir Einmischungen von außen nicht mögen«, erklärte Simo und lachte. »Überall heißt es, die Leute aus Fès seien arrogante Mistkerle, aber verglichen mit den Fassis sind wir Tanjaouis noch zehnmal schlimmer. Wir hocken hier oben mit den Füßen im Mittelmeer und recken unsere Nasen in den Himmel. Wissen Sie, wie wir die anderen Maghrebis nennen? *Näs dyal dakhil*. Die aus dem Innern. Die Idioten, mit anderen Worten. Probieren Sie die Erdbeeren. Sie sind köstlich.«

Hohes Kinderkreischen war zu hören, und zwei etwa siebenjährige Jungs kamen mit Lichtschwertern aus Plastik kämpfend in den *salon* gestürmt. Nach einem beiläufigen Blick auf Karim jagten sie einander durch den Raum. Simo packte einen von ihnen und drückte das strampelnde Energiebündel an sich.

»Ach, Kinder!«, lachte Simo. »Sie sind ein *baraka*, ein Segen, hab ich recht?«

Um elf verabschiedete sich Karim von Simo und brach auf. Die Nacht war klar, und der Mond leuchtete in einer schmalen Sichel. Nach den Ereignissen des Tages war Karim müde, aber irgendetwas – nagende Gewissensbisse, das Gefühl, dass er den Abend vergeudet hatte und ihm die Zeit davonlief, um Abdou noch lebend zu finden – ließ ihn noch einmal zur Free Zone fahren. Am Eingangstor zeigte er kurz seinen Dienstausweis und ging weiter.

Nachts schien auf dem Gelände mehr los zu sein. Straßen und Grünflächen waren in ein fahles, unheimliches Flutlicht getaucht, und in nahezu jedem Lager und Fabrikgebäude herrschte Betrieb. Einen gewöhnlichen Arbeitstag kannte man in der Free Zone anscheinend ebenso wenig wie in Tanger-Med.

Karim erreichte Best Century Clothing und schlich die Seite des Gebäudes entlang. Hoch über ihm drang Licht aus einer langen Reihe Fenster, unter denen in regelmäßigen Abständen die Module der Klimaanlage angebracht waren. Karim fuhr mit der Hand über die glatte Wand aus Stahllamellen. Nirgends ein Vorsprung oder ein Spalt, an dem er hätte Halt finden können. Neben einer Seitentür standen immerhin zwei Holzpaletten, die er – eine unter jedem Arm – zu einer Stelle unterhalb eines Fensters trug.

Er lehnte die erste Palette in einem Winkel von etwa dreißig Grad gegen die Wand und stellte die zweite hochkant so darauf, dass sie plan an den Stahllamellen lag. Die Fußspitzen in die Zwischenräume zwängend, kletterte Karim hinauf, bis er auf der oberen Palette stand und mit dem Kopf auf Höhe der Klimaanlage war. Er reckte sich hoch, hielt mit einer Hand an dem Metallgehäuse das Gleichgewicht und schielte über den Fensterrand. Drinnen sah alles genauso aus wie am Morgen, nur dass jetzt nicht Marokkanerinnen die Belegschaft bildeten, sondern ausschließlich dunkelhäutige Männer. Was taten sie da? Karim stellte sich auf die Zehenspitzen, um besser sehen zu können. Plötzlich rutschte die Palette unter ihm weg, und er baumelte mit den Händen an der Aufhängung der Klimaanlage. Im ersten Moment dachte er, die Paletten wären schlicht zusammengestürzt, aber nun richtete von unten jemand den Strahl einer Taschenlampe direkt auf sein Gesicht.

»Ich bin Polizist«, keuchte Karim. »Helfen Sie mir runter!«

»Polizist? Da haben wir ja einen echten Scherzkeks!«

Ein Wachmann starrte zu ihm herauf. In der einen Hand hielt er die Taschenlampe, in der anderen die Leine eines äußerst bissig wirkenden Schäferhundes.

»Ich schwöre es bei Gott!«

»Ich denke, ich warte einfach, bis Sie fallen«, sagte der Wachmann und trat einen Schritt zurück.

Karim wurden die Arme schwer. Bis zum Boden waren es mindestens sechs Meter, da konnte er sich leicht den Knöchel brechen. Mit jedem Fünkchen Kraft, das er mobilisieren konnte, zog er sich hoch, bis es ihm gelang, die Klimaanlage zu umfassen und sich auf das Gehäuse zu hieven. Dort kauerte er sich hin und hoffte, dass die Aufhängung sein Gewicht aushielt. Er begutachtete das Dach. Zu seiner großen Enttäuschung war die sanft geneigte Stahlfläche ebenso glatt wie die Wand. Allerdings entdeckte er auf etwa halbem Weg zum First einen vielleicht daumengroßen Metallbolzen. Karim stieß sich mit allem ihm möglichen Schwung von der Klimaanlage ab, streckte den linken Arm aus und bekam den rechten Fuß so eben aufs Dach. Wie gut, dass er Turnschuhe trug!

Unter sich hörte er Sprechfunkgeknatter und das hässliche Knurren des Schäferhundes. Mit den Fingerspitzen seiner linken Hand den Bolzen umklammernd, schob er sich Stückchen für Stückchen die Schräge hinauf. Er brauchte einige Minuten und beschmierte sich an dem dreckigen Dach seine ganze Kleidung, aber am Ende schaffte er es bis zum First. Erst setzte Karim sich rittlings auf die Dachkante, dann stand er vorsichtig auf und ging langsam zum anderen Ende des Gebäudes. Unten blieb der Wachmann gewissenhaft auf seiner Höhe und strahlte ihn mit seiner Taschenlampe an wie einen Hochseilartisten bei der Vorführung.

An der Giebelwand blieb Karim stehen und spähte schwankend auf die Laderampe hinunter. Inzwischen hatten sich ein paar Arbeiter zu dem Wachmann gesellt, den er jetzt klar und deutlich sehen konnte. Mit einer Mischung aus Neugier und Hass erwiderte der Mann seinen Blick. Irgendetwas an dem Wachmann erinnerte Karim ... in diesem Moment tauchte unter ihm ein losfahrender Lastwagen auf. Karim nahm vage ein auf das Dach des Anhängers gesprühtes *X* wahr und sprang los, ohne lange zu überlegen. Mit einem mächtigen Rums landete er auf dem Hänger, überschlug sich und konnte im letzten Moment verhindern, die Seitenwand hinunterzustürzen. Während der Lastwagen auf die Straße bog und beschleunigte, hetzte der jetzt losgelassene Schäferhund ihnen in vollem Sprint hinterher. Karim stemmte sich auf alle Viere, hob den Kopf und sah das Eingangstor immer näher kommen. Rasch kletterte er die Schließstange an der Rückseite des Aufliegers hinunter und behielt dabei die sabbernde Bestie, die weiter aufholte, genau im Auge. Sobald der Lastwagen bei der Durchfahrt am Tor seine Geschwindigkeit verlangsamte, sprang Karim ab und kugelte ein paarmal über die Straße. Taumelnd hastete er zu seinem Wagen, brachte es im zweiten Anlauf fertig, die Zentralverriegelung zu lösen, und warf sich auf den Fahrersitz. Die Tür schlug exakt in dem Augenblick zu, als der Hund dagegenkrachte.

Schweißgebadet und hysterisch lachend fuhr er zurück in die Stadt, und plötzlich fiel ihm auch wieder ein, was ihm an dem Wachmann so vertraut vorgekommen war: Er hatte die gleiche blaue Uniform getragen wie die Sicherheitsleute in Tanger-Med.

5

Als Karim morgens aufwachte, hatte er Halsschmerzen und getrocknetes Blut an den Händen. Auf dem Weg zur Dusche fiel ihm auf, dass er Fatiha, das Zimmermädchen, seit zwei Tagen nicht mehr gesehen hatte. Es schien auch überhaupt keine anderen Gäste im Hotel zu geben. Das Haus war menschenleer, man hörte keinen Laut.

Ein paar Schritte die Rue de la Marine hinab lag die Moschee, in der Karim zuletzt bereits sein Abendgebet verrichtet hatte. Er zog seine Schuhe aus und wusch sich im Brunnen die Füße.

Ehre sei Dir, o Allah, gelobt seist Du und geheiligt Dein Name, hoch lebe Deine Herrlichkeit, keinem soll gehuldigt werden neben Dir.

Eine halbe Stunde später trat er zurück auf die Straße in der festen Überzeugung, einen anderen Zugang zu der Sache zu benötigen. Ein Frühstück im Tingis machte den Anfang. Das Café war kleiner als das Central, besaß aber die bessere Lage, da man vom Petit Socco den Hang hinabsah. Außerdem war das Frühstück leckerer: Weizengrieß-Pfannkuchen mit Honig, ein Tellerchen mit grünen und schwarzen Oliven, frisch gepresster Orangensaft und der beste *nussnuss*, den er seit seiner Ankunft in der Stadt bekommen hatte. Von Mokhtar war nirgends eine Spur.

Karim fand, dass er besser Noureddine anrufen sollte. Sein Vorgesetzter hob nach dem ersten Klingeln ab.

»*Salamu alaikum!* Da du dich bislang nicht gemeldet hast, schließe ich mal, dass du Abdou nicht gefunden hast.«

»Gott weiß, wo der arme Kerl steckt«, antwortete Karim. »Hier glauben sie alle, dass er in einen Container geraten ist.«

»Und du? *Äsh baan lik?*«

»Ich denke, dass jemand von außen die Tür geschlossen und verriegelt haben muss, sollte Abdou in einem Container festsitzen.«

Karim berichtete Noureddine alles – von seinen Besuchen im Hafen über die Durchsuchung von Abdous Habseligkeiten bis zu der unerklärlichen Anwesenheit von Geflüchteten in der Kleiderfabrik.

»Mit jedem Tag, der verstreicht, wächst meine Überzeugung, dass Abdou umgebracht worden ist, wahrscheinlich von Leuten aus dem organisierten Verbrechen. So schwer es mir fällt, das zu sagen, aber dahin geht meine Vermutung.«

»Was zeigen denn die Überwachungsvideos?«

»Abdou hielt sich kurz vor seinem Verschwinden im Containerlager von Terminal 1 auf. Allerdings gibt es einen toten Winkel im Lager, weshalb uns keine Aufnahme über den genauen Moment von Abdous Verschwinden vorliegt.«

»Was hat er im Lager gewollt?«

»Container überprüfen.«

»Hatte er etwas in der Hand?«

»Eine Taschenlampe.«

»War sie eingeschaltet?«

»Nein.«

»War schon Nacht?«

»Nein.«

»Woher willst du dann wissen, dass es eine Taschenlampe war?«

»Er hat doch Container untersucht!«

»Woher willst du wissen, dass er Container untersuchen wollte?«

»Weil er mitten zwischen den Containerstapeln unterwegs war, weit weg vom Kai!«, erwiderte Karim gereizt. »Was sonst könnte er dort gewollt haben?«

»Vor seiner Abreise nach Tanger hat Abdou mich gefragt, was er am besten mitnehmen sollte«, erklärte Noureddine in gewohnt gemessenem Ton. »Ich schlug ihm vor, ein kleines Fernrohr einzupacken, ein sogenanntes Monokular. Meiner Erfahrung nach ist ein Monokular praktischer als ein Binokular, weil man genauso weit sehen kann, aber zugleich mit einem Auge mitbekommt, was um einen herum geschieht. Und da man ein Monokular nur mit einer Hand hält, hat man die andere frei – zum Beispiel für eine Waffe. Auf einem Überwachungsvideo könnte man ein Monokular leicht mit einer Taschenlampe verwechseln. Schau dir die Aufnahme noch einmal genau an.«

Vom Treppenhaus des Unterrichtsgebäudes aus verfolgten die Polizeischüler das korrekte Vorgehen bei *Durchsuchung und Verhaftung*. Der Ausbilder führte vier mit Sturmhauben vermummte Männer in schwarzen Uniformen zu einem Versteck, bei dem es sich in Wahrheit um einen der Klassenräume handelte. Ayesha und Salma standen auf den oberen Stufen und blickten über die Köpfe ihrer Mitschüler hinweg.

Der Ausbilder deutete stumm auf die Tür, und einer aus dem Kommando tat, als würde er sie mit einer schweren Ramme einschlagen. Mit einer energischen Armbewegung befahl der Ausbilder dem Quartett, den Raum zu stürmen.

»Denken Sie daran, ausschließlich Handsignale zu benutzen«, erklärte der Ausbilder den Schülern. »Rascher Zugriff auf den oder die Verdächtigen. Minimieren Sie alle Gefahren für Leib und Leben. Und achten Sie vor allem darauf, dass Ihre Leute keine Beweise unbrauchbar machen.«

Während die anderen Schüler aufmerksam zuhörten, musste Ayesha daran denken, was Salma am Vortag in der Kantine zu ihr gesagt hatte. Warum schämte sie sich nur so für die Tatsache, dass ihr Bruder im Gefängnis saß? Den Aussagen von Karim zufolge war er aus äußerst fadenscheinigen Gründen inhaftiert worden. Abgesehen von der Mitgliedschaft in einer islamistischen Verbindung, hatte Abderrahim sich nichts zuschulden kommen lassen. Und wenn er nichts Schlimmes getan hatte, sollte sie ihm dann nicht beistehen, ihm beispielsweise einen Anwalt besorgen oder ihn zumindest mal besuchen?

Insgeheim befürchtete Ayesha, dass ihr Bruder genauso sein könnte wie ihr Vater – ein religiöser Fanatiker, der seine Familie mit harter Hand führte. Seine älteste Tochter, Ayeshas Schwester Amina, hatte der Vater unter anderem dazu gezwungen, stets die Haare zu verhüllen und abends das Haus nicht zu verlassen. Nach Aminas Tod hatte Ayesha mit der Zeit viele dieser Dinge erfahren. Aber was, wenn Abderrahim ebenso unter seinem Vater hatte leiden müssen wie Amina? Sollte sie ihm dann nicht ein wenig Mitgefühl zeigen?

Inzwischen hatte die Kommandoeinheit den »Verdächtigen« aus dem Raum geholt und am Boden fixiert.

»Pass gefälligst auf!«, zischte Salma aus dem Mundwinkel. »Ich will nicht, dass sie dich rausschmeißen.«

»Was wäre daran so schlimm?«, flüsterte Ayesha zurück. »Ohne mich könntest du jede Nacht in Ruhe durchlernen.« Sie kicherten beide.

»Hey, Sie beide!«, rief der Ausbilder plötzlich und starrte sie an. »Was habe ich zuletzt gesagt?«

»Den Zugriff rasch durchführen«, antwortete Salma sofort. »Die Örtlichkeiten durchsuchen, ohne Beweismaterial unbrauchbar zu machen!«

»Und Sie ... Talal?«

»Ja?«

Ayesha wurde schon mulmig, aber zum Glück war der Ausbilder nachsichtiger als Colonel Choukri.

»Passen Sie besser auf. Womöglich sind Sie beim nächsten Mal schon selbst dafür verantwortlich, eine solche Aktion zu leiten.«

»Zu Befehl, Sir!«

»Ich habe beschlossen, Ihnen zu helfen, mein Herr!«

Mokhtar trat an seinen Tisch, als Karim bei seinem zweiten *nuss-nuss* war. Er nahm ihm gegenüber Platz, rückte seine *djellaba* zurecht und kramte einen Lederbeutel hervor. Ungeduldig wartete Karim, während Mokhtar seine Pfeife mit zwei, drei Prisen Kief füllte.

»Jemand *hat* das Zimmer Ihres Freundes durchsucht.«

»Wer?«

»Das weiß nur Gott.«

»Wer?«, wiederholte Karim verärgert.

»Zwei Männer. In Jeans und Steppjacken.«

»Polizisten außer Dienst?«

»*Momken*«, meinte Mokhtar achselzuckend. »Kann sein.«

»Haben sie etwas mitgenommen?«

Mokhtar entzündete seine Pfeife mit einem Streichholz und stieß eine dichte Rauchwolke aus. »Ja, das ist die Frage.«

Karim seufzte vernehmlich und legte einen lilafarbenen Zwanziger auf den Tisch. Mokhtar faltete den Schein in aller Ruhe und verstaute ihn in seinem Beutel.

»Sie haben ein Notizbuch mitgenommen.«

»Woher wissen Sie das?«

»Ich saß gerade bei meinem Freund am Empfang und hörte, wie einer der Männer zu dem anderen *atilih el-ktiyyeb* sagte … ›bring ihm das Notizbuch‹.«

»Wem sollte er es geben? Dem Polizeichef?«

»Nein, nicht dem Polizeichef.«

Mokhtar zog genüsslich an seiner Pfeife und grinste. Karim verdrehte die Augen und legte noch einen Zwanziger auf den Tisch.

»Noch ein lilafarbener …«, sagte Mokhtar und ließ eine weitere Rauchwolke aufsteigen. »Die grünen gefallen mir besser. Und am meisten mag ich die braunen.«

»Ach, wirklich?«, antwortete Karim, öffnete seine Brieftasche, zückte einen Zweihundert-Dirham-Schein und hielt ihn mit beiden Händen vor sich. Das war mehr, als er an einem Tag verdiente. »Und wie steht's mit den blauen?«

Mokhtar riss die Augen auf, aber Karim ließ den Schein sofort wieder verschwinden.

»Den bekommen Sie, wenn Sie meinen Freund finden.«

Widerwillig gab sich Mokhtar mit dem Zwanziger zufrieden. »Mohammed Mansouri.«

»Wer?«

»Können Sie mir einen Minztee bestellen, mein Herr?«, fragte Mokhtar und begann zu husten. »*Ma shiba*, bitte, mit Wermut.«

»Wer ist Mohammed Mansouri?«, erwiderte Karim genervt über diese neuerliche Verzögerungstaktik und packte den alten Mann am Handgelenk.

»Möge Gott es Ihnen vergelten, *a Si Karim*«, ächzte

Mokhtar und hustete noch ein paarmal. »*Schwia atay*, ein wenig Tee für den alten Mokhtar?«

Brodelnd vor Wut winkte Karim dem Kellner und gab die Bestellung auf.

Mokhtar lehnte sich zufrieden in seinem Stuhl zurück, entzündete seine Pfeife neu und zog daran, bis der Kief rot glühte. »Ihm gehört eine Sicherheitsfirma. Draußen an der Straße nach Tetouan.«

Die Geschäftsräume von EDS Security lagen an der Route de l'Abattoir, in unmittelbarer Nähe der stadtauswärts führenden Schnellstraße N2. Schäbige Cafés, brach liegende Grundstücke und Autowerkstätten wechselten einander in der Nachbarschaft ab. Als Karim auf das Firmengelände bog, erinnerten ihn der Vorplatz und die großen Rolltore eher an eine Feuerwehrzentrale. Diverse Kleintransporter und Lastwagen mit dem EDS-Logo standen herum. In einem Containerbüro stieß er auf eine Sekretärin, die gerade Rechnungsbelege abheftete, und bat darum, den Direktor zu sprechen.

»Meinen Sie den Manager? Oder den Firmenchef?«

»Den Chef.«

Die Frau verwies ihn zu einem neutralen Gebäudekomplex zwei Querstraßen weiter, wo Karim mit dem Aufzug in den siebten Stock fuhr und auf einem düsteren Treppenabsatz landete. Wie so viele Firmen in Marokko hatte auch die Zentrale von EDS Security ihre Büros in einem umfunktionierten Wohngebäude.

»Ich möchte gerne Mohammed Mansouri sprechen«, erklärte er der Frau mit Kopftuch, die ihm die Tür öffnete.

Ohne ein Wort zu sagen, führte sie ihn einen langen Flur

hinunter. Linker Hand sah Karim einen *salon*, auf dessen Sofas sich Unterlagen türmten. Rechts erhaschte er einen Blick in einen Raum mit Faxgerät, gefolgt von einer fensterlosen Küche mit pinkfarbenen Wandfliesen. Das letzte Zimmer lag im Dunkeln, da der Rollladen heruntergelassen war, und im ersten Moment bemerkte Karim den kahl geschorenen Schädel und den stiergleichen Nacken hinter dem Schreibtisch gar nicht.

Die Einrichtung war schlicht. Ein paar Teppiche, ein Aktenschrank und ein an der Wand hängender Schaukasten mit Musketen und Gewehren. Die beiden Männer tauschten die üblichen Begrüßungsfloskeln aus.

»Simo hat mir schon von Ihnen erzählt«, sagte Mansouri wachsam.

Sein Händedruck war eisern wie ein Schraubstock. Karim hätte sich den Hünen mit dem fassgleichen Brustkorb und dem tätowierten Handrücken problemlos als Rausschmeißer in einem Nachtklub vorstellen können. Eigentlich begegnete man Marokkanern mit Tattoos eher selten, da strenggläubige Muslime im Tätowieren eine Entweihung der göttlichen Schöpfung sehen. Mansouri war Karims Blick nicht entgangen.

»Das sind Berber-Symbole. Schauen Sie hier – die Weizenähre, sie steht für Leben und Tod. Dies ist eine Axt, das bedeutet Wut und Zerstörung. Und die konzentrischen Rauten sollen böse Geister abwehren.«

»Sie sind Berber?«

»Ich kam vor dreiundsechzig Sommern in einer entlegenen Region des Rifgebirges auf die Welt. Sind Sie auch Berber?«

»Ja. Mein Vater stammt aus Talatast im Hohen Atlas.«

Als Mansouri ins Berberische wechselte, unterbrach Karim ihn sofort.

»Ich spreche kein Tamazight«, sagte er. »Ich bin in Marrakesch aufgewachsen.«

»Verstehe«, erwiderte Mansouri. Seine Missbilligung war unüberhörbar. »Und Sie haben wirklich Ihr ganzes Leben in Marrakesch verbracht?« Bei ihm klang es wie etwas, wofür man sich schämen müsste.

»Ja. Abgesehen von den achtzehn Monaten auf der Polizeiakademie.«

»Meine Mutter hat mich morgens zur Welt gebracht und ist nachmittags schon wieder raus aufs Feld«, erzählte Mansouri. »Ein paar Jahre später sind sie und mein Vater gestorben, und ich bin zu meinem Großvater gekommen. Als Erstes hat er mich aus der Schule genommen und mir das Schießen beigebracht.«

»Ich bin nicht hier, um mich über Bildung oder Bildungslücken zu unterhalten, Herr Mansouri. Sind Sie der Eigentümer von EDS Security?«

»Sind Sie ein guter Schütze?«

»Wie bitte?«

»Ich habe gefragt, ob Sie schießen können. Bestimmt hat man Ihnen doch auf der Akademie auch gezeigt, wie man schießt, oder?«

»Ich war Jahrgangsbester.«

»Aus dem Rif kommen eben die besten Schützen.«

Karim zog demonstrativ sein Notizbuch aus der Tasche. Im Unterschied zu Abdou machte er sich nur selten Aufzeichnungen, aber er hatte festgestellt, dass die Gesprächspartner sich stärker konzentrierten, wenn er es tat.

»Kommen wir zurück zu EDS. Wie lange besteht die Firma bereits?«

»Interessieren Sie sich für Gewehre?« Mansouri öffnete die Vitrine und nahm eine Muskete heraus. »Hier, schauen Sie mal.«

Die Muskete war knapp ein Meter achtzig lang, mit ziselierten Silberornamenten am Lauf und Intarsien aus Silber und Koralle am Schaft.

»Die meisten Menschen denken, diese alten Musketen sind nur was für traditionelle Veranstaltungen wie die *fantasias*«, fuhr Mansouri fort. »Aber zwanzig Jahre lang beherrschte diese Waffe ganz Ketama. Stammesführer erzitterten davor.«

Karim wollte zwar gerne mit der Befragung beginnen, aber da Schusswaffen immer eine gewisse Faszination auf ihn ausübten, musste er nicht lange dazu überredet werden, die Muskete in die Hand zu nehmen. Unterhalb des Hahns eingraviert fand er die Angabe *1279 AH*, was nach dem heutigen Kalender dem Jahr 1862 entsprach.

»Und schauen Sie sich das mal an«, sagte Mansouri und wählte ein weiteres Gewehr aus. »Ein Chassepot, hergestellt in Frankreich etwa 1874.« Karim tauschte die Muskete gegen das Chassepot und testete das Visier. »Ein Hinterlader mit damals hochmodernem Kammerverschluss«, referierte Mansouri weiter. »Treffsicher noch auf über dreihundert Meter. Ich habe es einem Mann abgekauft, der behauptete, dass es dem großen Kriegsführer Abd el-Krim höchstpersönlich gehörte, der diese Waffe in der Schlacht von Annual beim Sieg über die Spanier benutzte.«

Karim stellte die Waffe zurück in die Vitrine. »Wäre es Ihnen lieber, wenn Schusswaffen in Marokko noch legal wären?«

»Die Arbeit würde es mir erleichtern.«

»Erzählen Sie mir etwas über Ihre Arbeit«, hakte Karim nach. »Arbeiten Sie ausschließlich für die Tanger-Med Port Authority?«

»Nein«, antwortete Mansouri und setzte sich hinter den Schreibtisch, die Muskete auf dem Schoß. »Ich übernehme

Sicherheitsaufgaben für Unternehmen in Tanger, Tetouan und Al-Hoceïma.«

»Den lukrativen Vertrag für Tanger-Med zu bekommen war sicherlich nicht einfach.«

»Ich bin eben gut in dem, was ich tue«, sagte Mansouri, der Karim wieder wachsam musterte.

»Ich habe mit Ihrem Sicherheitschef dort gesprochen, Herrn El Hajjem. Der Name klingt auch nach Rif, habe ich recht?«

»Menschen aus dem Rif tun, was man ihnen sagt«, antwortete Mansouri nur und ließ wie zur Bekräftigung die Knöchel seiner Finger knacken.

»Welche Aufgaben übernimmt EDS denn für die Port Authority?«

»Wir bewachen das gesamte Gelände, von den Kais über die Gebäude, die Zufahrten, die Lager, einfach alles. Am Fährhafen etwa kontrollieren wir auf Drogen, Sprengstoff und Waffen.«

»Öffnen Sie auch Container?«

»Ständig.«

»Sind Sie dabei häufig auf gefälschte Medikamente gestoßen?«

»In der letzten Zeit nicht. Die Routen haben sich offenbar geändert.«

»Woran liegt das Ihrer Meinung nach?«

»Tanger-Med verfügt eben über die besten Scanner und das beste Kontrollsystem«, erklärte Mansouri desinteressiert.

»Suchen Sie auch nach blinden Passagieren?«

»*Malum*, na klar.«

»Sind das meist Einzelpersonen oder Gruppen?«

»Sowohl als auch«, antwortete Mansouri. »Wir haben welche im Motorraum von Lastwagen gefunden oder in den Radkästen. Letzte Woche haben wir zwei erwischt, die durch ein Kanalrohr auf das Terminalgelände gelangen wollten.«

»Was machen Sie außer Container öffnen denn noch im Terminal?«

»Wir kontrollieren Frachtpapiere und Ausweise, achten darauf, dass keiner lange Finger macht, bleiben permanent wachsam gegenüber terroristischen Bedrohungen ...« Mansouri brach die Aufzählung mit einem genervten Stoßseufzer ab. »Kommen wir doch lieber zur Sache. Sie sind hier wegen Ihres Kollegen, der vermisst wird. Wollen Sie meine Meinung hören? Er hätte nicht mutterseelenallein auf dem Gelände herumstreunen sollen. Wenn er dann irgendwo gestürzt ist oder sich verletzt hat, geht das komplett auf seine Kappe.«

Karim ließ das Notizbuch sinken. »Ich will Ihnen mal etwas sagen, Herr Mansouri. Mein Kollege und ich führen nun seit zwei Jahren Untersuchungen in den Häfen dieses Landes durch, und in sämtlichen Fällen stießen wir auf geheime Absprachen zwischen Schmugglern und Hafenpersonal. Dass mein Kollege ›mutterseelenallein auf dem Gelände herumstreunte‹, wie Sie das bezeichnen, lag also schlicht und einfach daran, dass wir gelernt haben, keinem zu vertrauen, der am Hafen beschäftigt ist – und das schließt Polizei und Zoll ein.«

»Polizei, Zoll ... das sind doch Stümper. Deshalb hat man uns ja geholt. Wir sind Profis.«

»Was ist daran professionell, das Zimmer eines Polizisten zu durchsuchen?«, fragte Karim. Mansouris Augenlider zuckten kurz, aber er sagte nichts. »Auf Ihre persönliche Anordnung hin wurde das Zimmer meines Kollegen im Hotel Fuentes durchsucht«, legte Karim nach.

»Wir haben nur nach Anhaltspunkten gesucht ... irgendetwas, das sein Verschwinden erklären könnte«, rechtfertigte sich der Firmenchef. »Gefunden haben wir aber nichts.«

»Immerhin haben Sie sein Notizbuch mitgenommen.«

»Notizbuch?«

»Sie haben das Notizbuch meines Kollegen gestohlen.«

»Nein, das war bloß ein Sudoku-Buch. Es stand nichts von Bedeutung drin. Wir haben es weggeworfen.«

»Wie überaus praktisch«, kommentierte Karim bissig.

Mansouri spannte den Hahn an der Muskete, die noch immer auf seinem Schoß lag.

»Wir haben laut Vertrag nur für die Sicherheit des Hafens zu sorgen. Die Betreuung von Besuchern liegt nicht in unserem Verantwortungsbereich. Inzwischen könnte Ihr Kollege genauso gut in der Beringstraße sein, was weiß ich!« Er ließ den Hahn mit einem scharfen Klicken gegen den Zündhütchenkegel schnellen. Dann stellte er die Muskete zurück in die Vitrine.

»Fahren Sie zurück nach Marrakesch«, fuhr er fort. »Überlassen Sie die Sache hier lieber uns. Wenn Ihr Kollege bis jetzt nicht wieder aufgetaucht ist, wird er bestimmt nie gefunden werden. Er ist *amtt*.« Mansouri klappte die Vitrinentür zu. »Das heißt ›tot‹ auf Tamazight.«

Zwölf Stunden brauchte Joseph, um sich bis nach Casiago durchzuschlagen. Er ging entlang der Küstenstraße und versteckte sich, sobald ein Fahrzeug einen irgendwie amtlichen Eindruck machte. Seine Turnschuhe taugten nichts, und schon bald waren seine Füße mit Blasen überzogen. Zudem behinderte ihn seine Adidas-Tasche. Nicht zuletzt hatten die dreißig Schirme eben ihr Gewicht. Als er zu einer

Einbuchtung mit einem Strommast kam, beschloss er, sich von der ganzen Last einfach zu trennen. Er legte die Schirme ordentlich aufgereiht an den Straßenrand, genau wie er es am Tor zur Gerberei gemacht hätte, als kostenloses Geschenk für alle Autofahrer, die hier unterwegs waren. Vielleicht würde ja auch ein Ziegenhirt vorbeikommen und sich einen nehmen. Er war noch keinen Kilometer weitergegangen, da blieb er abrupt stehen. Was hatte er sich bloß dabei gedacht? Die Schirme bildeten seine Lebensgrundlage! Er rannte zurück, stopfte die Schirme wieder in die Tasche und marschierte weiter.

Der Himmel war wolkenlos, die Luft roch nach wildem Oregano und dem süßlichen Duft der Silberakazien. Ein- oder zweimal machte er auf dem Hang dunkelhäutige Gestalten aus. Er winkte ihnen kameradschaftlich zu, hielt aber nicht, um mit ihnen zu sprechen. Was hätte es für einen Sinn ergeben? Wenn sie einen Plan hatten, wie sie auf die andere Seite kamen, würden sie einen Fremden wie ihn ganz sicher nicht einweihen. Er musste an Marie-Louise denken und hoffte, dass sie irgendwo an einem sicheren Ort war. Hier draußen in der Wildnis zu kampieren, weit weg von Geschäften, ärztlicher Versorgung und fließendem Wasser, war kein Leben für eine alleinstehende Mutter mit kleinen Kindern.

Mittags kaufte er sich in Ksar es-Seghir eine Büchse Thunfisch und ein Fladenbrot und setzte sich damit an den Strand. Da er aus einem Land ohne jeden Küstenzugang stammte, hatte er vor seiner Ankunft in Tanger noch nie das Meer gesehen. Nach seiner einjährigen Reise quer über den Kontinent hatte er am Strand von Tanger als Erstes ein Selfie gemacht und seiner Schwester Gloria geschickt. Selbst heute noch konnte er stundenlang einfach nur in die Wellen schauen.

Auf der gegenüberliegenden Seite sah er Autos, die zum Meer hinab und die Küste entlangfuhren. Andalusien! Allein schon das Wort klang magisch. Die Menschen in diesen Autos waren die glücklichsten Menschen der Welt und wussten es nicht einmal. Sie konnten gehen, wohin sie wollten, tun, was immer ihnen in den Sinn kam. Alles, was er auf seiner Seite hier hatte, war Hoffnung. Louis, einer seiner Freunde aus dem Camp, hatte ihm von seinem Versuch erzählt, die Meeresstraße zu überqueren. Zusammen mit einem Dutzend anderer hatten sie in einer nebligen, mondlosen Nacht die Überfahrt gewagt. Als sie eine unbewohnte Insel vor der marokkanischen Küste erreichten, glaubten sie, in Spanien zu sein, und sprangen ins Wasser, bloß um am Ende wieder an ihren Ausgangspunkt zurückzuschwimmen. Joseph konnte gar nicht schwimmen. Sollte er es mit Gottes Beistand bis auf die andere Seite schaffen, würde er erst von Bord gehen, wenn er den Meeresboden sehen konnte. Er würde mit der Schirmspitze danach stochern!

Rechts von ihm zeichnete sich an der Küste eine Reihe mächtiger Kräne ab, und gerade steuerte eine Fähre auf das weite Blau hinaus. Das musste Tanger-Med sein. Er hatte von diesem Hafen, in dem es viel mehr Schiffe als in Tanger gab, bereits gehört. Er kannte Geflüchtete, die es als blinde Passagiere auf den Fähren versucht hatten. Alle waren von den Spürhunden entdeckt worden. Karim ging weiter, aber in der Nähe des Hafens bemerkte er Polizeiwagen und hohe Zäune mit Überwachungskameras. Also verließ er sicherheitshalber die Schnellstraße und stieg landeinwärts den Hügel hinauf. Den Angaben von Jean-François zufolge lagen zwischen Tanger-Med und dem Camp noch drei Stunden Fußmarsch. Mit etwas Glück würde er es noch vor Einbruch der Dunkelheit erreichen.

Einen weniger vertrauenswürdigen Informanten als Mokhtar fand man vermutlich nirgends auf der Welt. Zum einen war sein Hirn durch das Kief vernebelt. Zum anderen bestanden an seiner Loyalität arge Zweifel. Laut Noureddine, der strikt gegen die Nutzung solcher Kontakte war, handelte es sich bei Informanten meist um gescheiterte Existenzen, die für Geld alles sagen würden. Hatte Mokhtar sich womöglich geirrt hinsichtlich des Buches, das die Eindringlinge mitgenommen hatten? »Bring ihm das Notizbuch«, wollte Mokhtar einen der Männer sagen gehört haben. Dass Abdou ein Notizbuch benutzte, war allgemein bekannt. Und natürlich konnte es belastende Indizien enthalten, die auf seine Entführer hinwiesen und ausreichten, um sie hinter Gitter zu bringen. Aber *ktiyyeb* konnte sowohl »Notizbuch« als auch einfach nur »Büchlein« bedeuten. Ein Sudoku-Buch, wie es Abdou tatsächlich gerne mit auf Reisen nahm, hätte man demnach ebenso gut damit meinen können. Womöglich lag Mokhtar also falsch, und Mansouri hatte die Wahrheit gesagt, als er behauptete, seine Männer hätten bloß ein Sudoku-Buch gefunden. Aber warum sollten die Männer dann so einen Wirbel darum gemacht haben, ihrem Chef das Buch zu bringen? Oder sie nahmen das Buch lediglich als Beleg dafür mit, wie gründlich sie den Raum durchsucht hatten.

Zurück auf dem Altstadt-Parkplatz rief Karim bei Simo an und fragte ihn, ob er die Durchsuchung genehmigt habe.

»Ja.«

»Warum haben Sie keine regulären Polizisten damit beauftragt?«

»Ich hatte keine übrig. Wir waren vollkommen ausgelastet mit Demonstrationen und hundert anderen Dingen!«

»Mansouris Leute könnten Spuren untauglich gemacht haben. Sie sind für solche Durchsuchungen nicht ausgebildet.«

»Ach, die durchsuchen doch ständig irgendwelche Gebäude«, widersprach Simo mit einem ungehaltenen Schnauben. »Außerdem wollte ich die Möglichkeit ausschließen, dass Abdou auf seinem Zimmer war. Die Sache eilte. Schließlich hätte Abdou nach meiner Kenntnislage ja auch einen Herzinfarkt erlitten haben können.«
»Um die Frage zu klären, hätte ein Anruf genügt!«
»Sie haben doch selbst gesehen, wie das Hotel geführt wird. Da war es mir lieber, dass jemand vom Sicherheitsdienst das Zimmer überprüft statt dieses Hoteltrottels und seines ständig bekifften Kumpels.«
»Woher wissen Sie, dass bei dem Mann häufig ein kiffender Freund sitzt?«
Simo zögerte den Bruchteil einer Sekunde. »Abdou hat es mir erzählt«, erklärte er dann. »Warum sonst habe ich ihn – und im Übrigen auch Sie – dazu überreden wollen, bei mir zu Hause zu wohnen? Wie dem auch sei, die Leute von EDS haben jedenfalls in Abdous Zimmer bis auf ein Sudoku-Buch nichts weiter gefunden.«
»Warum haben Sie die Durchsuchung mir gegenüber nie erwähnt?«
»Tut mir leid, mein Bruder. Ich hielt es für nebensächlich. Wir haben getan, was in unserer Macht stand. Genau wie Sie. Sie haben jeden befragt, der etwas damit zu tun hatte. Jetzt sollten Sie nach Marrakesch zurückkehren und warten, bis es Neuigkeiten gibt.«
»Nein. Ich fahre noch einmal zum Hafen.«
»Das würde ich nicht tun.«
»Warum nicht?«
»Was soll das bringen? Sie haben bereits mit allen gesprochen – Larbi, Ben Jelloun, el Hajjem und Berrada. Sie haben sich das Videomaterial in der *préfecture* angesehen. Bis auf wenige Ausnahmen sind sämtliche Container in-

zwischen fort. Wenn alle Container ihren Bestimmungsort erreicht haben und erfasst wurden, dann werden wir womöglich herausfinden, was mit Abdou geschehen ist.«

»Ich möchte noch einmal zum Hafen.«

»Nein!«, bellte Simo mit einer Entschiedenheit, die Karim verblüffte. »Entschuldigen Sie, Karim, ich wollte nicht laut werden. Also gut – ich mache Ihnen einen Vorschlag. Sie meinten doch, dass die Kleiderfabrik lediglich eine Art Tarnunternehmen sein könnte.«

»Richtig.«

»Wie wäre es, wenn ich versuche, einen Durchsuchungsbeschluss für heute Nacht zu bekommen? Wir stellen den Laden komplett auf den Kopf. Und wenn wir auch nur ein Päckchen Valium finden, sperr ich die ganze Truppe hinter Gitter. Einverstanden?«

»*Wakha*, in Ordnung.«

Karim fühlte sich nach dem Gespräch deutlich besser. Er stieg aus, ging zum Bab Dar Dbagh hinauf und schaute sich nach Joseph um.

»Der ist nicht da, mein Bruder!«, rief der Ladenbesitzer von gegenüber und winkte ihn zu sich. »Ist schon seit Tagen nicht mehr hier gewesen! Brauchen Sie vielleicht noch einen Schirm?«

»Nein, ich habe ihm noch nicht einmal diesen hier bezahlt.«

»Vielleicht ist er ja nach Spanien. Oder sie haben ihn aufgegabelt und in einen Bus Richtung algerische Grenze verfrachtet. Da wäre ich jetzt auch lieber. Viel mehr Sonne als hier in diesem verdammten Regenloch.«

Karim schlug ein hart gekochtes Ei auf dem Tresen auf und bestreute es mit Salz. »Als echter Tanjaoui sind Sie doch an Regen gewöhnt, hätte ich gedacht.«

»Ich bin kein Tanjaoui«, erwiderte der Ladenbesitzer.

»Ich komme aus der Souss-Ebene. Mein Name ist Samir. Freut mich, Sie kennenzulernen.«

»Ich bin Karim«, erwiderte er schmatzend. »Ganz meinerseits.«

»Meinem Vater gehörte ein Hof in der Nähe von Taroudant. Er hat Mandeln, Gerste und ein wenig Mais angebaut. Aber dann gab es eine Dürre, und meinem Vater wuchsen die Schulden über den Kopf. Wir sind nach Tanger gezogen, als ich zwölf war.«

Während Samir erzählte, nahm er Butter aus dem Kühlschrank, wog eine kleine Menge Mehl ab und gab Telefonkarten aus – alles flott und mit geübter Hand. Er scherzte mit seinen Kunden und unterhielt sich häufig mit mehreren gleichzeitig. Karim musste zwangsläufig an Ayeshas Vater Omar denken, dem ebenfalls ein solcher *hanut* gehört hatte.

Omar Talal hatte sein Geschäft jedoch mit eisiger Einsilbigkeit geführt. Er hatte nie jemandem Kredit gewährt, die Aufnahme von Binden in sein Sortiment bis zuletzt abgelehnt und alle Kinder weggescheucht, die mit ein paar lumpigen Rials ankamen in der Hoffnung, dafür eine Süßigkeit zu bekommen. Viermal am Tag hatte er sein Geschäft geschlossen, um in die Moschee zu gehen, statt seine Gebete wie andere Ladeninhaber einfach in einem Hinterraum zu verrichten. Dank der attraktiven Lage so dicht bei der Sidi bel Abbès hätte sein *hanut* wahrscheinlich trotzdem floriert, wäre da nicht der bedauerliche Umstand gewesen, dass Omar Talal weder schreiben noch lesen konnte. So verwiesen Kunden immer wieder auf Rabatte, die ihnen laut irgendwelchen Angaben auf der Packung angeblich zustanden, oder betrogen ihn auf andere Weise um Geld, was ihn wiederum nur noch übellauniger und verbitterter werden ließ.

Karim bezahlte und verabschiedete sich von Samir. Er schlenderte vorbei am Bab Marsa, dem Hafentor, entlang der Mauern, die mit Kapuzinerkresse überwuchert waren oder von denen lange Stränge aus webfertigen Seidenfäden hingen. Am Eingang zu einem öffentlichen Backhaus blieb er stehen und warf einen Blick in den dunklen Raum, in dem es nach frisch gebackenem Brot duftete und nach Holzfeuer roch. Sich weiter bergan haltend überquerte er einen kleinen Vorplatz, auf dem ein paar Jungs mit Kreiseln spielten, und stieg dann eine weiß-blau gestrichene Treppe hoch, bis er schließlich schweißgebadet das Bab Kasbah erreichte.

Da er neugierig war, was dahinter lag, lief er weiter zum Plateau von Marshan. Am Eingang zu einer Parkanlage bemerkte er zu seiner Rechten ein Stück weiter einen offenen felsigen Bereich, der einen Ausblick über die Straße von Gibraltar bot. Er ging bis kurz vor die Kante und setzte sich auf einen ausgehöhlten Felsbrocken, in dem sich Regenwasser und Chipstüten sammelten. Hoch über ihm zeichnete ein Flugzeug weiße Kondensstreifen an den Himmel. Tief unter ihm pflügten sich die großen Containerschiffe durchs Meer.

»Wie heißt der Ort hier?«, fragte er zwei junge Frauen mit Kopftüchern, die in der Nähe saßen.

»Die Felsengräber der Phönizier«, sagte die eine. Sie war hübsch, hatte olivfarbene Haut und dunkle, mit Kajal geschminkte Augen. »*Qdim bezaf*, sehr alt«, fügte sie lachend hinzu.

Die beiden schauten immer wieder beiläufig zu Karim herüber und steckten dann tuschelnd die Köpfe zusammen. Sie hofften, der gut aussehende Fremde mit den grünen Augen würde irgendeine witzige Bemerkung machen oder einen Flirtversuch starten, aber Karims Gedanken waren schon längst woanders.

Er dachte zurück an einen sonnigen Nachmittag auf dem Dach des Riad. Ayesha hatte gerade die Wäsche aufgehängt, und jetzt gingen die beiden ihrer Lieblingsbeschäftigung nach. Sie lagen rücklings auf der alten Matratze und betrachteten die Flugzeuge, die hoch über sie hinwegflogen.

Irgendwann wurde es Ayesha zu langweilig. »*Shoufni*, schau her!«, rief sie vollkommen unvermittelt, sprang auf, rannte zum Ende des Dachs und hob ab. Karim sah nur noch, wie ihre langen schwarzen Haare hinter der Kante verschwanden. In panischem Schrecken jagte er zum Dachrand und blickte in die Tiefe.

»Huhu!«, schallte Ayeshas Stimme vom Dach auf der gegenüberliegenden Seite der Gasse. Sie winkte ihm grinsend zu und nahm zu seinem blanken Entsetzen Anlauf zu einem weiteren Sprung. In vollem Sprint schnellte sie über die Brüstung, flog in einem mächtigen, beängstigenden Satz erneut über die Gasse und landete, knapp fünf Meter unter Karim, auf dem Dach des Nachbargebäudes. Im Nu war sie wieder auf den Beinen und im Treppenhaus verschwunden. Keine zwei Minuten später tauchte sie neben ihm wieder auf, warf sich auf die Matratze und deutete nach oben zu einem Flugzeug.

»EasyJet Airbus A320!«

Karim verließ nach dem Abendgebet gerade die Moschee, als sein Handy vibrierte.

»Alles geregelt«, sagte Simo am anderen Ende. »Ich habe einen Richter überreden können, uns einen Durchsuchungsbeschluss auszustellen. Ich hole Sie um elf ab.«

Beschwingt von der guten Nachricht, duschte Karim rasch im Hotel und gönnte sich anschließend eine Portion Grillhähnchen mit Pommes frites auf dem Platz. Als Mokhtar sich zu seinem Tisch durchschlängelte, schickte Karim ihn sofort wieder weg. Zur Begründung sagte er, dass Mokhtars Informationen viel zu wirr seien und er keinen einzigen Dirham mehr bekommen würde, solange er nicht etwas wirklich Brauchbares anzubieten habe.

Um halb zwölf raste ein Kleinbus mit fünf Polizisten in Einsatzanzügen zur Free Zone, gefolgt von Karim und Simo.

»Wie schön, endlich einmal richtige Polizei bei einer Razzia zu erleben«, sagte Karim und schlang sich ein rotes *Police*-Band ums Handgelenk. »Ich dachte schon fast, dass Mansouris Leute hier alles erledigen.« Die Bemerkung klang verächtlicher, als Karim es beabsichtigt hatte.

»Ich habe hier dreihundertachtzig die Vorschriften respektierende, hoch qualifizierte Polizisten unter meinem Kommando, Lieutenant«, erwiderte Simo. »Was ich hier nicht habe – zumindest bislang nicht –, sind Einzelkämpfer, die als einsame Rächer durch die Gegend streunen.«

»Sie haben also von meinem kleinen Abenteuer letzte Nacht gehört.«

»Wie ich Ihnen schon sagte, weiß ich so ziemlich alles, was in dieser Stadt vor sich geht. Sie dürfen sich glücklich schätzen, dass Sie sich kein Bein gebrochen haben.« Simo sah ihm direkt ins Gesicht. »Karim, an irgendeinem Punkt müssen wir das Vertrauen ineinander verloren haben. Ich betrachte Sie wirklich als einen Freund. Ich bin ebenso an der Lösung dieses Rätsels interessiert wie Sie. Aber Sie müssen mich wenigstens über Ihr Vorgehen auf dem Laufenden halten. Fangen wir doch einfach noch einmal von vorne an. Wonach genau suchen wir in der Fabrik?«

»Ich habe gestern Nacht gesehen, wie dort Afrikaner – Afrikaner von südlich der Sahara – am Fließband gearbeitet haben«, räumte Karim ein. »Durchaus möglich, dass man die Lieferungen, zwischen Kleidung versteckt, über Tanger-Med einschmuggelt und sie dann hier von *Afaraqa*, die viel zu viel Angst haben, den Mund aufzumachen, umverpacken lässt. Abdou und ich haben das gleiche System schon einmal entdeckt. Da benutzten chinesische Kartelle auch Afrikaner für die Drecksarbeit.«

»Und wie erklären Sie sich, dass Abdou nichts gefunden hat, als er den Container auf der *Pacific Star* öffnen ließ?«

»Wahrscheinlich war dieser Container bloß eine Art Köder, der kontrolliert werden sollte. So etwas haben wir auch schon vorher erlebt.«

»Es war nicht so leicht, diesen Beschluss zu bekommen«, meinte Simo mit finsterer Miene. »Wollen wir hoffen, dass wir nicht unsere Zeit verschwenden.«

Kurz nach Mitternacht erreichten sie ihr Ziel und parkten ein Stück weit entfernt. Während zwei Männer zur Rückseite des Gebäudes schlichen, wartete der Rest des Trupps noch einen Moment und marschierte dann zum Haupteingang. Der marokkanische Manager, der ihnen öffnete, reagierte jedoch derart gelassen auf das schwerbewaffnete Kommando, das nachts an seine Tür hämmerte, dass Karim sofort befürchtete, er könnte vorgewarnt worden sein.

Nach einem flüchtigen Blick auf Simos Durchsuchungsbeschluss führte der Manager die Männer in die Fabrikhalle. Hier brannten alle Deckenleuchten, und es roch nach Schweiß. Vierzig bis fünfzig Subsahara-Afrikaner in Straßenkleidung standen um die Förderanlagen verteilt oder saßen an den Nähmaschinen, während ein chinesischer Aufseher zwischen ihnen herumging. Aber statt Pillen und Sichtverpackungen hatten die Männer Modeartikel in den Händen. Karim hob eine Louis-Vuitton-Tasche hoch und drehte sie auf den Kopf, aber nichts fiel heraus.

»Erzählen Sie uns doch mal, was Sie hier tun«, forderte Simo den Manager auf.

»Wir erledigen die Abschlussfertigung für Taschen und Kleidung, Herr Inspektor.«

»Das sehe ich selbst. Warum Sie illegale Einwanderer hier beschäftigen, möchte ich wissen.«

Karim beobachtete den Manager genau. Der Mann war mittleren Alters, trug eine Brille und hatte einen Schnurrbart, der sich hob, sobald er lächelte.

»Wie allgemein bekannt, ist eins unserer größten Probleme in Tanger derzeit die hohe Zahl an Geflüchteten aus den Subsahara-Staaten, Herr Inspektor. Wir helfen diesen Leuten im Gegenzug für einige Stunden leichte Schichtarbeit. Man könnte es eine humanitäre Geste nennen.«

»Klingt für mich eher nach Sklavenarbeit!«, fuhr Karim ihn an.

Der Manager musterte Karim durch seine Brillengläser. »Wäre es Ihnen lieber, diese Menschen müssten auf der Straße betteln, Herr Lieutenant? Es ist doch sonst niemand bereit, diesen bedauernswerten jungen Leuten zu helfen.« Er tippte einem Arbeiter auf die Schulter. »Zeig den Herren mal deinen Rücken, André.«

Der Mann streifte sein T-Shirt hoch, und tiefrote Striemen sowie wulstige Narben kamen zum Vorschein.

»Wer hat Ihnen das angetan?«, fragte Simo.

»*Les Passeurs*. Schleuser.«

Karim hielt es für viel wahrscheinlicher, dass der Mann von Polizisten verprügelt worden war.

»Ihnen ist schon klar, dass die Beschäftigung von illegalen Einwanderern gesetzwidrig ist, oder?«, blaffte Simo den Manager an.

»Aber wir beschäftigen diese Menschen doch gar nicht, Herr Inspektor«, erklärte der Mann mit einem strahlenden

Lächeln. »Sehen Sie, wir zahlen ihnen ja kein Geld aus. Wir geben ihnen lieber eine warme Mahlzeit, schenken ihnen neuwertige Kleidungsstücke und verteilen Lebensmittelpakete, wenn sie morgens fertig sind. Wir sind ein Unternehmen, das sein Handeln strikt nach den Regeln der Scharia ausrichtet.«

Kurz darauf kamen die beiden abkommandierten Einsatzkräfte und signalisierten dem Polizeichef mit einem Kopfschütteln, dass sie nichts auf dem Gelände entdeckt hatten. Karim riss der Geduldsfaden.

»Sie haben am 2. oder 3. März einen Container von der *Pacific Star* erhalten, richtig?«, begann er.

»Ich denke schon«, antwortete der Manager.

»Was befand sich in dem Container?«

»Etwa vier Tonnen Kleidung! Das Geschäft läuft folgendermaßen: Wir erhalten von unserem Mutterkonzern in China neutrale Modeartikel – Sportkleidung, Caps, Polohemden, Schuhe, Handtaschen und sonstige Accessoires –, die wir dann hier abschließend veredeln.«

»Das weiß ich doch, Herrgott noch mal!«

»Wenn Sie erlauben, werde ich es für den Herrn Inspektor noch einmal kurz erklären«, beharrte der Manager unbeeindruckt. »Wir nehmen Frauen von hier, um die Logos anzunähen. Wir beschäftigen vierzig Frauen und damit mehr als jede andere Firma in der Free Zone, wie ich mit Stolz vermerken darf! Allerdings haben diese Frauen Familie und möchten deshalb nicht gerne nachts arbeiten. Also nehmen wir dafür Geflüchtete. In der Regel sind das vielseitig talentierte Menschen, die bereits über Erfahrungen in der Textilherstellung verfügen.« Mit einem kurzen Seitenblick schätzte er Simos Oberweite ab. »Sie sind L, habe ich recht, Herr Inspektor?« Er reichte Simo ein Lacoste-T-Shirt. »Bitte, nehmen Sie, mit besten Empfehlungen der Firma.«

»Schönen Dank, aber so eins habe ich schon«, erwiderte Simo amüsiert.

»Gibt es noch andere Räume in diesem Gebäude?«, mischte Karim sich ein, der inzwischen vor Wut fast schäumte.

»Da hinten ist der Verlade- und Lagerbereich, am Ende des Gangs sind die Toiletten und Umkleideräume, und durch die Tür dort geht es zur Kantine. Und oben auf dem Zwischengeschoss befindet sich noch eine kleine Abteilung mit Büros. Bitte, schauen Sie sich ruhig um.«

Während Simo die Befragung fortsetzte, unternahm Karim einen Rundgang. In den Umkleiden standen die Spindtüren auf, aber es hingen nur Schürzen und Kittel darin. Die Toiletten waren makellos sauber – und leer. Er drückte den Lichtschalter im angrenzenden Raum. Ringsum ordentlich beschriftete Regale und Schubladen, in denen Muster oder versandfertige Ware einsortiert waren – offenbar das erwähnte Lager. Auch auf den Regalen in der Halle fand er nichts Verdächtiges. Am Ende marschierte Karim noch in die Kantine, wo er zwei Chinesen dabei antraf, wie sie hinter dem Tresen Lebensmittel in Pappschachteln füllten. Karim kontrollierte jeden Herd, jeden Spülplatz und jede Schublade, aber die einzigen Tabletten, die er fand, waren die im Erste-Hilfe-Kasten an der Wand. Er stieg die Treppe hinauf und überprüfte die Büros. Als er auf den Hochgang hinaustrat, sah er, wie Simo und der Manager sich unten lachend unterhielten. Auf seinem Rückweg sprach Karim noch einen der jungen Afrikaner an den Nähmaschinen an.

»*Tu es content?*«

»*Oui, monsieur, je suis très content.*«

»*Depuis combien de temps tu es là?*«

»*Trois nuits, monsieur.*«

Irgendetwas war hier faul, dachte Karim, während sie zur Ladebucht gingen. Er musste unbedingt etwas finden, irgendeine Kleinigkeit, die sie übersehen hatten, um die Razzia zu rechtfertigen und die Ermittlungen in eine neue Richtung zu lenken. Draußen parkte am selben Fleck auch heute ein Lastwagen, die Türen aufgeklappt, der Laderaum zur Hälfte mit Kartons gefüllt. Über ihnen spannte sich als Regenschutz das Giebeldach, auf dem er vor vierundzwanzig Stunden gestanden hatte. Karim ließ den Blick ein letztes Mal über die mit Umreifungsbändern und Plastikhüllen übersäte Ladezone wandern, dann untersuchte er noch die Beschriftung des Containers.

»*Gouliya*«, wandte er sich an den Manager. »Sagen Sie mal, benutzen Sie dieselben Container, die aus China kommen, auch für die Weiterbeförderung der Ware nach Spanien?«

»Äh, ich glaube schon«, antwortete der Mann stockend.

»Sie gehen also wieder raus via Tanger-Med?«

»Richtig.«

Karim hatte noch eine letzte Frage: »Haben Sie einen Sicherheitsdienst?«

»Ja. Die Firma heißt EDS. Sie leisten hervorragende Arbeit. Möchten Sie gern mit unserem Wachmann sprechen?«

»Das wird nicht nötig sein.«

Der Manager begleitete das Einsatzteam noch nach draußen. Am Eingang wies er auf eine gerahmte Urkunde, die dort hing.

»Vergangenes Jahr erhielten wir diese Auszeichnung für unser humanitäres Engagement. Sie wurde von Prinzessin Lalla Salma höchstpersönlich überreicht!«

6

Immer wieder unterbrochen von weiten Ausblicken auf das blaue Meer schlängelte sich die Küstenstraße durch die strahlend gelbe Blütenpracht der Silberakazien. Karim zog diese Strecke der eintönigen und noch dazu gebührenpflichtigen Autobahn vor. An diesem Freitag war er jedoch zu niedergeschlagen, um die Schönheit um ihn herum zu genießen.

Noureddine hatte einmal zu ihm gesagt, dass die mächtigste Waffe eines Kriminalermittlers seine Intuition sei. Und mit Intuition waren weder absonderliche Einfälle noch spontane Eingebungen gemeint, sondern ein hochkomplexer Reaktionsmechanismus, in den sämtliche Erfahrungen, die man in seinem Leben gemacht hatte, mit einflossen. Heute geschah es zum ersten Mal in seiner beruflichen Laufbahn, dass Karim seiner Intuition nicht mehr vertraute.

Er hätte schwören können, dass die Fabrik nur Tarnung für etwas ganz anderes war. Warum sonst würden sie einen Wachmann mit solch furchterregendem Hund anstellen? Und dann die Sache mit den Geflüchteten. Die Erklärung des Leiters der Nachtschicht mochte wunderlich klingen, konnte aber durchaus der Wahrheit entsprechen. Blieb die Tatsache, dass Abdou nur drei Tage vor seinem Verschwinden ausgerechnet einen ihrer Container kontrollieren ließ. Es musste einfach eine Verbindung bestehen.

Immer wenn seine innere Anspannung zu groß wurde, kaufte sich Karim bei einem Straßenhändler eine Zigarette. Diese Leute – oft waren es noch Kinder – besorgten sich eine ganze Stange und verkauften dann eine oder auch zwei einzelne Zigaretten an Passanten. Ein solcher *moul garro* saß auch direkt vor dem Kommissariat in Marrakesch auf dem Bürgersteig. Hunderte von Zigaretten musste Karim über die Jahre hinweg bei ihm gekauft haben, meist jeweils nur eine. Bouchaïb, der Parkwächter, schüttelte über Karims Geldverschwendung regelmäßig den Kopf. »Warum kaufen Sie sich nicht einfach ein Päckchen und haben Ruhe?« Worauf Karim stets erwiderte: »Ach, dann würde ich ja womöglich anfangen zu rauchen.«

Karim hielt an einem Aussichtspunkt am Meer und zündete sich die Marquise an, die er sich morgens gekauft hatte. Nikotinschub und krachende Brandung ergaben eine wohltuende Kombination. Dazu schien die Sonne warm genug, um die Autotür zu öffnen und die Füße auf die Schwelle zu setzen. Unten am Strand entdeckte er etwas Helles, Körperähnliches. Bei den Sieben Heiligen ... das sah aus wie eine Leiche! Karim drückte seine halb gerauchte Zigarette aus und angelte das Fernglas aus dem Handschuhfach. Zu seiner großen Erleichterung handelte es sich bloß um einen toten Tümmler, den die Flut an Land gespült hatte.

Bei seiner Ankunft in Tanger-Med war Larbi nirgends zu finden. Also nahm Karim stattdessen mit Ali vorlieb.

»Sagten Sie nicht, Sie wären ein Experte bezüglich der Straße von Gibraltar?«

»Ich habe mich wissenschaftlich mit der Meerenge befasst, das ist richtig«, antwortete Ali lachend.

»Ich habe da eine Frage. Wie Sie wissen, untersuche ich das Verschwinden meines Kollegen.«

»Ich wünschte, ich könnte Ihnen dafür eine Erklärung geben«, sagte Ali mit einem tiefen Seufzer.

»Nehmen wir einmal an, er wäre ins Wasser gefallen und ertrunken«, fuhr Karim fort. »Dann wäre doch seine Leiche inzwischen bestimmt irgendwo angespült worden, oder?«

»Hängt von der Strömung ab.«

»Warum? In welche Richtung fließt sie denn?«

»Ostwärts – an der Oberfläche. Das Wasser aus dem Atlantik hat weniger Salzgehalt und damit eine geringere Dichte als das aus dem Mittelmeer, sodass eine obere Schicht von etwa hundert Meter Tiefe nach Osten fließt.«

»Und die tieferen Schichten?«

»Das salzreichere und schwerere Mittelmeerwasser strömt westwärts Richtung Atlantik.«

Karim begann sofort zu kalkulieren. Bei einem Tod durch Ertrinken wäre Abdous Leiche in die Tiefe gesunken und erst nach Westen abgetrieben worden, bevor sie durch die Verwesung wieder aufgestiegen wäre und die östliche Strömung sie erfasst hätte. Wäre er jedoch erst ermordet und *dann* ins Wasser geworfen worden, hätte die Luft in seiner Lunge dafür gesorgt, dass er gleich Richtung Osten getrieben wäre. Eine genaue Berechnung fiel also schwer. Und es wurde noch komplizierter, wie Ali erklärte.

»Zudem verursachen die Gezeiten Strömungen von bis zu vier Knoten Geschwindigkeit, die das nach Osten strömende Wasser verlangsamen oder beschleunigen – je nachdem, ob Ebbe oder Flut ist. Dann wäre da noch die Strudelwirkung durch die Erdrotation. Sie ruft eine Gegenströmung hervor und unterstützt die Weststromung um etwa zwei Knoten. Alles zusammengerechnet haben wir also nicht die leiseste Ahnung, was tatsächlich mit einer Leiche im westlichen Mittelmeer passiert. Sollte Lieutenant el-Mokhfi – Gott behüte – ertrunken sein, könnte seine

Leiche monatelang in der Straße von Gibraltar hin- und hergespült werden. Tut mir leid, dass ich Ihnen nicht besser helfen kann. War das der Grund, weshalb Sie mich sprechen wollten?«

»Nein«, sagte Karim. »Ich würde mir gern die Überwachungsvideos vom 5. März noch einmal ansehen.« Ein Muskel in Alis Gesicht zuckte. »Inspektor Larbi hat es genehmigt«, schob Karim wahrheitswidrig nach.

»*Mäkäyen mushkil*, kein Problem«, willigte Ali ein, setzte sich an den Computer und begann zu tippen.

»Kamera acht«, bat Karim.

Einer der Wandmonitore verdunkelte sich kurz und zeigte dann eine Aufzeichnung mit der Angabe *050313* in der Datumszeile. Die Kamera war auf den Containerblock gerichtet, zwischen dem man Abdou zuletzt gesehen hatte.

»Spulen Sie vor auf 17:00 Uhr.«

Sie verfolgten, wie die Schatten im Zeitraffer länger und länger wurden. Plötzlich trat Abdou in den Ausschnitt.

»Stopp!«

Ali verlangsamte die Aufnahme auf Normalgeschwindigkeit. Um 17:37:27 sahen sie, wie Abdou die Lücke zwischen J2 und K2 durchquerte. Er drehte den Kopf, schaute kurz in Richtung Kamera und trat dann am Bildrand aus dem Blickfeld.

»Halten Sie an und zoomen Sie ganz nah auf Abdou.«

Karim stellte sich unmittelbar vor den Monitor und studierte den Gegenstand in Abdous rechter Hand. Kein Zweifel, es war ein Monokular. Was ließ sich daraus folgern? Abdou hatte etwas beobachtet, aber was? Und wenn er nur ein Auge dafür gebraucht hatte, warum hatte er seinen Angreifer nicht bemerkt?

»Gibt es nicht noch eine Kamera auf der anderen Seite von Block K?«, fragte er Ali.

»Ja. Kamera siebzehn.«

»Dann bitte Kamera siebzehn, selbes Datum, selbe Uhrzeit.« Der Bildschirm wurde erneut schwarz, und dann erschien die Aufzeichnung aus einem anderen Blickwinkel, nämlich vom gegenüberliegenden Ende des Containerlagers.

»Können Sie auf die Lücke zwischen diesen beiden Reihen zoomen?«, bat Karim und deutete auf die Stelle.

Der Ausschnitt zeigte nun die Rückseite der Containerschlucht zwischen Block J und Block K. Die Lücke selbst war etwa zur Hälfte von Containern verdeckt, aber ein schmales Stück am hinteren Ende war zu erkennen. Um 17:38:28 sah man eine verschwommene Gestalt, vermutlich Abdou, die Schlucht durchqueren. Der Bereich, der von Containern verdeckt wurde, genügte bequem für eine oder mehrere Personen, sich ungesehen anzuschleichen.

»Können Sie noch eine letzte Sache probieren, mein Bruder? Bleiben Sie auf dieser Kamera, aber spulen Sie etwa eine Stunde vor.«

Als die Zeitleiste 18:30 durchlief, wurde es dunkel über dem Lager, und die Flutlichtscheinwerfer schalteten sich ein. Um 19:57 erschien plötzlich ein Kleintransporter der Sûreté und hielt vor der Lücke.

»Stopp! Jetzt in Normalgeschwindigkeit!«

Der Kamerawinkel machte es unmöglich, die Gesichter der Insassen auszumachen oder zu erkennen, was im Rückraum des Wagens geschah.

»Können Sie dichter an die Windschutzscheibe heran?«

Karim konnte einen Schal sehen, der auf dem Armaturenbrett lag. Es war der gleiche Raja-Fanschal, den der Polizist getragen hatte, mit dem sich Abdou noch wenige

Stunden zuvor unterhalten hatte. Derselbe Polizist, der laut Larbi derzeit leider im Urlaub war.

»Was ist denn hier los?«

Larbi stürmte mit wutentbrannter Miene in den Raum, blieb vor Karim stehen und stach einen nikotingelben Finger Richtung Monitor.

»Wer hat das autorisiert?«

»Ich habe mir nur altes Videomaterial angeschaut«, erklärte Karim ruhig. »Und wenn Sie nichts dagegen haben, würde ich jetzt gerne auf dem Computer meines Kollegen ein paar Dinge abklären.« Er wandte sich an Ali. »Haben Sie herzlichen Dank, Lieutenant. *Barakallahufik*, Gott segne Sie.«

Sobald Larbi und Ali fort waren, gab Karim *Mohammed Mansouri* in die Suchmaschine ein. Unter den Treffern waren lediglich eine Reihe von Firmeneinträgen, in denen die Kontaktdaten von EDS Security und Angaben zu den leitenden Mitarbeitern und zum Börsenwert aufgeführt wurden. Merkwürdigerweise gab es nahezu nichts über Mansouri selbst, immerhin ein erfolgreicher Geschäftsmann von dreiundsechzig Jahren, der Kundschaft im gesamten Norden des Landes besaß.

Karims Blick wanderte ziellos durch den Raum. Die Monitore zeigten Bilder vom Bahnhof ... von der Verladestation ... von der Grünanlage vor den Büros der Port Authority.

Karim wusste nun, dass Abdou in der Nacht seines Verschwindens keineswegs Container kontrolliert hatte. Er hatte irgendetwas oder irgendjemanden observiert. Was ihn besonders beunruhigte, war dieser Kleintransporter der Sûreté, der um 19:57 plötzlich aufgetaucht war. Karim kam zu dem Schluss, dass er sich noch mehr Material von Kamera siebzehn anschauen musste, um zu überprüfen, ob der Wagen womöglich bereits früher vor Ort gewesen war. Sollte dem so sein, hatten sie vermutlich selbst Abdous Entführer dort abgesetzt. Karim wählte Alis Nummer, aber niemand meldete sich. Also erkundigte er sich draußen bei der diensthabenden Kollegin am Empfang, wo er Ali finden könne.

»Meinen Sie Lieutenant Hammoudi?«

»Ich weiß bloß, dass er die Durchwahl zwölf hat.«

Sie schickte Karim zu einem der Büros im ersten Stock. Das Treppenhaus machte wie der Rest des Gebäudes einen ziemlich schäbigen Eindruck. Wie Simo erzählt hatte, wurde gerade eine neue *préfecture* errichtet, die besser zum innovativen 21.-Jahrhundert-Image von Tanger-Med passte. Karim kam an einer Reihe von Büros vorbei, aus denen ihm neugierige Blicke folgten. Im letzten Büro, das hell und luftig war und zum Meer hinaus lag, traf er niemanden an. Unwillkürlich verglich Karim das geräumige Arbeitszimmer mit dem vollgestopften Büro, das er sich mit Abdou und Noureddine teilte. Auf dem Schreibtisch stand ein Familienfoto von Ali mit Frau und zwei Kindern. Karim hatte sich schon wieder zum Gehen gewandt, als ihm ein Kleidungsstück auffiel, das an der Innenseite der Tür baumelte: ein grün-weißer Fanschal mit dem Klubwappen von Raja.

Als Karim hinter das Steuer des Dacia kletterte, raste sein Herz so schnell, dass er befürchtete, gleich ohnmächtig zu werden. Der mysteriöse Polizist, von dem Larbi behauptete, er sei im Urlaub, war niemand anderer als Ali. Er selbst war der Mann gewesen, der sich am Abend des

5. März mit Abdou unterhalten hatte. Und was noch schwerer wog: Er war eine Stunde nach Abdous Verschwinden in dem Kleintransporter erneut aufgetaucht. Karim atmete tief durch und zwang sich, in aller Ruhe nachzudenken. Natürlich war nicht auszuschließen, dass es unter den Mitarbeitern der *préfecture* von Tanger-Med mehr als nur einen Fan von Raja Athletic mit einem solchen grün-weißen Schal gab, aber recht unwahrscheinlich erschien das schon. Karim fuhr am Zaun des Hafengeländes entlang bis zum APM-Terminal. Der Wachmann am Eingangstor kannte ihn noch.

»Schönen guten Tag, Lieutenant. Haben Sie eine Verabredung mit Herrn El Hajjem? Oder mit Herrn Berrada?«

»Weder noch.«

»Ohne Genehmigung kann ich Sie aber nicht durchlassen.«

»Ich muss nur rasch eine Kleinigkeit überprüfen«, erwiderte Karim. Er stellte den Wagen vor der Schranke ab und nahm sein Fernglas aus dem Handschuhfach.

»Hier können Sie nicht parken, Lieutenant!«

»Dauert nur eine Minute«, erklärte Karim und marschierte an ihm vorbei. »Rufen Sie ruhig Commissioner Larbi an, wenn es unbedingt sein muss!«

Karim schätzte, dass ihm etwa zehn Minuten blieben, bis jemand von Larbis Leuten oder der Sicherheitsfirma auf den Alarm reagierte. Während er rasch durch das Containerlager lief, warf er einen Blick zum Kai. Dort lagen zwei Frachtschiffe – ein mittelgroßes und ein erheblich größeres. Er konnte Faisal Berrada mit seinem Clipboard erkennen und links von ihm, hinter dem Maschendrahtzaun, Hunderte von strahlend weißen Autos, die in der Sonne blitzten.

Karim steuerte den Bereich an, wo er den Standort

von Kamera siebzehn vermutete. Und da war sie ja auch schon, direkt gegenüber einer Lücke zwischen zwei Containerreihen, die eben breit genug für die Laufräder eines Stapelkrans war. Je tiefer Karim in die Schlucht zwischen den Containern vordrang, desto stärker verschmolz all der graue, blaue und orangefarbene Stahl um ihn herum zu zwei schwarzen Wänden. Mehr als zwei Minuten dauerte es, bis er am anderen Ende bei K2 wieder blinzelnd ins Sonnenlicht hinaustrat. Zwei Schritte später entdeckte er am Außenzaun auch Kamera neun. Inzwischen stand ihm der Schweiß auf der Stirn. Er hörte Möwen schreien, das Brummen eines Stapelkrans und ein tiefes Rumpeln aus Richtung Kai, das wie ein ferner Donner klang.

Er hob sein Fernglas. Zu seiner Überraschung wurde ihm der Blick auf das Terminal von Containern versperrt. Das Einzige, was er sehen konnte, waren die Containerwände von J2 und K2. Was hatte Abdou hier bloß observieren wollen? Ohne das Glas abzusetzen, drehte Karim sich langsam um ... fuhr entlang des Maschendrahtzauns, der das Gelände einfasste ... über den an den Hang gemalten Wahlspruch des Landes *Gott, Heimat, König* ... vorbei am Kai des Eurogate-Terminals ... *Halt!* Das war es! Durch den Zaun konnte man den Kai sehen! Abdou hatte sich überhaupt nicht für Terminal 1 interessiert, sondern für Terminal 2! Er hatte sich hier im toten Winkel versteckt, um unbemerkt zu bleiben! Karim bot diese Stelle gerade eine perfekte Sicht auf das Schiff der Reederei Maersk, das keine zweihundert Meter von ihm entfernt am Kai unter den Portalkränen von Eurogate lag.

In diesem Moment flog eine Möwe über ihn hinweg, und Karim schaute auf. *Um Gottes willen!* Ein gigantischer Schatten stürzte vom Himmel direkt auf ihn zu.

Reflexartig hechtete Karim zur Seite und überschlug sich mehrmals. Dabei spürte er einen gewaltigen Luftzug, gefolgt von einem ohrenbetäubenden Aufprall, der den Boden wie bei einem Erdbeben erzittern ließ. Vollkommen benommen vor Schreck blieb Karim einige Sekunden lang auf dem Rücken liegen, während ein Nachzittern durch seinen Körper lief. Mühsam gelang es ihm, sich in eine sitzende Position aufzurichten. Neben ihm hatte sich ein zwölf Meter langer und zweieinhalb Meter breiter Container in den Betonboden gebohrt, ein brauner Koloss, der Karims gesamtes Sichtfeld einnahm. Er starrte auf das riesige, unmittelbar vor ihm aufragende weiße *M*. Irgendwo unter dem Container, zermalmt zwischen diversen Tonnen Stahl und Zement, lag sein Fernglas. Ein Hafenmitarbeiter kam angerannt, dicht dahinter Saïd, der Lastwagenfahrer.

»Was ist passiert?«, schrie Saïd. »Ist die Kette gerissen?«

Hoch über ihnen schwebten die Träger des Stapelkrans, an denen der Spreader noch sanft hin- und herschwang.

»Und was hat der Vorarbeiter gesagt?«

Noureddine brachte die Frage nur mit Mühe hervor, so schockiert war er. Karim saß mittlerweile in der Zentrale der Port Authority, das Handy eingeklemmt zwischen Schulter und Wange, und rieb sich die Hände mit Wundspray ein.

»Er meinte, ein Lager in einem der Twistlocks habe nachgegeben.«

»Glaubst du ihm?«

»Nein.«

»Bist du verletzt?«

»Ein paar Kratzer, ansonsten alles in Ordnung«, sagte Karim mit Blick auf seinen zerrissenen Ärmel.
»Gehst du vorsichtshalber ins Krankenhaus?«
»Nein. Hier ist eine Erste-Hilfe-Station, wo man sich um mich kümmert.«
»Und dieser tote Winkel … du denkst, Abdou kannte ihn?«
»Ja. Er hat wohl eine Stelle gesucht, von wo er das Eurogate-Terminal unbemerkt beobachten konnte.«
»Welches Schiff hat denn dort gelegen?«
»Das konnte ich noch nicht überprüfen.«
Karim lächelte der Krankenpflegerin zu, die mit einem Glas Wasser in der einen und zwei Paracetamol in der anderen Hand zurückkam.
»Ich übernehme die Recherche nach dem Schiff«, erklärte Noureddine. »Außerdem wird es Zeit, die Geheimpolizei in Kenntnis zu setzen.«
»Noch nicht, Noureddine … bitte«, bettelte Karim. »Gib mir noch ein paar Tage.«
»Dein Leben ist in Gefahr, Karim! Ich kann nicht zulassen, dass dir das Gleiche passiert wie Abdou. Auch er hat versucht, die Sache allein zu regeln, und du siehst ja selbst, was …«
»Abdou war irgendetwas auf der Spur«, unterbrach ihn Karim. »Wir schulden es ihm herauszufinden, was das war.«
»Morgen ist Samstag. Komm übers Wochenende nach Marrakesch zurück, dann reden wir weiter.«
Auf der Rückfahrt nach Tanger rief Simo an. Der Polizeichef wirkte noch aufgebrachter als Noureddine und pries Karims Rettung gleich mit einer Serie von *Alhamdulillahs*.
»Ich werde umgehend eine Untersuchung anordnen!«,

versprach Simo erregt. »Ein solch fahrlässiges Verhalten ist unentschuldbar!«

»*Malesch*, lassen Sie's«, meinte Karim beschwichtigend und hielt am Straßenrand. »Es war ein Unfall. Machen Sie dem Kranführer deswegen keine Scherereien. Wir sollten alles vermeiden, was den Ruf von Tanger-Med schädigen könnte. Das würde uns Larbi sonst nie verzeihen.«

»Larbi? Machen Sie sich um den mal keine Sorgen! Der tut, was ich ihm sage!«

»Ich kehre für ein paar Tage nach Marrakesch zurück«, erklärte Karim und versuchte es klingen zu lassen, als hätte der Zwischenfall ihn so stark verunsichert.

»Sehr schön. Dennoch werde ich ein ernstes Wörtchen mit den Verantwortlichen im Terminal reden. Und Sie lade ich heute Abend zum Essen ein. Wir müssen unbedingt gemeinsam ein Bier trinken und darauf anstoßen, wie haarscharf Sie dem Tod entronnen sind.«

»Sehr freundlich, möge Gott es Ihnen danken, aber ich trinke keinen Alkohol.«

»Egal! Stoßen wir eben mit Cola an.«

»Vielen Dank, Simo, aber ich würde lieber zum Hotel fahren und mich ausruhen.«

»*Fikra mezyana*«, stimmte der Polizeichef sofort zu. »Prima Idee. Schließlich haben Sie einen gewaltigen Schock erlitten. Nehmen Sie sich ruhig ein paar Tage frei. Ich melde mich bei Ihnen, wenn sich etwas tut.«

Karim steckte das Handy ein und stieg aus dem Wagen. Um ihn herum blühten Ginster und Sauerklee in üppigem Gelb. Jetzt erst bemerkte er, wie seine Hände zitterten. Er kniete sich neben die Straße und dankte Gott für seine Rettung.

Ehre sei Dir, Allah. Gelobt seist Du, Allah. Allah ist groß.

Gepriesen sei Dein Name, o Herr, der Du bist voller Erhabenheit, Großzügigkeit und Würde.

Bis die nächtlichen Albträume von fallenden Containern aufhörten, würden trotzdem noch einige Wochen vergehen.

7

Der Morgen war kühl. Regentropfen fielen von den Palmen, als Karim zum Bahnhof fuhr. Es war eine erholsame Abwechslung, für eine Weile aus dieser gefährlichen Stadt mit ihren kalten Betten und unkooperativen Bewohnern herauszukommen. Ein paar Tage an einem anderen Ort würden ihm helfen, Klarheit in seine Gedanken zu bringen. Beim Verlassen des Wagens spürte er zugleich aber einen tiefen Schmerz, denn seine Abfahrt aus Tanger bedeutete auch, sich vom letzten Rest Hoffnung zu verabschieden, Abdou jemals lebend wiederzusehen. Aller Zeitdruck war verschwunden. Was blieb, war Traurigkeit. Traurigkeit und eiserne Entschlossenheit.

Er kaufte ein *pain au chocolat* und eine Schachtel Sonnenblumenkerne und bestieg den Zug nach Marrakesch. Eine Stunde lang starrte er nur bewegungslos aus dem Fenster. In welchem Augenblick, so fragte er sich, hatte das Kartell – denn dass es ein Kartell gab, davon war er überzeugt – wohl beschlossen, ihn zu töten? Nach der Unterredung mit Mansouri? Als er Simo aufforderte, die Razzia bei Best Century Clothing durchzuführen? Oder als er den Schal entdeckte? Von allen Menschen, denen er in Tanger begegnet war, hätte er bei Ali am wenigsten damit gerechnet, dass er korrupt war. Da hatte ihn seine Intuition einmal mehr im Stich gelassen.

Beim Halt in Asilah fragte sich Karim, ob womöglich die alte Frau mit der Thermoskanne wieder zusteigen würde. Sie hätte ihm seine Zukunft weissagen können, hätte ihm die Karten legen und sagen können, was mit Abdou geschehen war. Aber die einzigen neuen Passagiere waren eine Gruppe französischer Touristen und ein Mann mit einem Käfig voll entrüstet gackernder Hühner. Als sie eine Weile später Larache erreichten, waren Karims Gedanken bereits wieder bei Ayesha. Er wollte so gerne mit ihr reden – über den Fall, darüber, wie knapp er gestern davongekommen war, einfach über alles. Bis sie im Bahnhof von Kenitra hielten, hatte er sich jedoch bewusst gemacht, was für ein Wahnsinn es wäre, sie nach all diesen Monaten einfach zu besuchen. Draußen ertönte die Pfeife des Schaffners, und langsam setzte sich der Zug wieder in Bewegung. Karim starrte seine Tasche an. Dann schoss er aus dem Sitz, riss die Tür auf und sprang auf den Bahnsteig.

Er war seit vier Jahren nicht mehr in Kenitra gewesen, und die Stadt hatte sich stark verändert. Es gab neue Gebäude, schicke Geschäfte und ein italienisches Restaurant. Er hielt an einem Geldautomaten und hob sein gesamtes Guthaben in Höhe von vierhundertfünfzig Dirham ab. Anschließend rief er im Institut Royal de Police an und hinterließ eine Nachricht.

»Da hattest du aber Glück, dass du mich erwischt hast«, sagte Ayesha, während sie die Speisekarte in dem italienischen Restaurant studierte. »Ich verbringe nämlich jedes zweite Wochenende bei Salma zu Hause, aber da sie eine Prüfung in Strafrecht hat, muss sie lernen.«

Ayesha und Karim waren noch nie zuvor *à deux* essen gegangen. Es fühlte sich unerlaubt und gewagt an. Auch der Kellner hielt sie offenbar für ein Liebespaar und reichte ihnen mit vielsagend leuchtenden Augen die Karte. Karim selbst kam es bei der ersten Begegnung mit Ayesha nach so langer Zeit vor, als säße ihm eine ganz andere Frau gegenüber. Sie strahlte ein völlig neues Maß an Selbstgewissheit und Selbstvertrauen aus. Der schwarze Hosenanzug und die Bluse standen ihr ausgezeichnet. Ihr dunkles Haar hatte sie zu einem Pferdeschwanz gebunden, und ihre Augen brauchten kein Make-up, um wunderschön zu strahlen. Alles in allem vergrößerte ihre Wirkung nur die Verwirrung in seinem Innern.

»Du siehst gut aus.«

»Du auch«, antwortete Ayesha und fügte grinsend hinzu: »Obwohl ich mir bei dem Schnurrbart nicht so ganz sicher bin!«

Ayesha betrachtete die Verabredung zum Mittagessen aus einem komplett anderen Blickwinkel als Karim. Die ersten zwanzig Jahre ihres Lebens hatte sie wohlbehütet im Hause der Belkacems verbracht, wo jeder Tag fast genauso wie der Vortag verlief. In den achtzehn Monaten danach hatte sie eine chaotische Mischung aus Schock und Trauer durchlebt, bis sie schließlich ausgezogen war, um sich um ihre traumatisierte Mutter zu kümmern. Mit der Aufnahme in die Polizeiakademie hatte für sie dann ein neues Leben begonnen. Sie wollte kämpfen, beschützen, zu körperlichen Höchstleistungen fähig sein – das waren ihre sehnlichsten Ziele! Abenteuer sollte es geben, ständig aufregende neue Dinge und leidenschaftliche Gefühle! Wobei die leidenschaftlichen Gefühle sich nicht länger auf Karim konzentrierten. Seine ewige Besorgnis und seinen Wankelmut hatte sie gehörig satt. Die langweiligen Klamotten, die er trug, und die bitterernste Miene, die er nie ablegte … die Vorstellung, ihn zu heiraten, erschien ihr inzwischen bizarr, beinahe absurd. Sie würde ihre Zeit bis dreißig damit verbringen, Verbrecher zu jagen und neue Orte kennenzulernen. Und eines Tages würde ihr ein Mann mit einem aufrichtigen Lachen begegnen, der eher die vergnüglichen Seiten des Lebens sah als die beschwerlichen. Sie würden einen Hausstand gründen und Kinder haben, *inschallah!*

Ayesha und Karim hatten beide Probleme, die Speisekarte zu entziffern. Keiner von ihnen hatte schon einmal in einem italienischen Restaurant gegessen, und als der Kellner kam, um die Bestellung aufzunehmen, wählten sie vorsichtshalber lieber Pizza. Karim fühlte sich unbehaglich. Seine Versuche, Mokhtar und sein eisiges Zimmer im Hotel Fuentes auf möglichst amüsante Art zu beschreiben, gerieten gestelzt und unbeholfen.

»Erzähl mir von Abdou«, unterbrach ihn Ayesha. »Du wirst ihn doch finden, oder?«

Karim stieß eine Flasche Sidi Ali um, und Wasser spritzte über den ganzen Tisch. Hilflos begann er, mit seiner Papierserviette zu tupfen.

»Alle sind der Meinung, dass Abdou versehentlich in einen Container geraten sein muss, inzwischen längst weit weg ist und bestimmt nicht mehr lebt.«

»Klingt unwahrscheinlich, oder?«

»Mittlerweile sind zehn Tage vergangen, ohne dass wir etwas von ihm gehört haben.«

»Nicht aufgeben«, beschwor Ayesha ihn. »Vielleicht findest du ihn ja noch.« Ihre Hand fühlte sich kühl an, wie sie auf seiner lag.

Karim berichtete, was er im Hafen entdeckt hatte. »Simo behauptet, dass Mansouri den Auftrag im Rahmen einer Privatisierungskampagne bekommen hat und dass er außerhalb des Hafens nur auf ihn zurückgreift, wenn ihm selbst die Leute fehlen. Aber manchmal bin ich mir nicht einmal sicher, wer dort das Sagen hat – Mansouri oder Simo.«

»Erzähl von der Nacht, in der Abdou verschwunden ist. Du denkst also, er observierte das Eurogate-Terminal.«

Karim nickte. »Er glaubte offenbar, an dieser Stelle würde ihn niemand bemerken. Leider hat er sich geirrt.« Karim legte Messer und Gabel ab und musste lachen.

»Was ist so lustig?«

»Mir ist nur gerade etwas eingefallen, das Abdou zu seinem Fahrer gesagt hat. ›Suche nie nach Datteln an einem Olivenbaum.‹ Alle, einschließlich mir, haben die ganze Zeit angenommen, dass Abdou Terminal 1 kontrollieren würde, obwohl er in Wahrheit Terminal 2 beobachtete.«

»Was weißt du über das Schiff, das an diesem Tag am Kai lag?«

»Auf den Videos konnte ich den Namen nicht erkennen. Noureddine recherchiert danach.«

»Wirst du auch im Terminal 2 ermitteln?«

»Keine Ahnung.«

»Schaffst du das nicht mehr?«, fragte Ayesha mit Blick auf seine nur zu Hälfte gegessene Pizza.

Karim schob seinen Teller über den Tisch.

»Tanger scheint ein gefährliches Pflaster zu sein«, sagte Ayesha, während sie sich über die Reste hermachte.

»Und wie!«, bestätigte Karim. »Vor ein paar Tagen ist ein Mann direkt vor meinem Hotelfenster erschossen worden.«

»Mein Gott! Wie kam es dazu?«

»Das Opfer war Schleuser«, erklärte Karim. »Zwischen rivalisierenden Schleusergruppen findet offenbar eine Art Krieg statt. In Tanger halten sich eine Menge Geflüchteter auf, mehr als in jeder anderen Stadt im Land. Alle wollen nach Spanien, koste es, was es wolle. Das hat auch die Gewalt zunehmen lassen.«

»Ich weiß«, meinte Ayesha nickend. »Hast du gesehen, was in Ceuta abgelaufen ist? Colonel Choukri hat uns die Fernsehbilder gezeigt. Er ist der Meinung, dass sich lehrreiche Schlüsse ziehen lassen aus den polizeilichen Fehlern, die in Reaktion auf die Situation gemacht wurden.«

»Lass uns doch über etwas weniger Deprimierendes sprechen«, bat Karim. »Wie läuft's in der Akademie? Gefällt es dir?«

»Ja. Besser gesagt, es hat mir gefallen … bis letzten Mittwoch. Einer der Mitschüler hat mich wegen Abderrahim angepöbelt.«

»Was hat er gesagt?«

»Er wollte wissen, wie es ist, einen verurteilten Terroristen zum Bruder zu haben.«

»Und was hast du geantwortet?«, fragte Karim besorgt. Da er selbst häufig genug die Zielscheibe von Ayeshas aufbrausendem Temperament gewesen war, hoffte er um ihretwillen, dass sie nicht auf ihn losgegangen war.

»Ich habe ihn ignoriert«, gab Ayesha zur Antwort, um Karim nicht zu beunruhigen.

»Genau richtig! Die Sache geht den Kerl überhaupt nichts an. Sollte noch jemand fragen, sag einfach, dass Abderrahim ein unschuldiges Opfer des Verfolgungswahns innerhalb der Polizei geworden ist. Hast du ihn eigentlich mal besucht?«

»Fang du nicht auch noch an«, sagte Ayesha und seufzte erschöpft. »Lalla Fatima und Khadija haben mich auch schon bedrängt.«

»Du musst das machen«, fand auch Karim. »Er ist dein Bruder.«

»Du bist mein Bruder.«

»Ich weiß … obwohl ich es lieber nicht wäre. Du kennst meine Gefühle für dich.«

Sollte Karim damit auf ein Bekenntnis von Ayesha gehofft haben, dass sie diese Gefühle erwiderte, sah er sich enttäuscht. Ayeshas Gedanken waren noch immer mit Abderrahim beschäftigt.

»Ich weiß, dass er mir unsympathisch sein wird.«
»Er ist als Mensch nicht einfach«, gab Karim zu. »Ich bin ihm zweimal begegnet. Er wirkte überaus ... wie soll ich sagen ... streng.«
»Die Menschen radikalisieren sich im Gefängnis, heißt es.«
»Das stimmt.«
»Und in Kenitra soll es ziemlich brutal zugehen.«
»Stimmt ebenfalls«, sagte Karim nickend. »Du wirst einige äußerst ekelhafte Gestalten zu Gesicht bekommen, wenn du ihn besuchst. Es wäre sicherlich lehrreich für dich, so ein Gefängnis mal von innen zu sehen. Gut für deine Ausbildung. Du hättest einen Eindruck von den Zuständen im Strafvollzug und von den Justizirrtümern, die es weiterhin gibt. Wenn du dich genauer mit Abderrahims Fall beschäftigen würdest, könntest du ihm womöglich sogar helfen.«
»Vielleicht«, sagte Ayesha und klang dabei wenig überzeugt.
»Ich hab dir doch von dem Mann erzählt, dem die Sicherheitsfirma gehört. Mohammed Mansouri.«
»Was ist mit ihm?«
»Ich bin letzte Woche zwei Männern mit Tattoos begegnet«, fuhr Karim fort. »Der eine war ein Geflüchteter namens Joseph. Der andere war Mohammed Mansouri.«
»Und?«
»Hier in Marokko kenne ich Tätowierungen nur bei Strafgefangenen. Aktuellen oder ehemaligen. Im Knast lassen sich Marokkaner häufig tätowieren.«

»Du meinst, dass dieser Mansouri in Kenitra eingesessen hat?«

»Wenn er eine schwere Straftat begangen hat – ja«, sagte Karim. »Kenitra ist ein Hochsicherheitsgefängnis.«

»Wolltest du mich etwa deshalb treffen?«, fragte Ayesha, und ihre Wangen röteten sich vor Wut. »Du willst, dass ich Abderrahim nach Informationen aushorche, stimmt's?«

»Nein«, versicherte Karim. »Ich wollte dich sehen, weil ich … mich so einsam gefühlt habe. Die Sache mit der Tätowierung ist mir eben erst eingefallen.«

Der Kellner brachte die Rechnung, und Karim zählte einhundertachtzig Dirham ab. So würde sein Geld nicht lange reichen.

»Die letzte Woche war die härteste, die ich je erlebt habe«, gestand er. »Mein bester Freund ist dem Tod nahe oder bereits tot. Ich ermittle allein in einer höchst sonderbaren Stadt … gemeinsam mit Leuten, die ihrem Ausweis nach zwar Kollegen sind, die sich jedoch wie Feinde benehmen. Noureddine gegenüber darf ich nicht von meinen Ängsten sprechen, weil sonst die Gefahr besteht, dass man mich nach Marrakesch zurückkommandiert. Ich habe niemanden, dem ich vertrauen kann …«

»Du weißt, wie gerne ich dir helfen würde, Karim«, sagte Ayesha mitfühlend. »Aber ich habe den ganzen Tag Ausbildung!«

»Du kannst nichts tun, das ist mir schon klar«, versicherte er ihr rasch, und plötzlich platzte es aus ihm heraus: »Gestern wäre ich fast erschlagen worden.«

»O Gott!«, rief Ayesha und saß mit einem Ruck kerzengerade.

»Entschuldige«, bat Karim und kniff die Lippen zusammen. »Ich wollte dich nicht beunruhigen.«

»Was ist geschehen?«

»Ein Container fiel von einem Kran.«
»Aber bestimmt nicht aus Zufall!«
»Dafür hat es in letzter Zeit viel zu viele solcher Zufälle gegeben.«
»Aber das ist ja ... schrecklich! Du brauchst unbedingt Verstärkung.«
»Noch einen Mann wird Noureddine nicht schicken wollen«, erklärte Karim. »Das sähe aus, als würden wir den Polizeikräften in Tanger nicht trauen.«

Ayesha fingerte nachdenklich am Ende ihrer Papierserviette und schwieg eine ganze Weile.

»Ich habe eine Idee«, sagte sie schließlich. »Aber du darfst keinem etwas verraten ... versprochen?«

Karim nickte.

»Ich habe ein zweites Handy auf meinem Zimmer.«

»Dafür können sie dich rauswerfen!«, erwiderte Karim entsetzt.

»Nur für Notfälle«, schob Ayesha eilig nach. »Für meine Mutter, für Lalla Hanane. Du ahnst ja gar nicht, wie schlecht es ihr geht.«

»Sie muss doch nur in der Akademie anrufen. In Notfällen gewähren sie Sonderurlaub.«

»So einfach ist das leider nicht«, erklärte Ayesha. »Lalla Hanane bekommt Panikattacken mit Herzrasen. Wenn sie nicht das Gefühl hätte, mich sofort erreichen zu können, würde es das nur noch tausendmal schlimmer machen. Daher habe ich ihr versprochen, ein zweites Handy in meiner Tasche zu verstecken und mit in die Akademie zu schmuggeln. Sollte sie eine Krise haben, kann sie mir eine Nachricht schicken, und ich rufe zurück. Wenn sie meine Stimme hört, mildern sich ihre Symptome meist schon.«

»Wie benutzt du denn das Handy, ohne dass es jemand bemerkt?«

»Ich sehe immer abends nach dem Essen nach, ob sie sich gemeldet hat. Salma ist am Abend für unseren Tisch zuständig und hilft dann beim Abräumen und Spülen. Vor acht kommt sie nie zurück aufs Zimmer. Von dem eingeschmuggelten Handy hat sie nicht die geringste Ahnung. Und meine Mutter hat sich auch nur zweimal gemeldet – es dient also mehr der Beruhigung. Ohne eine solche Notrufmöglichkeit hätte ich Lalla Hanane niemals allein in Marrakesch zurückgelassen.«

»Und was genau wolltest du nun vorschlagen?«

»Dass die Nummer dir auch für Notfälle dient.«

»Ganz sicher nicht. Ich werde doch nicht riskieren, dass sie dich rauswerfen!«

»Du riskiert gar nichts«, meinte Ayesha ruhig. »Wenn überhaupt bin ich es, die ein Risiko eingeht.« Sie schrieb eine Nummer auf die Serviette und schob sie ihm zu. »Nur für alle Fälle. Jetzt fahr zurück nach Tanger.«

Die Strafvollzugsanstalt von Kenitra lag auf einer Anhöhe über dem träge dahinfließenden Sebou, verborgen hinter einem Wohnkomplex. Ayesha steuerte die massiven Eingangstüren des Gebäudes an und dachte dabei, dass die Franzosen, die das Gefängnis 1930 errichten ließen, einen merkwürdigen Sinn für Humor gehabt haben mussten, weil sie die renommierteste Polizeiakademie des Landes und das Gefängnis mit der höchsten Sicherheitsstufe beide hier in dieser ansonsten eher unscheinbaren Stadt im Norden angesiedelt hatten.

Während sie gemeinsam mit besorgten Frauen und finster dreinblickenden Männern in der Warteschlange stand, erfasste sie eine heftige Unruhe. Sie war erst einmal in einem Gefängnis gewesen, in Marrakesch, um ihren sterbenden Vater zu besuchen. Die Verhältnisse in Kenitra sollten angeblich noch weit schlimmer sein.

Wie würde Abderrahim darauf reagieren, dass sie ohne jede Vorankündigung plötzlich vorbeikam? Wie würde er die Nachricht aufnehmen, dass sie eine Ausbildung zur Polizistin begonnen hatte? Seine Ansichten waren allem Anschein nach noch extremer als die ihres Vaters. Abderrahim rauchte nicht, trank nie Alkohol und hatte sich zum Zeitpunkt seiner Verhaftung gerade auf seine Pilgerreise nach Mekka vorbereitet. Ayeshas eigene Vorstellungen vom Islam waren einfach: Gott wünschte sich nur, dass seine Erdenkinder in Frieden und Harmonie zusammenlebten. Sie sprach ihre Gebete, hielt den Ramadan ein und spendete den Armen, was sie erübrigen konnte. Alles andere war in ihren Augen bloß lautstarkes Theater, veranstaltet von Männern. Dennoch war sie in diesem Moment froh, dass sie eine *djellaba* und ein blaues Kopftuch über ihrem Ausgehanzug trug.

Als sie an die Reihe kam, legte sie ihre Tasche auf das Band des Röntgengeräts, und ein uniformierter Wärter nahm ihre Personalien in ein dickes Besucherbuch auf. Die anderen Menschen in der Schlange hatten Lebensmittel und Toilettenartikel mitgebracht, und Ayesha schämte sich ein wenig, dass sie mit leeren Händen kam. Nach dem Durchlaufen eines Körperscanners wurde sie zusätzlich von einem männlichen Wachmann abgetastet – in übertrieben intimer Weise, wie sie fand.

»Behalten Sie Ihre Pfoten gefälligst da, wo sie hingehören!«, blaffte sie.

»Immer mit der Ruhe, *lalla*. Das ist Vorschrift.«

Die Gruppe der etwa zwanzig Besucher wurde geschlossen durch das Tor in einen kalten, schmucklosen Raum mit vergitterten Fenstern geführt. Ayesha nahm neben der Tür Platz und verfolgte, wie die Gefangenen einzeln und in Abständen voneinander eintraten. Karims Vorwarnung bewahrheitete sich. Die Männer in den schmuddeligen Shorts und ärmellosen Oberteilen wirkten roh und brutal, und nicht wenige darunter waren tatsächlich tätowiert. Die eine oder andere Miene hellte sich beim Anblick der Besucher auf, viele aber blieben mürrisch und in sich gekehrt. Auf der Stirnseite des Raums saß ein Mann mit verschränkten Armen und betrachtete teilnahmslos seine weinende Frau.

»*Salamu alaikum.*«

Der Mann unmittelbar vor ihr trug eine makellos saubere *gandora*. Er war schlank, hatte die dichten Augenbrauen seines Vaters und einen langen schwarzen Bart. Seine Umarmung geriet flüchtig und steif.

»Darauf haben wir lange gewartet«, eröffnete er wenig später das Gespräch.

Ayesha war unklar, wen er mit *wir* meinte. Sich und Lalla Hanane? Die Familie, die auf die Rückkehr der entfremdeten Tochter wartete? Oder sprach er von sich selbst im Plural und bezog sich auf Ayeshas Besuch bei ihm im Gefängnis?

»Tut mir leid ... ich war sehr beschäftigt ...«

»Ich weiß noch, wie du vor zwanzig Jahren weg bist«, sagte Abderrahim und musterte sie von Kopf bis Fuß. »Vater hat nie die Hoffnung aufgegeben, dass du zurückkehrst.«

»Ich habe unseren Vater vor seinem Tod noch getroffen«, erzählte sie ihm.

»*Alhamdulillah.* Mutter sagt, dass du dich um sie kümmerst.«

»Ich achte nur darauf, dass es ihr an nichts fehlt.«

Zu Ayeshas Aufgaben zählten auch die Schreibdienste, die sie für ihre Mutter erledigte. So hatte sie Dutzende Briefe im Namen ihrer Mutter geschrieben und aufgegeben, aber dabei auch in denen, die an Abderrahim gingen, nie eine eigene Zeile hinzugefügt.

»Sie hat mir berichtet, dass du hier in Kenitra auf die Polizeiakademie gehst.«

»Ja.«

»Wie kannst du beides auf einmal tun?«, bohrte er nach.

»Wie bitte?«

»Wie kannst du dich um Mutter kümmern, wenn du in Kenitra bist?«

Die Frage traf Ayesha vollkommen unvorbereitet. »Ich fahre an den Wochenenden meist nach Marrakesch zurück«, erklärte sie.

»Und während der Woche? Wer kümmert sich da um sie?«

»Ich ... äh ... ich werde mir nach meinem Abschluss eine Stelle in Marrakesch suchen, *inschallah*«, antwortete sie verunsichert. »Und dann werde ich mich auch täglich um ... äh ... Mutter kümmern können. Vielleicht bist du bis dahin ja auch wieder entlassen, *inschallah*.«

»Und dann sind wir wieder eine glückliche Familie, meinst du?«

»Hast du denn ...« Ayesha schluckte und versuchte es erneut: »Kennst du denn schon ein Datum, wann du ...? Ich meine, wann wirst du ...?«

»Es gibt welche, die zwanzig Jahre hier drin gehockt haben.«

»Ja, aber du bist doch kein gefährlicher Verbrecher!«, wandte Ayesha ein.

»Für die bin ich ein gefährlicher Verbrecher«, widersprach Abderrahim. »Jeder, der in Kenitra wegen sogenannter terroristischer Delikte einsitzt, bekommt automatisch Isolationshaft.«

»Wie schrecklich!«, rief Ayesha. »Ich dachte, die Bedingungen in den Haftanstalten hätten sich verbessert.«

Zu den zentralen Anliegen des Royal Institut de Police zählte es, in der Ausbildung deutlich zu machen, dass die üblen alten Tage eines unterfinanzierten, auf Willkür und Gewalt basierenden Strafvollzugssystems und damit auch von Bestechung und Folterkammern ein für alle Mal vorbei waren und abgelöst wurden von Respekt gegenüber Menschenrechten, von Gleichheit vor dem Gesetz und von modernen sanitären Einrichtungen.

»Ach, halbwegs anständige Zellen gibt es schon«, räumte Abderrahim ein. »Die sind sauber, haben vier Betten und eine Toilette mit Spülung. Meine gehört allerdings nicht dazu.«

»Wie sieht die aus?«, wollte Ayesha wissen.

»Schon mal Bilder von prähistorischen Höhlenbauten gesehen?«, fragte ihr Bruder zurück. »Die Decke ist so niedrig, dass ich den ganzen Tag in gebückter Haltung verbringen muss. Der Boden fällt ab in Richtung eines Lochs, über dem ich mich wie ein Tier hinhocken muss, um meine Notdurft zu verrichten. Meine Kleidung verwahre ich in einem Einkaufsbeutel auf, den ich an die Tür binde, weil sonst alles nach Pisse stinken würde.«

Ayesha schlug sich die Hand vor den Mund. Trotz ihres Ekels konnte sie nicht umhin, von der Haltung, die ihr Bruder selbst unter diesen furchtbaren Bedingungen bewahrt hatte, beeindruckt zu sein.

»Ist es dir wenigstens erlaubt zu beten?«

»Fünfmal am Tag, *alhamdulillah*«, sagte Abderrahim. »Vor und nach meinen Schichten in der Küche und in der Werkstatt. Da kann ich aufrecht stehen, mich auch mal strecken und meine Waschungen verrichten. Ich danke Gott für seine Gnade. Siehst du den Mann da drüben?«

Ayesha wandte sich um. Ganz hinten saß ein buckliger Mann in T-Shirt und Shorts, der mit seinen dünnen Armen und bandagierten Beinen wie ein ausgemergelter Raubvogel aussah. Er stritt mit einer Frau, die einen Säugling im Arm hielt.

»Ist beim Versuch zu fliehen aus einem Fenster gesprungen«, erklärte Abderrahim. »Hat sich beide Beine gebrochen.«

»Gott stehe ihm bei!«

»Hier drin werden die Menschen verrückt. Manche sehnen sich geradezu nach dem Tod. Sie beten darum, einen Schlaganfall oder Herzinfarkt zu bekommen, der sie dahinrafft. Ich dagegen bete um innere Kraft und Standhaftigkeit.«

»Vielleicht kann Karim mit dem Leiter der Haftanstalt reden ...«

»*Karim?*«, wiederholte Abderrahim verächtlich. »Hätte Karim seinen Job gewissenhaft erledigt, säße ich jetzt nicht hier in diesem elenden Loch! Ich wäre überhaupt nicht verhaftet worden. Und mein Vater ebenso wenig. *Unser* Vater. Du bist eine Talal. Du schuldest jetzt deine Loyalität allein uns, nicht Karim.«

Eingeschüchtert von diesem Wutausbruch, murmelte Ayesha nur irgendetwas davon, dass sie versuchen würde, die Erlaubnis zu erhalten, ihn auch während der Woche mal zu besuchen. Abderrahim erhob sich.

»Bring Lebensmittel mit beim nächsten Mal. Und trag gefälligst ein schlichteres Kopftuch. Keins mit Muster.«

Karim trat aus dem Hotel in strahlendes Sonnenlicht. Nach dem Morgengebet in der Moschee beschloss er, ein wenig spazieren zu gehen. Bei so einem Spaziergang lösten sich die kompliziertesten Probleme oft wie von selbst, hatte er festgestellt. In Marrakesch lief er bisweilen die acht Kilometer bis hinaus zum Pavillon im Menara-Garten und wieder zurück, wenn er an einem besonders kniffligen Problem zu knabbern hatte. An diesem Sonntagvormittag in Tanger folgte er den verwinkelten Gässchen bergauf, überquerte ein paar belebte Durchgangsstraßen und rezitierte dabei die Sure Al-Falaq, um den Beistand Allahs zu erbitten. Als er den Grand Socco erreichte, hatten sich bereits große Schweißflecken unter seinen Armen gebildet.

Mokhtar war nirgends zu sehen. Es wurde Zeit, sich einen anderen Informanten zu suchen. Jemanden, der ihm brauchbare Antworten liefern konnte. Und was Larbi, Ali, Berrada, Mansouri und Simo betraf, so konnten sie von ihm aus allesamt zur Hölle fahren. Er war in dieser Stadt nur einem einzigen ehrlichen Marokkaner begegnet – dem Lastwagenfahrer in Tanger-Med. Und selbst der hielt wahrscheinlich dann und wann die Hand auf.

Er bemerkte den Kirchturm, der auf der anderen Seite des Platzes aufragte, und nahm an, dass es sich um das Gotteshaus handelte, das Joseph besuchte. Vor der Kirche fand ein Markt statt. Bäuerinnen in gestreiften Röcken und mit Puscheln an ihren Strohhüten boten Hühner, Eier, frisches Gemüse und eigene Erzeugnisse an. Karim beobachtete interessiert, wie eine der Frauen ein Stück Käse in ein Palmblatt einwickelte.

»*Formaj?*«, fragte er.

»*Jben*«, bestätigte die Frau.

Karim bat darum, ein Stück probieren zu dürfen, woraufhin sie ihn mit einem wütenden Wortschwall in ihrem Dialekt bedachte. Ein Passant in einem *burnus* aus Schafswolle klärte Karim auf, dass die Frau verlange, er müsse den Käse vor dem Probieren erst kaufen. Er schmecke köstlich, fügte der Mann noch hinzu, mild und cremig, frisch aus den Bergen des Rif. Bei Rif musste Karim sofort an Mohammed Mansouri denken und suchte einen Moment nach Ähnlichkeiten in den tief gebräunten Gesichtern der Frauen, ihrem schnellen Redefluss und den kräftigen Händen. Karim drehte eine kleine Runde über den Markt, kramte in allerlei kitschigem Zeug und Bergen an Secondhandkleidung und steckte den Kopf in eine Schmiede, um sich anzuschauen, wie der Schmied dort Schafsköpfe an langen Eisenstangen über dem Feuer briet.

Kurz vor zwölf strömten die Gottesdienstbesucher aus der Kirche, darunter auch einige Subsahara-Afrikaner, aber von Joseph fehlte jede Spur. Enttäuscht bog Karim in eine belebte Einkaufsstraße. Der Bruch von Altstadt zu moderner City mit glitzernden Hotels und exklusiven Läden war gewaltig. An einem Kreisel setzte Karim sich in ein Café und betrachtete die vorbeiziehenden Menschenpulks, deren Zusammensetzung ebenso bunt gemischt war wie im Petit Socco. Neben eleganten jungen Tanjaouis gingen verschleierte Frauen, hohläugige Klebstoffschnüffler, vor sich hin brummelnde Bettler und geschäftige Kinder mit Schuhputzkästen auf der Suche nach Kunden.

Karim trank seinen Kaffee aus und schlenderte den Boulevard Pasteur hinunter. Nachdem er an einem Aussichtspunkt mit Kanonen und Blick über die Meerenge ein Foto gemacht hatte, ging er in eine Parfümerie auf der anderen Straßenseite. Drinnen hörte er, wie ein junger Verkäufer behauptete, sie seien in der Lage, jeden Duft auf der Welt zu kopieren. Karim fragte den jungen Mann, welches Parfüm er empfehlen würde.

»Soll es für Ihre Freundin sein?«

Karim gab eine ausweichende Antwort, und der Verkäufer sprühte irgendeine Probe auf sein Handgelenk.

»*L'Air du Temps*, bei jungen Leuten sehr beliebt ... oder Hugo Boss, eher ein blumiger Duft. Wie wäre es mit Orangenblüten?«

Es dauerte nicht lange, und Karims Handgelenke und Unterarme verströmten ein penetrantes Duftgemisch. Am Ende kaufte er Dolce & Gabbana für Ayesha und La Vie est belle für Khadija. Beim Verlassen des Geschäfts vibrierte sein Handy, und Simos Name erschien im Display.

»Sind Sie noch in Tanger?«

»Ja«, antwortete Karim, da er keinen Grund sah, es zu leugnen.

»Können Sie uns helfen?«, fragte der Polizeichef. »Wir sind knapp an Leuten und brauchen alle verfügbaren Kräfte.«

»Was ist denn der Grund?«

»Kommen Sie in die *préfecture*, dann erkläre ich Ihnen alles Weitere.«

»Ich muss erst ins Hotel und mich umziehen.«

»Nein«, wehrte Simo ab. »Kommen Sie gleich her.«

Karim winkte ein *petit taxi* heran. Welche so dringliche Krisensituation mochte an einem geruhsamen Sonntagnachmittag wie heute aufgetreten sein? Der Taxifahrer, dem der strenge Parfümgeruch auffiel, brummte etwas vage Schwulenfeindliches vor sich hin.

Vor dem Polizeipräsidium nahmen Polizisten in Einsatzanzügen Schlagstöcke in Empfang und stiegen in Mannschaftswagen. Karim eilte die Treppen in den sechsten Stock hinauf. Oben stand Simo auf dem Absatz vor den Fahrstühlen und sprach mit seinem Stellvertreter.

»Ah, Karim!«, rief er bei seinem Anblick. »Jibrane wird Ihnen passende Sachen besorgen.«

Karim wurde in einen Umkleideraum geführt. Um ihn herum herrschte aufgeregtes Geschrei und Türenklappern, während die Männer schwere Einsatzausrüstung anlegten. Kurz darauf saß Karim eingezwängt in einem vollgestopften Mannschaftswagen der Sûreté. Als Letzter kletterte Jibrane hinein. Auf den Schultern seines Einsatzanzugs prangten zwei Streifen. Er hämmerte gegen die Unterseite des Dachs, und sofort schoss das Fahrzeug vom Parkplatz auf die Straße. Die anderen Männer musterten Karim misstrauisch. Der ganze Innenraum stank nach Parfüm.

»Marrakschi?«, fragte einer.

»Ja.«

Die Männer nickten, als hätte die Antwort Karims Parfümgeschmack zur Genüge erklärt.

Aus dem Hintergrund brüllte einer der Einsatzkräfte: »Stinkt ja wie im Puff.«

Alle lachten, auch Karim. Er nahm eine Handvoll von den Sonnenblumenkernen, die sein Nachbar ihm anbot, und beteiligte sich an dem harmlosen Wortgeplänkel. Nach einer Weile blickte er aus dem Fenster und bemerkte, dass sie die Stadt in Richtung Autobahn verließen.

»*Fin ghadiyn?* Wohin fahren wir?«

»Zur Grenze.«

Karim machte ein verwirrtes Gesicht, und ein Mann rief: »Ceuta!«

Von der Fahrt auf der Rückbank wurde Karim schlecht. Das Schaukeln und Schlingern zusammen mit dem Parfümgestank war so schlimm, dass er die Sturmhaube über die Nase schieben und sich vornüber beugen musste, die

Hände unter die Knie geklemmt, um den Brechreiz in Schach zu halten. Auch die Männer um ihn herum fielen schon bald in Schweigen. Nach einer gefühlten Ewigkeit bremste der Wagen und hielt an. Draußen war es inzwischen dunkel. Karim hörte Geschrei und einzelne gebellte Befehle. Donnernd krachte etwas – vermutlich ein Stein – gegen die Seite des Fahrzeugs. Die Männer setzten ihre Helme auf, zogen ihre Schlagstöcke und sprangen hinaus.

Karim brauchte einen Moment, um die Situation zu erfassen. Sie standen auf einer Anhöhe neben einer langen Reihe geparkter Mannschaftswagen und blickten auf einen sechs Meter hohen, in grelles Flutlicht getauchten Zaun, an dem überall spärlich bekleidete Gestalten hingen. So also sah es aus, das Bollwerk von Ceuta, die Grenzanlage zwischen Marokko und Europa. Eine Sperre aus Stahl und NATO-Draht, drei separate Zäune tief und allein konstruiert zu dem Zweck, afrikanische Horden daran zu hindern, ins Paradies zu gelangen. Die Luft war erfüllt von Sirenengeheul, vom Klirren zersplitternder Glasflaschen und von den dumpfen Befehlsfetzen aus ihren Sprechfunkgeräten.

Was zum Teufel tat er hier?

Drei Meter entfernt erkannte er Jibrane, der als Einziger von ihnen keinen Helm trug. Karim rannte mit den anderen zur Grenzanlage hinüber und wurde sofort mit allerlei Wurfgeschossen bombardiert. Die Afrikaner warfen zerbrochene Flaschen, Steine, Haken und Leiterteile auf die Polizisten, die ihrerseits nach Kräften bemüht waren, die Menschen wieder vom Zaun herunterzuziehen. Viele der Geflüchteten hatten den Oberkörper entblößt, um in der Dunkelheit schwerer ausgemacht werden zu können. Einige wenige saßen bereits auf der Oberkante des ersten

Zauns, von wo aus sie Molotowcocktails auf die Köpfe der Polizisten schleuderten. Dieser Angriff war zahlenmäßig größer und besser organisiert als der, über den sie im Fernsehen berichtet hatten, und die Reaktion der Einsatzkräfte genauso mangelhaft.

Etwas Flüssiges sprühte auf Karims Visier. Blut. Ein Halbwüchsiger mit kurzen Dreadlocks, der oben über den Stacheldrahtrollen hing, blutete aus einem Schnitt an seinem Bein. Er hievte sich ein Stück weiter, stürzte auf der anderen Seite ab und schlug mit einem widerlichen Knall im Niemandsland auf. Karim hob den Blick, sah den nackten Fuß eines anderen Kletterers und schwang unwillkürlich seinen Schlagstock. Es fühlte sich barbarisch an ... ein zweites Mal ... *bum!* ... jetzt hatte der Mann den NATO-Draht auf der Kante erreicht – Gott sei Dank trug er Handschuhe! Auf der gegenüberliegenden Seite der Anlage sah Karim, wie die Guardia Civil alle Geflüchteten aufgriff, die es über den letzten Zaun schafften, und zu den bereitstehenden Krankenwagen brachte. Ein Enterhaken prallte scheppernd von Karims Helm ab. Die Geflüchteten versuchten, mit den Wurfgeschossen die Polizei zurückzudrängen, während ihre Kameraden über den Zaun kletterten, als bestünde ihr Schlachtplan darin, dass man zwanzig Männer opferte, um einen nach drüben zu bekommen. Auf einen dumpfen Knall erfolgte ein lauter Aufschrei, und ein von einem Gummigeschoss getroffener Afrikaner stürzte vom Zaun.

In diesem Augenblick stürmte ein weiterer Schwarm Afrikaner aus seinem Versteck und steuerte einen unbewachten Teil des Zauns an. Jibranes Stimme krächzte durch den Sprechfunk: »Turm acht!« Karim rannte am Zaun entlang, vorbei an einer Vielzahl Verletzter. Er kletterte ein Stück den Maschendraht hinauf und schlang den Arm um die

Taille eines Mannes, der sich wand und krümmte. Als der Geflüchtete sich mit einem Auge umschaute – das andere war zugeschwollen –, packte ein zweiter Polizist ihn am Bein und half Karim, den Mann, der sich am Zaun festklammerte wie eine Krabbe am Fischernetz, nach unten zu ziehen. Erneut knallten Gummigeschosse, und ein weiterer Geflüchteter fiel bewusstlos zu Boden. *Was für ein Wahnsinn*, dachte Karim, *Polizisten in gepanzerter Kampfausrüstung verprügeln halb nackte Männer.* Die rücksichtslose Art, mit der viele der Einsatzkräfte sich austobten, ließ Karim vermuten, dass hier auch Mansouris paramilitärische Truppe am Werk war. Was die Brutalität noch verschlimmerte, war Jibranes Anweisung, auch auf die am Boden liegenden Afrikaner weiter einzuprügeln, damit sie bei ihrer Abführung zu einem Gefangenenwagen keinen Widerstand mehr leisten konnten.

»Schnappen Sie sich den Kerl, verflucht noch mal!«, brüllte Jibrane in Karims Gesicht und zeigte mit seinem Schlagstock auf einen Geflüchteten in einer Steppjacke, der es schon beinahe über den ersten Zaun geschafft hatte. Blitzschnell war Karim oben und fasste den Mann um den Hals. Der streckte gerade die Hand nach der Oberkante des Zauns aus, schlitzte sich dabei aber den Ärmel seiner Jacke am NATO-Draht auf und griff ins Leere. Das Licht der Scheinwerfer fiel auf seinen nackten Unterarm. *Joseph.* Karim erstarrte. Was anschließend geschah, wirkte alles wie in Zeitlupe. Joseph wurde heruntergezogen. Joseph lag auf dem Boden. Jibrane prügelte auf dessen Rücken ein.

»Aufhören!«, schrie Karim, sprang herunter und legte Jibrane die Hand auf den Arm. Der stellvertretende Commissioner wirbelte herum und starrte ihn ungläubig an.

»Was haben Sie da gesagt?«

Joseph öffnete die Augen bei diesen Worten, schien Karim hinter dessen Visier aber nicht zu erkennen.

»Nicht schlagen!«

»Und warum zum Teufel nicht?«

»Es ist ... inhuman.«

»*Inhuman?*«, wiederholte Jibrane und rammte Joseph den Schlagstock in die Nieren. »Wir müssen die Kerle aber schlagen!« Joseph stöhnte laut auf und drehte sich auf den Rücken. »Und zwar mit aller Kraft! Genau so.« Jibrane versetzte Joseph einen weiteren Hieb, diesmal auf die Brust, und drückte den Gummiknüppel danach Karim in die Hand. »Jetzt Sie!«

»Was?«

»Zuschlagen!«

Inzwischen hatten die Polizeikräfte die Lage am Grenzzaun unter Kontrolle, und einige Kollegen blieben auf dem Rückweg neugierig bei ihnen stehen. Karim hielt den Gummiknüppel fest, ohne sich zu rühren.

»Zuschlagen, habe ich gesagt!«, wiederholte Jibrane.

Karim verharrte weiter bewegungslos. Erregt riss Jibrane die Arme hoch und packte Karim am Kragen.

»Wir müssen diese Leute daran hindern, es noch einmal zu versuchen, kapiert, Marrakschi?«, fauchte er ihn an. »Wenn Sie uns nicht bei den *azzis* helfen, dann schminken Sie es sich lieber gleich ab, dass wir Ihnen bei der Suche nach Ihrem Freund helfen. Ist das klar? Also, schlagen Sie zu!«

Karim starrte in die blutunterlaufenen Augen des Einsatzleiters. Dann senkte er den Blick zu Joseph, der sich auf dem Boden krümmte. Er hob den Gummiknüppel über den Kopf, hielt einen Moment inne ... auf einmal raste die Zeit um Jahre zurück, und er stand als kleiner Junge im Innenhof des Riad und rezitierte für die versammelten Erwachsenen die gelernten Koranstellen, während sein Vater ihm ermutigend zulächelte ... *Mein Herr! Vergib mir und habe Erbarmen, denn niemand ist barmherzig wie Du* ... Er schlug zu. Auf Josephs Beine. Ein weiterer Schlag, diesmal auf sein Gesäß. Obwohl er sich bemühte, keine Kraft in die Schläge zu legen, konnte er fühlen, wie der schwere Gummiknüppel schon durch sein Eigengewicht dem Körper von Joseph zusetzte. Jibrane verfolgte Karims Aktionen mit skeptischem Blick.

»Habe ich etwa ›anstupsen‹ gesagt!«, platzte es schließlich aus ihm heraus. »›Zuschlagen‹ sollen Sie!«

Jibrane entriss Karim den Gummiknüppel und ließ ihn hart auf Josephs Schulter knallen. Blitzschnell packte er den Schlagstock auch noch mit der zweiten Hand und wuchtete ihn Joseph zum Abschluss wie einen Vorschlaghammer auf den Brustkorb. Anschließend stülpte er Josephs Reisetasche um. Dutzende von Sonnenbrillen purzelten heraus, die Jibrane sofort mit dem Stiefelabsatz zertrat.

»Abführen!«

Die Demütigung nagte an Karim, vor allem aber schämte er sich für sein eigenes Verhalten und hoffte inständig, dass Joseph ihn nicht erkannt hatte. Er fasste ihn unter den Armen, während einer von den EDS-Leuten Joseph bei den Füßen packte. Der EDS-Mann machte sich erst gar nicht die Mühe, Josephs Körper richtig anzuheben, sodass dessen zerschlagener Rücken eine blutige Schleifspur hinter sich herzog.

»Heb den armen Kerl gefälligst höher!«, brüllte Karim.

Einige Schritte weiter blieb Josephs Geldgürtel an einem Stein hängen und löste sich. Der EDS-Mann sah auf den prall gefüllten Gürtel, der vor ihm auf der Erde lag. Nach einem kurzen verstohlenen Blick zu Karim ließ er Josephs

Füße los und hob den Gürtel auf. Im selben Moment sprang Joseph auf die Beine und rannte in die Nacht davon.

Um zwei Uhr morgens war Karim endlich zurück im Hotel.

»Hallo, mein Herr!«, sagte jemand hinter ihm und hustete. »Na, Sie sehen ja aus, als kämen Sie direkt aus einem Kriegsgebiet.«

Karim drehte sich um und bemerkte erst jetzt Mokhtar, der am dunklen Empfangstresen saß. »Genau so fühle ich mich auch«, sagte Karim und nickte müde.

»Wie wäre es, wenn wir noch einen leckeren Minztee trinken würden?«, schlug sein Gegenüber vor. »Das Café hat zwar schon mehr oder weniger zu, aber der Kellner ist ein Freund von mir, und wenn ich ihn darum bitte, macht er dem alten Mokhtar ganz bestimmt noch eine *berrad atay*, eine schöne Kanne Minztee! Was meinen Sie?«

»Ich trinke keinen Tee.«

Mokhtar rutschte von seinem Hocker und winkte einladend. »Kommen Sie! Kommen Sie!«

Im Café war der Mann hinter der Theke damit beschäftigt, die Tageseinnahmen in der Kasse zu zählen. Bei ihrem Eintreten verzog er zwar das Gesicht, setzte aber dennoch Teewasser auf.

»Können Sie mir einen *nuss-nuss* machen?«, bat Karim.

Der Barmann stieß leise einen derben Fluch aus und schaltete die Espressomaschine wieder ein.

Karim setzte sich mit Mokhtar an einen Tisch. Er stand noch immer so unter Schock über das eben Erlebte, dass er keine Silbe herausbrachte. Mokhtar kramte seinen Lederbeutel hervor, löste die Schnüre und schüttete ein wenig

Kief auf den Tisch. Mit einer Messerklinge trennte er Knospen von Stängeln und zerdrückte das Kief dann mit dem flachen Klingenblatt. Sobald er mit dem Resultat zufrieden war, begann er, die Krümel zu schneiden, bis nur noch ein feines Puder übrig war. Ungeachtet seiner Erschöpfung und der heftigen Gewissensbisse, die ihn weiter plagten, übte das kleine Ritual eine gewisse Faszination auf Karim aus. Mokhtar schob die Klinge unter das Puder und schüttete das meiste davon zurück in den Beutel. Das restliche Kief kippte er in den Kopf seiner Pfeife und drückte es mit einem Finger an. Dann zündete er sich die Pfeife an, nahm einen tiefen Zug und stieß eine mächtige Qualmwolke aus.

»Sie waren weg«, sagte er. »Und sind wieder nach Tanger zurückgekommen.«

»Ich habe meine Schwester besucht«, gab Karim zur Auskunft. »Sie lebt in Kenitra.«

Mokhtar zog an seiner Pfeife. »Erst Kenitra«, meinte er nachdenklich. »Dann Ceuta. Heftiges Programm für ein Wochenende.«

»Woher wissen Sie, dass ich in Ceuta war?«, fuhr Karim überrascht auf.

»Hab's in den Nachrichten gesehen«, antwortete Mokhtar. »Sämtlichen Polizisten im Großraum Tanger wurde der dienstfreie Tag gestrichen.« Mokhtar wurde von einem Hustenanfall geschüttelt.

»Sie sollten nicht rauchen bei so einem Husten.«

»Ah, in diesem Punkt irren Sie sich, mein Herr«, erklärte Mokhtar und lächelte. »Kief heilt fünfundneunzig Prozent aller Krankheiten. Die anderen fünf Prozent lassen sich mit Minztee kurieren.«

Mokhtar öffnete den Deckel der Teekanne, warf zwei Würfel Zucker hinein und rührte um. Nachdem er sich eingeschenkt hatte, fügte er der Tasse sicherheitshalber noch einen Würfel hinzu.

»Im Fernsehen war von zahlreichen verletzten Polizisten die Rede. Aber Afrikaner hat es vermutlich noch heftiger erwischt, was?«

»Es war ein *shalada*, ein Fiasko«, gestand Karim und gab ein Stück Zucker in seinen *nuss-nuss*. Das süße Espresso-Milch-Gemisch weckte seine Lebensgeister wieder ein wenig. »An einem dermaßen dilettantischen Einsatz habe ich noch nie teilgenommen.«

»Ja, was wir nicht alles mitmachen müssen, nicht wahr, mein Herr? Andererseits, wenn wir nichts tun, stürmen die *azzis* glatt die Grenze.«

»Ich gehe schlafen«, verkündete Karim und stand auf. Der verächtliche Zungenschlag Mokhtars war ihm zuwider.

»Sie müssen raus aus dem Hotel«, sagte Mokhtar und blickte Karim fest in die Augen.

»Was reden Sie da?«

»Das Hotel«, erläuterte er knapp und paffte seine Pfeife. »Es wird beobachtet.«

»Der Einzige, der hier alles beobachtet, sind Sie!«, konterte Karim.

»Wie Sie wollen«, winkte Mokhtar achselzuckend ab und zündete sich die Pfeife mit einem Streichholz neu an.

Eigentlich hätte Karim seinen bleischweren Körper gerne nach oben geschleppt, aber Mokhtars Bemerkung irritierte ihn derart, dass er sich noch einmal setzte.

»Sie irren sich bestimmt, was das Hotel betrifft«, sagte er. »Bei dem vielen Kief, das Sie sich in Ihre Pfeife stecken, fangen Sie an, sich Dinge einzubilden.«

Mokhtar betrachtete ihn gelangweilt. Er schien eine abrupte Verwandlung vom zwielichtigen Informanten zum souveränen Mann von Welt durchlaufen zu haben.

»Zu den vielen Eigenschaften von Kief«, dozierte er, »zählt auch, dass es wachsam macht.«

»Wohl eher paranoid!«, gab Karim zurück.

»Sicher, dass Sie nicht einmal ziehen wollen?«, fragte Mokhtar und bot ihm seine *sebsi* an. »Es würde Ihnen das Einschlafen erleichtern.«

»Igitt, nein.« Karim hatte noch nie Kief geraucht, und er würde ganz sicher nicht jetzt damit anfangen. Ihn quälten auch so schon genug Albträume. »Wer beobachtet das Hotel?«

»Zwei Männer. Ein großer und ein kleiner. Ich konnte sie nicht genau sehen.«

»Woher wollen Sie dann wissen, dass sie das Hotel beobachtet haben?«, bohrte Karim nach. Er hätte den *nussnuss* nicht trinken sollen, denn nun arbeitete sein Gehirn wieder auf Hochtouren, und eine besorgte Unruhe ergriff Besitz von ihm.

»Ich habe sie nur von hinten gesehen«, erklärte Mokhtar. »Der eine trug eine *djellaba*, der andere eine Jacke. Sie schauten hoch zu Ihrem Fenster.«

»Was noch lange nicht bedeutet, dass sie nach mir Ausschau hielten.«

»Was denn sonst?«, erwiderte Mokhtar und breitete die Arme aus. »Außer Ihnen wohnt doch überhaupt keiner im Hotel.«

»Wohin sind sie danach gegangen?«

»In die Gasse schräg gegenüber. Wissen Sie übrigens, wie die heißt? *Mokhtar ... Mokhtar Aharden!*« Mokhtar lachte so heftig, dass sein ganzer Körper bebte, dann verfiel er ins Prusten und Husten.

»Ich gehe ins Bett!«, verkündete Karim erneut und stand auf.

»Erst müssen Sie noch für die Getränke zahlen, mein Herr.«

»Gute Nacht«, sagte Karim und warf eine Münze auf den Tisch.

Oben im Zimmer ließ er sich aufs Bett fallen. Ihm schwirrte der Schädel. Während er mit einer Hand das Hemd aufknöpfte, kontrollierte er mit der anderen sein Handy. Ayesha hatte ihm eine drei Worte lange Nachricht geschickt. Das einzig Gute an diesem Abend.

»*Ana wqef maak.*« Ich bin für dich da.

8

Es war kurz nach sechs und noch dunkel draußen. Salma band sich die Haare zu einem Pferdeschwanz.

»Gehst du noch einmal hin?«

Ayesha stand vor dem Spiegel und betrachtete sich in ihrem roten Trainingsanzug.

»Ja«, antwortete sie. »Ich bringe ihm Lebensmittel und eine Decke. Wenn er sich freundlich und respektvoll benimmt, werde ich ihn weiter besuchen. Wenn er sich so unangenehm wie gestern aufführt, *safi* – Schluss mit Besuchen.«

»Wahrscheinlich ist er andere Menschen einfach nicht gewohnt«, wandte Salma ein. »Du bist womöglich der erste Mensch seit Monaten, mit dem er sich normal unterhalten kann.«

»Normal unterhalten haben wir uns nicht«, stellte Ayesha klar. »Alles, was mich betrifft, hat ihn überhaupt nicht interessiert.«

»Dennoch solltest du ihn weiter besuchen. Irgendwann wird er aus dem Gefängnis entlassen, und dann könnte er es dir zum Vorwurf machen, wenn du ihn nicht regelmäßig besucht hast.«

»Schätze, da hast du recht«, lenkte Ayesha seufzend ein, während sie ihr Bett machte. »Allerdings geht er garantiert davon aus, dass ich nach seiner Entlassung ganz das brave Talal-Mädchen bin und ihn von vorn bis hinten bediene.«

»*Das brave Talal-Mädchen?*«, wiederholte Salma mit verschmitztem Grinsen. »Hab gar nicht gewusst, dass es so etwas gibt!«

Draußen ertönte der grelle Ton einer Trillerpfeife. Eilig verließen sie ihr Zimmer und schlossen sich im Flur dem Strom der Mitschüler an.

»Eine Sache weiß ich genau«, erklärte Ayesha.

»Und die wäre?«

»Wenn ich mit Abderrahim unter einem Dach wohnen muss, kann ich den Traum von einer Karriere bei der Sûreté begraben.«

»Würde deine Mutter sich nicht auf deine Seite stellen?«, fragte Salma.

»Du kennst meine Mutter nicht. Oder meinen Bruder. Er wird zu Hause mit eiserner Faust herrschen, genau wie mein Vater es getan hat.«

»Dann zieh doch einfach weg«, schlug Salma vor. »Bewirb dich für einen Posten in Casablanca oder Fez.«

Ayesha schüttelte den Kopf. »Ich habe bereits ein Gesuch für Marrakesch eingereicht«, erklärte sie. »Außerdem stehe ich bei meiner Mutter im Wort. Nein, ich werde Abderrahim nur dazu bringen, meine Berufswahl zu akzeptieren, wenn es mir gelingt, ihm die positiven Seiten daran zu zeigen.«

»Du meinst, indem du seine Entlassung bewirkst?«, erwiderte Salma skeptisch. »Was kannst du da schon tun? Du bist noch nicht einmal mit der Ausbildung fertig!«

Sie traten auf den Exerzierplatz, wo viele Mitschüler bereits in Formation aufgereiht standen. Am Himmel schimmerte im Osten schwach das erste Tageslicht.

»Besuch ihn weiter«, riet Salma eindringlich. »Sorg dafür, dass er dich besser kennenlernt. Sprich nur über unverfängliche Themen.«

»Da bleibt aber nicht viel übrig! Dann darf ich weder Karim erwähnen noch Lalla Fatima und auch nicht die Polizeiakademie. Also weder meine Vergangenheit noch meine Zukunft!«

»Frag ihn nach seiner Kindheit. Finde mehr über deine Schwester Amina heraus.«

»An ihr hat er doch anscheinend auch nur ständig herumkritisiert!«

»Unterhalte dich mit ihm über seinen Glauben. Wann er die Religion für sich entdeckt hat. Sprich über den Islam.«

Ayesha stieß ein leeres Lachen aus und meinte: »Religion ist ein ganz heikles Thema. Ein falsches Wort, und er geht wie ein wild gewordener Skorpion auf mich los.«

Während sie sich zum Frühsport aufreihten, fiel ihr Blick auf Khalid Hakimi, der ganz vorne stand und sie hasserfüllt anstarrte.

»Apropos Skorpion ...«

Joseph, Jean-François und eine Handvoll weiterer Geflüchteter schleppten sich humpelnd zwischen den Eukalyptusbäumen den Hang hinauf. Einige der Männer hatten ihre Hände mit Tüchern umwickelt, die inzwischen blutdurchtränkt waren. Zwei von ihnen, Louis und Franco, stützten einen halbwüchsigen Jungen mit zugeschwollenem Auge, dessen Kopf zur Seite baumelte. Joseph tat alles so weh, dass jede Bewegung eine Qual war. Er hatte sich mindestens zwei Rippen gebrochen und hörte mit dem linken Ohr nichts mehr. »Das war deine Feuertaufe«, hatte Jean-François grinsend zu ihm gesagt. Als Joseph darüber lachte, fuhr ihm ein gewaltiger Stich vom Zwerchfell bis in den Brustkorb.

Nachdem er die Grenzanlage aus nächster Nähe erlebt hatte, würde er nie wieder versuchen, es an dieser Stelle zu schaffen. Die Räumung des Camps in Boukhalef war schon übel gewesen, und er hatte aus zweiter und dritter Hand zahlreiche Berichte über Polizeigewalt gehört, aber nichts davon ließ sich mit diesem Maß an Brutalität vergleichen. Mit den schwarzen Kampfanzügen und den Visierhelmen hatten die Einsatzkräfte ausgesehen wie Roboter, die Amok liefen. Joseph hatte sein Geld verloren, sein Handy sowie seine Tasche mit den fünfzig Sonnenbrillen und all seiner Kleidung. Aber wie viel schlimmer ging es jetzt wohl dem Jungen, der vom Zaun gestürzt und so hässlich verdreht im Niemandsstreifen aufgeschlagen war?

Er wischte sich die Hände an seinen Jeans ab. Der NATO-Draht oben auf dem Zaun hatte durch seine dünnen Handschuhe geschnitten wie eine Schere durch Papier. Der Gestank der Autoabgase steckte ihm noch immer in der Nase. Und dann der Krach! Schüsse und Schreie. Dieses miese Polizistenschwein, dem er unten in die Hände gefallen war, hätte ihn fast totgeprügelt. Sein Rücken fühlte sich an, als wäre er ausgepeitscht worden. Gott sei Dank konnte er noch halbwegs gehen. Diese Beine hatten ihn von Kisangani bis nach Tanger getragen. Sie waren seine besten Freunde. Er musste nichts weiter tun, als einen Fuß vor den anderen zu setzen.

Inzwischen hatten sie den Eukalyptuswald durchquert und stiegen durch Ginstergestrüpp und Zwergpalmen weiter hinauf. An einem Bach hielten sie an, um zu trinken. Alle legten sich auf den Boden oder saßen vornübergebeugt, um ihre Wunden zu untersuchen. Joseph konnte über das Mittelmeer hinweg die Kuppen der spanischen Hügel ausmachen, die sich langsam durch den Morgennebel bohrten. Ein Segelboot verließ den Hafen von Ceuta, ein weißes Dreieck auf blauem Grund. Vögel zwitscherten in den umliegenden Büschen, und orangefarbene Schmetterlinge flatterten über seinem Kopf.

Alles wirkte so friedlich.

»Wir versperren ihnen ja gar nicht den Weg nach Marokko«, sagte Simo zu Karim, der mit mürrischer Miene am Tisch saß. »Wir müssen sie bloß davon abhalten, nach Spanien zu kommen.« Bereits in der Tür seines Büros stehend, fügte der Polizeichef rasch hinzu: »Eine Sekunde, mein Bruder.«

Während Simo irgendeine andere Sache mit einem seiner Leute klären musste, ließ Karim den Blick durch den Raum wandern. Das Wetter war schön, und durch die geöffneten Fenster drang das Hupen der Autos. Ein Foto von Simos Kindern stand auf einem Aktenschrank aus Holz. Das Einzige, was Karim ungewöhnlich vorkam, waren die drei Handys auf Simos Schreibtisch. Eins für die Arbeit, eins für privat und eins für …?

»Es würde das Problem überhaupt nicht geben, wenn Ceuta und Melilla uns gehörten«, nahm Simo den Faden wieder auf und schloss die Tür. »Eigentlich ist der Status lächerlich – zwei winzige Fleckchen Europa mitten im Maghreb! Leider besitzen die Spanier Ceuta und Melilla mittlerweile seit fünfhundert Jahren, daher gehe ich nicht davon aus, dass sie uns die Gebiete in absehbarer Zukunft zurückgeben werden.«

»Einige der Einsatzkräfte haben mit Nägeln gespickte Schlagstöcke benutzt!«, unterbrach ihn Karim, der nicht in der Stimmung für Geschichtsstunden war. »So etwas ist keine Polizeiarbeit, das ist Sadismus! Jibrane hat sich aufgeführt wie ein Besessener!«

Der Polizeichef setzte eine resignierte Miene auf, breitete die Arme aus und meinte nur: »Wir müssen diese Leute eben dazu ermutigen, wieder nach Hause zu gehen.«

»Das gelingt doch nie!«, erwiderte Karim. »Für diese Menschen bedeutet zu Hause bloß Armut und Krieg!«

»Ah, mein Bruder, jetzt werden Sie aber politisch«, widersprach Simo. »Überlassen wir die Politik doch lieber den

Politikern. Haben Sie da eben geniest? Erzählen Sie mir nicht, dass Sie sich gestern Abend erkältet haben. Es tut mir leid, dass ich Sie mit hinzuziehen musste, aber wenn wir von so einem Erstürmungsversuch erfahren, brauchen wir alle verfügbaren Leute.«

»Ich habe allerdings weder Larbi noch sonst einen Polizisten aus Tanger-Med dort gesehen«, bemerkte Karim spitz.

»Woher wollen Sie das so genau wissen? Alle hatten Helme mit Visier auf.«

»Haben Sie auch EDS-Leute eingesetzt?«

»Es war niemand dabei, der nicht für solche Aufgaben ausgebildet ist.«

»Mit anderen Worten, ja.«

»Also, persönlich habe ich kein Problem damit, wenn jemand die Zelte abbricht und abhaut«, versicherte Simo und machte ein nachdenkliches Gesicht. »Von hier ist einmal ein Mann aufgebrochen, bis nach Bagdad gereist, dann weiter hoch bis zur Wolga und Richtung Osten bis nach China. Sein Name war Ibn Battuta. Sie können sein Grab in der Medina besuchen.«

»Ibn Battuta musste aber nie mit NATO-Draht und Gummigeschossen fertigwerden!«

»Gummigeschosse sind nur die letzte Option.«

»Die *Afaraqa* werden ihre Versuche, nach Europa zu kommen, unter keinen Umständen aufgeben«, stellte Karim klar. »Haben Sie gehört, was mit ihnen in Libyen passiert? Sie werden von den Milizen dort vergewaltigt und gefoltert, als Sklaven verkauft oder zur Sexarbeit gezwungen. Wenn sie jetzt eine sicherere Route über Tanger gefunden haben, werden sie sich von ein paar Gummigeschossen ganz bestimmt nicht abschrecken lassen.«

»Da stimme ich Ihnen zu«, sagte Simo. »Aber solange ich in dieser Stadt Polizeichef bin, werden wir versuchen, sie aufzuhalten. Bis zum Tag des Jüngsten Gerichts werden wir hier sein, unsere Mauern schützen und unsere Strände bewachen.«

»Sehr schön gesagt«, kommentierte Karim sarkastisch.

»Karim, nehmen Sie es mir nicht übel, aber ich finde, Sie ergreifen ein wenig einseitig für diese Menschen aus der Subsahara Partei. Für uns hier im Norden ist die Verteidigung der Landesgrenze eine extrem mühevolle Aufgabe. Das kennen Sie in Marrakesch natürlich nicht.«

»Wir haben auch unsere Probleme in Marrakesch.«

»Das glaube ich Ihnen gerne. Aber sollten Sie dann nicht besser heimfahren und Ihre Kollegen entlasten? Wie bereits gesagt, in Tanger gibt es für Sie nichts mehr zu tun.«

»Befürchten Sie etwa, es könnte sich noch ein Container versehentlich lösen, wenn er gerade über meinem Kopf schwebt?«

Simo schwieg einen Moment, bevor er antwortete. »Ich gebe zu, das war unverzeihlich. Ich habe bereits mit dem Leiter des Terminals gesprochen, der sich tausendmal entschuldigt hat. Eigentlich sollte es eine Untersuchung geben. Aber Sie haben ja selbst den Wunsch geäußert, dass die Sache fallen gelassen wird – wenn Sie mir den kleinen Kalauer verzeihen.« Simo lachte glucksend.

»Wissen Sie, was Mohammed Mansouri in der Nacht des 5. März gemacht hat?«

»Haben Sie nicht gesagt, Sie würden die Ermittlungen ein paar Tage ruhen lassen?«, fragte Simo nun deutlich schlechter gelaunt zurück.

»Ich habe meine Absicht geändert«, erklärte Karim. »Außerdem möchte ich, dass Sie die Ermittlung von Vermisstensuche auf Verdacht einer vorsätzlichen Tötung hochstufen.«

»Erzählen Sie mir gefälligst nicht, wie ich meinen Job zu

erledigen habe!«, fauchte Simo. »Vor vier Tagen haben wir Ihretwegen eine nächtliche Razzia in dieser Kleiderfabrik durchgeführt, die absolut gar nichts erbrachte.«
»Womöglich weil jemand einen Tipp bekommen hat.« Simo legte die Fingerspitzen seiner Hände aufeinander und sah ihn scharf an. »Drei Regeln. Erstens: Von jetzt an tun Sie nur, was ich Ihnen sage. Zweitens: Sie sprechen mit niemandem, es sei denn, ich habe es Ihnen ausdrücklich erlaubt. Drittens: Eine Eigenmächtigkeit, und Sie sitzen im nächsten Zug nach Marrakesch.«

Die Überlebenden von *La Bataille* – der Schlacht, wie sie es nannten – hatten ihr Camp rasch wieder errichtet. Dabei half ihnen, dass alles noch genauso war, wie sie es verlassen hatten. Normalerweise wären die provisorischen Zelte und Kochplätze inzwischen von anderen Geflüchteten nach allem Brauchbaren durchsucht und geplündert worden, aber an diesem Sturmlauf hatten sich sämtliche Camps der Gegend beteiligt.

Vorrangigste Sorge der Leute war nun, medizinische Hilfe für die zu bekommen, die sie besonders dringend benötigten. Nachdem sie den verletzten Jungen ins Camp hinaufgeschleppt hatten, brachten Franco und Louis ihn jetzt wieder nach unten, da die Meinung vorherrschte, dass sein Zustand doch zu ernst war. Die Klinik in Fnideq lag knapp fünf Kilometer entfernt. Am späten Nachmittag kehrten sie mit der beruhigenden Nachricht zurück, dass die Ärzte das Augenlicht des Jungen retten konnten. Darüber hinaus war es Franco und Louis tatsächlich gelungen, die Klinikmitarbeiter zu überreden, ihnen Verbandsmaterial und Wundcreme mitzugeben.

Joseph und Jean-François erklärten sich bereit, für das Abendessen zu sorgen. Während sie unter einem großen Wacholder saßen und sich durch Tüten voll altem Gemüse arbeiteten, die fauligen Teile entfernten und den Rest in einen großen Topf schnitten, unterhielten sie sich über die Geschehnisse der vergangenen Nacht.

»Weißt du, was das Witzige daran ist?«, rief Jean-François aus und grinste. »Die meisten Geflüchteten in Spanien sind Marokkaner! Das ganze Land ist voll davon. Sie arbeiten in Restaurants, bis sie genug Geld für einen Mercedes zusammenhaben, bringen ihn zurück nach Marokko und verkaufen ihn hier für ein kleines Vermögen!«

»Wenn ich einen Mercedes hätte, würde ich ihn behalten«, sagte Joseph. »Das sind die besten Autos, die es gibt.«

»Teslas sind besser.«

Joseph schnitt eine Möhre klein und griff dann nach einer Zwiebel. »Muss man da nicht ständig die Batterie aufladen?«

»Nein. Die neuen schaffen bis zu vierhundert Kilometer mit einer Ladung.«

»Hast du schon mal einen Tesla in der Werkstatt gehabt?«

»Nein«, sagte Jean-François. »In Abidjan begegnest du Teslas nicht allzu häufig.«

Joseph fiel es schwer zu schneiden. Er legte das Messer auf den Boden und betrachtete seine rechte Hand. »Ich glaube, ich habe mir beim Sturz vom Zaun den Daumen ausgerenkt.«

Jean-François fasste ihn am Handgelenk. »Kannst du ihn bewegen?«

Joseph verzog gequält das Gesicht und schüttelte den Kopf.

»*Un, deux, trois!*«, zählte Jean-François daraufhin und

drehte einmal heftig am Daumen. Joseph heulte vor Schmerz laut auf, als der Finger knackend zurück ins Gelenk sprang.

»Musste das so brutal sein?«

»*Quoi?* Hättest du lieber die nächsten zwei Wochen alles mit links gemacht?«

»Nein ...«, gab Joseph zu.

»Na bitte.«

»Wie viele haben es nach drüben geschafft, was meinst du?«, fragte Joseph, während er die Stelle weiter massierte.

»Acht«, erklärte Jean-François. »Und aus einem anderen Lager hat mir einer erzählt, dass drei mit dem Krankenwagen fortgebracht wurden. Macht zusammen elf.«

»Elf! Von fünfhundert!«

»*Pas mal.*«

»Was heißt hier *nicht schlecht*?«

»Keiner hat sein Leben verloren.«

»Ich habe all mein Geld verloren, jeden Dirham!«

»Dann solltest du langsam schwimmen lernen, *mon ami*«, erwiderte Jean-François amüsiert. »Hol doch mal etwas Wasser.«

Joseph schüttelte kurz den geschwollenen Daumen und kletterte dann durch das Gestrüpp zum Bach. Der Bach war das Beste an diesem Camp. Er führte klares Gebirgswasser, das viel besser schmeckte als die Brühe, die aus der Standpumpe in Boukhalef gekommen war. Amadou, der Zimmermann aus Guinea, meinte zwar, dass nur Tiere die Nächte in den Bergen verbringen sollten, aber da war Joseph anderer Ansicht. Solange es mit Spanien nicht klappte, gab es für ihn keinen besseren Ort als diesen, wo aller Ärger weit weg war und wo er abends zum Plätschern des Bachs und zum Rufen der Eulen in den Schlaf sank.

An einer seichten Bachstelle füllte er den Topf und schöpfte sich einen Schluck mit seiner gesunden Hand. Um ihn herum sammelten andere Lagerbewohner Feuerholz. Einige sangen sogar dabei. Wo Leben ist, ist Hoffnung. Das hatte seine Mutter immer gesagt, bevor sie draußen vor der Stadt enthauptet wurde.

Ein Mann in blauem Arbeitskittel wollte einen Hundert-Dirham-Schein wechseln und lief kreuz und quer über den Petit Socco. Erst versuchte er sein Glück in einer Saftbar, dann fragte er einen älteren Engländer, der mit Fliege und weißem Fedora vor dem Central saß. Karim beobachtete den Marokkaner von seinem Tisch im Tingis aus, wo er gemeinsam mit Mokhtar auf der Terrasse Platz genommen hatte. Er schaute nach, ob er dem Mann helfen konnte, entschied aber, dass er die kleinen Scheine in seinem Portemonnaie noch brauchen würde, um Mokhtar zu bezahlen.

»Haben Sie auch für meinen Freund als Informant gearbeitet?«, fragte er sein Gegenüber.

»*Schhh*, mein Herr!«, warnte Mokhtar sofort. »Sprechen Sie leiser! Ja, ich habe Ihrem Freund bisweilen weitergeholfen.«

»Wie?«

»Ich habe ihm Sachen gezeigt.«

»Was für Sachen?«

»Restaurants, Kleidergeschäfte, ein *cyber* ...«

»Ein Internetcafé?«, unterbrach ihn Karim aufgeregt. Hatte Abdou womöglich seine wahren Nachforschungen in sicherer Entfernung zu den neugierigen Blicken in Tanger-Med betrieben?

»Welches *cyber*?«

»In der Medina gibt es bloß ein *cyber*«, erklärte Mokhtar, zog an seiner Pfeife und erlitt prompt einen ausgiebigen Hustenanfall, an dessen Ende er sich den Mund an seinem

Ärmel abwischte. »All diese schicken neuen Handys machen *cybers* eben überflüssig.«

Karim schob einen Zwanziger über den Tisch. »Bringen Sie mich hin.«

Eine Viertelstunde später betraten sie in einer Seitengasse der Rue d'Italie einen düsteren Erdgeschossraum. Der Betreiber schaute von seinem Schreibtisch neben der Tür auf, und Karim kam gleich auf den Punkt.

»Vor zwei Wochen ist ein Kollege von mir hier gewesen.«

»Und?«, erwiderte der Ladeninhaber misstrauisch.

Karim entschied, mit offenen Karten zu spielen. »Mein Kollege und ich sind von der Polizei. Er wird vermisst, ist vermutlich tot. Gut möglich, dass er von Ihrem Geschäft aus recherchiert hat, und wenn wir mehr darüber erfahren könnten, würde uns das vielleicht helfen, sein Verschwinden aufzuklären.«

»Bei Allah!«, rief der Mann aus, und seine Bestürzung schien echt. »Ich erinnere mich noch gut an ihn. Ein sympathischer Mensch.«

»Können Sie mir zeigen, welchen Computer er benutzt hat?«

Der Ladeninhaber führte sie zu einem Tisch in der hinteren Ecke. Außer ihnen waren nur zwei Kunden im *cyber*, die beide viel zu gebannt auf ihre Bildschirme starrten, um Notiz von ihnen zu nehmen. Karim setzte sich vor die Tastatur, während Mokhtar und der Ladeninhaber ihm über die Schulter sahen.

»An welchem Tag genau waren Sie mit ihm hier?«, fragte Karim zu Mokhtar gewandt.

»Lassen Sie mich überlegen – es hat geregnet ...« Nachdenklich fuhr er sich über die Bartstoppeln.

Karim verdrehte die Augen. »Er verschwand an einem Dienstag. War es lange davor?«

»Nein ... nicht sehr lange ...«, brummte Mokhtar und kramte angestrengt in seinem Gedächtnis. »Er hat mir einen Minztee gekauft, so viel weiß ich noch ...«

»Denken Sie nach! Hatten die Banken geöffnet?«

»Kann ich wirklich nicht sagen, mein Herr ... Moment mal, als wir rauskamen, war da eines dieser verrückten Rif-Weiber auf der Straße. Also muss Markt gewesen sein – ein Dienstag oder ein Sonntag.«

»Etwa der Sonntag vor seinem Verschwinden?«

»*Momken.* Kann sein ...«

»Das war der 3. März«, sagte Karim, öffnete den Browser und klickte auf *Gesamte Chronik anzeigen.* Zu seinem großen Verdruss endeten die Eintragungen jedoch am 6. März.

»Das ist der Tag nach seinem Verschwinden«, bemerkte Mokhtar, der gerne helfen wollte.

»Ich weiß!«, blaffte Karim und fragte dann den anderen Mann: »Was geschieht mit den alten Listen der aufgerufenen Seiten?«

»Werden automatisch gelöscht«, gab der Ladeninhaber zur Auskunft. »Zwölf Tage bleiben sie auf dem Computer, dann sind sie weg.«

»Gibt es irgendeine Möglichkeit, die Chronik wiederherzustellen?«

»*Ma ereftch.* Keine Ahnung.«

Ratlos stierte Karim den Bildschirm an. Einen Moment lang spielte er mit dem Gedanken, den IT-Spezialisten in seiner Dienststelle in Marrakesch anzurufen.

»Soll ich vielleicht sein Notizbuch holen?«, schlug der Ladeninhaber zaghaft vor.

»Sein Notizbuch?«, fuhr Karim hoch.

Der Ladeninhaber nickte. »Er hat es mir zur Aufbewahrung gegeben. Ich weiß auch nicht, warum.«

Er verschwand in einem rückwärtigen Zimmer und kehrte wenig später mit einem schwarzen Notizbuch zurück. Karim zitterte förmlich vor Aufregung. Er strich mit seinen Fingern über den schwarzem Plastikeinband, als könnte er so mit Abdou irgendwie Verbindung aufnehmen. Dann legte er sich das Buch in den Schoß, damit die anderen es nicht sehen konnten, und blätterte es rasch durch. Es gab lange Aufzeichnungen in Abdous schwungvoller Handschrift, gefolgt von einer Namensliste:

<u>Larbi</u>
<u>Simo</u>
<u>Ali</u>
<u>Jibrane</u>
Mokhtar
Berrada
El Hajjem
Mansouri
<u>Ben Jelloun</u>

Karim fragte sich, was die Unterstreichung bei einigen Namen zu bedeuten hatte. Auf der letzten Seite und mehrfach mit dem Stift umkreist stand ein Name, der Karim unbekannt war. Er wandte sich um.
»Weiß jemand, wer Mustafa ist?«

Es war 21:45 Uhr und somit fünfzehn Minuten vor der allgemeinen Nachtruhe. Ayesha saß im Pyjama auf ihrem Bett und beobachtete Salma, die sich mit einem Handtuch die Haare trocken rieb. Bücher lagen über Salmas gesamtem Bett verstreut.

»Danke, dass du mir nach dem Abendessen mit dem Abwasch geholfen hast«, sagte Salma.
»*Mäkäyen mushkil*. Du hast schließlich morgen Prüfung. Da musstest du doch noch lernen.« Ayesha nahm eins der Bücher von Salma in die Hand und blätterte darin herum. »Ich hoffe bloß, dass ich meine Prüfungen auch bestehe.«
»Natürlich wirst du das.«
»Die praktische Seite gefällt mir ja, aber all dieser theoretische Kram ... Gesetzeskunde, Aufsatz in Französisch, präzise Ablaufschilderung für die Staatsanwaltschaft oder bei einer Aussage vor dem *Tribunal de Première Instance* ... das ist mir alles zu hoch.«
»Das liegt bloß daran, dass du zwei Jahre weniger zur Schule gegangen bist. Du bekommst den Dreh schon noch raus.«
»Für dich ist das einfach. Du liest sowieso gern. Dir liegt das Lernen im Blut.«
»*Mäkäyen al-hroub min al-maktoub*«, erwiderte Salma. »Seinem Schicksal entkommt keiner.«
Ayesha lächelte. »So etwas in der Art hätte auch Karim gesagt.«
»Erzähl mir von Karim«, forderte Salma sie auf und hielt ihr den Kamm hin. Ayesha begann, ihr schönes schwarzes Haar zu kämmen.
»Er ist ein guter Polizist. Sehr beharrlich, allerdings entgehen ihm manchmal Dinge, die direkt vor seiner Nase sind.«
»Ich meine mehr von ihm ... als Mensch.«
Ayesha dachte einen Moment nach, bevor sie antwortete. »Ich kenne ihn schon mein ganzes Leben. Eine meiner frühesten Erinnerungen ist, wie er und seine Freunde mich mitnahmen, um nach Münzen zu suchen, die den Touristen

im Souk Semmarine heruntergefallen waren. Zehn Dirham haben wir so gefunden und sie komplett für Eis ausgegeben!«

»Du magst ihn sehr, habe ich recht?«

»Das stimmt. Mit ihm komme ich besser aus als mit Khadija. Er ist mein ... Seelenverwandter.«

»Vorsicht!«

»Entschuldige«, sagte Ayesha und hob erschrocken den Kamm vom Haar ihrer Freundin. »Habe ich einen Knoten erwischt?«

»Nein. Ich meinte hinsichtlich deiner Beziehung zu Karim. Im alten Ägypten war es üblich, dass Brüder ihre Schwestern heirateten.«

»Da besteht keine Gefahr«, beruhigte Ayesha sie mit einem Lachen. »Und der Koran verbietet es sogar, weil wir von derselben Mutter aufgezogen wurden. Außerdem ist Karim zwar mein bester Freund, aber nicht mein Verlobter. Du musst ihn unbedingt mal kennenlernen. Er würde dir gefallen.«

»Na, will mich da etwa jemand verkuppeln?«, fragte Salma, zwinkerte ihr zu und ging ins Bad, um sich die Zähne zu putzen. Ayesha nutzte die Gelegenheit, um ihre Reisetasche zu öffnen und das Handy zu überprüfen. Die Nachricht war knapp gehalten.

Hab A's Notizbuch gefunden & einen Namen: Mustafa. Warst du bei Abderrahim? Brauche Info zu Mansouri.

Ayesha starrte so konzentriert auf den Text, dass sie gar nicht bemerkte, wie Salma zurückkam, um ihre Zahnpasta zu holen. Mit offenem Mund blieb sie in der Tür stehen.

Rasch versuchte Ayesha das Handy hinter dem Rücken zu verstecken. »Ich kann alles erklären«, stammelte sie.

»Dafür werden sie dich rauswerfen!«, zischte Salma fassungslos.

»Hör mir zu, Salma. Karim ist in Tanger. Sein Leben ist in Gefahr.«

»In Gefahr schwebst vor allem du ... nämlich rausgeworfen zu werden. Eine Verwarnung hast du doch schon kassiert.«

»Salma ...«, erwiderte Ayesha beschwörend. »Was wir hier machen ... das ist lediglich Übung. Was Karim da macht, das ist die Wirklichkeit. Sein Kollege ist tot. Er hat es mit brutalen Verbrechern zu tun, und niemand gibt ihm Rückendeckung. Ich habe dir doch von MEDIHA erzählt ...«

»Was hat denn MEDIHA mit dem Nokia da in deiner Tasche zu tun?«

Ayesha hatte ihre Mitbewohnerin noch nie so wütend erlebt. »Es ist nicht Karims Schuld«, versicherte sie. »Das Handy habe ich nur für meine Mutter, falls einmal ein Notfall ist.«

»Du kennst doch die Regeln, was Handys betrifft.«

»Ich bin vorsichtig, versprochen!«

Salma schüttelte den Kopf. »Das reicht nicht«, sagte sie. »Du schaffst dieses Ding hier raus. Gib es ab, schmeiß es weg – mir vollkommen egal, aber schaff es aus diesem Zimmer. Du magst ja bereit sein, deine Karriere bei der Sûreté leichtfertig aufs Spiel zu setzen, aber ich werde nicht zulassen, dass du auch meine aufs Spiel setzt!«

Am Morgen wählte Karim als Beobachtungsposten das Café des Fuentes. Durch seine Lage im ersten Stock des Hotels konnte Karim von einem Tisch an den Balkontüren den ganzen Platz im Blick behalten, und zugleich war es diskreter als draußen im Central oder im Tingis. Obwohl er Mokhtar die Geschichte über Männer, die ihm nachspionierten, nicht abgenommen hatte, war er lieber vorsichtig.

Die Nacht hatte er zum Großteil damit verbracht, über Abdous Notizbuch zu brüten. Den Aufzeichnungen zufolge war Abdou zweimal in der Kleiderfabrik gewesen, einmal auf dem Betriebsgelände der Sicherheitsfirma und fünfmal in Terminal 1. Offenbar hatte er Terminal 2 keinen Besuch abgestattet, vermutlich weil er die Verdächtigen dort nicht warnen wollte. Allerdings hatte er sich die Export Access Zone angesehen und detaillierte Notizen zur *Autorisation de Mouvement Portuaire* gemacht, jenem Dokument, das Lastwagenfahrer an den Kontrollstellen der Terminals vorweisen mussten, um durchgelassen zu werden. Darüber hinaus hatte er Erläuterungen zum Ablauf des Transshipment gefunden sowie exakte Zeitangaben zu den Frachtwegen der Best Century Clothing, vom Herstellungsort in Guangdong bis zur Auslieferung in Spanien.

Während er an seinem *nuss-nuss* nippte, ging Karim noch einmal die Namen auf der vorletzten Seite durch. Besonderes Augenmerk legte er dabei auf die Namen, die Abdou unterstrichen hatte: Larbi, Ali, Jibrane und Ben Jelloun. Inzwischen war er davon überzeugt, dass zumindest die ersten drei in die Sache verwickelt waren. Larbi hatte bei der Befragung verdächtig ausweichend reagiert, sich an seinem Rundgang durch das Terminal demonstrativ nicht beteiligt und war stinkwütend gewesen, als Karim sich die Überwachungsvideos angeschaut hatte. Außerdem hatte er behauptet, dass der Polizist, der sich mit Abdou unterhalten hatte, im Urlaub sei – dabei handelte es sich bei diesem Mann in Wahrheit um Ali. Was Ali selbst betraf, so hatte der verschwiegen, dass er vor und nach Abdous Verschwinden im Terminal gewesen war. Und Jibrane? Der Mann war ein Psychopath. Seine Missachtung gesetzlicher Regeln hatte er in Ceuta unter Beweis gestellt. Der einzige Name auf der Liste, der überraschte, war Ben Jelloun. Karim hatte ihn für einen anständigen Kerl gehalten – nicht sonderlich redselig, ja, aber so waren die Leute in den Hafenbehörden eigentlich alle.

Ein Eintrag in dem Notizbuch hatte Karim verwundert. Abdou beschäftigte sich darin mit dem Leuchtturm am Kap Spartel und hatte neben dem Namen »12 Meilen« vermerkt – was sonderbar war, denn der Leuchtturm lag allenfalls zwölf Kilometer westlich der Stadt, und bis zur spanischen Küste hinüber waren es 25 Seemeilen. Das womöglich entscheidende Rätsel aber blieb der Name »Mustafa«, der sonst an keiner Stelle der Aufzeichnungen mehr Erwähnung fand.

»*Sbah al-khair*, o du Großzügiger«, grüßte Mokhtar und nahm ihm gegenüber Platz.

»Schönen guten Morgen, o du Unzuverlässiger.«

Mokhtar winkte den Kellner heran, bestellte Minztee und zog seine Pfeife aus der Tasche seines Gewands. »Ich habe Neuigkeiten für Sie.«

»Über Mustafa?«, fragte Karim sofort aufgeregt.

»Nein.«

»Nun erzählen Sie schon, was Sie über Mustafa herausgefunden haben!«

»Mal sehen ...«, sagte Mokhtar, zündete ein Streichholz an und nahm einen langen, gierigen Zug. »Einer der Kellner im Restaurant des El Minzah heißt Mustafa, es gibt einen Mustafa im *Bureau de Change* in der Rue Siaghine und einen, der kleine Botengänge in der Kasbah erledigt, obwohl der bereits sechsundachtzig ist und – *yani*, Sie wissen schon – ein wenig weich in der Birne.« Mokhtar lachte kurz auf und bezahlte dafür mit einem Hustenanfall. »Ein Mustafa ruft in der Moschee am Fährhafen immer die Gläubigen zum Gebet, und ein anderer Mustafa verkauft Eier auf dem Souk ...«

»Ganz schön viele Mustafas«, unterbrach ihn Karim.

»Tja, ein verbreiteter Name«, erklärte Mokhtar achselzuckend.

Karim hielt es für vielversprechender, in Tanger-Med die Personallisten der Sicherheitsleute und Hafenarbeiter nach einem Mustafa durchzugehen, und versuchte einzuschätzen, ob Simo ihm dazu die Erlaubnis erteilen würde.

»Die Männer waren heute Morgen wieder da«, sagte Mokhtar.

»Welche Männer?«

»Die beiden, die nach Ihnen suchen.«

»Haben Sie sie gesehen?«, fragte Karim plötzlich hellwach.

»Nein.«

»Woher wissen Sie dann, dass sie hier waren?«

Mokhtar deutete nur mit dem Stiel seiner Pfeife in Richtung des Empfangschefs, der vor der Tür an seinem kleinen Tresen saß.

»Sie waren hier drin?«, rief Karim aus.

»Vor einer Stunde«, bestätigte Mokhtar mit einem Nicken. »Als Sie beim Morgengebet waren.«

»Bei den Sieben Heiligen! Warum haben Sie mir das denn nicht gleich gesagt?«

»Hab ich ja versucht.«

»Haben sie etwas gesagt zu ...?«

»Abdelkadir?«, half Mokhtar aus. »Ja. Sie haben ihn gefragt, ob Sie in Ihrem Zimmer sind.«

»Und?«

»Er sagte, dass Sie in der Moschee wären und sie es später noch einmal versuchen sollten.«

»Erzählt Abdelkadir die Wahrheit? Vertrauen Sie ihm?«

»In dieser Stadt«, sagte Mokhtar, nahm seine Pfeife aus dem Mund und streckte den Zeigefinger nach oben, »kann man nichts und niemandem trauen außer Allah.«

»Kommen Sie endlich zur Sache!«

»Einer der Männer war Chinese.«

»Ein Chinese?«, schreckte Karim auf und wäre beinahe vom Stuhl gefallen. »Was für eine Art Chinese?«

»Na, Sie wissen schon – ein chinesischer eben.«

»Gut gekleidet? Oder eher nachlässig? Groß? Klein?«

»Er trug einen Anzug«, antwortete Mokhtar. »Und der Marokkaner, der ihn begleitete, war ein riesiger, übel aussehender Kerl mit einer Hasenscharte, der den Eindruck machte, als könnte er einem ohne viel Anstrengung das Rückgrat brechen.«

»Um Gottes willen!«, entfuhr es Karim. Er sprang so hastig auf, dass er seinen Stuhl dabei umwarf, stürmte aus dem Café und hinauf in sein Zimmer. Dort zog er sein Sweatshirt aus, legte das Schulterholster mit der Glock 17 um, stopfte seine restlichen Sachen zusammen mit Abdous Habseligkeiten samt Tasche in seine schwarze Reisetasche und stapfte wieder nach unten.

»Was machen Sie denn da?«, fragte Abdelkadir und rutschte von seinem Hocker.

Karim warf ein paar Geldscheine auf den Tresen.

»Falls sich jemand nach mir erkundigt, ich bin zum Busbahnhof. *Fhemti?* Verstanden?«

Abdelkadir zuckte erschrocken zusammen und nickte nur.

»Psst, mein Herr!«, versuchte Mokhtar vom Café aus seine Aufmerksamkeit zu erregen. Er hatte sich halb von seinem Platz erhoben und gestikulierte wild Richtung Balkontüren nach draußen. *Die Männer kamen zurück!* Karim sprang die Treppe hinab, auf den Platz hinaus und bog sofort in die Gasse zum Bab Dar Dbagh. Dort schlug er einen scharfen Haken Richtung Hafentor und rannte im Zickzack durch allerlei Seitenstraßen. Er fand ein anderes Hotel, das noch schäbiger war als das Fuentes, und nahm ein Zimmer im ersten Stock, das zu einer ruhigen Altstadtgasse hinausging. Nachdem er die Tür verriegelt hatte, räumte er alle Sachen aus seiner Tasche in die von Abdou. Auf den ersten Blick sahen beide Reisetaschen gleich aus. Seine Tasche stopfte er mit einer schmuddeligen Decke aus dem Kleiderschrank voll, zog den Reißverschluss zu und ließ sie auf dem Bett stehen, dessen Bezug er noch ein wenig zerwühlte. Dann öffnete er das Fenster, versicherte sich, dass niemand ihn beobachtete, warf Abdous Tasche hinaus und sprang hinterher.

Auf dem Weg zum Parkplatz legte er einen Zwischenstopp in Samirs Laden ein, wo er Zigaretten, Reis, einen Zwölferpack Saft und drei in Klarsichtfolie gehüllte Pappteller voller *pain au chocolat* kaufte. Anschließend huschte er noch in ein Obst- und Gemüsegeschäft und bat den verdutzten Inhaber, ihm rasch eine große Einkaufstasche mit Mandarinen, Bananen, Tomaten und Zwiebeln zu füllen. Als er endlich am Steuer seines Dacia saß, verdunkelten schwere Gewitterwolken den Himmel. Keine zwei Minuten später klatschten die ersten Regentropfen gegen die Windschutzscheibe.

Karim fuhr die Küste entlang bis Tanger-Med und folgte dann der N16 weiter in die Berge hinauf. Silberakazien und Dattelpalmen wurden abgelöst von Atlaszedern und Steineichen, und etwas höher begann Nebel die Sicht zu verschlechtern. Karim hatte das Gefühl, auf der Scheidegrenze zwischen zwei ausgedehnten Wasserflächen zu sein, dem Atlantik und dem Mittelmeer, deren Schwaden alles in einen weißen Mantel hüllten. Der Nebel wurde immer dichter. Gerade als er dachte, dass seine Flucht aus der Stadt vielleicht doch keine so gute Idee gewesen war, tauchten zwei Afrikaner aus dem Dunst auf und hielten den Daumen raus. Er bremste so abrupt, dass er den Motor abwürgte. Die Männer näherten sich vorsichtig.

»*Ça va?*«, fragte Karim, nachdem er die Seitenscheibe heruntergelassen hatte. »*Comment vous vous-appelez?*«

»Oussuman.«

»Bouboucar.«

Die beiden waren durchnässt und dreckig. Ihren Schuhen fehlten die Schnürsenkel, und die Hosen baumelten schlaff von den Hüften. Karim folgte ihren sehnsüchtigen Blicken zu den Lebensmitteln auf der Rückbank. Als er ihnen beiden eine Banane gab, blieben sie mit der ungeschälten Frucht in der Hand im Regen stehen und warteten, was er nun tun würde.

»Halten viele Autos?«, fragte Karim.

Die beiden Männer schüttelten die Köpfe.

»*Les Marocains, jamais*«, sagte Oussuman. »*Les touristes, quelquefois.*«

»Ihr habt bestimmt Hunger.«

Sie nickten.

»Wo lebt ihr?«

Sie deuteten zum Berg hinauf.

»*Écoutez* – ich suche nach einem Mann namens Joseph. Er stammt aus dem Kongo und hat seinen Namen auf den Arm tätowiert.«

Die beiden Männer sahen einander kurz an, dann sagte Bouboucar nur: »*Viens.*«

»*Memnu*. Verboten.« Der Gefängniswärter hielt eine Dose Thunfisch hoch, dann eine Dose Sardinen. »*Memnu … memnu … memnu.*«
Nach und nach verschwand alles, was Ayesha von ihrem schmalen Taschengeld an Äpfeln, Oliven, H-Milch, Weichkäse, frischer Minze und schwarzem Tee gekauft hatte, vom Förderband des Röntgengeräts. Am Ende durfte sie lediglich ein Kissen und ein Handtuch mit hineinnehmen. Vorsichtshalber notierte sie sich den Namen und die Dienstnummer des Kontrolleurs. Beim nächsten Mal würde sie ein Schreiben des Institut Royal de Police mitbringen und es ihm in seinen fetten Schlund stopfen.
Abgesehen von einem weiteren Wärter, war sie allein im Besucherraum. Abderrahim kam herein und setzte sich auf den stark abgenutzten Stuhl. Seine *dschallabiya* war erneut blütenweiß.
»Zwei Besuche innerhalb weniger Tage«, sagte er. »Ich fühle mich geehrt.«
»*Kolshi bekhair?*«
»Alles in Ordnung, Dank sei Gott. Ich lese den Koran, und ich rufe unseren Propheten an, möge Gottes Gnade ewig auf ihm ruhen.«
»Ich habe dir ein Kissen und ein Handtuch mitgebracht.«
»Das sehe ich.«
»Die Lebensmittel haben die Wärter leider alle beschlagnahmt.«
»Dafür musst du *bakschisch* mitbringen«, erklärte Abderrahim. »Aber ich bin gegen *bakschisch*.«
»Verstehe«, sagte Ayesha, obwohl sie keineswegs verstand, was er nun von ihr erwartete.
»Und du?«, fragte er. »Alles gut?«
»*Alhamdulillah.*«

»Warum möchtest du Polizistin werden?«

»In unserem Land geht es nicht immer gerecht zu«, erwiderte Ayesha, die diese Frage erwartet und sich bereits eine Antwort zurechtgelegt hatte. »Unschuldige Menschen wie du, die nichts verbrochen haben, landen hinter Gittern.«

»Was daran liegt, dass die Polizei korrupt ist.«

»Es gibt gute und schlechte Polizisten, genau wie es gute und schlechte Menschen in jeder gesellschaftlichen Gruppe gibt«, wandte Ayesha ein. »Als Polizistin werde ich dazu beitragen können, die Dinge zu verbessern. Das ist doch ein erstrebenswertes Ziel, oder?«

Abderrahim nickte kaum merklich.

»Wie läuft denn deine Ausbildung so?«, fuhr Ayesha fort. »Mutter hat erzählt, dass du eine Ausbildung zum Stuckateur machst.«

»Man muss sich beschäftigen. Träge Hände, träges Hirn.«

»Wie man hört, soll es für Stuckateure eine Menge zu tun geben in Marrakesch. All die reichen Ausländer, die sich Riads renovieren lassen, brauchen dafür die alten Handwerkskünste.«

»Ich habe nicht die Absicht, für diese Menschen zu arbeiten.«

»Weil sie Ungläubige sind?«

»Nein«, antwortete Abderrahim mit mattem Lächeln. »Weil ich lieber als Lehrer arbeiten würde.«

»Du wirst bestimmt ein guter Lehrer, da bin ich mir sicher.«

»*Inschallah.*«

Sie nahm allen Mut zusammen und sagte: »Ich brauche deine Hilfe.«

»Du brauchst *meine* Hilfe?«, erwiderte er verwundert.

»Solltest du nicht eher *mir* helfen? Du hast doch gesagt, du willst die Dinge verbessern. Dann hilf mir, hier rauszukommen.«

»Sobald ich meinen Abschluss habe, werde ich alles in meiner Macht Stehende dafür tun, dass man dich, so Gott will, endlich entlässt. Jetzt geht es allerdings um jemanden, der womöglich mal in diesem Gefängnis eingesessen hat.«

Abderrahims Haltung versteifte sich, und sein Gesicht nahm einen feindseligen Ausdruck an.

»Lass mich ausreden«, bat Ayesha rasch. »Ich bin eine Talal. Durch meine Adern fließt das gleiche Blut wie durch deine. Entscheide dich frei, ob du mir helfen willst oder nicht. Ich bin nicht gekommen, um *Eine Hand wäscht die andere* zu spielen. Ganz gleich, was du tust oder dazu sagst, es hat keinen Einfluss darauf, dass ich dich regelmäßig besuchen und dir eine gute Schwester sein werde. Ich bräuchte bloß ein paar Informationen.«

Abderrahim nickte widerwillig. »Um wen geht es?«

»Sein Name lautet Mohammed Mansouri. Er stammt aus dem Rif.«

»Also ein Amazigh, wie wir.«

»Ich denke schon, obwohl ich nur wenig über unsere familiären Hintergründe weiß. Mutter spricht nie darüber.«

»Unsere Vorfahren waren stolze Amazigh.«

»Brahim Belkacem meinte, dass ich im Zat-Tal geboren bin«, sagte Ayesha, die eine Gelegenheit sah, mehr über ihre Wurzeln zu erfahren. »Stimmt das?«

»Ja.«

»Hast du auch dort gelebt? Als du klein warst?«

»Es ist eine wunderschöne Gegend, gesegnet von Gott«, sagte Abderrahim, und seine Züge wurden milder. »Wir hatten einen kleinen Bauernhof in den Bergen, nicht weit von Amassine. Ich habe Amina zum Ziegenhüten mitgenommen, und wir sind auf Bäume geklettert, haben Pfauenaugen gejagt oder Halsketten aus Wildblumen geflochten. Im Haus gab es weder Heizung noch Scheiben in den Fenstern, aber wir waren glücklich.«

»Karim und ich sind immer am Bab Taghzout auf die Bäume geklettert«, erzählte Ayesha und erkannte an der Art, wie Abderrahim das Gesicht verzog, dass die Bemerkung ein Fehler gewesen war. Rasch wechselte sie das Thema und kam wieder auf ihre Bitte zu sprechen: »Mohammed Mansouri gehört eine Sicherheitsfirma in Tanger. Kann sein, dass *Mansouri* gar nicht sein ursprünglicher Name ist. Vielleicht hat er den nach seiner Entlassung aus dem Gefängnis geändert.«

»Diese Information«, sagte Abderrahim und kniff misstrauisch die Augen zusammen, »die ist nicht etwa für Karim?«

»Hör mal, Bruderherz«, erwiderte Ayesha und rutschte ganz nach vorn auf ihrem Stuhl. »Wir haben unsere Schwester und unseren Vater verloren. Unsere Mutter ist so gebrechlich, dass sie womöglich nicht mal deine Rückkehr nach Hause erlebt. Wir beide sind also alles, was von unserer stolzen Familie übrig ist. Bedeutet dir das denn überhaupt nichts?«

»Beantworte meine Frage«, beharrte Abderrahim. »Ist diese Information für Karim?«

»Warum sollte sie für Karim sein? Der ist schließlich in Marrakesch! Salma, meine Mitbewohnerin in der Akademie – ihr Vater leitet eine IT-Firma in Tanger, die mit sensiblen Daten zu tun hat. Er wollte Mansouri damit beauftragen, sich um Sicherheitsfragen zu kümmern, aber ihm sind Gerüchte über dessen Vergangenheit zu Ohren gekommen. Es heißt, dass Mansouri selbst mal kriminell gewesen sein soll.«

Abderrahims dunkle Augen bohrten sich in ihre. Eine

Weile saßen sie einander nur schweigend gegenüber und starrten sich an. Am Ende war es Ayesha, die das Schweigen brach.

»In einer halben Stunde beginnt mein Unterricht«, sagte sie. »Am Sonntag bin ich wieder da. *Thalla f-rasik*. Pass gut auf dich auf.«

Abderrahim erhob sich von seinem Stuhl. »Gott passt auf mich auf.«

Trotz des Schirms, den er tapfer über Bouboucar, Oussuman und sich selbst zu halten versuchte, blieb auch Karim nicht lange trocken. Vor allem Hose und Schuhe waren in dem feuchten Gestrüpp, durch das sie stapften, schon bald pitschnass. Wie seine Begleiter ihm erzählten, stammten sie aus Kamerun und hatten Sonntagnacht auch *La Bataille* erlebt.

»*Ils nous ont frappé aux mains, aux bras, aux jambes, à la poitrine, à la tête*«, reihten sie ihre Misshandlungen in einem solch nüchternen Ton aneinander, als würden sie eine Einkaufsliste durchgehen. »Sie haben uns auf die Hände geschlagen, auf Arme, Beine, Brust und Kopf.«

Karim bemerkte Rauch, der zwischen den Kiefern aufstieg. Gleich darauf tauchten weitere Schwarze auf, und Bouboucar redete mit einem der Männer in einer fremden Sprache. Immer mehr Leute kamen neugierig herbei und begannen untereinander zu tuscheln, sobald sie Karims Taschen mit Lebensmitteln sahen. Als er mitten im Camp angelangt war, rief Karim mit lauter Stimme, sodass ihn alle verstehen konnten: »Ich suche Joseph! *Où est Joseph?*«

Eine Gestalt trat unter einem Plastikdach hervor. Joseph erkannte Karim sofort, und die beiden Männer umarmten sich. Karim liefen die Tränen über die Wangen, während

Joseph, der die Aufregung nicht recht begriff, ihn mit unsicherem Lächeln betrachtete. Nachdem Louis und Franco die Einkaufstüten zur weiteren Verteilung übernommen hatten, nahmen Karim, Joseph und Jean-François am Feuer Platz.

»Wie hast du mich gefunden?«, fragte Joseph.
»Ich habe dich in Ceuta gesehen. Da dachte ich mir, dass du dich in den Bergen versteckst.«
»Du warst bei *La Bataille*?«
»Ja.«

Zu Karims Erleichterung fragte Joseph nicht nach, was genau er dort getan hatte. Dass es Karim gewesen war, der ihn am Übersteigen des Zauns gehindert hatte, schien er nicht zu wissen.

»Wurdest du schwer verletzt?«
»*Ça va*. Andere hat es schlimmer erwischt.«

Amadou wickelte ein Stück seines Verbandes ab und zeigte die tiefroten Schnitte an seinen Händen. Ein anderer hatte ein gebrochenes Bein und lief auf Krücken.

»Einen aus dem Senegal haben wir gestern beerdigt«, berichtete Jean-François. »Er ist seinen inneren Verletzungen erlegen.«

»Könnt ihr euch denn nirgendwo behandeln lassen?«, fragte Karim entsetzt.

»In Fnideq ist eine Klinik.«
»Wie weit ist es bis Fnideq?«
»Zwei Stunden zu Fuß. Wir kaufen dort unsere Lebensmittel.«

»Ich habe ein Auto«, erklärte Karim. »Soll ich noch mal hinfahren und mehr Sachen kaufen?«

»Bleib«, sagte Joseph und hielt ihn auf, indem er einen Arm um seine Schultern legte. »Iss erst einmal mit uns. Für ein Abendessen genügt das – *tu vas voir*.«

Karim sah zu Franco hinüber, der damit begann, mit den Zutaten, die er eingekauft hatte, für alle zu kochen.

»Woher stammt ihr so?«

»*Partout*«, antwortete Franco. »Von überallher.«

Karim musterte die Umstehenden genauer. Jetzt fielen ihm auch die Unterschiede in den Gesichtszügen auf. Gekleidet waren die Lagerbewohner dagegen einheitlich in Steppjacken – mit Ausnahme von Louis, der ein Jackett zu seiner gelben Kappe trug.

Inzwischen hatten die Männer angefangen, sich gegenseitig von ihren traumatischen Erlebnissen auf dem Weg nach Tanger zu erzählen.

»An der algerischen Grenze war es am schlimmsten«, meinte ein Mann mit wulstigen Striemen über Wange und Stirn. »Ich kam spätabends mit meinem Freund dort an ... die Grenzwächter hockten zusammen und tranken ... wir gaben ihnen Geld, damit sie uns durchlassen, aber sie sahen die Uhr, die mein Freund trug, und verlangten, dass er sie ihnen gab. Mir war direkt klar, was für üble Kerle das waren, dennoch hat mein Freund sich geweigert. Sie drohten, ihm einfach die Hand abzuhacken, aber er weigerte sich noch immer. Also drückten sie seinen Oberkörper vornüber und schoben ihm mit Gewalt den Lauf eines Gewehrs in den ... na, ihr wisst schon. Eine Woche später hat das Fieber ihn getötet. Ich habe ihn in Tamanrasset begraben, ein Kreuz mit seinem Namen aufgestellt und ein Foto davon gemacht, das ich seiner Familie geschickt habe.«

Einen Moment herrschte respektvolle Stille. Dann meldete sich Louis zu Wort und verkündete in geschliffenstem Französisch, dass er auch einmal sein Ein und Alles zurücklassen musste, nämlich seine Weste mit Leopardenmuster. Ringsum brach alles in brüllendes Gelächter aus.

»Und du, Joseph?«, erkundigte sich Karim in möglichst unaufdringlichem Ton. »Woher kommst du?«

»Kisangani.«

»Das liegt in der Republik Kongo, *c'est vrai*?« Die Männer um ihn herum lachten.

»Was ist daran so lustig?«, fragte Karim.

»Ich komme aus der *Demokratischen* Republik Kongo«, erklärte Joseph. »Das sind zwei verschiedene Staaten.«

»Genau«, mischte Louis sich amüsiert ein. »Wir wollen doch nicht, dass unser Gast womöglich denkt, du kämst aus einer schicken Metropole wie Brazzaville.«

Der Eintopf war jetzt fertig. Franco verteilte das Essen auf Plastikschalen und gab Karim das einzige Besteckteil, einen alten fleckigen Zinnlöffel.

»*Bismillah*«, sagte Karim. »Im Namen Gottes.«

Die sechzehn Männer setzten sich in einem weiten Kreis ums Feuer herum und aßen.

»Wie war denn das Leben als Kind in deinem Land so, Joseph?«, fragte Karim.

»Hart«, antwortete er. »Bei uns zu Hause fragt man keinen, was er später einmal *werden*, sondern bloß, wohin er später einmal *gehen* will.« Ringsum brach lautstarke Zustimmung aus, woraufhin er es bei der knappen Erklärung beließ.

»Und ihr wollt alle nach Europa?«, sagte Karim nachdenklich. »Aber wie dahin kommen? Bestimmt nicht mehr über die Grenzanlage, oder?«

»*La mer*«, erklärte Jean-François. »Übers Meer haben wir eine Chance, *une possibilité*.«

Ein Disput brach aus über das Für und Wider von Meer gegenüber Zaun.

»Ist es sehr gefährlich übers Meer?«, wollte Karim wissen.

Sofort setzte ein wildes Stimmengewirr ein. Von überallher kamen Horrorberichte über betrügerische *passeurs* und tragische Unfälle. Franco hob die Arme, um sich Gehör zu verschaffen.

»Ich hab's selbst über *la mer* versucht«, erzählte er. »Zwei Männer starben, darunter auch mein Bruder.«

»Und trotzdem wollt ihr es wieder versuchen?«, fragte Karim und reichte seine Zigarettenschachtel herum.

»Immer noch besser, als in unseren Heimatländern zu bleiben«, sagte Franco.

»Da gibt's keine Arbeit, einfach nichts«, fügte Joseph hinzu.

Karim erwähnte seinen Cousin Majid, der Marrakesch verlassen hatte, um in Frankreich als Kellner zu arbeiten. Prompt wollten alle mehr über ihn erfahren, aber Karim dämpfte lieber die Erwartungen.

»Seinen Schilderungen zufolge ist das Leben in den *banlieues* nicht einfach. Überall Rassismus und Arbeitslosigkeit.«

»Das stimmt«, gab Jean-François zu. »Wir sind keineswegs dumm oder naiv, was die Aussichten betrifft. Aber nachdem wir alle von zu Hause weg sind, um nach Europa zu gehen, können wir nicht einfach wieder umkehren und unseren Familien gegenübertreten.«

»Zumindest hätten sie euch gesund und am Leben wieder«, warf Karim ein.

»Du verstehst nicht. *C'est la honte.* Es liegt an der Schande.«

Mit der einbrechenden Dunkelheit kühlte es rasch ab. Steif gefroren erhob sich Karim und dankte den Männern für ihre Gastfreundschaft.

»Beim nächsten Mal bringe ich mehr Vorräte mit. Braucht ihr irgendwas besonders dringend?«

»Couscous!«, schrie einer.
»Fleisch!«, rief ein anderer.
»Seife!«, sagte Louis.
»Bring einfach mit, was dir möglich ist«, erklärte Jean-François lächelnd. »Hauptsache, du selbst bist dabei.«

9

Karim fiel nur ein Ort ein, an dem er in Tanger sicher war. Es war schon beinahe Mitternacht, als er an der Tür der Witwe Khoury klopfte. Soweit er feststellen konnte, war ihm niemand gefolgt. Außer Mokhtar kannte keiner diese Adresse. Und nachdem er tagelang darüber gerätselt hatte, ob Mokhtar Spitzeldienste für Mansouri erledigte, war es beruhigend gewesen, seinen Namen auf Abdous Liste unter den vertrauenswürdigen Personen zu entdecken.

Abdou hatte auch Simos Namen auf diese Liste gesetzt. Vielleicht war das, was Karim als Mangel an Unterstützung gedeutet hatte, in Wahrheit doch bloß ein Mangel an Personal. Was die fehlgeschlagene Razzia in der Kleiderfabrik betraf, so hielt er Jibrane, den Stellvertreter von Simo, für die undichte Stelle. Alles an Jibrane machte einen zwielichtigen Eindruck. Karim beschloss, am nächsten Morgen gleich bei Simo anzurufen, um sich für sein aufbrausendes Verhalten zu entschuldigen und ihn nach diesem geheimnisvollen Mustafa zu fragen.

Lalla Khoury öffnete in einem grünen Hausmantel.

»Entschuldigen Sie die späte Störung, *a lalla*«, sagte Karim. »Ich bräuchte dringend das Zimmer.«

Wortlos führte sie ihn zu dem Raum, der einen Ausblick in den reich bepflanzten Hinterhof bot. Er stellte seine Tasche ab, warf sich aufs Bett und fiel sofort in einen traumlosen Schlaf.

Ein Anruf von Mokhtar weckte ihn am nächsten Morgen.

»Treffen Sie mich im Café Hafa.«

»Wo ist das?«, fragte Karim und rieb sich den Schlaf aus den Augen.

»Einfach Richtung Felsengräber der Phönizier halten und dann fragen.«

Karim betrachtete kurz das sonnenbeschienene Blumenmeer im Hof, bevor er weiter zu einem Wandspiegel schlurfte. Sein Schnurrbart wurde langsam buschig, und auch sonst brauchte er eine Rasur. Draußen im Flur musste er erst ein paar Türen ausprobieren, bis er die Dusche fand.

»Kommen Sie zurück heute Abend?«, fragte die Witwe, die mit einem Kätzchen in der einen und einem Stück Seife in der anderen Hand hinter ihm stand.

»So Gott will.«

Karim hielt die Frau für vertrauenswürdig. Ein wenig verrückt vielleicht, aber aufrichtig. Kurz danach stieg er, frisch geduscht und erholt, die Gasse hinauf und musste unwillkürlich an Joseph und die anderen in den kalten Bergen denken. Er schämte sich dafür, dass er Joseph nicht offen gesagt hatte, was am Zaun geschehen war. Gleich morgen würde er nach Casiago zurückkehren, nahm er sich vor. Heute hatte er zu viel zu tun.

Es erschien ihm schneller, das Stück zu Fuß zu laufen, als erst unten auf dem Parkplatz den Wagen zu holen und dann bis nach oben zu fahren. In Marshan half ihm ein Straßenkehrer, das Hafa zu finden. Das Café bestand aus mehreren Terrassen, die stufenförmig den Hang hinabfielen und auf denen jeweils eine Reihe betonierter Tische Platz hatte. Keiner der Tische war besetzt.

»*Salamu alaikum*«, kam Mokhtars Stimme aus einem zugewachsenen Alkoven, den Karim gar nicht bemerkt hatte.

»*Wa alaikum salam.* Ein gutes Versteck haben Sie sich da ausgesucht.«
Karim klemmte sich ebenfalls hinter den Tisch, sodass sie beide zum Meer hin saßen. Ein Kellner erschien mit einem metallenen Tragegestell, in dessen Fächern zwei Gläser Minztee steckten.
»Haben Sie auch Kaffee?«, fragte Karim hoffnungsvoll.
»Einen *nuss-nuss*?«
Der Kellner schüttelte den Kopf.
»Dann nichts, danke.«
Karim schaute hinaus auf das graue Meer, das sich bis zum Horizont dehnte. In Küstennähe tuckerten ein paar Fischerboote. Weiter draußen fuhren mit riesigen Containerstapeln beladene Schiffe, deren Silhouetten ihn an die mehrstufigen Tempelbauten in Mesopotamien erinnerten. Karim fiel plötzlich ein, dass er noch immer nichts von Noureddine gehört hatte, der sich doch nach dem Schiff erkundigen wollte, das zum Zeitpunkt von Abdous Verschwinden an Terminal 2 gelegen hatte. Er warf einen Seitenblick auf Mokhtar, der neben ihm seine *sebsi* paffte und sich behaglich zurücklehnte, als wäre der Betonsitz der gemütlichste Sessel in ganz Tanger.
»Was haben Sie denn herausgefunden?«
»Ich habe noch mehr Mustafas für Sie. Ein gewisser Mustafa Oualoulou, dem ein Teppichladen in der Medina gehört. Ein Mustafa Chaabi, der in einem Haus ganz in der Nähe von Bab Bhar wohnt, ein Schuhputzer namens Mustafa, der ...«
»*Safi!* Sonst noch was?«
»Ich bin gestern am Chez Kebe vorbeigekommen, kurz nachdem Sie aus dem Hotel ausgezogen sind. Die Frau hat mich freundlich gegrüßt. Eine sympathische Frau, lange Braids, immer ein Lächeln im Gesicht.« Mokhtar zündete

seine Pfeife neu an. »Und was hat der alte Mokhtar daraufhin wohl getan?«

»Keine Ahnung. Was hat der alte Mokhtar denn getan?«

»Ich habe im Café zu Mittag gegessen.«

»Und um mir das zu erzählen, haben Sie mich hier hinauflatschen lassen?«

»Natürlich nicht«, versicherte Mokhtar und ließ genüsslich eine kleine Rauchwolke aufsteigen. »Die Männer kamen herein.«

»Welche Männer?«

»Der Chinese und der Marokkaner – dieser Schlägertyp mit der Hasenscharte. Sie kamen rein und fingen an, alle Anwesenden auszufragen. Von den Schwarzen wollten sie wissen, woher sie kommen, wo in Tanger sie wohnen – haben richtig versucht, sie einzuschüchtern. Sie zeigten ein Foto von Ihnen herum und fragten, ob jemand Sie gesehen hat. Alle haben bloß den Kopf geschüttelt mit Ausnahme der Frau, die erzählte, dass Sie vor ein paar Tagen dort gegessen hätten. Ich habe ihnen gesagt, dass Sie inzwischen abgereist wären. Diese Leute wissen, dass Sie nicht mehr im Fuentes sind und auch nicht in diesem anderen Hostel, wo Sie Ihre Tasche zurückgelassen haben. Sind Sie inzwischen etwa bei der Witwe Khoury abgestiegen?«

»Ja«, gab Karim verwundert zu. Es war wirklich beängstigend, was Mokhtar alles wusste.

»Sie sollten weiter umziehen. Kein Platz ist wirklich sicher.«

Karim sah auf seinem Handy, dass jemand anrief. Es war Noureddine. Er stand auf, um ungestört telefonieren zu können.

»Das Schiff an Terminal 2 war die *Emma Maersk*«, informierte ihn sein Vorgesetzter. »Wir haben alles genau überprüft, konnten aber nichts Verdächtiges entdecken. Das Schiff kam aus Singapur und war auf dem Weg nach Savannah in den USA. Wir haben die Frachtbriefe angeschaut, frühere Fahrtrouten ... ohne Ergebnis. Keinerlei Verbindungen nach China. In Tanger-Med war das Schiff zuletzt vor acht Monaten, und für die nahe Zukunft sind keine Stopps dort terminiert. Was gibt's bei dir Neues?«

»Ich habe Abdous Notizbuch.«

»Gott sei Dank! Die erste gute Neuigkeit in diesem Fall.«

Karim fasste für Noureddine den Inhalt zusammen und las ihm die Liste der Verdächtigen vor. »Auf der letzten Seite folgt noch der Name Mustafa.«

»Irgendeine Idee, wer gemeint sein könnte?«

»Leider gibt es hier Dutzende von Mustafas, mit denen Abdou theoretisch in Kontakt geraten sein könnte«, antwortete Karim. »Er hat sich den Namen notiert, als er in einem *cyber* recherchierte. Ich werde Simo fragen, ob ich die Mitarbeiterlisten vom Hafen einsehen kann.«

»Gut. Sonst noch was?«

»Abdou erwähnt den Leuchtturm am Kap Spartel. Mir ist nicht klar, warum. Außerdem gibt es Notizen zu dieser Textilfirma in der Free Zone, die auch über Umschlagplätze in Spanien verfügt.«

»Denkst du, dass Abdou die Fähre nach Spanien genommen hat?«

»Die Möglichkeit sollten wir zumindest in Betracht ziehen«, sagte Karim. »Eine Sache noch: Ich werde verfolgt. Von zwei Männern. Einem Chinesen und einem Marokkaner.«

»Das klingt nicht gut – ganz und gar nicht gut. Was hast du für heute geplant?«

»Mir Kap Spartel ansehen.«

»Wenn ich mich recht erinnere, liegt der Leuchtturm ziemlich einsam da draußen«, wandte Noureddine ein. »Jedenfalls kein guter Ort für unliebsame Begegnungen. Sieh zu, was du noch über diesen Mustafa herausfinden kannst, und melde dich heute Abend bei mir. Ach, und Karim?«

»Ja?«

»Wir glauben, dass dein Handy angezapft wurde. Also überleg dir einen anderen Weg, Kontakt aufzunehmen.«

Karim lief hinunter zum Parkplatz und entdeckte ein Münztelefon, von dem aus er Simo anrief.

»Hören Sie, mein Bruder«, begann er. »Es tut mir leid, dass ich bei unserem letzten Gespräch etwas die Fassung verloren habe.«

»Es sei Ihnen verziehen.«

»Kennen Sie jemanden namens Mustafa?«

»Mustafa, und weiter?«

»Keine Ahnung. Offenbar könnte Abdou kurz vor seinem Verschwinden noch jemandem namens Mustafa begegnet sein.«

»Wie kommen Sie darauf?«, fragte Simo.

Karim wollte schon das Notizbuch erwähnen, entschied sich aber im letzten Moment dagegen.

»Hat mir ein Informant gesteckt«, antwortete er stattdessen. »Ich würde gerne ins Präsidium kommen und die Personallisten von Polizei, Sicherheitsdienst und der Tanger-Med Port Authority durchgehen.«

»Nein«, lehnte Simo ab. »Einer meiner Leute wird das erledigen. Sie unternehmen nichts ohne mein ausdrückliches Einverständnis, haben wir uns verstanden?«

Karim legte verärgert auf. Es schmeckte ihm gar nicht, innerhalb von einer Stunde gleich zweimal zum Stillhalten ermahnt worden zu sein. Die Promenade, an der er stand, war von Geschäften gesäumt, darunter auch ein Ticket-Laden der Fährgesellschaft.

»Wie viel kostet ein Tagesticket nach Tarifa, hin und zurück?«, fragte er beim Eintreten.

»Einhundertfünfzig Dirham«, gab eine schlanke junge Frau in einem roten Kleid zur Auskunft. »Die nächste Fähre geht in fünfundzwanzig Minuten.«

»Ist Tarifa hübsch?«

»Kann ich nicht sagen«, erwiderte die Verkäuferin lachend. »Ich bin noch nie da gewesen. Sind Sie Tourist?«

»Ich bin aus Marrakesch.«

»In Marrakesch bin ich auch noch nie gewesen. Man sagt, es sei wunderschön dort.«

»Sie sollten die Stadt einmal besuchen.«

»Keiner da, der mich mitnehmen würde«, sagte sie mit kokettem Augenaufschlag.

»Einfach zum Bahnhof gehen, *lalla*«, entgegnete Karim lächelnd. »Ist doch nur eine Zugfahrt entfernt.«

»Aber wer würde mir dann die Stadt zeigen?«

»Ach, das bekommen Sie schon hin!«, versicherte er ihr. »Es gibt zum Beispiel Rundfahrten mit dem Bus, genau wie hier in Tanger.«

»Wenn Sie die Fähre noch erwischen wollen«, sagte die junge Frau und nickte Richtung Wanduhr, »sollten Sie sich lieber beeilen.«

Karim rannte quer über den breiten Boulevard und reihte sich hinter ein paar stämmigen Marokkanerinnen in die Warteschlange für Passagiere ohne Fahrzeug ein. Rasch wandte er sich noch einmal um und suchte aufmerksam die Gegend ab, bemerkte aber zu seiner großen Erleichterung nirgends ein Anzeichen von seinen Verfolgern. Er drehte sich wieder nach vorn und hätte vor Schreck fast einen Herzstillstand erlitten. Keinen Meter vor ihm stand ein Chinese! Falscher Alarm. Der Mann war Tourist. Karim hörte, wie er sich mit der vielleicht fünfzigjährigen Frau neben ihm auf Mandarin unterhielt, und atmete erleichtert aus. Das Paar gehörte offensichtlich zu einer Reisegruppe. Heutzutage schien man im Maghreb wirklich überall auf Chinesen zu stoßen. In Tanger-Med war Karim aufgefallen, dass selbst die Portalkräne von chinesischen Herstellern stammten, und am Containerverkehr machte Chinas Anteil laut Simo etwa fünfzig Prozent aus. Es gab einen Herrn Zhang in der Free Zone und einen anderen Chinesen, der ihm aktuell anscheinend auf den Fersen war. Vierzig Jahre früher, lange vor den Zeiten von Massentourismus und irgendeiner Ideallinie der Nullabweichung, wären Chinesen in Tanger noch ein seltener Anblick gewesen. Das Höchstmaß an Exotik bildeten damals vermutlich die südamerikanischen Obstfrachter mit Ziel Europa oder die Züge, die Kohle und Bauholz nach Casablanca brachten. Inzwischen war der gesamte Frachtverkehr Richtung Osten abgezogen, und der alte Hafen hatte ausgedient. Nur Fähren wie die *Ibn Battouta*, die Karim gerade bestieg, sorgten weiter für ein wenig Betrieb.

Eine Viertelstunde später löste die *Ibn Battouta* die Leinen und glitt an den Wellenbrechern vorbei in die Straße von Gibraltar hinaus. Erst in diesem Moment fiel Karim ein, dass er keinen Pass besaß.

Zwei anstrengende Tage an der Polizeiakademie lagen hinter ihnen. Ayesha hatte sich wie eine Musterschülerin benommen. Sie war pünktlich zu den Unterrichtsstunden erschienen, hatte gute Noten beim Judo bekommen und mit Salma und den anderen erfolgreich eine Nachtübung absolviert. Salma hatte Ayesha verziehen, nachdem der Stress der Strafrechtsprüfung von ihr abgefallen war, und keiner hatte das Handy noch einmal erwähnt. Am Dienstag war Ayesha nach dem Abendessen mit dem Nokia und einer Rolle Klebeband in die Bibliothek gehuscht. Sie hatte einen Tisch gegen die Tür geschoben, war zum Sachgebiet »Steno und Schreibmaschine« gegangen und hatte das Handy an die Rückseite des Regals getapt. Anschließend war sie ein, zwei Schritte zurückgetreten und hatte kontrolliert, dass es aus keinem Winkel zu sehen war, selbst wenn man die Bücher aus dem Regal nahm.

Hakimi hatte sie die letzten Tage in Frieden gelassen, wahrscheinlich weil er, wie Salma meinte, vor einem Rauswurf noch mehr Angst hatte als sie. Am Mittwoch bat Ayesha um ein Gespräch mit Colonel Choukri. Sie entschuldigte sich für den Zwischenfall in der Klasse und erklärte, dass der Streit durch eine Bemerkung über ihren inhaftierten Bruder ausgelöst worden war. Der Colonel zeigte zwar Verständnis, lehnte es jedoch ab, die offizielle Verwarnung zurückzunehmen. Allerdings stellte er ihr eine Sondererlaubnis aus, mit der sie Abderrahim auch wochentags in der Haftanstalt von Kenitra besuchen konnte. Noch am selben Abend machte sie davon Gebrauch.

Wie beim letzten Mal war sie die einzige Besucherin, und der Gefängniswärter begann mit sichtbarem Vergnügen, erneut alle mitgebrachten Lebensmittel zu beschlagnahmen.

»Ich habe Ihnen doch gesagt, Essen ist *memnu*.«

»Das Einzige, was hier *memnu* ist, ist Ihr Verhalten«, konterte Ayesha scharf. »Legen Sie gefälligst alles wieder zurück in meine Tasche, und wagen Sie es bloß nicht, mich zu befingern.«

Der Wärter schaute sich um, ob sie auch allein waren, taxierte Ayesha dann mit anzüglichen Blicken und erwiderte: »Und was genau sollte mich daran hindern?«

Ayesha hielt ihm die von Colonel Choukri persönlich unterzeichnete Erlaubnis unter die Nase, woraufhin der Wärter prompt wie ein geprügelter Hund zurückwich. Ein anderer Gefängniswärter brachte sie in den Besuchsraum, wo sie wartete, bis ihr Bruder kam.

»Ich habe dir etwas zu essen mitgebracht«, erklärte sie froh. »Außerdem zwei wollene Unterhemden, damit du nicht frierst.«

»Gott möge es dir vergelten«, sagte Abderrahim. Er trug eine braune *djellaba*, und sein langer Bart war frisch gestutzt.

»Wie gelingt es dir nur, immer so gepflegt auszusehen?«, fragte Ayesha.

»Allah liebt alle, die da auf Sauberkeit und Reinheit achten.«

Er ist ja noch schlimmer als Karim mit seinen ständigen Sprichwörtern, dachte Ayesha. Da schien ihre Schwester Amina, die sie leider nie kennengelernt hatte, weitaus lebenslustiger gewesen zu sein.

»Sag mal«, fuhr Abderrahim fort und faltete die Hände in seinem Schoß, »haben die Belkacems dich eigentlich gut behandelt?«

»Ja«, beteuerte Ayesha sofort. »Lalla Fatima und Si Brahim haben mich genauso geliebt wie ihre eigenen drei Kinder. Si Brahim ist vor vier Jahren gestorben.«

»Ich bin ihm nie in der Moschee begegnet«, merkte Abderrahim nüchtern an.

»Das lag daran, dass er nach dem Streit mit unserem Vater nicht mehr mit ihm in einer Moschee beten wollte«, erklärte Ayesha.

»Ist Brahim denn seinen täglichen Gebeten nachgekommen?«

»Selbstverständlich. Er hat die Gebetsschriften von Sidi ben Slimane al-Jazouli intensiv studiert.«

Die Erwähnung eines Sufi-Heiligen erregte umgehend Abderrahims Missfallen.

»Ein *Sufi*?«, erwiderte er. »Seit der König einen Sufi zum Religionsminister ernannt hat, geht dieses Land mehr und mehr vor die Hunde!«

»Bekommst du anständig zu essen?«, versuchte Ayesha das Thema zu wechseln.

»Der Koch ist ein Bruder. Er gibt mir Extrarationen.«

»*Mezyan*. Schön.«

»Wolltest du nicht etwas über Mohammed Mansouri erfahren?«

Ayesha setzte sich gespannt auf.

»Er war in Kenitra«, fing Abderrahim an. »Er hatte eine eigene Zelle für sich – eine ganz besondere Zelle mit bequemem Bett und Fernseher. Bevor er seinen Namen änderte, hieß er Yusuf Ben Yahmed. Muss ein harter Kerl gewesen sein.«

»Wie kommst du darauf?«

»Aufgewachsen ist er in einem abgelegenen kleinen Ort. Mit fünfundzwanzig hatte er bereits vier Frauen. Eine war ein Mädchen aus Al-Hoceima – eine hübsche Sechzehnjährige, an Kinn und Stirn tätowiert. Eines Tages ging er im Gebirge oberhalb des Dorfs mit seinem Gewehr jagen. Auf dem Rückweg schaute er hinunter zu seinem Haus und sah das Mädchen in der Tür stehen. Er beschloss, ihr eine Lehre zu erteilen.«

»Wofür?«

»Dafür, dass sie sich öffentlich so zur Schau stellte. Er hob sein Gewehr, zielte durch das Fernrohr und – *bum*!« Abderrahim presste sich den Zeigefinger genau zwischen die Augen.

»Er hat sie *erschossen*?«, fragte Ayesha fassungslos.

»Er meinte, eine Frau, die sich so vor das Haus stellt, kann bloß eine Hure sein.«

»Und die Geschichte ist wahr?«

Abderrahim drehte achselzuckend die Handflächen nach oben. »Es ist das, was ich gehört habe.«

»Wie schrecklich!«, rief Ayesha schaudernd. »Ich dachte, so ein Verhalten wäre zusammen mit den Sultanen verschwunden!«

»Es gibt Ecken, da hat es überlebt.«

»Ist es das, wofür man Mansouri ins Gefängnis geworfen hat?«, wollte Ayesha wissen. »Für den Mord an seiner Frau?«

»Nein«, sagte Abderrahim. »Inhaftiert wurde er erst Jahre später. Er schmuggelte Haschisch, war einer der größten Händler im ganzen Rif. Für den Transport kaufte er gebrauchte Jetskis. Dann suchte er sich ein paar *Afaraqa* und schlug ihnen vor, die Überfahrt mit den voll beladenen Jetskis zu wagen. Wenn sie es nach Spanien schafften, könnten sie gehen, wohin sie wollten, lautete der Deal. Aber ein Afrikaner wurde von den Spaniern erwischt und packte aus. Mansouri landete hier in diesem Gefängnis, zusammen mit dem Afrikaner. Eines Tages fand man den Afrikaner auf dem Küchenboden, den Schädel zerquetscht unter einem massiven Herd. Yahmed beziehungsweise Mansouri wurde wenig später entlassen. Es heißt, dass er einflussreiche Freunde besitzt. Na, was meinst du? Wird er Mansouri trotzdem nehmen?«

»Wer?«, fragte Ayesha geistesabwesend.

»Der Vater von deiner Mitbewohnerin.«

»Ach ja, wahrscheinlich eher nicht«, sagte sie rasch, noch immer erschüttert über das Gehörte. »Scheint ein richtiges Monster zu sein, dieser Mansouri. Findest du nicht?«

Abderrahim stand auf, sammelte seine Tüten ein und zuckte mit den Achseln.

»Manchmal übertreten Frauen eben Grenzen.«

Es war das erste Mal, dass Karim Marokko verließ. Und der Anblick der langsam kleiner werdenden Küste seines Heimatlandes übte auf ihn eine Faszination aus, an der auch ein fehlender Reisepass nichts änderte. Im Osten wurden hinter dem Leuchtturm am Kap Malabata die Kräne von Tanger-Med sichtbar. Im Westen, wo das Mittelmeer sich zum Atlantik hin weitete, konnte er einen weiteren Leuchtturm ausmachen: Kap Spartel, ein einsames Zeichen an der äußersten Spitze Afrikas.

Da es ihm nach einer Weile draußen zu kalt wurde, ging Karim unter Deck. Von der Treppe aus bemerkte er eine kurze Schlange von Passagieren, die unter einem Schild mit der Aufschrift »Spanish Immigration« anstanden. Er gesellte sich dazu und zeigte seinen Dienstausweis, als er an der Reihe war.

»Ich ermittle im Fall einer vermissten Person.«

»Tut mir leid, Lieutenant«, erwiderte der spanische Beamte. »Ich benötige einen gültigen Pass oder eine Interpol-Akkreditierung, um Sie nach Spanien einreisen zu lassen.«

»*Mäkäyen mushkil*«, sagte Karim ohne jeden Groll. »Dann bleibe ich eben einfach an Bord, wenn wir in Tarifa eintreffen, und komme später noch mal.«

Er setzte sich mit einem Becher Kaffee in eine der letzten Reihen. Der Felsen von Gibraltar war inzwischen im Fenster aufgetaucht, was bedeutete, dass sie die Meerenge bereits zur Hälfte überquert hatten. Die Portalkräne von Tanger-Med waren derweil auf Streichholzgröße geschrumpft.

Karim hatte Abdous Notizbuch mitgenommen und blätterte erneut darin herum. Abdou war die Rivalität zwischen den Schleusergruppen bekannt gewesen. Er hatte sich Einzelheiten über zwei verdächtige Todesfälle in Tanger notiert, zusammen mit Statistiken über illegale Einwanderung nach Spanien. Seit er die vielen Subsahara-Arbeiter bei Best Century Clothing gesehen hatte, fragte sich Karim, welche Verbindung es zwischen den afrikanischen Geflüchteten und dem chinesischen organisierten Verbrechen gab. Schleuser waren ein weiteres mögliches Glied in dieser Kette.

Schon bald drosselte die *Ibn Battouta* ihre Geschwindigkeit, und Karim, der unbedingt einen ersten Eindruck von Spanien bekommen wollte, kehrte an Deck zurück. Anders als in Marokko besaßen die Häuser Giebeldächer und standen nicht dicht aufgereiht nebeneinander. Mit den vielen Erlen, den Seekiefern und den wogenden Gerstenfeldern machte alles einen üppigeren, grüneren Eindruck. Ein einsamer Windsurfer mühte sich, bei dem starken Wind auf dem Brett zu bleiben. Vorbei an einer Statue von Jesus Christus, der seine Hand segnend über Flutlichtscheinwerfer und Betonsperren hielt, fuhren sie in den Hafen von Tarifa ein.

Bei Karim regte sich ein letzter Funken Hoffnung. Hatte

Abdou womöglich auch diese Fahrt unternommen? Stand Karim vielleicht kurz vor dem Ende seiner Suche?

Die billigen Koffer der Marokkanerinnen waren nicht für die holprigen Landungsrampen geschaffen und hüpften so heftig, dass an einem sogar ein Rad abbrach. Karim wartete, bis alle Passagiere von Bord waren und auch der letzte Tourist sein Selfie gemacht hatte, dann versuchte er es noch einmal beim Grenzposten der Policía Nacional Fronteras.

»Sind Sie in offizieller Funktion hier?«, knurrte der Polizist, der Karims Ausweis keineswegs mit dem erhofften kollegialen Wohlwollen studierte. »Wenn ja, verstoßen Sie gegen internationale Verfahrensregeln. Wenn Sie außer Dienst sind, brauchen Sie einen Pass. So oder so können wir Sie nicht einreisen lassen.«

Karim erklärte, dass er die Fähre im Rahmen einer aktuellen Suche nach einem vermissten Kollegen genommen habe und dass es überaus freundlich wäre, wenn er vielleicht auf informeller Basis mit jemandem von der Grenzschutzbehörde sprechen könnte. Mit einer ungehaltenen Geste wies der Mann ihn an, in der Ankunftshalle zu warten.

Aus dem Fenster konnte Karim beobachten, wie Lastwagen, Pkws und Motorräder von der Fähre rollten. Im Hafen lagen auch einige Fischerboote, allerdings schien die Flotte kleiner zu sein als die in Tanger. Zu seiner Rechten lugten die Befestigungsmauern einer Burg ins Bild. Einmal abgesehen von den Überwachungskameras, wirkte der Ort äußerst friedlich, fast verschlafen.

»*Salamu alaikum! Buenos dias!*«

Ein kräftig gebauter Mann, dem das Hemd über dem Bauch spannte, kam auf ihn zu. »Raoul Gómez, *at your service*«, begrüßte er Karim und reichte ihm die Hand. »Ich gehöre dem Servicio Marítimo an, der Küstenwache.

Anscheinend hat keiner gewusst, wer sonst mit Ihnen reden soll. Kaffee?«

Karim war froh, dass er im vergangenen Jahr in der Abendschule sein Englisch verbessert hatte. Er folgte Raoul zum Kaffeeautomaten und von dort in ein Befragungszimmer. Raoul schloss die Tür.

»Was genau hätten Sie denn gerne gewusst?«, begann sein Gegenüber.

Karim erzählte, dass er an Operation MEDIHA beteiligt war und derzeit das plötzliche Verschwinden seines Stellvertreters vor zwei Wochen untersuchte.

»Er verschwand, als er in Tanger-Med nach illegalen Sendungen fahndete.«

»Und Sie glauben, dass er nach Spanien gereist sein könnte?«, fragte Raoul, während er das Foto betrachtete, das Karim ihm zeigte.

»Gut möglich.«

»Haben Sie schon bei der Einreisestelle nachgefragt?«

»Soweit ich weiß, besaß mein Kollege überhaupt keinen Pass«, erklärte Karim.

»In diesem Fall ist es nahezu ausgeschlossen.«

»Und wenn er heimlich herübergekommen wäre?«

»Wie meinen Sie das?«

»Etwa eingesperrt in einem Container.«

»Zwischen Spanien und Marokko gibt es jährlich etwa siebzigtausend Fährfahrten, dazu etwa noch einmal so viele Verbindungen von Containerschiffen«, fasste Raoul lächelnd zusammen. »Mit anderen Worten: Ja, natürlich ist das denkbar. Möchten Sie noch einen Kaffee? Wissen Sie was – gehen wir doch einfach nach oben. Da ist es gemütlicher, und der Kaffee ist auch besser!«

Sie stiegen eine Treppe hinauf und kamen in einen riesigen Kontrollraum, der aussah wie die Brücke eines großen

Schiffs. Unterhalb einer breiten Fensterfront mit Panoramablick über den Hafen waren eine Fülle von Radar- und GPS-Bildschirmen installiert. Über einen UKW-Kanal krächzten Sprechfunkstimmen in Englisch und Spanisch durcheinander. Ein Mann mit Schulterstücken an seinem weißen Hemd, den Raoul als Jorge vorstellte, winkte von der anderen Seite. Raoul ging durch bis zu einer Kaffeeküche und machte sich an der Espressomaschine zu schaffen.

»Welche Erfahrungen haben Sie denn hier mit gefälschten Arzneimitteln?«, erkundigte sich Karim. »Ist das ein ernsthaftes Problem?«

»Nicht dass ich wüsste. Was uns am meisten beschäftigt, ist der Schmuggel von Kokain und Haschisch.«

»Wie kommen die Drogen nach Spanien?«

»Fischerboote, Rennboote und Kleinflugzeuge«, berichtete Raoul. »Und Container, *naturalmente*. Das meiste läuft allerdings über Algeciras.«

»Weil man durch das höhere Verkehrsaufkommen dort leichter unentdeckt bleibt?«

»Genau.«

Raoul wurde an seinem Sprechfunkgerät verlangt. Um nicht zu stören, schlenderte Karim ein wenig durch den Raum. Entlang der Rückwand stieß er auf eine Reihe kleiner Fächer, in denen – ordentlich gefaltet – die unterschiedlichsten Signalflaggen griffbereit lagen. An einem Schreibtisch waren zwei Männer in das Studium einer Grafik vertieft. Karim nahm ein Fernglas in die Hand und las die Angaben auf der Unterseite. Es war zwar ein billiges Modell, besaß aber mit 10x50 durchaus respektable Werte. Karim hielt es sich probehalber an die Augen.

»Na, auf der Suche nach Delfinen?«

»Nein«, sagte Karim lachend und setzte das Fernglas wieder ab. »Ich hatte eins von Nikon, doch das ist unter

einem Schiffscontainer gelandet. Ich wollte nur mal die Stärke von Ihrem testen.«
»Behalten Sie's«, sagte Raoul. »Das sind chinesische. Wir haben mindestens ein Dutzend davon.«
»Vielen Dank. Hoffentlich halte ich Sie nicht von der Arbeit ab?«
»Keineswegs«, versicherte Raoul. »Wir können uns gerne weiter unterhalten, sofern es Ihnen nichts ausmacht, mir hinterherzulaufen. Auch wenn hier längst nicht mehr so viel los ist wie früher, als es die Verbindung zwischen Tanger-Med und Algeciras noch nicht gab, scheint der Tag dennoch einfach nicht genug Stunden zu haben!«
Raoul las einen Messwert von einer digitalen Gezeitentabelle ab.
»Wie ist es mit illegalen Grenzübertritten?«, fragte Karim. »Die bereiten Ihnen doch bestimmt Kopfzerbrechen.«
»*El problem de los migrantes ...*«, schnaufte Raoul und stopfte den Bauch zurück unter den Gürtel. »Als ich 2001 in diesem Job anfing, erwischten wir etwa fünfzehnhundert Migranten im Jahr. Zehn Jahre später hat sich die Zahl vervierfacht. Das Rote Kreuz ist völlig überfordert.«
»Das Rote Kreuz?«
»Na, sie nehmen die Rettungsschiffe in Empfang, leisten Erste Hilfe, verteilen Decken und Kleidung und bringen die schlimmsten Fälle direkt ins Krankenhaus.«
»Woher kommen die Leute?«
»Schwer zu sagen«, antwortete Raoul. »Ein paar aus Syrien und Afghanistan ... die überwiegende Mehrheit aus irgendwelchen Subsahara-Staaten, aber die genauen Heimatländer wissen wir meist nicht.«
Karim schaute ihn verständnislos an.
»Sie zerstören alle Ausweise und persönlichen Dokumente«, erklärte der Mann von der Küstenwache. »In

Spanien existiert ein Gesetz, dem zufolge es verboten ist, jemanden abzuschieben, dessen Ursprungsland nicht bekannt ist.«

»Also haben Sie es mit Tausenden von Geflüchteten ohne Papiere zu tun?«

»Das ist das Merkwürdige. In den letzten sechs Monaten hatten wir hier keinen einzigen.« Raoul wandte sich an seinen Kollegen. »*¿Cuántos migrantes hemos visto desde julio?*«

»*Nueve.*«

»Neun Migranten seit Juli«, übersetzte er für Karim und rief noch einmal zu Jorge: »*¿Desde agosto?*«

»*Ninguno.*«

»Nicht ein Migrant seit August. Nicht das kleinste Schlauchboot. Unser elektronisches Frühwarnsystem hat kaum einmal angeschlagen. Die *Salvamento Marítimo*, die bei uns alle Search-and-Rescue-Aufgaben übernimmt, dreht Däumchen.«

»Aber bei uns in Tanger sind unzählige Geflüchtete, die alle unbedingt nach Spanien wollen«, erwiderte Karim verwundert.

»Tja, das beweist wohl, wie gut die grenzüberschreitende Zusammenarbeit zwischen unseren Ländern funktioniert«, meinte Raoul mit breitem Grinsen.

»Eine Bitte hätte ich noch ...«, begann Karim.

»*Díga-me.*«

»Die Wahrscheinlichkeit ist hoch, dass mein Freund im Meer ertrunken ist. Könnten Sie überprüfen, ob in den letzten beiden Wochen nicht identifizierte Leichen an die Küste Spaniens gespült wurden?«

»Ich mache Ihnen einen Vorschlag, *amigo*«, sagte Raoul mit unüberhörbarem Mitgefühl. »Bleiben Sie doch einfach noch ein wenig. Es gibt eine späte Fähre, die um sieben abgeht. In der Zwischenzeit besorge ich uns etwas zu essen und schicke die entsprechende Nachfrage raus. Ich kann mich zwar nicht an irgendwelche Leichenfunde erinnern, aber sicher ist sicher.«

Ein starker Ostwind blies, als Karim sich von Raoul verabschiedete und die Fähre zurück nach Tanger bestieg. Trotz der Enttäuschung darüber, dass Abdou offenbar doch nie nach Spanien übergesetzt war, überwog bei Karim die Erleichterung, denn es war keine Leiche angespült worden, deren Beschreibung auf seinen Freund passte. Karim spürte, wie er in ein Post-Koffein-Loch fiel, und setzte sich auf Steuerbord an Deck in der Hoffnung, dass Wind und Gischt seine Lebensgeister wiedererwecken würden. Zwei junge Spanierinnen kamen mit einer wild flatternden Landkarte zu ihm herüber und fragten, ob er ihnen zeigen könne, wo Chaouen lag, weil sie es nirgends fanden.

»Wahrscheinlich weil der vollständige Name Chefchaouen lautet«, erklärte Karim und deutete auf die Stadt.

Die jungen Frauen schenkten ihm ein dankbares Lächeln. »Haben Sie vielleicht noch einen Tipp, was wir beim Reisen in *Marruecos* beachten sollten?«

»Mein bester Ratschlag wäre, zu jedem, der Sie belästigt, einfach *sir fehalek* zu sagen. Das heißt ›verschwinde‹.«

Eine der Spanierinnen reichte Karim ihr Handy und bat ihn, sie mit der Küste von *Marruecos* im Hintergrund zu fotografieren.

»*Naturalmente*«, sagte er bereitwillig. Es war das einzige spanische Wort, das er behalten hatte.

Er stellte sie für das Foto zurecht und achtete darauf,

dass die vielen weißen Würfel der Medina von Tanger mit auf das Bild kamen ... *bei Allah!* Fast wäre ihm vor Schreck das Herz stehen geblieben. Hinter den Köpfen der jungen Spanierinnen glitt von links nach rechts der Name *Mustafa* durch den Ausschnitt. Er war in großen weißen Buchstaben auf ein Containerschiff gemalt, das gerade die Mittelmeermündung ansteuerte. Das Schiff mit den vier Bordkränen fuhr unter der Flagge Liberias und hatte etwa achttausend Container geladen.

Nach dem Abendessen suchte Ayesha die Bibliothek auf. Sie schaltete das Licht ein, setzte sich an einen Computer und gab »Yusuf Ben Yahmed« ein. Rasch stieß sie auf einen ausführlichen Zeitungsartikel.

Drogenbaron zu acht Jahren verurteilt

Rabat – Nach einem monatelangen Prozess, der korrupte Zustände bei den staatlichen Sicherheitsdiensten sowie ein weit verzweigtes kriminelles Netzwerk in Marokkos Hauptanbaugebiet für Marihuana zu Tage förderte, wurde jetzt ein Drogenbaron schuldig gesprochen.

Yusuf Ben Yahmed muss für acht Jahre hinter Gitter und eine Geldstrafe von 500 000 Dirham zahlen. Außerdem verfügte das Gericht die Beschlagnahme weiterer 9 600 000 Dirham.

Auf Grundlage eines Haftbefehls, der im Zusammenhang mit einem früheren Drogenprozess ergangen war, wurde Ben Yahmed im Oktober 2005 im Al Ghouroub Café vor den Toren Tangers von Beamten der Justizpolizei festgenommen.

Ben Yahmed belastete 34 Mitglieder der Sicherheitsbehörden, darunter Abdelaziz Alami, bis 2003 Leiter von Tangers Justizpolizei, der daraufhin seinen Posten als Sicherheitschef aller königlichen Paläste verlor. Alami erhielt später

eine achtzehnmonatige Haftstrafe, 700 000 Dirham wurden bei ihm beschlagnahmt. Am Ende landeten noch zwei weitere Personen im Gefängnis, unter anderem Ben Yahmeds Bruder, während neun andere freigesprochen wurden, darunter ein zweiter hochrangiger Vertreter der Polizei von Tanger. Die Anklagepunkte, in denen Schuldsprüche erfolgten, umfassten laut offiziellen Quellen die Tatbestände internationaler Drogenhandel, Machtmissbrauch, Anstiftung zum illegalen Grenzübertritt und unterlassenes Anzeigen eines Verbrechens.
Das Rif ist noch immer die Region mit der größten Haschischproduktion weltweit. Geschmuggelt werden die Drogen in Seecontainern, auf Jetskis oder mit hochmotorisierten Rennbooten, die sie nach Malaga, Barcelona oder Marseille bringen.

Ayesha starrte eine ganze Weile den Bildschirm an. Darauf also war Karim aus! Dies gab ihm einen Anlass, die Verbindungen zwischen Mansouri und der Polizei genauer unter die Lupe zu nehmen. Sie ging zum Sachgebiet »Steno und Schreibmaschine« und griff zur Rückseite des Regals. Merkwürdigerweise konnte sie die Umrisse des Handys nirgends ertasten. Vielleicht griff sie ja nicht tief genug. Sie spähte in den Spalt, rollte den Ärmel hoch und versuchte es erneut. Nichts. Mit wachsender Panik räumte sie die Bücher vom Regalbrett und fuhr mit der Hand die Rückseite entlang. Vielleicht war das Handy runtergefallen, überlegte sie und sah sofort unter dem letzten Regalboden nach. Sie versuchte, das massive Holzregal von der Wand zu rücken, aber es war zu schwer. Ohne langes Zögern warf sie sämtliche Bücher auf den Boden, stemmte sich mit der Schulter gegen die Regalseite und brachte es fertig, das Monstrum unter Aufbietung all ihrer Kräfte fünf Zentimeter von der Wand zu schieben. Sie wagte kaum hinzusehen. Adrenalin brauste mächtig durch ihren Körper. Langsam kniete sie sich auf den Boden. Hinter dem

Regal, inmitten von Staub und toten Fliegen, lag der zusammengeringelte Streifen Klebeband. Von ihrem Handy fehlte jede Spur.

»Lassen Sie mich durch! *Policia!* Polizei!«
Die Passagiere, die den Treppenaufgang der Fähre verstopften, schauten Karim überrascht an, bewegten sich aber keinen Zentimeter. Unmittelbar vor ihm war ein Tourist in aller Seelenruhe damit beschäftigt, seine Uhr umzustellen. Karim brüllte Hilfe suchend auf Arabisch zu einem weiblichen Crewmitglied hinunter, aber die Frau signalisierte ihm bloß mit erhobenen Händen, dass sie in diesem Fall auch machtlos war. Ungeduldig auf den Füßen wippend harrte Karim notgedrungen aus, bis das Schiff angelegt hatte und er sich durch die Menschenmenge zum Autodeck durchkämpfen konnte, wo er fast mit einer Frau zusammengestoßen wäre, die gerade ihre Autotür öffnete. Er sprintete von Bord, durch das Terminalgebäude und hielt jedem, der ihn aufhalten wollte, nur rasch seine *carte nationale* vor die Nase.

Draußen wurde es dunkel. Karim rannte den belebten Boulevard hinunter, sprang über die niedrige Absperrkette des Parkplatzes und schlüpfte hinter das Steuer des Dacia.

Zwei Minuten später verließ er die Stadt im Westen auf der Küstenstraße Richtung Strand von Merkala. Unablässig wanderte sein Blick nach rechts, suchte den Ausgang der Meerenge nach den Lichtern des Frachters ab. Die Straße schwenkte landeinwärts, vorbei an den Mauern nobler Anwesen ging es hoch durch das Viertel *Vieille Montagne* und den Wald am Perdicaris-Park. Nach einer Viertelstunde bog Karim rechts auf einen Waldweg ab. Fast wäre er mit einem Wildschwein kollidiert, das im Scheinwerferlicht wie angewurzelt stehen blieb.

Ein Gedanke ließ ihm keine Ruhe: Wartete Abdou in der Nacht, in der er verschwand, womöglich auf die Ankunft der *Mustafa*?

Kurz nach dem Waldstück begann der Motor plötzlich zu stottern und streikte dann völlig. Karim fiel ein, dass er vergessen hatte zu tanken. Vor ihm lag eine grasbewachsene Landspitze mit weitem Ausblick über das Meer. Links zeichnete sich die Silhouette von Kap Spartel ab, dem letzten Leuchtturm auf afrikanischem Festland.

Mit seinem neuen Fernglas in der Hand rannte Karim den Hang hinab. Obwohl er auf dem steinigen Weg ständig ins Rutschen geriet, hob er immer wieder den Kopf, um nachzuschauen, ob die *Mustafa* da draußen irgendwo über das im Mondlicht schimmernde Meer glitt. Von Palmen umgeben, tauchte vor ihm der Leuchtturm auf, dessen weiße Quaderform sich scharf vom schwarzen Himmel abhob. Wenige Meter weiter parkte einsam und verlassen ein Auto. Tat hier etwa noch ein Leuchtturmwärter Dienst? Karim schlich bis zur Ecke des Gebäudes und hob das Fernglas. Da war es! Ein Containerschiff mittlerer Größe mit vier Kränen und dem Namen *Mustafa* am Heck. Das Schiff bewegte sich so langsam auf der riesigen Wasserfläche, dass es Karim nicht gelang, seinen Kurs zu bestimmen.

Im Vordergrund seines Sehfelds bemerkte Karim eine Gestalt, deren Umrisse mit den dunklen Palmen verschmolzen schienen. Er schrak entsetzt zusammen. Unter ihm stand jemand! Gott sei Dank blickte auch dieser Unbekannte durch ein Fernglas aufs Meer. Unwillkürlich wich Karim einen Schritt zurück, stolperte über einen Stein, und der Mann drehte sich um. *Simo!*

Im Rückblick fiel Karim später auf, dass Simo nicht im Geringsten überrascht wirkte, ihn dort zu treffen. Für den Polizeichef schien Karims nächtliche Anwesenheit an einem abgelegenen Leuchtturm am nordwestlichsten Zipfel Afrikas eher die natürlichste Sache der Welt zu sein.

»Ah, Karim«, sagte er im Näherkommen. »Jeder Zufall ist besser als tausend Verabredungen, heißt es!«

Karim war paralysiert vor Angst. Im Augenblick bestand die extrem hohe Wahrscheinlichkeit, dass Simo ihm gleich eine Kugel verpassen oder den Schädel an der nächstbesten Mauer einschlagen würde. Der Polizeichef war ein bulliger Kerl, wenigstens zehn Zentimeter größer als er. Und das Schlimmste war: Karim hatte seine Waffe im Dacia gelassen.

»Faszinierend, nicht?«, fuhr Simo fort und drehte sich zum Meer. »An diesem Punkt vereinen sich Mittelmeer und Atlantik. Oben an der Straße hängt sogar ein kleines Hinweisschild.«

Karim starrte weiter nur stumm sein Gegenüber an.

»Der Hafenmeister hat das Schiff in Tanger-Med einlaufen sehen«, erklärte Simo. »Ich habe versucht, Sie anzurufen, aber Sie sind nicht drangegangen. Wo waren Sie denn?«

»Tarifa.«

»Ach, das war der Grund«, brummte Simo und sah erneut durch sein Fernglas. »Im Moment können wir nichts tun. Die *Mustafa* verlässt gerade die Territorialgewässer.«

»Die was?«

»Die Zwölf-Meilen-Zone. Sie befindet sich außerhalb marokkanischer Hoheitsgewässer. Aber keine Bange, morgen früh finden wir ihren Kurs heraus und alle sonstigen Einzelheiten. Wo steht denn Ihr Wagen?«

»Mir ... ist das Benzin ausgegangen«, gestand Karim nach kurzem Zögern.

»Da haben Sie aber Glück, mein Freund!«, erwiderte der Polizeichef lachend. »Ich habe einen Reservekanister dabei. In spätestens einer Stunde schlafen Sie tief und fest, *inschallah*, und können morgen früh gleich in alter Frische loslegen!«

In Wahrheit dauerte es bis weit nach ein Uhr, bis Karim endlich zurück im Haus der Witwe Khoury war. Mit einer Kleinigkeit zu essen, die er sich in einem Spätkauf-*hanut* besorgt hatte, legte er sich ins Bett und kontrollierte sein Handy auf entgangene Anrufe. Anschließend starrte er eine halbe Stunde lang die Zimmerdecke an und kam zu dem Schluss, dass Simo ein Mitglied des kriminellen Kartells sein musste.

10

»Der Petit Socco ist unruhig heute«, sagte Mokhtar und brach in ein trockenes Husten aus. »Liegt am Ostwind. Der macht die Leute mürrisch.«

Sie saßen wieder im Alkoven des Café Hafa. Mokhtar trank Minztee mit einem kleinen Zweig Wermut darin und rauchte seine Pfeife. Eine Möwe segelte im Gegenwind, fast an einem Punkt stehend, und drehte dann in weitem Bogen Richtung Küste ab. Unter ihr schäumten weiße Kämme auf den Wellen. Karim hatte schlecht geschlafen. Wenn Simo korrupt war, hatte er die Namensliste völlig falsch verstanden, und die unmarkierten Namen waren diejenigen, denen Abdou misstraute. In puncto Menschenkenntnis war Abdou ihm schon immer weit überlegen gewesen, hatte bei Lügnern oder Verbrechern nur selten einmal danebengelegen. Allerdings gehörte Mokhtars Name zur selben Auswahl wie Simo. Daher durfte Karim auch Mokhtar nicht vertrauen. Aber wenn Mokhtar nicht zu trauen war, warum saß er dann noch hier mit ihm herum?

»Was ist los, mein Herr?«, erkundigte sich Mokhtar. »Sie sagen ja gar nichts.«

»Ihr Husten klingt, als hätte er sich in der Lunge festgesetzt.«

»Da, wo ich wohne, ist es halt feucht, mein Herr«, erklärte Mokhtar. »Sie müssten das Haus mal sehen!« Er stieß eine Rauchwolke aus und beobachtete, wie sie davonschwebte. »Sie sind nervös, das merkt man Ihnen an. Ihre Gedanken sind ganz woanders. Oder das liegt alles bloß am Ostwind. Bei Ostwind habe ich jedenfalls nicht den geringsten Appetit und auch keine Lust auf Frauen.«

Trotz seines Misstrauens konnte Karim bei der Vorstellung von Mokhtar mit einer Frau im Bett ein Lächeln nicht unterdrücken.

»Was ist so komisch?«, krächzte Mokhtar. »Fragen Sie doch Ihren Freund, den Polizeichef. Er wird Ihnen bestätigen, dass die meisten Verbrechen verübt werden, wenn der *chergui* weht.«

Karim hätte viel lieber gewusst, warum Simo nicht die günstige Gelegenheit genutzt und ihn umgebracht hatte.

»Ach, tatsächlich?«, antwortete er nur.

»Ja! Die Polizei hat übrigens das Chez Kebe dichtgemacht und alle anwesenden *Afaraqa* verhaftet. Vermutlich im Zusammenhang mit diesem Ganoven, der erschossen wurde.«

»Irgendwelche Anzeichen von den Männern, die hinter mir her sind?«

»In den letzten beiden Tagen nicht«, antwortete Mokhtar zu Karims Beruhigung. »Diesen marokkanischen Mistkerl hätte ich aus über einem Kilometer sofort wiedererkannt, der ist über zwei Meter groß. Wenn ich bloß an ihn denke, wird mir schon ganz mulmig. Haben Sie inzwischen herausgefunden, wer dieser Mustafa ist?«

Die Antwort darauf behielt Karim lieber für sich.

»Hey, was soll das?«, fuhr Mokhtar verärgert fort. »Vertrauen Sie mir etwa nicht? Ich setze mich hier großer Gefahr aus, indem ich mich mit Ihnen sehen lasse!« Eine hartnäckige Hustenattacke überfiel ihn, die damit endete, dass er eine gehörige Menge Schleim ausspuckte.

Karim verzog das Gesicht und schob einen Fünfzig-Dirham-Schein unter Mokhtars Glas. »Gehen Sie zum Arzt.«

»Ärzte sind doch nur Lügner und Diebe«, sagte Mokhtar,

faltete den Schein ordentlich zusammen und verstaute ihn in seinem Beutel.»Gegen den Ostwind kann kein Arzt der Welt etwas ausrichten. Da hilft bloß ein richtig bewirkter Fluch oder Cannabis-Konfekt. Schon mal *majoun* probiert? Ich gebe Ihnen das Rezept, wenn Sie möchten.«
Während Mokhtar weiter ohne Unterlass entweder redete oder ausspuckte, liefen sie in die Altstadt hinunter, wo sich erst vor dem *cyber* ihre Wege trennten.

Karim betrat das Internetcafé, dessen Besitzer ihn sofort wie einen alten Freund begrüßte. Wenige Minuten im Netz genügten, um eine Website zu finden, mit der Karim die Bewegungen sämtlicher Containerschiffe weltweit nachverfolgen konnte. Die *Mustafa* lag derzeit in Cádiz. Gestern hatte sie um 17:50 Uhr am Eurogate-Terminal von Tanger-Med festgemacht und in der Nacht von Abdous Verschwinden um 18:28 Uhr – unmittelbar nach dem Auslaufen der *Emma Maersk*. Im März dieses Jahres hatte sie Terminal 2 alle paar Tage einen Besuch abgestattet, am 5., 10. und 17. des Monats, stets zwischen 17:50 Uhr und Mitternacht. Abdou hatte in seinen Notizen bestimmt die Zwölf-Meilen-Zone gemeint. Irgendetwas taten sie auf der *Mustafa*, sobald sie die marokkanischen Gewässer verlassen hatten. Aber was?

Karim schaute sich im *cyber* um. Abgesehen vom Besitzer und drei Halbwüchsigen, die kichernd vor einem Bildschirm hockten, war der Raum leer. Er schrieb Daten und Uhrzeiten der *Mustafa* in Abdous Notizbuch – es fühlte sich gut an, seine Aufzeichnungen fortzuführen –, trat vor die Tür und blickte sich aufmerksam um. Ein dick vermummter Obstverkäufer kämpfte gegen den Wind an und versuchte zu verhindern, dass die Mandarinen von seinem Karren rollten. Ein Mädchen trottete mit einer Platte voller Teigkugeln zum Backhaus und hielt dabei mit einer Hand das flatternde Abdecktuch fest. Außer dem Wind war nichts Außergewöhnliches zu erkennen. Karim konzentrierte seinen Blick auf zwei Männer vor einem Bekleidungsgeschäft, deren Gesichter hinter herunterhängenden Fußballtrikots verborgen blieben. Ein Windstoß erfasste ein Barcelona-Trikot mit Messis Nummer 10, und ein Chinese und ein riesenhafter Marokkaner mit schiefem Grinsen sahen ihn an. Blitzschnell machte Karim auf dem Absatz kehrt und eilte durch die Gasse davon. Dieser miese Dreckskerl! Er duckte sich hinter die endlose Reihe Sporttops und Jogginghosen, die vor den Geschäften von Bügeln baumelten. Da die Kleiderläden sich auf dieser Seite der Gasse nahtlos aneinanderreihten, hielt sich Karim einfach ganz rechts, um für seine Verfolger unsichtbar zu bleiben. Mit schnellen Schritten sprang er von einem Geschäft ins nächste, dann vorbei an Schneidereien und winzigen Schusterbuden. Er schlängelte sich durch eine Gruppe Touristen, die einem Stadtführer lauschte, und weiter zwischen Karren voller Erdbeeren und Minzbündel hindurch. Sobald der Weg abschüssig wurde, folgte er ihm Richtung Meer. Mittlerweile fand er sich gut in der Stadt und ihrem Labyrinth aus Gässchen zurecht. Als er an dem Barbierladen vorbeikam, in dem er mit Mokhtar gewesen war, schaute er sich rasch um und huschte hinein.

»*Aji!*«, rief Salma in ihrem Einsatzanzug vom Exerzierplatz aus. »Mach schon. Wir kommen noch zu spät!«

Missmutig stapfte Ayesha ihr nach. All ihre bisherigen Probleme schrumpften zu Bagatellen verglichen mit dem katastrophalen Verschwinden des Handys. Sie wagte es gar nicht, Salma davon zu erzählen. Jedes einzelne Buch in der Bibliothek hatte sie herausgezogen, um sicherzugehen, dass es nicht hineingerutscht und zwischen den Seiten eingeklemmt worden war. Blieb nur eine Erklärung: Jemand war in der Bibliothek gewesen, als sie das Handy versteckt hatte. Sie hätte sich selbst in den Hintern treten können für die Dummheit, das nicht erst überprüft zu haben. Was ließ sich im Speicher eigentlich finden, überlegte sie ... vier Anrufe von ihrer beziehungsweise an ihre Mutter, ihr Hilfsangebot an Karim und dessen extrem verdächtige Textnachricht, in der von Mustafa, Abderrahim und Mohammed Mansouri die Rede war. O Gott.

Ihre Mitschüler warteten bereits vollzählig am Hindernisparcours. Die Strecke war schwer und verlangte großes Durchhaltevermögen. Daoud, der junge Ausbilder mit der schiefen Nase, blies in seine Pfeife, und die beiden jungen Frauen stellten sich an die Startlinie. Der Lauf wurde gestaffelt absolviert, wobei alle fünfzehn Sekunden ein Kadett startete und die beiden Frauen den Anfang machten. Salma war gerade halb durch das Hangelgerüst, als Ayesha ihr folgte. Der Parcours nahm all ihre Aufmerksamkeit in Anspruch, und in den nächsten achtzehn Minuten war jeder ihrer Gedanken allein darauf ausgerichtet, möglichst schnell ins Ziel zu kommen. Durch Regen und Schweiß waren die Holme zwar rutschig, aber Ayesha hatte einen festen Griff, und schon bald hatte sie Salma eingeholt.

»Schneller!«, feuerte Ayesha sie an. »Mit den Beinen arbeiten! Und vor- und zurückschwingen, schau her!«

Salma schaffte es sicher bis zum Ende des Gerüsts, und die beiden Freundinnen sprinteten zu den nächsten drei Hürden, die sie ohne Mühe übersprangen. Es folgte eine 2,40 Meter hohe Mauer. Salma versuchte sich hochzuziehen, besaß aber nicht die gleiche kräftige Oberkörpermuskulatur wie Ayesha. Der Ausbilder, der nebenherlief, blies in seine Pfeife, um Salma zu signalisieren, das Hindernis auszulassen und direkt zum nächsten zu gehen. Währenddessen schwang Ayesha in einer einzigen flüssigen Bewegung den rechten Fuß über die Mauer, rollte ihren Körper über die Kante, sprang auf der anderen Seite hinunter und spurtete weiter zum Gitterwerk aus Stacheldraht. Sie warf sich flach auf den Boden und robbte mit den Ellbogen vorwärts. Salma blieb mit ihrem Anzug am Stacheldraht hängen und musste kurz anhalten, um sich zu befreien. Hinter ihnen konnten die jungen Frauen bereits das angestrengte Schnaufen ihrer Mitschüler hören. Der Ausbilder trieb die Klasse mit drei scharfen Pfiffen zur Eile an.

Das letzte Hindernis bestand aus einer sechs Meter hohen Bretterwand mit Knotenseilen zu beiden Seiten. Für müde Arme eine echte Herausforderung. Ayesha war fest entschlossen, den Männern nicht die Genugtuung zu bereiten, sie zu überholen. Sie hangelte sich mit aller verbliebenen Energie das erste Seil hoch, kletterte über die Kante, ließ sich blitzartig am zweiten Seil hinunter und schoss über die Ziellinie. Kaum angekommen, schnellte sie herum und feuerte ihre Freundin an.

»Na los, Salma, du schaffst das!«

Salma zwang ihren erschöpften Körper das Seil hinauf. Sie war mit ihren Kräften vollkommen am Ende.

»Komm schon ... nur noch ein kleines Stück!«

Salma schwang die Beine über die Kante und begann vorsichtig, von einem Knoten zum nächsten herunterzuklettern. Aus drei Metern Höhe sprang sie plötzlich zu Boden, überschlug sich bei der Landung mehrmals, rappelte sich wieder auf und überquerte taumelnd die Ziellinie, wo sie sich mit Ayesha abklatschte, unmittelbar bevor der erste Mitschüler eintraf. Nachdem alle den Parcours absolviert hatten, stieß Daoud einen langen Pfiff aus, woraufhin Ayesha und Salma sich mit vier anderen in einer Reihe aufstellten, die anderen in zwei Sechserreihen dahinter. Während Daoud bekannt gab, welche Laufdisziplinen am nächsten Tag auf dem Programm standen, spürte Ayesha einen leichten Stoß in ihrem Rücken. Direkt hinter ihr stand Hakimi. Sie folgte seinem nach unten gerichteten Blick. Halb verborgen in seiner Hand, sodass nur sie es sehen konnte, lag ihr schwarzes Nokia.

Karim warf sich in den erstbesten freien Frisierstuhl und behielt dabei durch den Spiegel das Fenster zur Gasse im Auge.

»Gesicht einseifen ... sofort!«, rief er.

Der bucklige Barbier sah ihn verdutzt an.

»Aber ...«

»Rasch, tun Sie es einfach!«, bellte Karim.

Wortlos legte der Mann ihm ein Tuch um, band es im Nacken zusammen und schaltete den Wasserkocher ein.

»Sparen Sie sich das mit dem warmen Wasser«, zischte Karim. »Einfach Seife ins Gesicht!«

Der Barbier tupfte Karim mit den Fingern Rasiercreme auf Hals und Wangen und schäumte sie mit dem Pinsel auf. Sobald sein Gesicht zur Hälfte unter einer dicken Schaumschicht verborgen war, löste sich die Anspannung bei Karim ein wenig. Wer jetzt vorbeikam, würde nur einen harmlos wirkenden Kunden sehen, der eine Rasur erhielt.

Während der Barbier weiter einseifte, kam einer seiner Kollegen von einer Besorgung zurück, sagte etwas zu ihm und nahm seinen Platz ein.

»Dies ist nämlich mein Stuhl«, erklärte er.

Karim nickte. Beim *coiffeur* hatte jeder Barbier seinen eigenen Stuhl und reagierte entsprechend gereizt, wenn ein anderer seine Kunden bediente. Der neue Kollege machte einen sympathischen Eindruck mit seinem geölten Haar und dem breiten Lächeln. Karim überlegte seine nächsten Schritte. Die beiden Männer hatte er Gott sei Dank abgeschüttelt. Offenbar wussten sie nicht, dass er bei der Witwe Khoury untergekommen war – zumindest noch nicht. Aber Mokhtar wusste es. *Mokhtar!* Er hätte diesem elenden Halunken niemals über den Weg trauen dürfen. Mokhtar, mit seiner albernen Pfeife und diesem schmierigen Grinsen. Mokhtar wusste auch, dass er einen blauen Dacia fuhr, den er stets auf dem Parkplatz unterhalb des Continental abstellte.

Der Barbier neigte Karims Kopf zur Seite, straffte mit Zeigefinger und Daumen die Haut unterhalb der Lippe und kappte die schaumweichen Bartstoppeln mit der Präzision eines Chirurgen. Eine Schrecksekunde lang schoss Karims Puls in die Höhe – was durchaus normal ist, wenn man jemandem mit einem mörderisch scharfen Rasiermesser in der Hand den nackten Hals darbietet –, aber der Barbier führte nur zwei vorsichtige Schwünge mit der Klinge aus, dann tupfte er Karims Hals und Wangen mit einem feuchten Handtuch sauber.

»Den Schnurrbart stutzen?«, fragte er und griff nach einer langen Schere.

Karim nickte. Er beschloss, gleich Noureddine anzurufen und ihm zu berichten, was er über die *Mustafa* herausgefunden hatte. Unten auf dem Parkplatz gab es ein Münztelefon. Genau wie *cyber* waren Münztelefone eine aussterbende Spezies. Noureddine hatte leicht reden, wenn er ihm auftrug, beim nächsten Mal doch andere Kommunikationswege zu benutzen. Was sollte man denn tun, wenn nirgends mehr ein Münztelefon zu finden war, geschweige denn gar eine *téléboutique?*

Aua! Ein blendender Schmerz durchfuhr sein Gesicht. Es fühlte sich an, als wäre seine Nasenspitze explodiert. Der Barbier hatte das lange Scherenblatt in Karims rechtes Nasenloch gerammt. In letzter Sekunde war es Karim noch gelungen, die Hand des Barbiers zu packen, bevor die Spitze der Schere den Knochen zwischen Nasenhöhle und Hirn durchbohrte. Blut spritzte in alle Richtungen. Karim zuckte unwillkürlich zurück. Dabei hielt er das Handgelenk des Barbiers weiter fest umklammert und schlug mit der freien Faust um sich. Mit aller Kraft zwang er die Hand des Mannes Millimeter für Millimeter nach unten, bis die Schere – samt einem Schwall mit Knorpelstückchen durchsetztem Blut – wieder aus dem Nasenloch kam. Von Adrenalin und Wut berauscht, schnellte Karim aus dem Stuhl und schleuderte den Barbier mit solcher Wucht in das Glasregal, dass sämtliche Flaschen Aftershave herunterfielen und auf dem Boden zerplatzten.

Ein höllischer Schmerz schoss Karim von der Nase bis in den Unterleib. Die Hand des Barbiers tastete derweil auf dem Regal herum und bekam das noch immer geöffnete Rasiermesser zu fassen. Mit wilden Armschwüngen ging er auf Karim los. Von dem buckligen Kollegen oder sonst jemandem, der ihm zu Hilfe kommen konnte, war nichts zu sehen. Karim hätte liebend gern die Blutung in seiner Nase gestillt, brauchte im Moment aber beide Hände frei. Die Männer umkreisten einander kurz auf der Suche nach einer Lücke in der Deckung. Grunzend machte der Barbier einen Satz nach vorn, und die Klinge schlitzte durch Karims Kapuzenpullover. Prompt breitete sich ein roter Strich auf dem grauen Baumwollstoff aus. Der Barbier setzte zu einem zweiten Hieb an, rutschte jedoch auf dem blutverschmierten Boden aus und verlor das Gleichgewicht. Karim nutzte seine Chance, packte den Kopf des Mannes mit beiden Händen und knallte ihn mit dem Kinn voran gegen das Waschbecken. Dann packte er ihn am Nacken und rammte sein Gesicht mit aller Kraft in den Spiegel, der in ein Spinnennetz aus Scherben zersprang.

Während er mit einer Hand seine Nase zuhielt, taumelte Karim nach draußen.

»Um Gottes willen!«, hörte er jemanden rufen. »Was ist passiert?«

»Wir müssen ihn ins Krankenhaus bringen!«, rief eine andere Stimme.

Karim sank auf die Knie. Irgendjemand drückte ihm ein Bündel Papiertücher auf das Gesicht. Drei oder vier Männer standen um ihn herum, von denen einer anbot, die Polizei zu verständigen.

»Nein!«, keuchte Karim und presste sich jetzt selbst die Tücher gegen die Nase. »Bringen Sie mich nur in ein Krankenhaus!«

»Ich habe ein Auto!«, sagte der erste Mann.

Während er vorlief, halfen die anderen Karim bis zum Ende der Gasse. Dort packten sie ihn auf den Beifahrersitz und legten ihm eine Schachtel Papiertücher auf den Schoß. Er brachte es fertig, einen Stopfen zu formen und ins Nasenloch zu schieben. Mit zusammengekniffenen Augen saß er da und hatte das Gefühl, gleich vor Schmerz ohnmächtig zu werden.

»Kopf aufrecht halten!«, ermahnte ihn sein Fahrer.

»Gott segne Sie!«, antwortete Karim nur.

Wie der Wagen ausparkte, bekam Karim noch mit. Dann verlor er für einige Minuten das Bewusstsein, bevor er vage wahrnahm, dass sie die Neustadt erreicht hatten. Der Fahrer warf ihm immer wieder nervöse Blicke zu. Danach registrierte Karim erst wieder, dass sie vor einem Krankenhaus hielten. Der stechende Schmerz war inzwischen in ein dröhnendes Hämmern übergegangen, das ihm den Kopf zu zersprengen drohte.

»Pressen Sie die Hand weiter auf die Nase!«, schrie der Mann, während er Karim aus dem Wagen half. »Nein, nicht da lang! Wo wollen Sie denn hin?«

Karim schaute sich prüfend auf der Straße um, ob ihnen jemand gefolgt war. Sein Helfer fürchtete offenbar, dass die Schmerzen Karim bereits die Sinne verwirrten, und legte den Arm um seine Schulter.

»Komm mit, mein Bruder!«, sagte er betont ruhig. »Gut möglich, dass es in der Notaufnahme eine lange Warteschlange gibt.«

Nach der Unterrichtseinheit bat Daoud die beiden jungen Frauen, noch kurz dazubleiben. Der Ausbilder war ein freundlicher Mensch und wollte sich erkundigen, wie die Schülerinnen mit den physischen Anforderungen des Programms zurechtkamen. Ayesha hätte die Sache gerne möglichst schnell hinter sich gebracht, aber Salma begann ein ausführliches Gespräch über Nährwerte und Speisepläne, und als sie endlich gehen konnten, war Hakimi nirgends mehr zu sehen. Erst kurz vor dem Mittagessen fand Ayesha ihn im Fernsehraum, wo er mit einem Mitschüler Tischfußball spielte.

»Gib es zurück!«, zischte sie leise.

»Was soll ich zurückgeben?«

Ayesha blickte sich um. Ein paar der Anwesenden verfolgten die Sendung im Fernsehen, die meisten jedoch beobachteten sie. Der Fernsehraum war ein typischer Männertreff, den Schülerinnen nur selten aufzusuchen wagten.

»Gib es zurück!«, wiederholte sie.

Hakimi drehte energisch den Kickergriff.

»Meine Angelegenheiten gehen dich einen Dreck an«, sagte sie mit bebenden Lippen.

Hakimi schoss ein Tor und jauchzte laut auf.

»Wem hast du davon erzählt?«, fragte sie. »Was willst du?« Tränen der Verzweiflung traten Ayesha in die Augen. Wenn Hakimi das Handy abgab oder es auch nur einem Mitschüler gegenüber erwähnte, war es aus mit ihrer Karriere bei der Polizei.

»Was willst du?«, sagte sie erneut. Inzwischen gelang es ihr nicht mal mehr, so zu tun, als hätte sie die Situation im Griff. Schweiß stand ihr auf der Stirn, und ihre wackligen Beine drohten jeden Moment nachzugeben.

Behutsam manövrierte Hakimi eine seiner Spielerfiguren hinter den Ball und rollte ihn langsam einige Male hin und her, bevor er ihn mit einer blitzschnellen Bewegung seines Handgelenks zur Seite zog und ins gegnerische Tor knallte.

»Habe ich noch nicht entschieden.«

Das Hôpital Mohammed V. unterschied sich nicht sonderlich von all den anderen unterfinanzierten Krankenhäusern im Königreich. Ein klappriger Notarztwagen stand vor einem überfüllten Wartebereich voll schwangerer Frauen und jammernder Kinder. Es gab einen Mann, dessen Gesicht noch übler zugerichtet war als das von Karim, und diverse Hilfesuchende, die auf Krücken lehnten oder stöhnend in Rollstühlen hingen.

»Ich flehe Sie an, ich sterbe gleich!« – »Ich komme jeden Moment nieder!« – »Bitte, sehen Sie sich mein kleines

Mädchen an!« – »Möge Gott Ihre Eltern segnen!« – »Geben Sie mir doch etwas gegen diese Schmerzen!«

Da kein Sitzplatz mehr frei war, stellte Karim sich mit seinem Retter, der Ahmed hieß, an ein Fenster, in dem zwei Scheiben fehlten. Karims Nase hatte inzwischen aufgehört zu bluten. Eher noch verstärkt hatte sich dafür dieser hämmernde Schmerz, der sich mit jedem Pulsschlag zu wiederholen schien. Ahmed war es gelungen, vier Paracetamol und einen Becher Wasser aufzutreiben. Eine gestresst wirkende Krankenschwester und ein Mann in einem weißen Kittel liefen zwischen den Patienten herum und bestimmten die Dringlichkeit der Fälle. Hätte er seinen Dienstausweis gezückt, wäre Karim womöglich bevorzugt behandelt worden, aber da seine Verletzung nicht lebensbedrohlich war, wartete er wie alle anderen, bis die Reihe an ihn kam.

Die stundenlange Wartezeit nutzte Ahmed, um Karim seine Lebensgeschichte zu erzählen. Er wohnte mit seiner Frau und seinen beiden Kindern in Colline du Charf. Das erste Kind war in genau diesem Krankenhaus zur Welt gekommen. Voller Verbitterung schilderte er, wie die Geburt, obwohl sie der Hebamme Geld zugesteckt hatten, so verpfuscht worden war, dass seine Frau danach vierzehn Jahre lang nicht mehr schwanger wurde. Ihr zweites Kind war erst vor zehn Monaten auf die Welt gekommen, *alhamdulillah*.

Als der Arzt endlich Zeit fand, den Strahl seiner Stiftlampe in Karims Nasenloch zu richten, war Ahmed bereits zum Abendessen nach Hause gefahren. Der Arzt bestätigte, dass weder Scheidewand noch Siebbein beschädigt waren, bereitete Karim jedoch darauf vor, dass es eine Woche dauern würde, bis er wieder durch das rechte Nasenloch atmen konnte. Die Wunde würde auch ohne Schließung durch Kauterisation problemlos verheilen, sofern Karim darauf achtete, die Nase täglich mit Salzwasser zu spülen. Da Karim keine Antibiotika wollte, verließ er wenig später das Krankenhaus nur mit einer Tube antiseptischer Wundcreme, einem Beutel Wattestöpsel und fünfzig Paracetamol.

Er hielt ein Taxi an und ließ sich zu seinem Auto bringen, das wie immer auf dem Parkplatz gegenüber dem neuen Hafen stand. Im Dacia klappte er die Sonnenblende herunter und betrachtete im Spiegel das blaue Auge und die geschwollene Nase. *Gott verfluche seine Feinde!* Er schluckte vier Paracetamol, fuhr durch die Stadt bis nach Casabarata und parkte vor Simos Haustür. Er wäre fast unter einem Container zerquetscht worden, hatte eine Schere in die Nase gerammt bekommen, sein Handy hatte man angezapft und seinen besten Freund umgebracht. Die Zeit für einsame Heldentaten war vorbei. Morgen früh würde er der Geheimpolizei den Fall übergeben. Eine letzte Sache musste er vorher allerdings noch erledigen: Simo zur Rede stellen. Er würde dem Polizeichef die Meinung sagen, ein für alle Mal.

Karim entfernte die SIM-Karte aus seinem Handy, schaltete es wieder ein und scrollte zu Simos Nummer. Er stieg aus, lief zum nächsten Münztelefon und wollte gerade Geld einwerfen, als das Telefon klingelte. Vor Verblüffung starrte Karim den Hörer erst einige Sekunden an, bevor er ihn schließlich abnahm.

»Ja?«
»Karim? Hier ist Simo.«
»Woher ... woher wissen Sie, dass ich hier bin?«
»Unwichtig«, erwiderte der Polizeichef. »Hören Sie genau zu. Nehmen Sie die Straße vor meinem Haus in Richtung *centre ville*, biegen Sie an der nächsten Kreuzung links

ab, dann die zweite Querstraße rechts. Kurz darauf sehen Sie ein Hinweisschild zum *Hammam Tingis*. Da drin treffen wir uns um neun, und ich erzähle Ihnen alles.«

Es war der schlimmste Tag, den die Welt je erlebt hatte. Eine Sekunde bebte sie vor Zorn auf Khalid Hakimi, in der nächsten geißelte sie sich selbst dafür, dass sie beim Verstecken des Handys in der Bibliothek nicht genügend aufgepasst hatte. Nach einer Weile begann Ayesha noch ein anderer Gedanke Kopfzerbrechen zu bereiten. Ihr fehlte nun jede Möglichkeit, mit Karim in Kontakt zu treten und ihm zu berichten, was passiert war. Früher oder später würde Karim gewiss eine Textnachricht schicken, womit Hakimi nur noch mehr gegen sie in der Hand hätte. So schrecklich es auch klang, aber ihr blieb jetzt bloß die Hoffnung, dass Hakimi eher zum Erpressen als zum Petzen neigte.

Am Nachmittag suchte Hakimi während des Unterrichts Blickkontakt und tätschelte bedeutungsvoll seine Hosentasche. Es bereitete ihm offensichtliches Vergnügen, sie leiden zu sehen. Den ganzen Tag über hatte Salma nachgebohrt, was denn mit ihr los sei, und am Ende beichtete Ayesha ihr alles. Salma lauschte mit entsetzter Miene.

»Du musst zu Choukri!«, riet sie eindringlich. »Gib zu, dass es dein Handy ist! Erzähl ihm, dass deine Mutter todkrank ist und du deshalb in ständigem Kontakt bleiben musst!«

»Das kann ich nicht«, erklärte Ayesha mit viel Überwindung. »Er würde die Nachrichten lesen und feststellen, dass ich auch mit Karim Kontakt hatte.«

»Lass uns die Sache mal ganz in Ruhe durchdenken«,

schlug Salma vor. »Hakimi ist nicht unbedingt der Hellste. Wir wissen, dass sich auf dem Handy seine Fingerabdrücke befinden. Gibt es, abgesehen von den beiden Namen und Telefonnummern, die du erwähnt hast, auf dem Gerät noch irgendwas, das dich damit in Verbindung bringt?«

Ayesha versuchte, sich daran zu erinnern, ob Karim im Text ihren Namen benutzt hatte. Sie glaubte nicht.

»Na bitte!«, rief Salma aus. »Also kann keiner beweisen, dass das Handy dir gehört oder dass du diese Leute kennst – Mansouri, Abderrahim, Mustafa.«

»Aber Abderrahim ist mein Bruder!«

»*Thünay*, nur die Ruhe! Abderrahims gibt es viele, und Mustafas und Mansouris auch. Und was Karim betrifft ... na ja, woher soll denn jemand wissen, ob nicht auch Hakimi ihn kennt?«

»Und die Nummer meiner Mutter?«, fragte Ayesha.

»Tja, das ist ein Problem«, gestand Salma und grübelte einen Moment. »Du musst einfach mit Choukri reden. Choukri ist ein anständiger Kerl. Leg dein Schicksal in seine Hände. Was bleibt dir anderes übrig? Sonst treibt Hakimi sein teuflisches Spiel bestimmt noch tage- oder wochenlang. Gott bewahre, er könnte sogar versuchen, dich zu zwingen, mit ihm zu schlafen! Und wenn er dich am Ende so richtig gedemütigt und erniedrigt hat, gibt er das Handy womöglich trotzdem der Schulleitung. Dann hättest du alles verloren!«

Doch Ayesha ging nicht zu Choukri. Stattdessen verbrachte sie den Rest des Tages damit, Hakimi im Auge zu behalten und auf eine Gelegenheit zu warten, ihn allein zu sprechen. Um halb sechs, als der Unterricht beendet war, sah sie ihre Chance allmählich kommen, denn Hakimi trennte sich von seinen Freunden und schlenderte allein zurück ins Wohnheim. Ayesha folgte in sicherem

Abstand. Geräuschlos bog sie in den Flur und bekam mit, wie er durch die Tür zur Männerdusche verschwand. Ohne auch nur für einen Moment zu überlegen, welche Folgen es haben würde, wenn man sie erwischte, schlich sie ihm hinterher. In dem L-förmigen Umkleideraum, der bedeutend größer war als der in der Frauendusche, gab es Holzbänke, Milchglasfenster und eine spitz zulaufende Decke mit Querbalken. Rechts schlossen sich einige Duschen an, links die Toilettenkabinen. Eine der Klotüren war zugesperrt, ansonsten schien der ganze Raum menschenleer.

So leise wie möglich huschte Ayesha in die Nachbarkabine, setzte sich auf die Klobrille und lugte ganz vorsichtig unter der Abtrennung hindurch. Hakimis Hose baumelte ihm um die Knöchel. Die tarnfarbene Einsatzuniform, die alle Kadetten besaßen, bestand aus schwerem Mischgewebe, war weit geschnitten und hatte breite Gürtelschlaufen. So wie Hakimis Hose auf dem Boden lag, musste sich die Hosentasche mit ihrer Öffnung direkt bei der Trennwand befinden.

Mit angehaltenem Atem kniete Ayesha sich neben die Kloschüssel und tastete mit zwei Fingern behutsam am Bund entlang, ohne die kleinste Falte zu bewegen. Schweißperlen traten ihr auf die Stirn. Ihre Fingerkuppen berührten etwas ... eine glatte, harte Oberfläche ... *alhamdulillah*, sie hielt das Handy zwischen ihren Fingern! Gerade als sie es zu sich ziehen wollte, spürte sie plötzlich einen eisernen Griff um ihr Handgelenk.

Sie versuchte sich loszureißen, aber sie hing fest. Im nächsten Augenblick zog Hakimi mit solcher Kraft, dass sie mit dem Gesicht gegen die Trennwand knallte. Der Kloschüssel neben ihrem Kopf entströmte durchdringender Uringeruch.

Hakimi begann mit seiner anderen Hand, ihr den Zeigefinger zurückzubiegen. Der Kerl wollte ihr die Finger brechen! Vor Schmerz traten ihr zwar Tränen in die Augen, doch sie war fest entschlossen, weder zu betteln noch zu schreien. Dann, ebenso plötzlich wie es begonnen hatte, ließ Hakimi sie los. Es war, als ob er die ganze Sache von Anfang an geplant hatte und jetzt die Lust daran verlor. Ayesha zog rasch den Arm zurück und untersuchte ihre Finger. Nebenan rauschte die Spülung, und die Tür wurde geöffnet. Sie hörte, wie Hakimi sich die Hände wusch und der Handtrockner dröhnte. Sobald die Tür zum Waschraum ins Schloss fiel, stand Ayesha auf, strich die Uniform glatt und machte, dass sie davonkam.

»*Labas?*«, flüsterte Salma, als sie sich zum Essen in der Mensa trafen. »Alles in Ordnung?«

Ayesha schüttelte unglücklich den Kopf. Hakimi saß auf der anderen Seite des Raums und unterhielt sich lachend mit seinen Freunden. Ayesha rührte ihren Blattsalat mit Tomaten, hart gekochtem Ei und Zwiebeln nicht an. Auch die Hühnchen-*seffa* mit Zimt kam und wurde abgeräumt, ohne dass ein Bissen fehlte. Salma sprach mit einem Mitschüler über eine bevorstehende Nachtübung. Ayesha starrte mit glasigem Blick ins Leere. Im Geiste ging sie bereits die Folgen eines Rauswurfs aus der Akademie durch. Die Schande, nach Marrakesch zurückzukehren und Lalla Fatima und ihrer Mutter alles zu gestehen. Die Notwendigkeit, sich irgendeine stumpfsinnige Beschäftigung zu suchen, wie Khadija sie hatte. Der selbstzufriedene Ausdruck auf Abderrahims Gesicht, wenn sie es ihm erzählte. Und Karim! Seine Situation war extrem gefährlich, und ihr fehlte jede Möglichkeit, ihn zu warnen.

Dann, als alle mit dem Schokoladenpudding beschäftigt waren, geschah das Undenkbare.

Brrinng.
Im ganzen Saal verstummten die Gespräche. Keiner wagte es, sich zu rühren. Plötzlich brach Aufregung am anderen Ende des Raums aus, wo Hakimi voller Panik das Handy aus der Tasche gezogen und auf den Tisch geschleudert hatte. Ayesha begriff sofort zwei Dinge: Zum einen musste Hakimi oder sein Komplize beim Herumtasten hinter dem Buchregal versehentlich den Klingelton angestellt haben. Zum anderen bedeutete dieser Anruf, sofern er von Karim kam, dass es sich um einen Notfall handelte und er in Lebensgefahr schwebte.

»Nun, Kadett Hakimi? Wollen Sie nicht abnehmen?«

Es war die Stimme von Colonel Lalami, die durch den Raum schallte. Er leitete die Schusswaffenausbildung und war bei allen Schülern ebenso gefürchtet wie verhasst. Selbst Karim, immerhin bester Schütze seines Jahrgangs, hatte Lalami nicht gemocht. Der Colonel lächelte nie, lobte nie und ermutigte nie.

Hakimi fingerte am Handy herum und schaltete den Ton aus. Ayeshas erster Schreck legte sich ein wenig, da ihr klar wurde, dass inzwischen hauptsächlich Hakimis Fingerabdrücke auf dem Gerät sein mussten. Sie hatten heute spät zu Abend gegessen. Ihre Uhr zeigte bereits zwanzig vor acht. Bestimmt hatte Karim geglaubt, dass sie schon auf ihrem Zimmer war.

Colonel Lalami erhob sich vom Ausbildertisch. Er trat an Hakimis Tisch, nahm das Nokia – noch mehr Fingerabdrücke, dachte Ayesha erleichtert – und bedeutete Hakimi mit einer Handbewegung, ihm zu folgen. Im Hinausgehen schaute Hakimi in Ayeshas Richtung. Es war unmöglich zu sagen, ob eher Verzweiflung oder Triumph in seiner Miene lag.

Ayeshas Anschluss klingelte zwar beharrlich, aber sie meldete sich nicht. Karim hätte gerne ihre Stimme gehört. Irgendwie wurde er das Gefühl nicht los, dass dies seine letzte Gelegenheit sein könnte. Mit einem tiefen Seufzer legte er den Hörer auf und kehrte zu seinem Wagen zurück. Es war 19:45 Uhr. Der dumpf wummernde Schmerz, der von seiner Nase ausging, schien sich in seinem tiefsten Innern einzunisten. Die vielen Schmerztabletten machten ihn schläfrig, und so schob er die CD in die Musikanlage und lauschte dem erhabenen Wehklagen von Fairuz.

Nach einer halben Stunde wendete er in Simos Einfahrt und rollte gemächlich die Avenue Moulay Abdelhafid hinunter. An einer Tankstelle legte er eine Pause ein, tankte voll und trank noch zwei *nuss-nuss* im Bistro. Kurz vor neun bog er von der Avenue ab, sah ein Werbeschild des *hammams* und parkte an der Straße. Bevor er ausstieg, klappte er die Sonnenblende herunter, tauschte die blutige Tamponade in seinem Nasenloch vorsichtig gegen eine frische aus, schluckte zwei weitere Paracetamol und überprüfte seine Waffe.

Auf der Mauer neben dem *hammam* prangten die etwas grobschlächtig geratenen Profile einer Frau und eines Mannes. Badegäste mit Handtüchern um den Kopf und Plastikeimern in der Hand kamen ihm aus dem Männereingang entgegen. In einem Vorraum bezahlte Karim an der Kasse zwölf Dirham Eintritt und fünf Dirham für ein Handtuch.

»*Kessa? Sabun?*«, fragte der Kassierer, während er Karims deformiertes Gesicht musterte. »Handschuh? Seife?«

»Nein, vielen Dank.«

Karim betrat einen kleinen Umkleideraum mit Holzboden, setzte sich auf eine Bank und begann, sich zu entkleiden. Seine gereizten Sinne reagierten auf jede Bewegung, jedes kleinste Geräusch. Es roch nach Talkumpuder.

Zwei Männer unterhielten sich über die Zugewinne der Islamisten bei den letzten Wahlen, während ein dritter – ein großer, schlaksiger – in weißem Slip dastand und sich die Achseln einsprühte. Ein alter Mann bat Karim um Hilfe beim Öffnen des Zahlenschlosses an seinem Spind. Mit Ausnahme des Alten schenkte keiner der Anwesenden Karim die geringste Aufmerksamkeit.

Nachdem Karim sich bis auf die Shorts ausgezogen hatte, ging er zurück in den Vorraum und kaufte doch einen Peelinghandschuh. In der Umkleide ließ er seine Waffe unbemerkt im Handschuh verschwinden, legte seine übrigen Sachen auf der Bank zusammen und steuerte den Durchgang zum Bad an. Er ignorierte das von Übelkeit und Angst verursachte Schwindelgefühl und schob sich durch den Vorhang aus dicken PVC-Streifen.

Der erste Raum mit dem rutschigen weißen Boden war leer und bildete eine Art lauwarme Zwischenstufe zum zweiten, in dem die enorme Hitze sein Naseninneres im Nu zu verbrühen schien. Rasch legte Karim zum Schutz gegen den Dampf eine Hand über die Nasenlöcher und tappte weiter zu den beiden schwarzen Baueimern an der Wand. Nachdem er seinen bleischweren Handschuh in einem der leeren Eimer verstaut hatte, füllte er den anderen mit warmem Wasser. Als er randvoll war, schleppte er beide in den dritten Raum, wo die Dampfschwaden sogar noch dichter waren.

Er setzte sich mit dem Rücken zur Wand auf den Boden und bemerkte erst jetzt zwei andere Männer ihm gegenüber. Der eine lag mit geschlossenen Augen ausgestreckt auf dem Rücken. Der andere saß neben dem Eingang und blickte in Karims Richtung. Er hatte einen durchtrainierten Oberkörper und muskelbepackte Arme. Das einzige Geräusch kam von dem Wasser, das von einem Hahn in ein

Becken tropfte. Der erste Mann richtete sich auf und leerte einen vollen Eimer mit so viel Schwung über seinem Kopf, dass das heiße Wasser über den Kachelboden bis zu Karims Füßen schwappte. Der große Kerl starrte ihn dabei nur weiter teilnahmslos an und kratzte sich über die Brustmuskeln. So viel war klar, gegen diese beiden Gorillas hatte er nicht die geringste Chance. Sie würden keine Minute brauchen, um ihn zu überwältigen.

Mächtige Schwaden quollen vom Boden auf, und Karim rutschte ein Stück an der Wand entlang, um die Männer nicht aus den Augen zu verlieren. Sein Körper war inzwischen schweißnass. Er spritzte sich Wasser ins Gesicht, obwohl der Arzt ihn ausdrücklich vor der Gefahr einer Infektion gewarnt hatte. Seine Nase schmerzte höllisch. Es fühlte sich an, als würde man seine Hirnmasse mit einem langen Haken durch die Nasenhöhle herausziehen – wie bei einem ägyptischen Pharao, der zur Mumifizierung vorbereitet wurde. Schon in der Schule hatten ihn Geschichten über die Pharaonen fasziniert. Diese edlen Gestalten waren frühe Bewohner Nordafrikas, waren Amazigh genau wie er. Und beim Anblick von Ayesha mit ihren vollen Lippen und großen Augen glaubte er manchmal, Kleopatra selbst vor sich zu haben.

Bei den Sieben Heiligen! Die beiden Männer waren nicht länger an ihrem Platz. Wohin waren sie verschwunden? Karim zog seine Waffe, sprang auf und wedelte die Schwaden zur Seite. Er rechnete damit, dass die Männer sich jeden Moment auf ihn stürzen würden. Vorsichtig lugte er in den Vorraum. Kein Zweifel, die beiden waren verschwunden. In der Umkleide lagen Handtücher und Handschuhe wild auf dem Boden verstreut, als ob jemand es sehr eilig gehabt hätte.

Karim packte seine Pistole mit beiden Händen und schlich zurück in den Dampfraum, um auf Simo zu warten.

Er setzte sich, schloss die Augen und rezitierte die 108. Sure zum Schutz gegen Feinde. Als er die Augen wieder öffnete, war da ein Streifen rot gefärbtes Wasser neben seinen Füßen. Er legte den Finger an die Nase, weil er befürchtete, die Watte der Tamponade könnte durchnässt sein. Dann stand er auf, um nachzusehen, ob er sich sonst eine Verletzung zugezogen hatte. Aber das Blut floss, wie er jetzt feststellte, nicht von ihm fort, sondern zu ihm hin. Er folgte der Spur, die immer breiter und röter wurde, bis ihm das pure Blut entgegenströmte. Es schien unten aus der Wand mit dem Wasseranschluss zu kommen ... nein, es floss *um* die Wand herum. Karim lichtete die Dampfschwaden mit ein paar rudernden Armbewegungen und erkannte, dass es einen vierten Raum gab, den er bislang gar nicht bemerkt hatte. Der Dampf machte es unmöglich, weiter zu sehen als bis zu den ersten blutigen Fliesen hinter der Tür.

»Simo?«

Die rote Spur wurde immer zähflüssiger, und dann nahm Karim im Dunst eine Holzbank wahr, auf der ein nackter Mann saß. Obwohl er ihn nur von hinten sehen konnte, wusste Karim sofort, dass es Simo war. Karim trat auf die andere Seite der Bank. Simo lehnte mit offenen Augen schlaff gegen die Wand. Die Schnittwunde an seinem Hals reichte von einem Ohr zum anderen.

Ohne sich auch nur abzuduschen, hastete Karim zurück in die Umkleide, sprang in seine Sachen, rannte zum Wagen und raste mit quietschenden Reifen davon.

Oben in den Bergen war es kalt an diesem Abend. Die Männer hockten im Kreis ums Feuer und aßen einen Mischmasch aus Kichererbsen und Linsen.

Franco, der gekocht hatte, redete wieder mal über sein Lieblingsthema: Was er tun würde, wenn er es nach Spanien schaffte. Nach Madrid würde er gehen und dort als Kellner arbeiten – Tag und Nacht, wenn nötig –, bis er genügend Geld beisammen hätte, um ein eigenes Lokal aufzumachen. Er würde eine hübsche Spanierin mit großen Brüsten heiraten und mit seinem Sohn ins Stadion gehen, um sich Madrid gegen Liverpool anzusehen.

Danach ergriff Louis das Wort. Louis war stolz darauf, ein *sapeur* zu sein, ein Dandy. Früher hatte er sich bevorzugt in der Klubwelt von Brazzaville bewegt. In seinem Schlafsack bewahrte er ein Paar Schuhe aus Krokoleder auf, in denen er eines Tages über die Boulevards von Paris flanieren und die *mesdemoiselles* betören würde. Jetzt erhob er sich mit seiner ockergelben Kappe auf dem Kopf und prahlte theatralisch damit, was für gewaltige Preise er als Gigolo im Bois de Boulogne verlangen würde.

»Französische Frauen lieben Afrikaner mit Stil«, sagte er und ließ die Hüfte kreisen. »Ganz besonders die Damen auf der Rive Gauche. Da laufen nämlich die wirklich coolen Frauen rum. Man muss ihnen nur direkt in die Augen schauen. ›Come to me, chérie.‹« Er winkte seine imaginäre Pariserin heran.

Die anderen lachten amüsiert.

»Wenn du das machst, wirst du allenfalls verhaftet!«, warf Jean-François ein und stand ebenfalls auf. »Wollt ihr wissen, wie man eine Französin richtig anspricht?« Alle schrien zustimmend. Er vollführte eine tiefe Verbeugung und hob die Hand anbietend. »*Mademoiselle – vous avez les yeux d'un ange.* Sie haben die Augen eines Engels.«

Louis schob ihn beiseite. »*Non, non, non!*« Er übernahm die Pose des Verehrers. »*Mademoiselle, j'ai un problème avec mon portable – il manque ton numéro!*«

Ein klein gewachsener Siebzehnjähriger aus dem Senegal, den alle nur *Le Gosse* nannten, sprang auf und spielte die Rolle der Frau, indem er den Bund seines Kapuzenpullis wie ein Kleid zwischen die Fingerspitzen nahm und mit den Wimpern klimperte. »*Ah, monsieur, t'es trop charmant!*« Der Strahl von Scheinwerfern huschte über die Gruppe.

»Keine Panik«, beruhigte Jean-François die anderen. »Nur ein Lastwagen.« Sie hörten das knirschende Getriebe eines überladenen Lkw, der sich die steile Straße hinaufkämpfte. Die Männer setzten sich wieder, und schon bald verstummte das Motorengeräusch.

»Ich habe von einem Weg gehört, wie man rüberkommt«, sagte Amadou, der bis zu diesem Punkt schweigsam gewesen war. »Allerdings weiß ich nicht, ob's stimmt.« Die anderen sahen ihn erwartungsvoll an.

»Jemand aus dem anderen Camp hat mir davon erzählt«, fuhr er fort. »Am Rand von Tanger gibt es in einem Gebiet, das sich Free Zone nennt, eine Fabrik, die T-Shirts und Taschen herstellt. Sie brauchen Arbeiter für ihr Zentrallager in Spanien. Man muss in die Free Zone gehen, wo sie sich die Leute ansehen und entscheiden, ob man für die Arbeit geeignet ist. Dann bringen sie einen mit dem Schiff nach Cádiz. Beim Zentrallager in Spanien gibt es ein Wohnheim und all so was. Man muss drei Monate für sie arbeiten, dann bekommt man von ihnen den Pass zurück und kann verschwinden, wohin man will.«

»Sie verlangen, dass man den Pass abgibt?«, fragte Franco.

»Sofern du einen hast«, bestätigte Amadou mit einem Nicken. »Aber den bekommt man am Ende wieder zurück.«

»Wie bringen sie einen rüber?«

»In Seecontainern. Die vordere Hälfte wird mit Kleiderkartons gefüllt, und in der hinteren verstecken sie die

Leute hinter einer falschen Wand. Sobald sie das spanische Festland erreichen, wird der Container ins Zentrallager befördert.«

Einen Moment herrschte völliges Schweigen, dann redeten alle durcheinander. »Am Hafen gibt es doch Scanner!« – »Container werden kontrolliert!« – »Die Spürhunde würden uns entdecken!«

Franco bat mit erhobenen Armen um Ruhe. »Vielleicht haben sie ja die Wachleute bestochen. Oder die Container sind irgendwie gekennzeichnet, und beim Verladen ist klar, dass sie durchgelassen werden sollen.«

»Woher wissen wir, dass die Container nicht in Cádiz kontrolliert werden?«, fragte Joseph.

»Soweit ich gehört habe, werden weniger als zwei Prozent aller Container kontrolliert«, bemerkte Louis.

»Klingt irgendwie komisch, finde ich«, meinte Jean-François skeptisch. »Wir sollten unser Glück lieber in Agadir versuchen, und von dort mit einem Boot auf die Kanaren.«

»Agadir!«, schnaufte Franco. »Wie kommst du auf die Idee, dass wir in Agadir mehr Glück haben sollten? Ein Freund von mir war in Agadir, und er sagt, dass dort alle Boote zerstört und die *passeurs* umgebracht worden sind!«

»Wie wär's mit Melilla?«, schlug ein anderer vor.

»Da ist der Zaun noch schlimmer als in Ceuta«, warnte Franco mit finsterer Miene.

Amadou gab die Hoffnung noch nicht auf, sie überzeugen zu können. »Wir müssten auch nicht warten, bis das Meer ruhig genug ist oder der Mond scheint«, warb er. »Containerschiffe fahren bei jedem Wetter. Wir bekämen nicht einmal nasse Füße.« Er hob seine bandagierte Hand und fügte hinzu: »*Les mains non plus.*«

»Haben die Container denn irgendeine Lüftung?«, erkundigte sich *Le Gosse*.

»Ja«, antwortete Amadou. »Und Wasser bekommt man auch.«

»Die Reise dauert bestimmt ziemlich lange.«

»Acht Stunden.«

»Da braucht Louis wohl seinen seidenen Morgenmantel!«, witzelte Franco, und alle brachen in schallendes Gelächter aus.

Am Ende erklärte Jean-François: »Ich denke, einen Versuch ist es wert.«

Auf seiner Rückfahrt durch die Stadt wanderte Karims Blick immer wieder zum Funkgerät auf dem Armaturenbrett. Der Polizeichef von Tanger war ermordet worden. Man hatte ihm in einem *hammam* die Kehle aufgeschlitzt. Eigentlich übertraf nur die Moschee den *hammam* als Hort der Sicherheit und der Gemeinschaft. Auch wenn die örtliche Sûreté durch und durch korrupt war, entband ihn das nicht von der Pflicht, den Vorfall zu melden. Am Boulevard Mohammed VI. hielt er an und schaltete den Funk ein. Bevor er sich noch ansehen konnte, wie das Gerät genau funktionierte, krächzte die Stimme der Zentrale aus dem Lautsprecher.

»Der Verdächtige fährt ein blaues Zivilfahrzeug der Marke Dacia, amtliches Kennzeichen 69214-alef-40. Vorsicht, der Mann ist bewaffnet.«

Karim fiel die Kinnlade herunter. Die Zentrale meinte ihn! Sofort sprangen seine Gedanken zu dem alten Mann im *hammam* zurück. Karim hatte ihm beim Öffnen des Spinds geholfen … seine Fingerabdrücke mussten am Zahlenschloss sein, und im Innern hatte man gewiss das Messer gefunden, mit dem Simo getötet worden war. Entschlossen presste Karim die Kiefer zusammen und bog in eine Nebenstraße ab. Über Umwege und durch schmale Gassen, die nicht für Autoverkehr gedacht waren, fuhr er Richtung Bab Kasbah. Überall war es ruhig, *alhamdulillah*. An der Jnane el-Captane schaltete er den Motor aus, ließ sich das abschüssige Sträßchen hinunterrollen und bremste am Eingang zu der blau-weißen Seitengasse ab. *Bei sämtlichen Sieben Heiligen von Marrakesch und allen, die sie verehren!* Direkt vor dem Haus der Witwe Khoury parkte ein Polizeiauto.

Karim drehte den Zündschlüssel, raste rückwärts die Gasse hinauf, wendete so rasant, dass das Rollgitter eines Ladens darunter litt, und jagte mit Vollgas den Hügel hinauf. Hinter ihm tauchte mit jaulender Sirene der Streifenwagen auf. Karim bog scharf rechts ab, schrammte gegen irgendwelche Hindernisse und verlor beide Außenspiegel. Noch einmal rechts, dann links, und er fand sich in der winzigen Rue Dar Baroud wieder. Hinter dem Hotel Continental erschütterte den Dacia erneut ein von metallischem Kreischen begleiteter Schlag, bevor er aus der Medina herausschoss. Karim hielt das Gaspedal durchgedrückt, bis er die Küstenstraße nach Casiago erreicht hatte.

Es dämmerte bereits, als er die N16 verließ, den Wagen unter einer Kiefer abstellte und erschöpft in den Sitz zurücksank. Tief unter sich konnte er die Lichter von Ceuta ausmachen. Während die spanischen Familien noch in ihren Betten lagen und schliefen, hatte sich am Grenzübergang schon eine lange Schlange von Marokkanern gebildet, die den ganzen Tag damit beschäftigt sein würden, für ihre Arbeitgeber zu putzen, zu kochen und deren Kinder zur Schule zu fahren.

Der dröhnende Schmerz hinter Stirn und rechtem Auge hatte wieder zugenommen. Karim schluckte noch zwei Paracetamol und ersetzte die blutverschmierte Tamponade in seiner Nase. Nachdem er den Wagen mit einer Abdeckplane aus dem Kofferraum notdürftig getarnt hatte, nahm er sein Fernglas und machte sich zu Fuß auf den Weg.

Als er das Camp endlich fand, lag Joseph bereits schlafend unter einem aufgespannten Stück Plastikfolie. Karim streckte sich neben ihm aus, zog die Kapuze über den brummenden Schädel und schlief ein.

11

Am Freitagmorgen um Viertel vor sechs war es im Zimmer der beiden Polizeischülerinnen noch immer dunkel. Ayesha hatte die ganze Nacht kein Auge zugetan. Sie hätte all ihr Hab und Gut dafür gegeben, die Zeit zurückdrehen und das Handy an einem anderen Ort verstecken zu können. Kaum war der Pfiff zum Wecken ertönt, stand sie schon neben Salmas Bett.
»Was soll ich bloß sagen, wenn Lalami mich zu sich ruft?«
»Wie spät ist es denn?«, fragte Salma verschlafen und richtete sich blinzelnd auf.
»Lalami ist schon da!«, zischte Ayesha entsetzt. »Ich höre seine Stimme draußen im Flur!«
»Na und?«
»Und was ist mit Karim?«
»*Blesh*, vergiss Karim!«, erklärte Salma in entschiedenem Ton. »Allein um dich sollten wir uns jetzt Sorgen machen!« Sie stand auf und verschwand in der Toilette. Als sie eine Minute später zurückkam, fuhr sie unbeirrt fort: »Bleib einfach dabei! Weich nicht davon ab! So steht Hakimis Wort gegen deins. Alle in der Klasse haben gesehen, wie ihr euch in den Haaren hattet, einschließlich Colonel Choukri. Sollte er behaupten, dass es dein Handy ist, werden alle aussagen, dass er stinkwütend auf dich gewesen ist.«
»Aber das Handy ist doch meins!«, jammerte Ayesha.
»So darfst du einfach nicht denken! Das Ding hat nichts mit dir zu tun – so lautet deine Version!«

Auch Salmas eindringliches Zureden vermochte Ayesha nicht zu überzeugen. In zehn Minuten war Morgenappell, bei dem das gesamte Kadettenkorps, alle neunhundert Schüler, auf dem Exerzierplatz antreten würde. Wenn nur einer darunter sich nicht anständig rasiert oder seine Schnürsenkel nicht richtig zugebunden hatte, würde man ihn nach vorne kommandieren und vor allen anderen sechzig Liegestütze machen lassen. Frauen, die sich nicht an die Regeln hielten, wurden da nicht verschont. Vor zwei Wochen hatte Hafida, eine der anderen Frauen in ihrem Jahrgang, morgens ihr Barett vergessen und musste fünf Runden um den Platz drehen, während alle anderen ihre Übungen absolvierten. Wenn schon ein vergessenes Barett eine solche Strafe nach sich zog, was wäre dann wohl fällig für einen der schwersten Regelverstöße im Institut Royal de Police – ein eingeschmuggeltes Handy?

Ayesha war klar, dass sie ihr Schicksal an Hakimis Gesicht würde ablesen können. Ein Blick, und sie wüsste, ob es ihm gelungen war, ihr den Besitz des Handys anzuhängen.

Die beiden Frauen zogen ihre roten Trainingsanzüge an und banden sich die Haare zurück, wobei Ayesha mehrmals die Bürste aus der Hand fiel. Als sie auf den Gang traten, hörten sie aufgeregte Stimmen. Jemand rannte an ihnen vorbei. Am anderen Ende hatte sich eine Traube von Mitschülern gebildet. Ayesha befiel so eine Ahnung, dass der Wirbel bestimmt mit Khalid Hakimi zu tun hatte.

»Was ist passiert?«, fragte Salma einen sichtlich verstörten Kadetten in grünem Trainingsanzug.

Er schluckte schwer und murmelte etwas von »Duschraum«. Ayesha und Salma sahen einander an. Eine Stimme rief nach einem Sanitäter. Ayesha drängte sich an der Gruppe im Durchgang vorbei und rannte in den Männerflügel. Dutzende Kadetten in grünen, gelben und roten Trainingsanzügen reckten vor dem Eingang zum Duschraum die Köpfe. Es war der Raum, in den Ayesha gestern Hakimi gefolgt war. Sie zwängte sich tiefer ins Innere, stellte sich auf die Zehenspitzen, konnte aber nichts erkennen. Dann sah sie nach oben. Khalid Hakimi hing von einem der Deckenbalken mit einem Gürtel um den Hals. Seine Zunge hatte einen merkwürdigen Blauton angenommen.

Karim, Amadou und die anderen Muslime verrichteten die *salat* am Rand des Camps. Zum Abschluss ihrer Gebete wendeten sie sich einander zu und wiederholten jeweils die Worte »Friede und Gottes Segen mit dir«. Anschließend trank Karim mit Joseph in dessen Unterstand eine Tasse lauwarmen Zichorienkaffee. Obwohl Karims Nasenpartie geschwollen war und seine Augenhöhle sich eigentümlich schwarz-blau verfärbt hatte, fragte ihn niemand nach seinen Verletzungen. In einem Camp von Geflüchteten waren Hämatome und offene Wunden nichts Besonderes.

Gegen Mittag kletterte er zu einem Vorsprung hinauf, von dem aus er Tanger-Med mit dem Fernglas beobachten konnte. Der Tag war klar und sonnig, und es lag bereits ein Hauch Frühling in der Luft. Gut einen Kilometer entfernt graste eine Herde Ziegen, und über den Berghang verteilt waren noch weitere Camps zu erkennen. Karim suchte das Meer nach Containerschiffen ab. Das Bewegungsprofil der *Mustafa* legte nahe, dass sie innerhalb der nächsten sechs Tage wieder anlegen würde. Daher beschloss Karim, jeden Nachmittag und Abend hier hochzukommen und nach ihr Ausschau zu halten.

Bei seiner Rückkehr ins Camp legten die Männer gerade die mageren Einkünfte zusammen, die das Betteln am

Straßenrand heute eingebracht hatte. Zwei von ihnen erklärten sich bereit, bis nach Fnideq zu laufen, um Reis und Gemüse zu kaufen. Karim steuerte etwas Geld bei und bat sie darum, ihm auch Paracetamol mitzubringen.

Den restlichen Nachmittag verbrachten die Männer damit, Feuerholz zu sammeln, was nach so vielen Regentagen nicht ganz einfach war. Die meisten Äste und Stämme waren viel zu durchnässt, um zu brennen. Kurz vor Sonnenuntergang stieg Karim erneut zum Felsvorsprung hinauf. Am Bach zog er Socken und Pullover aus und wusch sich. Schwach hallte von der Küste der Muezzin-Ruf nach oben. Karim wandte sich nach Osten und betete.

Über die Ereignisse des Vortages sprach er mit niemandem, nicht einmal mit Joseph. Ihm wurde bewusst, dass er sich zum ersten Mal seit seiner Ankunft in Tanger sicher fühlte, sogar beinahe glücklich. Hier draußen, wo er im Schutz von Bäumen und Bächen lebte und unter freiem Sternenhimmel schlief, würde keiner ihn finden. Wie lauteten noch die Zeilen des Dichters Khalil Gibran, die Fairuz sang?

Hast du, wie ich, dein Zuhaus in den Wäldern gefunden,
nicht in Palästen?
Und bist du dem Lauf der Bäche gefolgt, hast Felsen erklommen?
Hast du, wie ich, dich nachts aufs Gras gebettet
Und das Himmelszelt zu deiner Decke gemacht?
Hast du in Düften gebadet, dich in Sonnenstrahlen getrocknet?

Gib mir die Flöte und sing,
Denn Gesang ist das Geheimnis des Lebens.

Kurz vor dem Mittagsgebet kehrten die beiden Freundinnen in ihr Zimmer zurück.

Die morgendliche Trainingsstunde war abgesagt worden, und die Kadetten hatten in aller Stille ihr Frühstück eingenommen. Keiner an Ayeshas Tisch hatte der Sinn nach Essen gestanden. Zum Abschluss des Appells erklärte der Schulleiter in einer kurzen Ansprache, dass Khalid Hakimi sich in einem »bedauerlichen Vorfall« das Leben genommen habe und dass seine Angehörigen bereits informiert seien. Unter den Mitschülern ging man allgemein davon aus, dass Lalami den Rauswurf Hakimis verlangt und dieser sich daraufhin aus Scham umgebracht hatte.

»Gott steh uns bei in diesen schwierigen Zeiten«, sagte Salma und warf sich auf ihr Bett.

Ayesha erwiderte nichts. Sie wechselte in ihr Kostüm, nahm ihre Tasche aus dem Schrank und packte den Trainingsanzug, eine *djellaba* und das türkis gemusterte Kopftuch ein, das Karim ihr zum achtzehnten Geburtstag geschenkt hatte.

»Was tust du da?«, fragte Salma.

»Abhauen.«

»Was meinst du mit ›abhauen‹?«

»Ich fahre nach Tanger.«

»Bist du verrückt?«, erwiderte Salma entsetzt. »Du kannst doch nicht einfach so fort!«

»Karim braucht meine Hilfe.«

»Karim? Findest du nicht, du solltest lieber einmal über Hakimi nachdenken? Ohne dein eingeschmuggeltes Handy hätte der arme Kerl sich nicht erhängt!«

»Hakimi hat sich nicht erhängt.«

»Was redest du da?«

»Ist dir Hakimi etwa wie jemand vorgekommen, der Selbstmord begeht?«, fragte Ayesha und sah ihre Mitbewohnerin durchdringend an. »Er hätte nach einer Untersuchung verlangt, hätte zumindest gefordert, dass man das Handy auf Fingerabdrücke untersucht. Er hätte alles in seiner Macht Stehende getan, um zu beweisen, dass das Gerät mir gehört. Auf keinen Fall hätte er sich erhängt. Nicht aus Scham und ganz sicher nicht so kurz nach der Entdeckung des Handys.«

»Du bist verrückt!«

»Diese kriminelle Bande, die in Tanger operiert, bringt jeden um, der ihr in die Quere kommt.«

»Versteh ich nicht!«, wandte Salma ungläubig ein. »Hakimi hatte doch gar nichts mit Karims Ermittlungen zu tun!«

Ayesha trat direkt vor ihre Freundin. »Das ist es doch gerade, siehst du das denn nicht? Sie glauben, er *hatte* damit zu tun! Sie haben Karims Handy angezapft. Sie wussten, dass es Kontakt von seinem Handy zu einem Handy hier in der Akademie gab. Sobald das Nokia beim Abendessen klingelte, war Hakimis Schicksal besiegelt.«

Salma starrte Ayesha entgeistert an. Sie begriff immer noch nicht.

»Wenn Hakimi sich nicht mein Handy geschnappt hätte«, erklärte Ayesha weiter, »wäre ich jetzt wahrscheinlich tot. Insofern verdanke ich Hakimi mein Leben. Und glaub bloß nicht, dass mir das nicht klar wäre. Aber mir ist genauso klar, dass sie es nicht dabei belassen werden, nur den Empfänger des Anrufs umzubringen, sondern auch den Anrufer selbst.«

»Aber das würde ja bedeuten, dass sie jemanden hier in der Akademie haben müssen«, erkannte Salma. »Jemand hier im Haus, der den Mord an Hakimi ausführte.«

Ayesha sagte nichts und umarmte nur stumm ihre Mitbewohnerin.

»Möge Gott dich beschützen«, sagte Salma leise.

Ayesha eilte aus dem Wohnheim und auf die Wache am Tor zu. Als sie den Kopf hob, fuhr ihr ein Schreck in die Glieder. Colonel Lalami unterhielt sich mit dem Wachposten. Sie blieb stehen und wartete ein paar Minuten, aber der Colonel machte keinerlei Anstalten zu gehen. Die Sache wurde immer komplizierter. Kadetten erhielten sowieso während der Woche nur Ausgang, wenn außergewöhnliche Umstände vorlagen. Zudem hatte die Akademie als Reaktion auf Hakimis Tod eine komplette Ausgangssperre verhängt. Immerhin hatte sie noch Choukris Brief, der ihr aus »dringenden familiären Gründen« eine Ausnahme gewährte. Den Brief fest umklammernd, lief sie weiter zur Schranke.

»*Salamu alaikum*«, grüßte Ayesha freundlich.

»*Wa alaikum salam*«, erwiderte Colonel Lalami und musterte sie misstrauisch. »Wohin wollen Sie?«

»Bewilligter Ausgang, Sir!«

»Machen Sie Mittag«, wies Lalami den Wachposten an. »Ich regele das hier.« Sobald sie allein waren, forderte der Colonel Ayesha auf, ihm in die Wache zu folgen.

»Steht Ihr überstürztes Aufbrechen womöglich in irgendeinem Zusammenhang mit dem traurigen Zwischenfall um den Kadetten Hakimi?«

»Nein, Sir.«

»Er hat nämlich behauptet, das Handy hätte Ihnen gehört«, sagte Lalami und studierte genau ihre Reaktion.

»Das ist lächerlich!«, wehrte sich Ayesha erbost. »Es gab letzte Woche eine kleine Meinungsverschiedenheit zwischen mir und Kadett Hakimi, Sir – während einer Stunde von Colonel Choukri. Ich bin mir sicher, dass Colonel Choukri dies bestätigen wird.«

»Unterhielten Sie und Hakimi eine persönliche … Beziehung?«

»Nein, Sir!«, widersprach Ayesha entrüstet.

»Mir hat er erzählt, dass Sie einen Bruder haben, der wegen terroristischer Vergehen im Gefängnis einsitzt. Stimmt das?«

»Nein, Sir!«

»Wollen Sie ihn jetzt besuchen gehen?«

»Nein, Sir!«

»Hätte die Akademie Kenntnis davon gehabt, dass Sie einen verurteilten Terroristen zum Bruder haben, wären Sie von uns nie und nimmer in diese Anstalt aufgenommen worden«, sagte Lalami und fügte in höhnischem Ton hinzu: »Ich meine, *yani*, wir bitten zwar Frauen, sich zu bewerben, aber so verzweifelt brauchen wir sie nun auch wieder nicht!«

»Mein Bruder ist Lieutenant bei der Sûreté in Marrakesch«, erklärte Ayesha ihm gereizt. »Er hat die Ausbildung hier mit Auszeichnung abgeschlossen! Er war Jahrgangsbester im Schießen!« Sie ermahnte sich, ruhig zu bleiben.

»Talal, Talal … ich kann mich nicht an einen Kadetten dieses Namens erinnern«, entgegnete Lalami.

»Weil ich adoptiert wurde, das ist der Grund! Wir haben unterschiedliche Nachnamen.«

»Klingt für mich nach einer Lüge«, beharrte der Colonel. »Viel wahrscheinlicher ist, dass Sie einen Terroristen zum Bruder haben.«

»Ich habe Ihnen doch gesagt: Mein Bruder ist Lieutenant bei der Polizei. Sein Name ist Karim Belkacem, und er ist gerade mit Ermittlungen in Tanger betraut …«

Kaum hatte Ayesha die Worte ausgesprochen, da wusste sie schon, dass ihr damit ein furchtbarer Fehler unterlaufen war. Lalami durchquerte den Raum, verriegelte die Tür und schloss die Jalousie am Fenster. Ayesha wich zurück, bis sie gegen die Tischkante stieß.

»Ich brauche lediglich … ein oder zwei Tage Ausgang«, stammelte sie verängstigt. »Ich will keinen Ärger.«

Der Colonel zog die Krawatte aus, ohne den Blick von ihr abzuwenden. Ayesha wurde so zornig, dass ihr Tränen in die Augen stiegen.

»Wollen Sie mich jetzt erdrosseln, genau wie Sie Kadett Hakimi erdrosselt haben?«

»Wenn jemand die Schuld an Hakimis Tod trägt, dann Sie«, antwortete Lalami. »Wie es scheint, hat er die Wahrheit gesagt, was das Handy betrifft.«

»Zwei tote Kadetten binnen vierundzwanzig Stunden?«, gab Ayesha zu bedenken und versuchte, dabei möglichst selbstsicher zu wirken. »Das wird aber gar nicht gut aussehen.«

»Sie wird man niemals finden«, murmelte Lalami, schlang die Krawattenenden um die Fäuste und kam langsam auf sie zu. »Es wird einfach heißen, dass Sie nach dem Selbstmord Ihres Liebsten verschwunden sind.«

Ayesha ging leicht in die Hocke und drehte sich ein wenig zur Seite, als wollte sie ein kleineres Ziel bilden. Dann wirbelte sie blitzschnell einmal um die eigene Achse und trat mit einer Karatebewegung nach Lalamis Kopf. Doch der Colonel war schneller. Er packte ihren Knöchel und verdrehte ihren Fuß so heftig, dass sie mit einem Schrei zu Boden stürzte. Während er sie weiter festhielt, streckte er den Arm aus, um auch ihren anderen Fuß zu packen. Ayesha zog ihr linkes Bein an und trat ihm mit aller Kraft gegen die Schulter, was ihn zwang, sie loszulassen. Sofort sprang Ayesha auf und raste zur Tür. Seine Faust schwang in ihre Richtung, aber Ayesha wich geschickt aus und landete selbst einen Treffer. Ihre Knöchel bohrten sich tief in seinen Magen, doch sie war ihm damit zu nahe gekommen, und er nutzte die Gelegenheit, ihr den Arm um den

Hals zu schlingen. Sie war gefangen. Ihre Arme ruderten hilflos durch die Luft, während sie verzweifelt um Atem rang.

Was hatte Daoud ihnen noch über den Würgegriff von hinten beigebracht? *Das Wichtigste ist, das Kinn rechtzeitig nach unten zu drücken.* Es gelang ihr mit knapper Not, sodass Lalamis Unterarm nicht direkt gegen ihren Hals pressen konnte. Stattdessen stemmte er ihr nun seinen zweiten Arm in den Nacken, um den Druck seines Griffs zu erhöhen. Ayesha beugte sich vor und rammte ihm den Ellbogen so fest wie möglich in den Unterleib. Als er kurz zusammensackte, wirbelte sie herum und stach ihm die gestreckten Zeigefinger in die Augen. Beide Hände zu einer großen Faust verschränkend, schlug sie ihm mit voller Wucht auf den Hinterkopf und schnellte im selben Moment das Knie hoch, das ihn krachend am Kinn traf. Stilistisch keine sonderlich elegante Aktion und auch nicht Teil des Ausbildungsprogramms am Institut Royal de Police, aber effektiv. Lalami wankte. Sie verpasste ihm noch einen harten Ellbogenschlag genau auf den Adamsapfel. Jetzt gaben seine Beine nach, und er sank auf den Boden wie ein Gebäude, das in sich zusammenstürzt.

Ayesha rannte zum Aktenschrank, öffnete eine Schublade voller Handys und schnappte sich ihr Samsung. Sie schaltete es ein, ging ruhig zur Tür und schob den Riegel zurück. Lalami lehnte mühevoll auf einem Ellbogen und massierte sich den Hals.

»Du bist geliefert, Talal«, krächzte er. »Du bist tot, sobald du aus dem Zug steigst.«

Ayesha zögerte kurz, dann ging sie zu ihm zurück.

»Ihre Kollegen in Tanger werden mich also genauso töten, wie Sie Kadett Hakimi getötet haben, verstehe ich das richtig, Colonel Lalami?«

»Genau so wird es sein.«
»Ich habe gerade aufgezeichnet, was Sie gesagt haben«, erklärte sie und hielt ihr Samsung hoch. »Sollte ich auch nur den leisesten Verdacht haben, verfolgt zu werden, landet dieses Geständnis sofort auf der Facebookseite der Akademie.« In der Tür drehte sie sich noch einmal um. »Und noch etwas. Sie werden mir eine einwöchige Urlaubsbewilligung wegen dringender familiärer Angelegenheiten ausstellen. Haben wir uns verstanden?«
Der Colonel starrte sie mit einer Mischung aus Wut und Verwirrung an und nickte kaum merklich.

Ayesha spürte die feuchte Seeluft auf ihrem Gesicht, als sie in Tanger den Bahnhof verließ. Karim hatte sein Hotel flüchtig erwähnt. Es war irgendein spanisch klingender Name gewesen – Figaro? Fuenta? Sie fragte einen Taxifahrer.
»Das Fuentes?«
Zehn Minuten später setzte der Fahrer sie am Tor zur Gerberei ab und beschrieb ihr, wie sie laufen musste.
»Erst zwei Marrakschis, jetzt eine Marrakschia!«, reagierte der Mann an der Rezeption grinsend. »Am besten ändern wir unseren Namen gleich in Red City Hotel!«
»Ist Karim Belkacem noch hier?«, wiederholte sie ihre Frage und betrachtete dabei den bröckelnden Putz an den Wänden und das verblichene Poster. Verglichen mit ihrem Wohnheim, war das hier ein Loch.
»Ich fürchte, Herr Belkacem hat uns bereits verlassen, *lalla*. Ich weiß auch nicht, wohin er gegangen ist.«
Vom Durchgang zum Café kam ein Husten, und Mokhtar trat an die Rezeption. »Leg den Schlüssel wieder fort, Abdelkadir.«

Ayesha musterte Mokhtar überrascht. Sie roch das Kief, das ihm aus allen Poren zu strömen schien.

»Friede mit dir, *lalla*«, fuhr Mokhtar zu ihr gewandt fort. »Gottes Segen und all seine Gnade! Setzen wir uns doch kurz draußen in ein Café, ja?«

Er nahm ihre Tasche, schlang sich den Tragegurt um die Schulter, stieg die Treppe hinab und bog unten sofort in die Gasse, durch die sie gekommen war.

»Hey, ich dachte, wir setzen uns auf den Platz!«, fuhr Ayesha ihn an.

»Zu unsicher, *lalla*. Das Fuentes ist nicht sicher. Handys sind nicht sicher. Mein Name ist Mokhtar.« Ein heftiger Hustenanfall unterbrach ihn. »*Sharaf liya*. Freut mich, Sie kennenzulernen.«

Sie beschrieben einen weiten Bogen um die Stadtmauer herum und vorbei am jüdischen Friedhof. Es wurde bereits Abend, und eine dunkle Wolkenfront zog vom Atlantik heran.

»Wohin wollen Sie?«, fragte Ayesha. Hätte Karim nicht bei ihrem Treffen in dem italienischen Restaurant Mokhtars Namen erwähnt, sie hätte längst ihre Tasche an sich gerissen und wäre geflohen.

»Nicht mehr weit, *lalla*.«

Zwanzig Minuten marschierten sie noch in strammem Tempo, immer wieder unterbrochen von Pausen, damit Mokhtar zu Atem kommen konnte, dann führte er sie in eine Teestube, die in spanischem Stil eingerichtet war.

»Warum sind wir hier?«, wollte Ayesha wissen und betrachtete die Fliesen und rüschenbesetzten Tischtücher.

»Weil wirklich niemand auf die Idee käme, hier nach dem alten Mokhtar zu suchen«, erklärte er mit breitem Grinsen.

»Wo ist Karim?«, fragte Ayesha, der noch immer nicht klar war, ob sie ihm vertrauen konnte.

»Ah, das würden im Moment alle gerne wissen.« Mokhtar zündete seine Pfeife an, blies eine dicke Rauchwolke in die Luft und hustete einige Male hässlich. »Gestern Abend hat man den Polizeichef tot aufgefunden.«
»Simo Layachi? *Tot*?«
»In den Fernsehnachrichten war die Rede davon, was für ein guter Polizist er gewesen ist. Wenn Sie mich fragen, hing seine Schnauze am tiefsten im Trog. Er lag in einem *hammam* mit durchtrennter Kehle. Die Polizei fahndet mit Haftbefehl nach Karim.«
»Karim wird für Simos Tod verantwortlich gemacht?«
»Ja.«
Ayesha verschlug es die Sprache. In diesem Augenblick trat die Kellnerin an ihren Tisch und bat Mokhtar, seine Pfeife auszumachen. Mokhtar nickte und wandte sich wieder an Ayesha.
»Sie können bei mir wohnen.«
»Wie käme ich dazu?«, erwiderte Ayesha mit leicht angeekelter Miene.
»Die Chinesen sind hinter Karim her. Sie werden herausfinden, dass Sie seine Schwester sind. Und dann ...« Er formte eine Pistole mit den Fingern und hielt sie sich an die Schläfe.
»Warum sollte ich mir nicht einfach ein anderes Hotel nehmen?«
»Nirgends in dieser Stadt ist es sicher, *lalla* ... nirgends, wo es Fenster oder Türen gibt.«

Eine Viertelstunde später stiegen sie unterhalb des Boulevard Pasteur eine Treppe hinab. Mokhtar ging voran und trug ihre Tasche auf dem Kopf. Je weiter sie sich von der

Straßenbeleuchtung entfernten, desto schwerer fiel es Ayesha zu erkennen, wohin sie ihren Fuß setzte.

»Keine Angst, *lalla*!«, rief Mokhtar mit heiserer Stimme.

»Die Stufen mögen düster sein, dafür sind Sie umso herzlicher willkommen!«

Dabei waren es gar nicht die Stufen, die Ayesha ein mulmiges Gefühl verursachten. Vielmehr machte das Gebäude, dem sie sich näherten, einen wahrhaft schaurigen Eindruck. Eine baufällige Stuckfassade, mit Brettern vernagelte Fenster und eine Reihe halb verfallener Statuen auf dem Dach. Mokhtar zwängte sich durch eine Lücke im Zaun, unmittelbar neben einem uralten Schild mit der Aufschrift *Danger – Défense d'entrer*. Er drehte sich um und winkte. Ayesha zögerte erneut. Andererseits hatte sie an diesem Tag schon einen militärisch ausgebildeten Colonel bezwungen, und der Mann da vor ihr wirkte so schwächlich, als könnte er jeden Moment tot umfallen. Vorsichtig stieg sie über den Schutt und Müll. Dem ersten vagen Eindruck nach zu urteilen stammte der Bau aus den Kolonialzeiten.

»Was ist das?«, fragte sie.

»Mein Zuhause!«

Mokhtar nahm einen Schlüssel, den er an einem Band um den Hals trug, und öffnete das Vorhängeschloss an der klapprigen Tür. Nachdem er die Taschenlampe an seinem Handy angemacht hatte, bedeutete er Ayesha einzutreten. Drinnen empfing sie die Kühle eines großen Raums, der nach Moder und Schimmel roch. Mokhtar betätigte einen Schalter, und eine von der Decke hängende Glühbirne leuchtete auf. Sie standen im Rückraum von etwas, das wie die Bühne eines alten Theaters aussah. Der Boden war überzogen mit abgeplatztem Putz und Tierkot. Sorgfältig alle losen Dielenbretter vermeidend, wagte Ayesha sich bis zum Bühnenportal vor.

Der Saal dehnte sich weit in die Dunkelheit hinein und war von einem hohen Tonnengewölbe überspannt. Ein großes Loch gab den Blick auf die Dachbalken frei. Die Decke hing in der Mitte durch und wäre sicherlich schon längst eingestürzt, wenn das Regenwasser nicht durch das Loch hätte abfließen können. Im schwachen Licht ihres Handys konnte sie die maroden Sitze der ersten Reihen ausmachen. Weitere demontierte Sitze hatte man auf der Bühne gestapelt und mit einem verdreckten Samtvorhang abgedeckt. Mokhtar trat neben sie.

»Enrico Caruso hat hier gesungen«, erzählte er schwärmerisch. »Sagt der Name Ihnen überhaupt etwas? Caruso, der große italienische Tenor?«

Ayesha schüttelte den Kopf.

»Die Spanier haben diesen Saal errichtet«, fuhr Mokhtar fort. »Er wird schon seit vielen Jahren nicht mehr genutzt. Nur vom alten Mokhtar! Kommen Sie, ich mach uns einen Tee.«

Er führte Ayesha über knarzende Dielen in den Flügel, in dem früher die Garderoben der Künstler untergebracht waren. Mokhtar schaltete ein weiteres Licht ein. Die erste Garderobe war schmal und mit einem Diwan, einem Couchtisch und Satinkissen eingerichtet. Die Wand zum Nachbarraum war durchbrochen worden oder vielleicht auch nur aus Altersschwäche eingestürzt. Ayesha folgte Mokhtar in eine Küche, wo er unter reichlich Schnaufen und Keuchen einen Wasserkessel aufsetzte.

»Wie lange wohnen Sie schon hier?«, fragte sie.

»Länger, als Sie auf dieser Welt sind, *lalla*. Ich bekomme ein kleines Gehalt, und im Gegenzug passe ich ein wenig auf das ganze Haus auf.« Er kicherte amüsiert, was prompt den nächsten Hustenanfall hervorrief. »Was nichts anderes heißt, als dass ich versuche, es vor dem kompletten Einsturz zu bewahren.« Er deutete auf einen Durchgang zu einem dritten Raum. »Also gut, *lalla*, ich schlage vor, Sie nehmen das Bett im Schlafzimmer und ich den Diwan.«

Ayesha warf einen Blick in den Raum. Es gab ein Doppelbett mit einer grünen Tagesdecke und einen kleinen Nachttisch. Neben einem vernagelten Fenster stand ein hölzerner Kleiderschrank. Es roch nach Schweiß und Kief.

»Nein«, sagte sie entschlossen. »*Ich* nehme den Diwan.«

Mokhtar verließ mit zwei Gläsern die Küche und brachte sie wenig später randvoll mit Wasser gefüllt zurück. Ein Lied summend arrangierte er Gläser und Teekanne auf dem Tisch, zog zwei Stühle heran, nahm den Lederbeutel aus seiner *djellaba* und begann, sein Kief mit einem Taschenmesser von Resten zu trennen.

»Wo sind die Toiletten?«, fragte Ayesha.

»Die einzigen funktionstüchtigen befinden sich auf der anderen Seite der Bühne«, sagte Mokhtar, reichte ihr eine Kerze und zündete sie an. »Hier, sonst ist Ihr Handyakku schnell leer.«

Zaghaft trat Ayesha in den Flur hinaus, die Kerze weit von sich gestreckt. Mehr als alles andere fürchtete sie, den ganzen Bau in Brand zu stecken. Zwischen all dem Müll und Dreck zeichnete sich auf dem Boden ein Weg ab, so als würde Mokhtar von Zeit zu Zeit die Dielenbretter fegen und den Schmutz rechts und links zu kleinen Wällen aufhäufen. Die Flamme mit einer Hand schützend, ging sie hinter der Bühnentür entlang und lauschte dabei den knarrenden Dielen, dem fernen Husten und dem Miauen von Katzen. Im Kerzenlicht war eine Sammlung von Bühnenprospekten zu erkennen, hinter der eine Treppe ins Dunkle hinabführte. Daneben an der Wand wies ein Pfeil mit der Aufschrift *Taller* nach unten. Ayesha nahm an, dass es sich um ein spanisches Wort handelte.

Sie bog links ab, bis sie zu einer Tür kam, an der *Baño* stand. Sie holte tief Luft und drückte die Tür auf. Selbst im fahlen Kerzenschein war der Raum noch eindrucksvoll. Links hing eine Reihe mächtiger Jugendstil-Waschbecken mit goldfarbenen Wasserhähnen. Die Wände waren mit blau-goldenen Kacheln bedeckt, die Szenen aus *Don Quichotte* darstellten. Ayesha kannte die Geschichten zwar nicht, dennoch betrachtete sie interessiert die groß gewachsene hagere Gestalt auf dem ebenso ausgemergelten Pferd. Mit Erleichterung bemerkte sie, dass Mokhtar die Toiletten in halbwegs sauberem Zustand hielt, und in einer der Kabinen befand sich sogar Toilettenpapier. Sie ging zu einem Waschbecken, stellte die Kerze auf das Porzellan und betrachtete sich in dem halb blinden Spiegel. Was für ein höchst außergewöhnlicher Tag dies doch gewesen war, dachte sie, angefangen beim vermeintlichen Selbstmord eines Polizeischülers bis zu einer Nacht, die sie nun in Gesellschaft eines Kiefsüchtigen in einem verfallenen Theater verbrachte.

12

Tag um Tag verging.

Das Zusammenleben mit diesen Menschen war eine Lehrstunde in Geografie. Wie Karim erfuhr, gab es allein drei Staaten, die Guinea hießen, zusätzlich zu zweien namens Kongo. Die Erkenntnis, dass er auf demselben Kontinent lebte wie diese Menschen und doch so wenig über deren Heimatländer wusste, war verstörend.

Fünfmal am Tag verrichtete er gemeinsam mit den anderen Muslimen seine Gebete. Louis lieh ihm eine Steppweste und eine Hose. Keiner stellte je irgendwelche Fragen, warum er bei ihnen lebte, und von sich aus erzählte Karim lieber nichts. Er wurde auch nie dazu gedrängt, sie nach Fnideq zu fahren, obwohl der Fußmarsch vier Stunden dauerte. Die Schmerzen in seiner Nase ließen nach, und er hörte auf, Paracetamol zu schlucken. Nur zu gern hätte er mit Noureddine und Ayesha Kontakt aufgenommen, um ihnen zu versichern, dass es ihm gut ging, aber keiner der Männer besaß ein Handy mit geladenem Akku, und sein eigenes zu benutzen traute er sich nicht.

Am Donnerstagmorgen, sechs Tage nach seiner Ankunft, lud er Joseph dazu ein, ihn zum Felsvorsprung zu begleiten. Kräftige Sonnenstrahlen lagen bereits auf dem Hang, und der steile Anstieg über die Felsen war anstrengend. Oben angekommen, setzten sie sich und tranken etwas Wasser. Karim reichte Joseph das Fernglas.

»*Regarde-là, cette montagne*«, forderte er ihn auf. »Das ist Gibraltar.«

Joseph richtete das Glas auf das Mittelmeer hinaus. »Ja, sehe ich.«

»Und jetzt schau dir da unten Ceuta an.«

»Mhm, *je le vois*.«

»*Veus-tu savoir quelque chose?*«

»*Quoi?*«

»Der Berg da drüben, wo eigentlich Spanien sein sollte, gehört zu Großbritannien«, erklärte Karim. »Und Ceuta da unten liegt zwar in Marokko, gehört aber zu Spanien.«

»Grenzen sind oft wirklich bescheuert«, sagte Joseph lachend.

»*Besahh*, stimmt genau, mein Bruder.«

Ein paar Minuten schwiegen beide, dann fragte Karim: »Warum hast du eigentlich deinen Namen auf dem Arm tätowiert?«

»Ich habe meinen Pass zerrissen.«

Karim erinnerte sich daran, was Raoul ihm über Geflüchtete ohne Papiere erzählt hatte, die leichter eine Duldung erhielten.

»Ich kann nicht mehr nachweisen, wer ich bin«, fuhr Joseph fort. »Hunderte andere, die wie ich ohne jede Papiere unterwegs waren, liegen jetzt in namenlosen Gräbern in Tarifa oder Tanger. Keiner weiß, wie sie hießen, woher sie stammten oder wer ihre Angehörigen waren. So ein Schicksal will ich nicht. Ich bin zwar bereit zu sterben, aber zumindest soll man wissen, dass ich gelebt habe.«

»*Alhamdulillah.*«

Karim blickte über die Meerenge und wunderte sich darüber, was die Menschen alles zu tun bereit waren, nur um nach Europa zu kommen. In dieser Hinsicht unterschieden Joseph und seine Freunde sich nicht von seinem Cousin Majid oder von Abderrezak – dem Ex-Verlobten Khadijas, der nun mit einer Pariserin verheiratet war – oder von all den Fußballern, die den Maghreb verließen, um bei einem der großen europäischen Klubs wie Bayern München oder Paris Saint-Germain zu spielen. Alle träumten sie davon, in dieses märchenhafte Reich zu gelangen, wo die Straßen aus purem Gold waren.

Sie beobachteten eine Weile die vorbeifahrenden Containerschiffe. Ab und zu hob Karim sein Fernglas, um die Namen am Rumpf zu kontrollieren.

»Das Merkwürdige ist, dass ich mich für meinen Namen schäme«, erklärte Joseph plötzlich unvermittelt.

»Warum?«

»Ich wurde nach Joseph Kabila benannt – *le président de mon pays*. Was für ein übler Witz! Vor elf Jahren fielen seine Soldaten in Kisangani ein, ließen sich mit Gin volllaufen und zogen dann von Haustür zu Haustür. Einer kam auch zu uns. Meine Mutter erklärte ihm, dass wir Kabila unterstützten, aber da hatte der Mann schon meine Schwester in ihrem weißen Kleidchen entdeckt.« Joseph schleuderte einen Stein den Hang hinab und verfolgte, wie er von einem Felsen spritzte.

»Meine Mutter flehte ihn an, bat ihn, lieber sie stattdessen zu nehmen. Aber er lehnte ab. Als er fertig war, kam er die Treppe herunter und sagte zu meiner Mutter, sie solle aufhören zu weinen. Es würden sowieso noch mehr Soldaten kommen, meinte er, aber jetzt könnte meine Schwester wenigstens nicht mehr ihre Jungfräulichkeit verlieren. Kurz darauf brachte Mutter meine Schwester und mich zu meiner Tante. Eines Abends ging sie los, um Maniok zu kaufen. Wir fanden sie an den Eisenbahngleisen. Ihren Kopf auf der einen Seite der Schiene, ihren Körper auf der anderen.«

»Möge Gott ihrer Seele gnädig sein!«, sagte Karim erschüttert. »Lebt deine Schwester noch immer bei eurer Tante?«

»Nein«, antwortete Joseph. »Meine Tante ist an Ebola gestorben. Meine Schwester lebt jetzt in einer Hütte außerhalb von Kisangani, wo sie sich mit Wäschewaschen etwas verdient. Ihr Name ist Gloria.«

Karim blickte Joseph lange an. Am liebsten hätte er ihn umarmt oder sich vor ihm hingekniet und seine Knöchel umfasst, stattdessen hockte er sich bloß auf den Felsbrocken neben ihn.

»Joseph ...«, begann er zögerlich. »Ich war der Polizist, der dich in Ceuta aufgehalten hat. Ich habe dich geschlagen ... nicht so brutal wie der andere Polizist, aber die Schläge auf die Beine ... das bin ich gewesen.«

Die einsetzende Pause schien eine Ewigkeit zu dauern. Dann hob Joseph eine Hand, und Karim dachte schon, er wolle ihn schlagen, doch Joseph legte sie nur auf Karims Knie.

»*Mäkäyen mushkil.* Kein Problem. Sagt ihr das nicht immer in Marokko?«

»Danke«, antwortete Karim, dem eine Zentnerlast von der Seele fiel und dem nun Tränen in den Augen standen.

»Dieser andere Polizist ...«, ergänzte Joseph nachdenklich. »Der ist allerdings ein elender Drecksack.«

»Ja, das ist er.«

»Ich bin ihm schon vorher begegnet.«

»Wo?«

»Er leitete die Räumung unseres Camps in Boukhalef.«

Eine Weile fiel kein weiteres Wort. Ein Falke kreiste über ihnen, stürzte sich dann in die Tiefe, bevor er wieder aufstieg und über den Bergrücken davonsegelte. Joseph warf noch einen Stein und verfolgte, wie er in einer Felsspalte verschwand.

»Wir werden einen neuen Weg ausprobieren«, sagte er schließlich. »Nach drüben. Im Container.«

Karim stockte der Atem. *War dies das Geheimnis, dem er so lange vergeblich auf der Spur war?*

»Joseph, hör mir zu. Diese Container ... die sind nicht sicher. Das Schiff heißt *Mustafa*. Ich weiß allerdings nicht genau, was euch bei der Ankunft in Europa erwartet ... womöglich werdet ihr als Arbeitssklaven verkauft, oder ihr dient als Versuchskaninchen für irgendwelche Medikamente!«

»Auch nicht schlimmer als das, was wir hier durchmachen«, entgegnete Joseph achselzuckend.

Karim kniete sich jetzt tatsächlich vor Joseph und sah ihm beschwörend in die Augen.

»Versprich mir, die Finger davon zu lassen, bis ich herausgefunden habe, was da vor sich geht. Du musst mir dein Wort geben. *Donne-moi ta parole.*«

»*D'accord*«, erklärte Joseph nach einigem Zögern.

Karim verbrachte den Nachmittag damit, die anderen im Camp über die Schleuserroute zu befragen. Amadou wusste nur wenig zu ergänzen. Er erwähnte noch die Textilfirma in der Free Zone und die Vorgabe, dass sie sich alle am Sonntagnachmittag dort einfinden sollten. *Ist dies womöglich ein vom Staat unterstützter Menschenschmuggel?*, ging es Karim durch den Kopf. *Ein Massentransfer von Subsahara-Afrikanern von einer Seite des Mittelmeers auf die andere?*

Als die Sonne zu sinken begann, stieg Karim erneut auf den Felsvorsprung. Mit einem wehmütigen Heulen fegte der Wind über den Berghang. Karim richtete das Fernglas nach Westen, Richtung Tanger-Med, und spürte, wie sich ihm die Nackenhaare sträubten. Die *Mustafa* war zurück.

Er erkannte sie an den vier Bordkränen. Seinen Erwartungen entsprechend hatte das Schiff an Terminal 2 angelegt.

Karim stürzte hinunter ins Camp, rief Joseph zu, dass er gegen Mitternacht zurück sein würde, und eilte weiter. An der Straße riss er die Abdeckplane vom Wagen und sprang hinter das Steuer. Eine Stunde später erreichte er mit Einbruch der Dämmerung Tanger-Med. Er stellte den Dacia in einiger Entfernung vom Hafen ab, warf die Plane darüber und zog sich die Kapuze seines Pullovers tief in die Stirn. Dann lief er am Rand der Logistikzone entlang zum Passagierterminal. Mit einem kurzen Blick vergewisserte er sich, dass die *Mustafa* noch am Kai lag.

Sobald er das Terminalgebäude betrat, geriet er in den Bereich der Überwachungskameras, das war ihm klar. Wie lange würde es dauern, bis jemand ihn erkannte? An einem Abend wie diesem hielten sich nur wenige Menschen in der Halle auf: zwei Putzfrauen, ein uniformierter Wachmann, eine marokkanische Familie und natürlich die Angestellten der Fährgesellschaft an den Schaltern. Vor dem Eingang einer Cafébar saß eine Touristin neben einem Münztelefon und las ein Buch. Karim ging hinein und bestellte einen *nuss-nuss*. Der Barista betrachtete ihn verwundert, und Karim begriff, was für einen verwahrlosten Eindruck er machen musste, so unrasiert, mit blauem Auge und in schmutzigen Klamotten. Er trug seinen *nuss-nuss* zum Münztelefon und rief Noureddine an.

»Wo hast du gesteckt?«, rief Noureddine erregt. »Die Polizei sucht nach dir. Sie behaupten, du hättest Simo umgebracht!«

»Ich kann nicht lange reden«, begann Karim und fasste in gehetztem Ton zusammen, was geschehen war. »Jetzt bin ich am Hafen. Bei *Mustafa* handelt es sich um ein Schiff. Das liegt gerade an Terminal 2. Du musst unbedingt …«

Karim ließ den Hörer einfach fallen und am Kabel baumeln. Drei EDS-Wachleute in Sicherheitswesten steuerten auf ihn zu. Einer hatte bereits die Hand an seinem Pistolenholster. Karim blickte sich rasch um. Ein vierter Wachmann war bereits auf dem Weg, den Ausgang am anderen Ende der Halle abzusichern.

Karim schleuderte seinen Kaffee in die Ecke, sprintete zum Treppenaufgang, der zur Bahnstation führte, und nahm gleich fünf Stufen auf einmal. Oben am menschenleeren Bahnsteig stand ein Zug mit geöffneten Türen. Tanger-Med war die Endstation einer Shuttleverbindung, die regelmäßig zwischen Stadt und Hafen verkehrte. Als seine Verfolger wenige Sekunden später auf den Bahnsteig stürmten, fehlte von Karim jede Spur. Sie suchten den gesamten Zug ab, kontrollierten jedes Abteil. Einer lief sogar am hinteren Triebwagen vorbei und überprüfte den Abstelltunnel.

Um Punkt Mitternacht kündigte eine Lautsprecherstimme die Abfahrt des Zuges an, und die Türen schlossen sich gemächlich. Die drei Wachleute sahen einander kurz fragend an, dann sprangen sie hinein. Sekunden später setzte der Zug sich in Bewegung, und Karim ließ sich vom Dach auf den Bahnsteig gleiten. Hose und Pullover waren an der Vorderseite zwar völlig mit Ruß verdreckt, aber dafür hatte er die Genugtuung, seine Verfolger auf dem Weg nach Tanger im Tunnel verschwinden zu sehen. *Gottes Erbarmen ist groß. Alhamdulillah.*

Er wendete den Kapuzenpulli von innen nach außen und verließ das Gebäude durch die Bahnhofshalle. Auf dem Rückweg zu seinem Dacia drehte er bei jedem vorbeikommenden Auto rasch den Kopf zur Seite. Er blieb stehen und spitzte die Ohren. Doch das einzige Geräusch war das ferne Rumpeln im Containerterminal. Vorsichtshalber schaute er noch mal durch das Fernglas. *Ach, du großer Gott!* Kein

Schiff an Terminal 2. Die *Mustafa* war ausgelaufen! Verzweifelt suchte er das Meer ab, entdeckte aber nicht das geringste Anzeichen von einem Schiff mit vier Bordkränen. Ganz egal, er würde es mit dem Auto verfolgen – notfalls bis zum Kap Spartel! Diesmal würde er herausfinden, was sie vorhatten!

Er huschte den Zaun entlang, bog um die Ecke und erstarrte: Unmittelbar neben dem Dacia stand ein Streifenwagen der Polizei, und die beiden Uniformierten sprachen aufgeregt in ihre Walkie-Talkies. Karim machte auf dem Absatz kehrt und rannte zurück zum Bahnhof. Er würde vor dem Gare Maritime ein Taxi heranwinken, eine andere Möglichkeit blieb ihm nicht. Ein paar Schritte später sah er jedoch die drei Sicherheitsleute, die wild herumschreiend auf der Treppe erschienen. Wahrscheinlich war das gesamte Hafengelände mittlerweile abgeriegelt.

Ratlos blickte er sich mit seinem Fernglas um und bemerkte eine kleine Kaianlage, an der eine graue Fregatte und ein Schnellboot der Marine Royale lagen. *Bismillah* vor sich hin murmelnd, griff er mit beiden Händen in den Maschendrahtzaun und kletterte hinüber.

»*Salamu alaikum!*«

Karim hoffte, dass der Diensthabende in der Wache seinem auf links gedrehten Kapuzenpullover und der rußverdreckten Jeans keine Beachtung schenken würde. Die roten Druckfältchen auf der Wange ließen vermuten, dass der Marineoffizier bei Karims Eintreten mit dem Kopf auf dem Schreibtisch geschlafen hatte.

»Friede mir dir, Gottes Gnade und Segen!«, grüßte Karim freundlich. »Hör mal, mein Bruder. Ich stecke mächtig in der Klemme. Da draußen fährt ein Schiff, auf dem ich sein sollte. Blöderweise bin ich eingenickt, und sie sind einfach ohne mich los.«

»Na und?«

»Gott schütze deine Eltern! Kannst du mich nicht rausbringen zu dem Schiff? Ich bekomm sonst einen Riesenärger, weißt du? Ich bin nämlich der zweite Offizier.«

»Frag die Hafenmeisterei«, brummte der Mann.

»Die haben bloß gesagt, ich soll den Kapitän anrufen«, erwiderte Karim prompt. »Ha! Als ob der das Schiff anhalten würde! Hast du eine Ahnung, wie lange es dauert, bis so ein Kahn endlich steht? Eine halbe Stunde mindestens! Und Zeit ist Geld! Mit deinem Schnellboot wären wir in zehn Minuten da.«

»Verpiss dich.«

Karim startete einen letzten Versuch: »Es geht um die *Mustafa*.«

»Die *Mustafa*?« Der Mann wirkte sofort wie elektrifiziert. »Warum hast du das nicht gleich gesagt.« Er nahm einen Schlüssel aus der Schublade, stapfte eilig aus der Wache und fragte nach hinten gewandt: »Was ist denn mit deinen Klamotten passiert?«

»Hey, Bruder, dafür kann ich nichts!«, rief Karim und sprang ihm hinterher auf das Deck der Barkasse. »Ich bin die ganze Strecke hier raus gerannt und in diesen dämlichen Graben gestürzt, den man im Dunkeln einfach nicht sehen kann!«

Der Unteroffizier drückte den Gashebel nach vorn, und das Boot schoss los und umkurvte den Kai mit beeindruckender Geschwindigkeit.

»Wie schnell fährt das Ding so?«

»Über vierzig Knoten.«

Karim rechnete rasch im Kopf durch: Wenn die *Mustafa*

abgelegt hatte, während er im Passagierterminal war, hatte sie eine Stunde Vorsprung. Ein Containerschiff machte im Schnitt einundzwanzig Knoten, also würden sie etwa dreißig Minuten brauchen, um die *Mustafa* einzuholen. Er hatte allerdings nicht die leiseste Ahnung, was er dann tun würde. Zumindest hatte er seine Waffe. Die Glock 17 war die beste Pistole, die er je benutzt hatte. Leicht, zuverlässig, mit siebzehn Schuss im Magazin. Während seiner Zeit auf der Akademie hatte er sämtliche verfügbaren Handfeuerwaffen ausprobiert. Bei diesem Gedanken musste er unweigerlich an Ayesha denken. Wie gern hätte er jetzt eine Zigarette geraucht. Er hatte vergessen, im Bahnhof ein Päckchen zu kaufen. Bei dieser Gelegenheit hätte er auch gleich Ayesha anrufen können.

»Wie viel habt ihr denn an Bord?«, brüllte der Unteroffizier.

»Wovon?«, fragte Karim zurück.

»Du weißt schon – Lebendware«, ergänzte der Mann und blickte ihn fragend an.

Karim versuchte, seine Erregung zu verbergen. Also befanden sich tatsächlich Menschen in den Containern! Er dachte sich eine Zahl aus.

»Dreiundvierzig.«

»Lohnt sich ja gar nicht«, kommentierte der Unteroffizier mit spöttischem Grinsen.

Karim setzte sich ans Heck und überlegte, wie er weiter vorgehen sollte. Der Mann am Steuer trug ebenfalls eine Waffe. Wenn Karim ihn zu überwältigen versuchte und die Sache unglücklich verlief, wäre einer von ihnen am Ende womöglich tot. Außerdem behielt der Unteroffizier ihn ständig über seinen Rückspiegel im Auge, sodass es schwierig sein würde, sich von hinten anzuschleichen.

Die Barkasse war jetzt in Höhe des Leuchtturms von

Malabata, und die glitzernde Lichterkette der Bucht von Tanger wurde sichtbar. Karim hob sein Fernglas. Vor ihnen fuhren drei Containerschiffe. Zwei kleine, die *Janina* und die *Africa Two*, und etwas weiter weg die viel größere *Mustafa*, die mit ihren leuchtenden Punkten wie ein fernes Sternbild wirkte.

»Wie weit noch?«, rief der Unteroffizier.

»Etwa sieben Meilen.«

Sie rasten an den beiden trägen Containerschiffen vorbei wie ein sprintender Schimpanse, der ein paar gemütlich stapfende Elefanten überholt. Die spanische Küste lag bereits hinter ihnen, und vor ihnen breitete sich das offene Meer aus. Nur an Backbord war mit dem Leuchtturm von Kap Spartel noch das letzte Zeichen des Festlands zu erkennen. Der Marineoffizier schob den Hebel auf Vollgas, und der Lärm der Maschine wuchs zu einem durchdringenden Heulton an.

»Was, wenn wir es nicht rechtzeitig schaffen?«, brüllte der Mann.

»Rechtzeitig wofür?«, brüllte Karim zurück.

Die Miene des Unteroffiziers verfinsterte sich.

Sie kamen der *Mustafa* jetzt rasch näher. An den vier Bordkränen mit beleuchteten Spitzen war das Schiff leicht zu identifizieren. Inzwischen konnte man auf dem Heck sogar den Namen *Mustafa* entziffern und darunter, in kleinerer Schrift, den Heimathafen Monrovia. Karim zählte zehn Containerreihen quer über die Schiffsbreite, vier davon hinter der Brücke mit den Mannschaftsräumen und ungefähr weitere dreißig davor. Die Kabine im vordersten Kran schien besetzt zu sein. Der Ausleger schwang Richtung Backbord und hielt über einem Containerstapel. Der Spreader senkte sich, und Sekunden später schon schwebte ein Container in der Luft. Karim verfolgte das Ganze mit ungläubiger Verwunderung. *Was in Gottes Namen tat der Kranführer da?* Der Ausleger vollführte einen weiteren Neunzig-Grad-Schwenk, bis der Container direkt über dem Meer baumelte. Ganz schwach war ein Klicken zu hören, dann stürzte der Container ins Wasser. Aus ein paar Hundert Metern Entfernung wirkte die aufspritzende Fontäne wie der Einschlag einer Bordkanone.

Da die Wellen Karim den Blick auf den Container versperrten, sprang er an die seitliche Reling, um besser sehen zu können. So gebannt starrte er durch sein Fernglas auf das Unfassbare, dass er gar nicht bemerkte, wie der Unteroffizier ihn prüfend musterte, die Maschine des Schnellboots drosselte und neben ihn trat.

»Wer zur Hölle bist du?«, hörte Karim noch, bevor ihn ein sehr massiver Gegenstand mit großer Wucht am Oberkörper erwischte. Zu spät wurde ihm bewusst, dass er sich nirgends mehr festhalten konnte. Seine Schienbeine knallten gegen die Reling, und im nächsten Moment landete er im Meer. Der Temperaturschock war gewaltig. Eine Welle schwappte über ihn, unmittelbar danach eine zweite. Er schluckte Salzwasser. Als er die Barkasse abdrehen sah, winkte er verzweifelt um Hilfe. Wieder begrub ihn eine Welle unter sich. Er japste nach Luft, doch seine Kehle füllte sich nur erneut mit Wasser.

13

Am Freitagmorgen weckte Ayesha ein Anruf.
»Kommen Sie rasch!«, meldete sich ein äußerst besorgt klingender Mokhtar.
Ayesha warf die Decke zur Seite und setzte sich in dem fensterlosen Raum auf. Ihr Handy zeigte 7:36 Uhr.
»Was ist passiert?«
»*Aji!* Beeilen Sie sich!«
»Wohin?«
»Zum Strand! Hier ist eine Leiche ... ein toter Mann.«
»Ist es ... Karim?«, fragte Ayesha mit weit aufgerissenen Augen.
»Keine Ahnung ... das Gesicht ist fort ...«
»Was meinen Sie mit ›fort‹?«
»Bitte, *lalla*, Sie müssen es schaffen, bevor die Polizei eintrifft! Ich bin hier am Strand direkt hinter dem Jachthafen!«
Ayesha zog sich Trainingsanzug und Turnschuhe an und hastete stolpernd in den dunklen Gang. Sie durchquerte in großen Sprüngen den mit Schutt übersäten Garten, zwängte sich durch das Loch im Zaun und spurtete los. Am Himmel schimmerte der erste Streifen Licht, und die Straßenlaternen erloschen, während sie daran vorbeilief, als ob sie an ihre Bewegungen gekoppelt wären. Drei Minuten später überholte sie auf dem Boulevard am Meer gerade im Vollsprint einen Jogger, da begann der Muezzin, die Gläubigen zum Gebet zu rufen. Ohne ihr Tempo zu verlangsamen, betete Ayesha keuchend: *Im Namen Allahs, des Gütigen, des Barmherzigen, lass es nicht Karim sein!*

Direkt hinter dem Jachthafen bog sie links auf den Strand. Zwei Männer standen am Wasser, einer davon war Mokhtar. Zu seinen Füßen schwappten die Wellen sanft gegen einen bleichen Körper, an dem nur noch Reste von Kleidung hingen. Ein verblichenes T-Shirt, eine zerfetzte schwarze Hose. Die Haut des Leichnams war an einigen Stellen aufgeplatzt, und wo die Augen hätten sein sollen, klafften zwei dunkle Löcher. Ayesha kniete sich in den feuchten Sand.

»Es ist Abdou«, sagte sie schließlich.

Karim strampelte, tauchte auf, rang nach Luft, schluckte Wasser und versank erneut.

Erst kämpfte er sich mit einem Wellenkamm nach oben, dann begrub ihn das nächste Wellental unter neuen Wassermassen. Er sah die Lichter der *Mustafa*, inzwischen eine Meile entfernt, und darum herum nur endloses schwarzes Meer. Um besser schwimmen zu können, streifte er seine Schuhe ab. Zumindest hatte der Sauerstoffschub inzwischen seine Muskeln erreicht.

Was war das? Ein Stück weiter schwamm etwas ... eine Boje, die im fahlen Mondlicht schimmerte. Nein, für eine Boje hatte es zu gerade Kanten. Eine Welle schwoll an und verdeckte ihm den Blick. Als er die Stelle wieder sehen konnte, war das Ding verschwunden. Nein, da war es. Er begann darauf zuzuschwimmen. Mit schwächlichen Armzügen. Noch wenige Meter. Er streckte die Hand aus und hatte Schwierigkeiten, an der Seite Halt zu finden. Das Ding war enorm massiv. Plötzlich begriff er, dass es sich um die Ecke eines Schiffscontainers handelte, der wie ein Eisberg zum größten Teil unter Wasser lag. Mit aller Kraft zog

Karim sich hoch, bis er wie ein schlaffer Sack über der Eisenkante hing. Die Finger in eine Nut gekrallt, gelang es ihm, die Knie so weit anzuziehen, dass seine Beine aus dem Wasser kamen. Er würgte kaltes Erbrochenes hervor und erlitt einen Krampf. Immer wieder verlor er für Sekunden das Bewusstsein.

Um sich wachzuhalten, rezitierte er die 99 Namen Allahs.

Der Mitleidsvolle, der Barmherzige, der König, der Heilige, der Quell des Friedens, der Hüter des Glaubens, der Beschützer, der Mächtige ...

Die Minuten verstrichen ... *der Zwingende, der Hoheitsvolle, der Schöpfer ...* eine leise Stimme ... *der Vergebende, der Unterwerfer, der Verleiher, der Ernährer ...* die Namen klangen wie ein Echo. Seine Lippen formten: *der Verweigerer, der Gewährer, der Erniedriger, der Erhöher ...* da war das Echo wieder ... *der Ehrende, der Entehrende, der Allhörende, der Allsehende ...* es gab ein Echo, aber die Worte waren anders.

»*Hilf uns.*«

Ich kann euch nicht helfen. Helfen kann allein Allah. Gepriesen sei Gott. Allahu akbar.

»*Hilf uns.*«

Eine kalte Welle schwappte über Karim hinweg. Vorsichtig öffnete er ein Auge. Der Mond stand tiefer am Himmel. Er hatte keine Idee, wo Land war oder wie weit der Container inzwischen getrieben war.

»*Au secours, au secours, à l'aide.*«

Diesmal richtete Karim sich auf und schaute sich um.

»Wer ist da?«

Nirgends ein Licht, nirgends das Geräusch eines Motors, nur dunkle Nacht.

»Hier«, sagte eine Stimme.

»Wo?«
»Hier!«
Die Stimme schien von der Spitze des Containers zu kommen. Karim tastete, dann fühlte er es: ein Lüftungsgitter auf der anderen Seite des Containers, unmittelbar über der Wasserlinie. Er beugte sich hinab, sodass sein Gesicht direkt über dem Gitter hing.
»Ist da jemand?«
»*Oui, on est là!*«, antwortete eine männliche Stimme unter großen Mühen. »Wir leben noch!«
»Was ... *quoi*?«, rief Karim und fuhr mit seinen tauben Fingern über das Gitter.
»Wir sind noch drei ... ursprünglich waren wir siebzig ... die anderen sind ertrunken. Bitte – holen Sie uns hier raus!«
»Ich bekomme das Gitter nicht auf«, schrie Karim. »Es ist *attaché*, an der Seite verbolzt!«
»Bitte, *monsieur*, beeilen Sie sich! Das Wasser steigt immer weiter! Wir haben nur noch eine winzige Luftblase!«
Endlich begriff Karims träges Hirn, dass die Männer nur wegen der Gitteröffnung noch am Leben waren und dass jedes Mal, wenn eine Welle gegen den Container klatschte oder er kurz untertauchte, noch mehr Wasser eindrang und er weiter absackte. Karim zerrte und rüttelte verzweifelt am Gitter. Er spähte hindurch, konnte aber nichts erkennen. Nur japsendes Luftschnappen war zu hören.
»Leg die Hand aufs Gitter!«, rief eine Stimme. Karim spürte die Fingerspitzen des anderen.
»*Comment tu t'appelles?*«, fragte der Mann.
»Karim. *Et vous?*«
»Sidiki. Und Ismael. Und Askanda. Müssen wir sterben?«
»Keine Ahnung«, sagte Karim. »Gott sei euch gnädig.«
»Sind wir nahe an der Küste?«

»*Je ne sais pas.*« Karim schaute über das Meer, das sich still und schier endlos um ihn herum ausdehnte. »Bald wird es hell werden, dann bemerkt uns bestimmt jemand.«
»Warst du auf der *Mustafa*?«
»Nein.«
Im Inneren wurde geflüstert, dann fragte eine andere Stimme: »Was machst du hier draußen im Meer?«
»Ich habe die *Mustafa* verfolgt, Sidiki.«
»Nein, ich bin Ismael.«
»Wo ist Sidiki?«
»Sidiki ist ... nicht mehr da.«
Karim sah die Lichter eines Containerschiffs. »Da kommt ein Schiff!«
»Ist es die Küstenwache?«
»Nein, ein großes Schiff, riesengroß.« Karim stemmte sich hoch und winkte mit einem Arm. »Hallo! Hallo!« Er winkte unaufhörlich, während das Schiff näher und näher kam.

In letzter Minute drehte das Schiff ab und glitt an ihnen vorbei, ein schwarzer Gigant, der kein Ende zu nehmen schien.

»Hilfe!«, schrie Karim. »*Au secours!*«

Dann sah er die Welle. Der Bug des Riesenschiffs erzeugte einen mittleren Tsunami. Im nächsten Moment hatte sie ihn erfasst, vom Container gerissen und zurück ins Wasser geschleudert. Er prustete, würgte und schnappte gierig nach Luft, als die mächtigen Wogen schließlich verebbten. Hektisch schaute er sich um. Kein Anzeichen eines Containers. Nur der sanfte Wellengang des Meeres und der langsam kleiner werdende Rumpf mit der Aufschrift *Valetta*. Seine drei Freunde waren verschwunden – und mit ihnen seine Überlebenshilfe.

Während er strampelte, um sich über Wasser zu halten, stellte er sich vor, wie der Container nun unter ihm in die

Tiefe sank, und ein unbändiger Wille zu leben erfüllte ihn. Er zog den Kapuzenpullover aus und begann, in die Richtung zu schwimmen, aus der das Schiff gekommen war. Eine Weile nutzte er dabei das ruhige Kielwasser zur Orientierung. Karim atmete in festem Rhythmus, machte ruhige, gleichmäßige Brustzüge und spuckte das salzige Wasser beim Auftauchen aus. Murmelnd nahm er die Aufzählung der Gottesnamen wieder auf. *Der Lebenspendende, der Todbringende, der Lebendige, der allein Bestehende.* Mit jedem Armzug, so redete er sich ein, kam er den wärmeren Meereszonen näher. Er träumte von wohlig lauen Strömungen, die ihn umfingen, von azurblauen, sonnenwarmen Küstengewässern vor Ägypten oder Palästina. *Der Ruhmreiche, der Einzigartige, der Eine, der Absolute.* Der Himmel über ihm wechselte ins Dunkelgraue, dann ins Graue. Ein neuer Tag brach an. *Der Erste, der Letzte, der Sichtbare, der Verborgene.* Es gab da noch andere Namen, Namen von Menschen, die er nie vergessen durfte... *Sidiki, Ismael, Askanda...*

Er konnte Land sehen. Ein schwarzer Strich weit weg zu seiner Linken. Er schwamm darauf zu, hielt nach einer Weile an und schaute erneut. Die Küste sah noch immer so weit entfernt aus wie zuvor. Er schwamm und schwamm, gefühlte Stunden lang. Plötzlich ging er wieder unter. Diesmal jedoch sank er schneller. Er rang nach Atem, bekam Wassertropfen in die Lunge, die wie geschmolzene Lava brannten. Mit übermenschlicher Anstrengung gelang es ihm, zurück an die Oberfläche zu kommen und nach Luft zu schnappen. Inzwischen hatte er kein Gefühl mehr in den Händen, und seine Beine waren aus zentnerschwerem Blei, das ihn nach unten zog. Eine morgendliche Brise hatte eingesetzt, und die Wellen klatschten ihm ins Gesicht. Die Küste war ein winziges Band, kaum sichtbar über den brechenden Wellen. Bis dahin würde er es niemals schaffen. Er drehte sich auf den Rücken und ließ sich treiben. Seine Atmung wurde immer ruhiger und flacher. Er schaute zu den letzten Pünktchen über ihm am Himmel – Venus, Arktur und Polarstern, der *najma schamal*. Wie oft hatten Ayesha und er sie vom Dach des Riad aus betrachtet! Er dachte an seine Mutter, an seinen Vater, an seine Schwestern. Die Vorstellung, jetzt zu sterben, ließ ihn sonderbar gelassen bleiben. Er hatte ein gottesfürchtiges Leben geführt, hatte stets gewusst, was es hieß, zu lieben und geliebt zu werden. Ayeshas Gesicht erschien vor ihm, umrahmt von ihrem langen, nach Argan duftenden Haar. Die Liebe zwischen ihnen hatte Gottes Gesetze nie verletzt. Laut sprach er zu den Wellen: *Es gibt keinen Gott außer Allah. Ich bitte Allah um Vergebung für all meine Sünden und flüchte mich zu Ihm. Wir gehören zu Allah, und zu Ihm kehren wir zurück. Ich bezeuge, dass es keinen anderen Gott gibt neben Allah und dass Mohammed sein Prophet ist.*

Wie die Vorboten des Todesengels erschien ein Schwarm Kraniche am Himmel. Sie wirkten so entspannt, so unangestrengt, wie sie in perfekter Formation dahinzogen. Wohin flogen diese eleganten langhalsigen Geschöpfe? Wie sah er, dieser winzige Fleck in der Unendlichkeit des Meeres, wohl dort oben für sie aus?

Er hörte das Geräusch einer Maschine und nahm über sich die Umrisse von etwas anderem, viel Dunklerem wahr, das auf ihn zuflog. Er wälzte sich herum, hob eine Hand und schluckte sofort einen mächtigen Schwall Wasser. Stimmen waren zu hören, dann bekam er einen orangefarbenen Rettungsring zu fassen und wurde in Richtung einiger besorgt blickender Gesichter gezogen. Sie sprachen aufgeregt in einer Sprache, die er nicht verstand, von der er aber wusste, dass es Spanisch sein musste.

»*Està bien? Do you speak English? Français? Es-tu le seul survivant?*«

Jemand legte ihm eine reflektierende Rettungsdecke um. Ein Becher mit einer heißen Flüssigkeit wurde ihm in die Hand gedrückt, aber seine Finger waren so taub, dass er ihn sofort fallen ließ.

»Wasser!«, keuchte er. »*De l'eau.*«

Ein Mann in einer Rettungsweste, auf der *Salvamento Marítimo* stand, reichte ihm eine Wasserflasche.

»*Tu viens de quel pays?*«

»Marokko.«

»Wo ist Ihr Boot? Waren noch andere darauf?«

»Es gab noch andere ... sie waren in einem Container ... der ist gesunken ...«

»Sie haben die Überfahrt in einem Container gemacht?«, fragte eine Frau in mitfühlendem Ton.

»*Je ne faisais pas la traversée*«, erklärte Karim. »Ich habe keine Überfahrt gemacht. Meine Füße, sie sind so kalt.«

Ein Mann holte eine zweite Rettungsdecke und wickelte sie um Karims Unterschenkel. Mit beunruhigter Miene sagte er zu den anderen etwas von *azul*.

»Sie wollten die Meerenge gar nicht überqueren?«, fragte ein anderer. »Wie meinen Sie das?«

»Ich bin kein *harraga*. Kein Geflüchteter.«

»Sie sind kein *migrante*?«

Die Crewmitglieder sahen einander verständnislos an. »Was machen Sie dann hier im Meer?«, fragte der erste Mann.

»Ich bin Polizist ... bei der Sûreté.« Karim tastete nach seiner Brieftasche, aber die war verschwunden. Also zeigte er ihnen stattdessen seine Dienstwaffe, die noch fest im Holster steckte. Das Rettungsschiff schaukelte in den Wellen, und ihm wurde schlecht. Dieser Schiffscontainer ...

hatte er sich das Gespräch mit Askanda, Ismael und Sidiki vielleicht nur eingebildet?

Die Mannschaft unterhielt sich in rasend schnellem Spanisch. Schließlich wandte die junge Frau sich wieder an ihn: »Wir lassen Sie jetzt erst einmal medizinisch untersuchen. *Ne t'inquiète pas.*«

Karim brauchte bis zur ihrer Ankunft in Tarifa, um sie davon zu überzeugen, dass er wirklich kein Geflüchteter war.

»Verstehe«, sagte Noureddine.

Ayesha saß im *cyber* und telefonierte über ein Headset. Sie kannte Noureddine inzwischen seit zwei Jahren. Es war seiner Empfehlung zu verdanken, dass sie den Platz in Kenitra bekommen hatte. Jetzt musste Ayesha ihrem Förderer die Nachricht überbringen, vor der er sich schon die ganze Zeit gefürchtet hatte.

»Der Tote entspricht Abdous Alter und Größe«, berichtete sie. »Das aufgedruckte *Ourika* auf seinem T-Shirt war noch zu erkennen. Dem Polizeiarzt zufolge lag die Leiche seit über zwei Wochen im Wasser, aber die Todesursache ließ sich nicht zuverlässig bestimmen. Da müssen wir also auf die Autopsie warten. Es tut mir leid, Sir.«

Noureddine seufzte tief und sagte dann: »Wir sind alle in Gottes Hand, und zu Ihm kehren wir wieder zurück. Was machen Sie eigentlich in Tanger, Frau Talal?«

»Ich bin hier, um nach Karim zu suchen«, antwortete sie. Eine Woche war mittlerweile vergangen, ohne dass sie etwas von ihm gehört hätte, und der Fund von Abdous Leiche hatte ihre Befürchtungen natürlich noch anwachsen lassen.

»Ich habe gestern mit Karim gesprochen.«

»Gott sei gedankt!«, rief Ayesha, der ein Stein vom Herzen fiel.

»Sie sollten nicht in Tanger sein«, stellte Noureddine in knappem Ton klar.

»Mir wurde offiziell eine Ausgangsgenehmigung erteilt.«

»Selbst dann kann ich nicht zulassen, dass Sie weiter in Tanger bleiben. Sie haben Ihre Ausbildung noch nicht abgeschlossen und sind nicht befugt, eine Waffe zu tragen.«

»Bitte ... sagen Sie mir doch wenigstens, wo Karim sich befindet.«

»Er hat mich gestern am späten Abend von einem Münzfernsprecher in Tanger-Med angerufen, dann aber vollkommen abrupt das Gespräch abgebrochen.«

»Er dürfte also weiter in Gefahr schweben, richtig?«, folgerte Ayesha, die eine neue Welle der Angst erfasste.

»Ja«, gab Noureddine zu. »Aber die Situation in Tanger liegt nicht in unserer Zuständigkeit. Die *Direction Générale de Surveillance du Térritoire* hat den Fall an sich gezogen.«

»Bei allem Respekt, Sir, aber ich denke, ich kann meinen Bruder schneller finden und ihm schneller helfen, als der marokkanische Geheimdienst das kann. In Undercover-Arbeit bin ich bereits ausgebildet. Und als Frau kann ich ermitteln, was los ist, ohne dabei so viel Verdacht zu erregen wie ein Mann.«

»Dies zu entscheiden liegt nicht in Ihrer Hand.«

Ayesha schlug alle Bedenken in den Wind. »Gott schenke Ihnen ein langes Leben, Sir, aber ich kann nicht nach Kenitra zurück. Diese Verbrecherorganisation hat auch die Akademie infiltriert. Ich bin selbst nur knapp einem Mordanschlag entgangen.«

Am anderen Ende trat langes Schweigen ein.

»Die Korruption in diesem Fall besitzt extreme Ausmaße, Sir. Sie brauchen jemanden in Tanger, dem Sie vertrauen können. Und das bin ich.«

»Also schön«, sagte Noureddine schließlich. »Karim hat gestern Abend in Tanger-Med das Schiff entdeckt, auf das Abdou wartete, als er überfallen wurde – die *Mustafa*.«
»*Mustafa* ist ein Schiff?«
»Sekunde, bitte.«
Ayesha konnte hören, wie im Hintergrund gesprochen wurde. Das Ganze dauerte mehrere Minuten. Endlich kam Noureddine wieder zurück.
»Gott ist barmherzig. Karim ist gefunden worden.«

»Sie Ärmster! Was ist denn mit Ihnen passiert?«
Raouls massige Gestalt füllte den Eingang zum Anmeldebereich des *Centro de Internamiento de Extranjeros* aus. Auf einem Tisch lagen Broschüren verschiedener Hilfsorganisationen für Geflüchtete.
Eine Krankenpflegerin stand an Karims Notfallliege und war gerade dabei, seinen Blutdruck zu messen. Das Fieber tobte so heiß in ihm, dass er sich am liebsten die Kleider und Socken, die ihm das Rote Kreuz gegeben hatte, sofort wieder vom Leib gerissen hätte. Die Pflegerin sagte etwas zu Raoul, der sich einen Stuhl heranzog.
»Sie wollen Sie in ein Krankenhaus nach Algeciras bringen. Sie leiden an Unterkühlung.«
»Wie sieht meine Nase aus?«
»Ihre Nase?«
»Sie wurde mir vor einer Woche aufgeschlitzt.«
»Anscheinend eine der wenigen Stellen an Ihnen, die in halbwegs guter Verfassung sind«, erklärte Raoul grinsend, nachdem er ein paar Worte mit der Pflegerin gewechselt hatte. »Salzwasser hilft bei der Wundheilung.«
Karim brachte ein schmerzhaftes Lächeln zustande.

»Es ist gar nicht so einfach zu klären, wie mit Ihnen zu verfahren ist, mein Freund«, fuhr der Spanier fort. »Sie sind zwar kein Migrant, aber Sie können sich auch nicht ausweisen, daher müssen wir Sie vorläufig als einen führen. Was wiederum zur Folge hat, dass wir Sie nur in Polizeibegleitung ins Krankenhaus gehen lassen dürfen.«

Allerdings klang die Vorstellung, bewacht von der spanischen Polizei in einem spanischen Krankenhaus zu liegen, in Karims Ohren in diesem Moment wundervoll. Wahrscheinlich war das für ihn derzeit der sicherste Platz auf Erden.

»Schon in Ordnung. Ich müsste nur mal ...« Karim verlor das Bewusstsein. Seltsame Träume suchten ihn heim ... von Wasser und fallenden Containern. Immer wieder fallende Container.

Als er erwachte, war ein ganzer Tag vergangen. Er lag im *Centro de Salud*, einem hellen, modernen Gebäude inmitten von Tarifa, und hing an einem Tropf, der in seinen rechten Arm führte. An seinem Bett saß Raoul gemeinsam mit einem jungen Mann in einem kurzärmligen Hemd mit Schulterstücken.

»*Ola!*«, begrüßte ihn Raoul. »Dies hier ist Fernando Villa, Offizier bei der Grenzagentur Frontex. Wie fühlen Sie sich?«

»Müde.«

»Keine Schmerzen, keine Übelkeit?«

»Nein.«

»Spüren Sie Ihre Zehen?«

»Ja.«

»*Muy bien*«, erklärte Raoul erleichtert. »Es ist mir gelungen, mit Ihrem Kollegen Noureddine Serghini in Marrakesch Kontakt aufzunehmen. Er war sehr froh über die Nachricht, dass Sie in Sicherheit sind. Ich musste versprechen, ihn umgehend zu informieren, wenn ich Gelegenheit hatte, mit Ihnen zu sprechen.«

Karim nickte und sagte dann: »Raoul ... als ich da im Wasser trieb ... woher wussten Sie, dass ich Hilfe brauchte?«

»Habe ich Ihnen denn nicht von unserem hervorragenden elektronischen Frühwarnsystem erzählt? Wir haben das Schnellboot bemerkt, und es ist höchst ungewöhnlich, dass ein solches Schnellboot sich außerhalb der territorialen Gewässer aufhält. Allerdings haben wir volle vier Stunden gebraucht, Sie zu finden. Wie haben Sie bloß so lange überlebt? Das ist *un milagro*, ein Wunder!«

»Ich ... ich glaube, ich habe mich an einen Container geklammert. Und innen ... innen drin waren Menschen, Subsahara-Afrikaner.«

»Blinde Passagiere?«

»Da bin ich mir nicht sicher«, antwortete Karim. »Kann man auch Container auf Ihrem Frühwarnsystem entdecken? Ich meine, wenn sie über Bord gefallen sind?«

»Sofern sie nicht von einem Schiff verdeckt werden«, erwiderte Raoul mit einem Nicken.

»Container gehen hier in der Straße von Gibraltar ständig über Bord«, ergänzte Fernando. »Ein paar schwimmen, andere versinken. Hängt ganz vom Inhalt ab. Ein Problem stellen die dar, die schwimmen, denn die Schifffahrtswege sind lediglich zweieinhalb Meilen breit. Und wenn ein Schiff einen schwimmenden Container rammt ... *bum!* Durch den Aufprall kann sogar der Rumpf aufreißen.«

»Er sollte nicht schwimmen, er sollte versinken«, sagte Karim, dessen Blick jetzt wirkte, als wäre er ganz woanders. »Ismael, Askanda und Sidiki.«

»Was?«

»So lauteten ihre Namen. Die Männer im Innern des Containers. Der muss dort auf dem Meeresboden liegen.

Können Sie nicht ein Taucherteam hinschicken, um ihn aufzuspüren? Vermutlich liegen noch mehr da unten.«

»Unten auf dem Meeresboden liegen zweifellos noch viele weitere Container«, erklärte Fernando. »Woran sollen wir erkennen, in welchem von ihnen Geflüchtete waren?«

Die beiden Männer unterhielten sich kurz, und Karim vernahm das Wort *sueño*.

»Es war kein Traum!«, protestierte er.

»Unterkühlung kann Halluzinationen verursachen.«

»Es war kein Traum!«, beharrte er.

»Karim, *amigo*«, sagte Raoul. »Das Schiff befand sich in internationalem Gewässer. Wenn von ihm ein Container ins Wasser gefallen ist, würde es Jahre dauern, eine Bergungsaktion zu organisieren. Können Sie sich vorstellen, wie viel Geld das kosten würde? Außerdem müsste dafür eine internationale Übereinkunft geschlossen werden.«

»Señor Belkacem braucht jetzt Ruhe«, verkündete in diesem Moment eine Pflegerin von der Tür aus und bedeutete den Männern zu gehen.

»Das ist nicht nötig«, bemerkte Karim und zog sich die Kanüle aus dem Arm. »Ich muss los.«

14

Als Karim am Samstagabend die Fähre aus Tarifa verließ, erwarteten ihn zwei vertraute Gesichter.

Ayesha schlang die Arme um seinen Hals, und all das Adrenalin und die aufgestauten Emotionen brachen sich Bahn in einem Strom von Tränen. Die beiden saßen auf einer Bank, hielten sich in den Armen und weinten. Ein paar Schritte entfernt stand Mokhtar und machte eine solch verlegene Miene, dass Karim ihn bat, ihm einen *nuss-nuss* zu besorgen.

»Seit wann bist du in Tanger?«, fragte er Ayesha.

»Seit einer Woche.«

»Eine Woche schon? Du müsstest doch in der Schule sein!«

»Wie soll ich brav im Unterricht sitzen, wenn ich nicht weiß, ob du gerade irgendwo bäuchlings im Mittelmeer treibst?«, entgegnete Ayesha, von Schluchzern unterbrochen.

Sie erwähnte weder etwas von Hakimis Tod noch von ihrer Auseinandersetzung mit Colonel Lalami. Dafür würde später noch Zeit sein.

»Ich habe Informationen über die *Mustafa*«, fuhr sie stattdessen fort.

»Ehrlich?«

»Ich war heute Morgen in einem *cyber* und habe ein paar Recherchen über deren Routen angestellt. Am 17. März hat sie Tanger mit 8345 Containern an Bord verlassen. Am folgenden Tag traf sie in Cádiz mit einem Container weniger ein. Daraufhin habe ich die letzten dreizehn Fahrten der *Mustafa* unter die Lupe genommen. Stets besteht eine Differenz von einem, manchmal sogar zwei Containern zwischen den Ladeangaben aus Tanger bei Abfahrt und denen aus Cádiz bei Ankunft.«

»Es war so schrecklich«, berichtete Karim. »Ich habe mit eigenen Augen gesehen, wie sie den Container fallen gelassen haben! Er ist mit einem Riesengetöse ins Wasser ... und zuerst noch eine Weile geschwommen ...« Karim brach ab. »Wie viele Fahrten, hast du gesagt?«

»Dreizehn. Die Abweichungen beginnen bereits im letzten September.«

»Sie treiben das schon sechs Monate!«

»Treiben was?«

»Geflüchtete ertränken!«

»*Ya Latif*«, rief Ayesha entsetzt. »Grundgütiger Gott. Aber das ist ja ...«

»Mord«, bestätigte Karim. »Oder versuchter Genozid. Das würde es genauso treffen.«

Mokhtar drückte Karim einen Kaffeebecher in die Hand und brach in ein raues Husten aus.

»Klingt noch schlimmer als vorher, Mokhtar«, sagte Karim und wischte mit dem Ärmel über den Becherrand.

»Keine Sorge, mein Herr. Jetzt kümmere ich mich erst mal noch um Lalla Ayesha. Danach gehe ich zum Arzt, so Gott will!«

Er holte seine *sebsi* hervor, steckte sie aber in gespieltem Schrecken sofort wieder in die *djellaba* zurück, als er Ayesha den Kopf schütteln sah. Karim nahm mit einem Lächeln zur Kenntnis, wie dem alten Gauner noch immer der Schalk aus den Augen leuchtete.

»Vielen Dank, dass Sie sich um meine Schwester gekümmert haben.«

»Es war mir eine Ehre, sie als Gast unter meinem Dach begrüßen zu dürfen«, erklärte Mokhtar.
»Du wohnst bei Mokhtar?«, fragte Karim an Ayesha gewandt.
»Schon eine ganze Woche!«, bejahte sie. »Er ist Hauswart in einem alten, verfallenen Theater, in dem früher sogar mal Enrico Caruso aufgetreten ist!«
»Wer?«
»Enrico Caruso, der berühmte Opernsänger«, erklärte Ayesha und zwinkerte Mokhtar zu. »Also Karim! Du willst doch nicht sagen, dass du noch nie von ihm gehört hast?«
Inzwischen waren längst alle Passagiere von Bord der Fähre gegangen, und die Eingangshalle hatte sich geleert. Prompt begann Mokhtar unruhig zu werden.
»Wir sollten gehen.«
»Moment«, sagte Ayesha, die unbedingt noch eine Sache loswerden wollte. »Karim ... wir haben eine Leiche am Strand gefunden. Ein Mann. Die Verwesung war schon ziemlich weit fortgeschritten, aber er trug ein T-Shirt mit *Ourika*-Aufdruck.«
Karim starrte sie eine Weile wortlos an. Dann legte er die rechte Hand über seine Augen und drückte Daumen und Zeigefinger gegen die Lider. Tränen liefen ihm über die Wangen.
»Kommen Sie, mein Herr!«, drängte Mokhtar. »Trinken Sie Ihren Kaffee aus!«
»Wir sind nicht ganz sicher, ob es Abdou ist«, sagte Ayesha. »Wir müssen erst noch die Autopsie abwarten.«
Karim wischte sich mit dem Ärmel über die Nase und zuckte prompt vor Schmerz zusammen.
»Es ist Abdou«, legte er sich fest. »Sie haben ihn ins Meer geworfen. Wahrscheinlich ruhiggestellt mit irgendwelchen Medikamenten.«

»Darüber wird uns der toxikologische Bericht Auskunft geben«, bemerkte Ayesha mit sanfter Stimme. »Was genau ist denn deiner Meinung nach passiert in der Nacht, in der Abdou verschwand?«

»Er hat den Weg des Containers verfolgt«, begann Karim. »Vielleicht hat er ja mitbekommen, wie er per Lastwagen angeliefert wurde. Um 18:28 Uhr legte die *Mustafa* an Terminal 2 an. Er wartete ab, bis sie beladen wurde, um die Verbindung zwischen Schiff und Container eindeutig beweisen zu können. Aber sie waren schneller.« Karim blickte nachdenklich ins Leere. »Ich kapiere bloß nicht, warum ein in Liberia registriertes Schiff afrikanische Geflüchtete ertränkt. Es ergibt einfach keinen Sinn.«

»Wir müssen los«, warf Mokhtar dazwischen, nun schon leicht panisch. »Die Fährleute beobachten uns bereits misstrauisch.«

»Ich kenne den Grund«, sagte Ayesha, während sie Mokhtar mit einer Handbewegung bremste.

»Im Ernst?«, fragte Karim.

Sie erhob sich und half Karim beim Aufstehen.

»Die *Mustafa* fährt zwar unter der Flagge Liberias, aber nur, weil das so vorteilhafter ist. Eigner ist ein Unternehmen mit Sitz in Guangdong, China.«

Später am Abend stattete Karim der Witwe Khoury noch einen kurzen Besuch ab.

»Herr Belkacem!«, rief sie überrascht. »Ich verstehe gar nicht … Sie haben Ihre Tasche hiergelassen, und dann …«

»Ich weiß«, sagte Karim und schob sich rasch an ihr vorbei. »Es ist alles höchst sonderbar.« Er trat in sein Zimmer, nahm die Reisetasche mit Abdous Sachen und drückte der Witwe auf dem Rückweg einen Hundert-Dirham-Schein in die Hand.

»Vielen Dank.«

Sie verfolgte mit offenem Mund, wie Karim in der Gasse verschwand. Kurz darauf traf er im *cyber* nahe der Rue d'Italie wieder mit Ayesha und Mokhtar zusammen.

»Diese Kerle, die Sie verfolgt haben, Herr Karim«, sagte Mokhtar. »Ich hatte nichts mit denen zu tun. Das wissen Sie doch, oder?«

Mokhtar war genau wie Simo, dachte Karim. Jemand, der stets über alles Bescheid wusste, was in Tanger so vor sich ging, und der oft genug selbst die Finger im Spiel hatte. In diesem Punkt allerdings glaubte Karim ihm und antwortete nur: »Ja.«

»Sie hätten die Tasche nicht abholen sollen. Das Haus ist nicht sicher.«

»Das ist das Einzige, was von meinem toten Freund noch übrig ist«, erwiderte Karim und blitzte ihn scharf an. »Und wenn Sie derart besorgt um unsere Sicherheit sind, dann stellen Sie sich doch lieber an die Tür und behalten die Straße im Auge.«

Ayesha saß vor einem Computer und schaute auf, als Karim zu ihr trat.

»Schon mal was von dem Grenzschutzabkommen zwischen den Europäern und Marokko gehört?«

»Das habe ich in Ceuta aus nächster Nähe in Aktion erlebt.«

»*Shouf*, sieh dir das an!« Sie schwenkte den Bildschirm in seine Richtung. »Das ist die Rede eines EU-Politikers vom letzten Jahr.«

Die arabisch untertitelte Aufzeichnung stammte aus einer Sitzung des Europäischen Parlaments und zeigte einen

Politiker, der die gegenwärtigen Grenzschutzbemühungen Marokkos vehement kritisierte.

»Wir bezahlen Marokko Millionen von Euro«, donnerte er, »und wofür? Nacht für Nacht bekommen wir in unseren Nachrichten Bilder vorgesetzt von überfüllten Booten, von Leichen, die an unsere Küsten geschwemmt werden, von den Grenzanlagen in Ceuta, die sich leichter überwinden lassen als ein Lattenzaun. Wir müssen endlich damit aufhören, immer nur mit Belohnungen zu winken, und stattdessen den Stock auspacken. Mein Vorschlag lautet: Für jeden Geflüchteten, der es auf europäischen Boden schafft, kürzen wir die Mittel für Marokko. Das würde Wirkung zeigen! Sobald die Marokkaner merken, dass all die lieb gewonnenen Überweisungen in Gefahr geraten, werden sie ganz schnell dafür sorgen, dass nicht noch mehr Schwarzafrikaner spanisches Staatsgebiet erreichen. Und schon haben wir das Problem gelöst!« Er nahm wieder Platz, während im Saal Applaus und zustimmende Kommentare, aber auch »Schande«-Rufe laut wurden.

»Was hältst du davon?«, fragte Ayesha, als sie das Video angehalten hatte.

»Er gehört zu den ganz Rechten. Die versprühen nun mal so ein Gift.«

»Aber was, wenn seine Position in Rabat für Alarmstimmung gesorgt hat?«, bohrte Ayesha weiter. »Mit der Rückführung von Geflüchteten in den Süden hat es nicht geklappt ... und es ist ihnen auch nicht gelungen, die Schleusernetzwerke zu zerschlagen. Also hat jemand von ganz oben den Befehl gegeben ...«

»... das Problem zu beseitigen«, ergänzte Karim.

»Genau! Und da es zu riskant war, die Polizei selbst mit dieser Aufgabe zu betrauen, reichten sie den Job weiter an ihren bewährten Sicherheitsdienstleister Mohammed Mansouri ...«

»... und Mansouri wiederum nutzte seine Kontakte zum chinesischen Schmuggelkartell, das sich dazu bereit erklärte, die Geflüchteten über Bord gehen zu lassen, unter einer Bedingung: keine Behinderung ihrer Geschäfte mit gefälschten Medikamenten.« Karim durchdachte kurz, was das zu bedeuten hatte, und rannte zu Mokhtar an der Tür.

»Wie kommen wir nach Casiago?«
»Es gibt da einen Taxifahrer in meiner Familie ...«
»Ist er vertrauenswürdig?«
»In dieser Stadt ist Allah der Einzige, dem man vertrauen sollte.«

Karims Gesicht nahm einen entschlossenen Ausdruck an. »Ich kenne jemanden, der uns hinbringen kann.«

Im Camp herrschte gute Laune. Alle hatten sich für die Überfahrt auf der *Mustafa* morgen Abend angemeldet. Und das Beste: Sie mussten nicht den noch weiteren Weg bis zur Free Zone bewältigen, da der Container diesmal von einem Depot an Tangers Ausfallstraße nach Tetouan abging. Es genügte, im Laufe der Nacht zu diesem zwölfstündigen Fußmarsch aufzubrechen.

Drei Neuankömmlinge hatten das Lager weiter anwachsen lassen. Ein Bruderpaar aus Mali und ein kongolesischer Lehrer namens Yannick Lumumba. Die drei waren die Strecke von der algerischen Grenze zu Fuß gelaufen und so erschöpft, dass sie beschlossen hatten, sich ein paar Tage in Casiago zu erholen und erst die nächste Überfahrt der *Mustafa* zu nehmen. Nach dem Abendessen schaltete

Yannick seinen tragbaren CD-Spieler an, und alle tanzten zu Wendo Kolosoys »Marie-Louise«, das hier jeder kannte.

»Hey, Franco!«, rief Louis mit breitem Grinsen. »Wirst du unsere Marie-Louise vermissen, wenn du nach Spanien kommst?«

»Nein«, antwortete Franco lachend.

»Warum denn nicht? Etwa wegen einer hübschen spanischen *Seen-joo-rita*?«

»Das wirst du morgen schon sehen!«

Joseph war der Einzige, der nicht tanzte. Er hockte unter seiner Plane und zermarterte sich den Kopf, was er tun sollte. Einerseits hatte er Karim versprochen, mit der Überfahrt zu warten, bis der die fragwürdigen Hintergründe geklärt hatte. Andererseits war Karim inzwischen seit achtundvierzig Stunden verschwunden, und die Abfahrt stand unmittelbar bevor. Zudem war morgen Ostersonntag und damit für einen gläubigen Christen ein äußerst vielversprechender Tag für eine solche Reise. Er beschloss, morgen um elf die Messe in St. Andrew's zu besuchen. Gott würde ihm schon einen Weg weisen.

Die Männer feierten am Feuer, bis Regen einsetzte. Dann packten sie ihre Sachen und machten sich, gemeinsam mit Joseph, auf ihren Marsch Richtung Westen.

Blitze zuckten vom Himmel, und dicke Regentropfen klatschten gegen die Windschutzscheibe, als Hicham, der Polizeifahrer, mit Mokhtar auf dem Beifahrersitz sowie Karim und Ayesha auf der Rückbank Tangers *centre ville* durchquerte. Mokhtar hustete in ein Tuch.

»Sie sollten bei so einem Unwetter nicht draußen sein,

Mokhtar«, sagte Karim. »Sie sind krank. Gehen Sie lieber nach Hause.«

»Machen Sie sich um mich keine Sorgen.«

Karim und Ayesha sahen einander ratlos an, dann wandte Karim sich an den Fahrer: »Wie geht's Ihrem Sohn, Hicham?«

»Danke, gut, Gott sei Dank«, antwortete Hicham, bevor er mit leiser, furchtsamer Stimme hinzufügte: »Ihr Foto prangt überall in der *préfecture* auf Fahndungsplakaten.«

»Ich habe Simo nicht getötet.«

»Das weiß ich, Sir.«

»Innerhalb der Polizei gibt es einige *temrat fasadin*, faule Datteln, und wenn die erst mal entfernt sind, wird alles besser werden, *inschallah*. Einstweilen halten sie mich für tot. Nur darauf kommt es an.« Er legte Hicham die Hand auf die Schulter. »Anhalten!«

»Aber wir sind doch erst in Malabata!«, wandte Hicham verwirrt ein und drehte sich um.

»Ich habe es mir anders überlegt«, erklärte Karim. »Hinter Malabata kommt eine Straßensperre, und einen Wagen mit vier Erwachsenen werden sie garantiert kontrollieren. Kann ich mir den Wagen leihen?«

»Natürlich, Sir.«

»Mokhtar und Sie kehren in die Stadt zurück. Das ist besser für Sie, Mokhtar. Kümmern Sie sich um Ihre Gesundheit. Ayesha wird fahren, und ich werde mich im Kofferraum verstecken.«

»Aber ich habe eben erst den Führerschein gemacht«, bemerkte Ayesha, die wenig begeistert von dem Plan schien.

»Ist doch nur ein kleines Stück«, versuchte Karim sie zu beruhigen. »Das schaffst du schon.«

»Kommen Sie anschließend wieder nach Tanger, Herr Karim?«, fragte Mokhtar. »Mein Heim ist nicht besonders luxuriös, aber Sie sind herzlich willkommen, und Lalla Ayesha kann Ihnen zeigen, wo der Eingang ist.«
Karim schaute nach draußen. Der Regen wurde immer stärker. »Ich weiß noch nicht, was ich mache.«
»In Casiago können Sie unmöglich bleiben«, erklärte Mokhtar. »Da werden Sie nass bis auf die Haut!«
»In der Nähe des Hafens gibt es ein Hotel, das Al-Majaz«, schlug Hicham vor.
»Sehr gut. Sollte das Wetter richtig schlecht sein, übernachten wir eben dort.«
»Wir haben kein Geld, Karim!«, sagte Ayesha leise.
Mokhtar griff in seine *djellaba*. Für eine Sekunde dachte Karim schon, er würde ein Messer ziehen, aber stattdessen brachte er zwei blaue Geldscheine zum Vorschein, die er Karim in die Hand drückte. Karim starrte irritiert auf die Banknoten.
»Nehmen Sie's«, krächzte Mokhtar grinsend. »Hab ich mit dem Verkauf von Kief an Touristen verdient.«
»Vielen Dank, mein Bruder«, sagte Karim sichtlich bewegt. »Und Ihnen auch vielen Dank, Hicham.«
»Möge Gott Sie beide beschützen.«
»Da kommt gerade ein Bus«, rief Karim. »Wenn Sie sich beeilen, erwischen Sie ihn noch.«
Fünf Minuten später erreichte Ayesha den Kontrollposten und warf einen nervösen Seitenblick auf das am Straßenrand liegende Nagelband. Ein uniformierter Polizist schielte kurz ins Innere und winkte sie durch. Zwei Kilometer weiter hielt Ayesha an, und Karim übernahm wieder das Steuer.
»In einer halben Stunde müssen wir das Ganze noch einmal machen«, erklärte er. »Die Straße nach Casiago führt

durch Tanger-Med, und am Hafen wird die Polizei bestimmt auch nach mir suchen.«

Aber wie sich herausstellte, waren in Tanger-Med keine Straßensperren aufgebaut, sodass Karim sich nur vorsichtshalber auf dem Beifahrersitz wegduckte.

»Es war niemand zu sehen«, berichtete Ayesha, als sie den Hafen hinter sich ließen. »Bloß eine Gruppe Geflüchteter auf der Straße. Die Ärmsten müssen pitschnass sein bei dem Wetter!«

Sie folgten der N16 hinauf in die Berge. Selbst mit eingeschaltetem Fernlicht sahen sie nichts außer Regenschnüren und Sturzbächen, die die Straße herabflossen.

»Was bin ich froh, dass du fährst«, sagte Ayesha und umklammerte den Haltegriff neben ihrem Sitz fester. »Auf solche Straßenverhältnisse hat uns der Fahrlehrer in der Akademie nicht vorbereitet.«

»Macht er schon ... wenn du den freiwilligen Vertiefungskurs belegst«, erwiderte Karim grinsend.

Er musterte jetzt aufmerksam jede Kurve, bis sie an die Stelle kamen, wo er Oussuman und Bouboucar aufgesammelt hatte. Von dort rannte er das restliche Stück durch den Wald und kehrte schon fünf Minuten später vollkommen durchnässt und außer Atem zurück.

»Sie sind weg«, erzählte er. »Es waren nur noch drei Leute im Camp, die ich nicht kannte. Sie sagten, die anderen wären nach Tanger gegangen. Und morgen legt die *Mustafa* wieder an!«

Die Abfahrt war noch heikler als der Weg hinauf. Die Reifen des Dacia waren in den rutschigen Kurven schlicht überfordert. Einmal verlor Karim sogar die Kontrolle über den Wagen, und sie schlidderten gegen einen Baum. Der Aufprall war immerhin so heftig, dass sie beide einen gehörigen Schreck bekamen.

»Welcher Tag ist morgen?«, fragte Karim.

»Sonntag.«

»Es ergibt keinen Sinn, heute Abend unbedingt zurück nach Tanger kommen zu wollen. Gewöhnlich besucht Joseph am Sonntagvormittag die englische Kirche in der Stadt.«

»Du kannst dich da unmöglich am helllichten Tag sehen lassen! Die Polizei sucht überall nach dir.«

»Es gibt eine Zugverbindung in die Stadt.«

»Bist du verrückt?«, widersprach Ayesha. »Viel zu gefährlich!«

»Für mich schon. Aber nicht für dich. Du musst morgen früh den Zug nach Tanger nehmen und Joseph an der Kirche abfangen. Die Messe beginnt um elf.«

Ein paar Minuten später stellte er den Wagen auf dem Parkplatz des Hotel Al-Majaz ab. Die Lobby mit dem Marmorboden und den glatten, eckigen Ledersofas wirkte modern. Im Hintergrund spielte leise westliche Popmusik.

»*Salamu alaikum*«, begrüßte der Empfangschef das tropfnasse Pärchen. »Was für ein Wetter, nicht?«

Karim erkundigte sich nach dem Preis für ein Zimmer.

»Einhundertachtzig für ein Doppelzimmer«, sagte der Empfangschef. »Zweihundertsechzig für zwei Einzelzimmer.«

So genau hatte Karim bis zu diesem Augenblick über die Übernachtungsfrage noch gar nicht nachgedacht.

»Wir nehmen das Doppelzimmer«, entschied Ayesha. »Überflüssige Ausgaben können wir uns nicht leisten«, raunte sie ihm wenig später auf der Treppe zu.

Die Betten in ihrem Zimmer standen dicht nebeneinander. Außerdem verfügte der Raum über einen an der Wand befestigten Fernsehbildschirm, einen kleinen Balkon und ein eigenes Badezimmer. Sollte Ayesha von ihrem ersten Besuch in einem Hotel beeindruckt sein, merkte man es ihr jedenfalls nicht an.

»Ich gehe erst mal duschen«, sagte sie. »Hast du noch ein T-Shirt übrig?«

Karim warf ihr aus Abdous Reisetasche ein Fußballtrikot in den rot-grünen Farben Marokkos zu. Sobald sie im Badezimmer verschwunden war, zog er seine Jacke an und ging raus in den Regen. Vor einer Ladenzeile mit geschlossenen Geschäften entdeckte er ein Münztelefon und rief Noureddine an. Nachdem sie kurz über seine Rettung gesprochen hatten, erläuterte Karim seinem Chef ihre Theorie, wonach der Hafen gefälschte Medikamente hereinließ – im Gegenzug zu der Bereitschaft des Kartells, sich des »Fluchtproblems« anzunehmen.

Er konnte hören, wie am anderen Ende jemand scharf einatmete.

»Da könntet ihr richtigliegen«, gestand Noureddine nach kurzer Pause. »Uns ist bereits aufgefallen, dass der plötzliche Anstieg getöteter Schleuser in genau dasselbe Zeitfenster fällt wie die drastische Abnahme beschlagnahmter Schmuggelware in Tanger-Med.«

»Wer hat eigentlich damals im Februar darum gebeten, dass wir jemanden nach Tanger schicken, Noureddine?«, fragte Karim. »Ich weiß, dass es kein Amtshilfeersuchen aus Tanger war.«

»Die Frage habe ich mir auch schon gestellt. Laut Badnaoui kam die Bitte ursprünglich von offiziellen chinesischen Stellen. Wie du dir denken kannst, ist es denen peinlich, dass diese Medikamentenfälschungen ausgerechnet

aus ihrem Land kommen, daher behalten sie alle Entwicklungen genau im Auge. So erregte es ihr Misstrauen, als die Zahl der Kontrollen in Tanger-Med unvermittelt stark abnahm. Aber erzähl mal lieber, wo du jetzt steckst.«
»In Tanger-Med. In einem Hotel.«
»Ist es da sicher?«
»Für eine Nacht schon.«
»Und wo ist Frau Talal?«
»Bei mir.«
»Sie ist mit dir zusammen in diesem Hotel?«
Karim verzog erschrocken das Gesicht. Dachte Noureddine jetzt etwa, er hätte eine sexuelle Beziehung zu Ayesha? Nein, das war zu verrückt! Wie sollte Noureddine auf so einen Gedanken kommen?
»Ich will, dass sie aus Tanger verschwindet«, fuhr sein Chef fort. »Es gibt dort nichts weiter für sie zu tun. Sie setzt bloß ihr Leben aufs Spiel. Sorg gefälligst dafür, dass sie morgen im ersten Zug nach Kenitra sitzt. Und du solltest besser auch eine Weile untertauchen, Karim. Warte ab, bis die Ergebnisse der Autopsie vorliegen, und dann kommst du zurück nach Marrakesch.«
»Und was ist mit der *Mustafa*?«, fragte Karim nur. »Sie wird doch morgen im Hafen erwartet.«
»Karim«, versuchte es Noureddine nach einem tiefen Seufzer erneut. »Du bist Lieutenant bei der Justizpolizei im vierten Polizeibezirk von Marrakesch. Dieser Fall ist inzwischen ein paar Nummern zu groß für dich – und auch für mich. Das ist jetzt eine Angelegenheit der Nationalen Sicherheit, womöglich sogar von internationalen Dimensionen. Was nun zu tun ist, entscheidet daher allein die *Direction Général de Surveillance du Térritoire*.«
»Aber was, wenn der Geheimdienst mit dem Kartell gemeinsame Sache macht?«

»Das Risiko müssen wir eingehen«, beschied Noureddine knapp und beendete das Gespräch.

Mokhtar stand in seiner von Kerzenlicht erleuchteten Küche im Teatro Cervantes. Er hatte seine nasse *djellaba* gegen eine frische, trockene ausgetauscht und wartete nun darauf, dass der Teekessel kochte. Ein ordentliches Büschel Minze, eine Handvoll schwarzen Tee und drei Stückchen Zucker hatte er bereits hineingeworfen. Er musste husten und hielt sich ein Taschentuch vor den Mund. Als der Kessel pfiff, packte er ihn mit dem Taschentuch am Griff, stellte ihn auf den Tisch, setzte sich und begann seine *sebsi* zu stopfen.

»Wo sind sie?«, fragte eine Stimme aus dem Dunkeln.

Mokhtar fiel vor Schreck die Pfeife aus der Hand. Er tastete sofort kurz unter dem Tisch danach, bis er sah, dass sie unter der Stahlkappe eines Stiefels klemmte, der seinem Besucher gehören musste. Er setzte sich wieder auf und machte ein unglückliches Gesicht.

»Wer?«, fragte er zurück. »Die Ma… die Marrakschis?«

»Natürlich die Scheißmarrakschis«, erwiderte Mohammed Mansouri ebenso leise wie bösartig.

»Die sind los, um die Geflüchteten in Casiago zu warnen.«

»Und wie kommen sie dahin?«

»Keine Ahnung.«

Mansouri stampfte kurz mit dem Fuß auf, und ein lautes Knacken war zu hören. Mokhtar wich verängstigt zurück.

»In einem Polizeiwagen«, berichtete er. »Einem Skoda.«

»Wessen Polizeiwagen?«

»Von irgend so einem Fahrer. Ich glaube, er hieß Hamid.«

»Was ist denn das?«, brummte Mansouri und nahm einen Streifen Tabletten vom Tisch.
»Antibiotika.«
»Antibiotika?«
Einen Wimpernschlag lang glaubte Mokhtar schon, Mansouri würde sich nach seiner Gesundheit erkundigen.
»Du dämlicher Schwachkopf«, zischte Mansouri und beugte sich direkt an Mokhtars Ohr. »Die sind doch gefälscht. Komplett wirkungslos. WIR-KUNGS-LOS.« Er dehnte die Silben des Wortes, als würde er mit einem zurückgebliebenen Kind reden. Dann richtete er sich wieder auf. »Willst du mir denn keinen Tee anbieten?«
»Äh ...«
Mansouri nahm einen Löffel vom Tisch und rührte im Teekessel. »Und was will der Marrakschi in Casiago tun?«
»Ich ... ich weiß nicht«, stotterte Mokhtar. »Vielleicht bleibt er ja bei den Schwarzen im Camp.«
»Die Schwarzen sind bereits auf dem Weg nach Tanger, also wird er das wohl kaum können, was, Hackfresse?«
»Nein.«
»Und ich glaube auch nicht, dass der Marrakschi bei diesem Wetter mit seiner kleinen Freundin da draußen kampieren möchte, oder, Arschloch?«
»Nein.«
Ohne den Blick von Mokhtar zu wenden, schlang Mansouri seinen Ärmel um den Henkel und hob den Teekessel hoch.
»Also ... wo verbringen sie die Nacht?«
Mokhtar entfuhr nur ein ängstliches Krächzen. Mansouri schwenkte den Kessel über Mokhtars Schoß und begann zu gießen. Mokhtar schrie auf, als die kochend heiße Flüssigkeit ihm die Haut verbrühte.
»Wo sind sie?«, bohrte Mansouri nach.

Mokhtar krallte vor Schmerz die Finger in den Tisch.

»Wo sind sie?«, wiederholte Mansouri und kippte den Kessel immer weiter.

»Im Hotel …«, keuchte Mokhtar. Seine Genitalien fühlten sich an, als wären sie in der Gluthitze zerschmolzen.

»Welches Hotel?«

»Das … das Al-Majaz.«

Bei Karims Rückkehr lag Ayesha auf einem der Betten und sah fern. Das Fußballtrikot bedeckte ihre schlanken Beine nicht einmal bis zu den Knien.

»*Labas?*«, fragte Karim. »Alles in Ordnung?«

»Ja, alles in Ordnung«, sagte sie. Ihre Wangen waren gerötet.

»Ayesha … du musst morgen zurück nach Kenitra.«

»Lass die Scherze«, erwiderte sie, und ihre Miene verfinsterte sich.

»Kein Scherz. Dies ist der Punkt, an dem Schluss ist.«

»Schluss womit?«

»Damit, dass du und ich allein gegen das Kartell kämpfen. Die Sache ist einfach zu groß für uns geworden.«

»Was hat sich denn bitte in den letzten zwanzig Minuten geändert?«

»Ich habe mit Noureddine gesprochen«, erzählte Karim. »Er hat mir befohlen, dich morgen in einen Zug zu setzen.«

»Und was ist mit Joseph?«, entgegnete Ayesha und schaltete den Fernseher aus. »Was wird aus den Geflüchteten, die du so gern als deine Freunde bezeichnest?«

»Ich werde Joseph finden und dafür sorgen, dass er nicht in diesen Container steigt. Um alles Weitere wird sich dann der Geheimdienst kümmern.«

»Der Geheimdienst!«, wiederholte Ayesha mit blitzenden Augen. »Woher willst du denn wissen, dass sie nicht auch darin verwickelt sind? Das Kartell hat seine Leute überall! Ich habe dir noch nicht erzählt, was am Abend deines Anrufs in Kenitra geschehen ist.«

»Was soll schon großartig passiert sein?«, erwiderte Karim. »Du hast dich schließlich nicht gemeldet.«

»Im Gegenteil«, erklärte Ayesha kopfschüttelnd. »Eine ganze Menge ist geschehen.«

»Ich verstehe nicht.«

»Dann hör genau zu! Ein paar Tage zuvor hatte Salma das Handy entdeckt. Sie wollte, dass es aus dem Zimmer kommt, also habe ich es in der Bibliothek versteckt. Leider hat Hakimi – das ist der Mitschüler, von dem ich dir erzählt habe – es dort gefunden.«

Karim hockte sich auf die Bettkante und starrte Ayesha mit wachsendem Entsetzen an.

»Den ganzen Tag über hat er gestichelt und versucht, mich zu erpressen. Bei deinem Anruf waren wir alle noch beim Essen, und unglücklicherweise hatte Hakimi auch das Handy weiter in seiner Tasche stecken. Es klingelte, und alle in der Mensa konnten es hören. Am nächsten Tag war Hakimi tot. Sie haben es wie Selbstmord aussehen lassen. Ich war die Einzige, die begriff, was tatsächlich passiert ist.«

Karim blickte sie nur sprachlos an und versuchte, das Ausmaß der Katastrophe zu erfassen, die er in Gang gesetzt hatte.

»Was geschehen ist, ist geschehen«, tröstete Ayesha ihn. »Wenigstens hat das Kartell keinen Grund, mich zu verdächtigen.«

»Sie haben allen Grund, dich zu verdächtigen!«, widersprach Karim entschieden. »Sie wissen doch, wer du bist. Sie wissen alles. Aus diesem Grund will Noureddine dich ja auch aus der Stadt haben. Das Kartell weiß, dass du meine Schwester bist.«

»Ich bin doch gar nicht deine Schwester!«

»Was soll denn das nun wieder?«, fragte Karim mit lauter werdender Stimme. »Natürlich bist du meine Schwester. Auch wenn ich ein Belkacem bin und du eine Talal, ändert das doch rein gar nichts an der Tatsache, dass du meine Schwester bist.«

»Ich glaube nicht, dass Lalla Hanane das auch so sieht«, konterte Ayesha. »Oder Abderrahim.«

»Ayesha …«

»Du bist früher einmal mein Bruder gewesen. Als wir Kinder waren und gemeinsam aufgewachsen sind. Damals hatte ich sonst niemanden. Jetzt ist das anders. Ich habe einen Bruder, Abderrahim.«

»Warum sagst du auf einmal so etwas?«

»Vielleicht sind mir durch die Treffen mit Abderrahim einfach ein paar Dinge klarer geworden.«

Karim stand abrupt auf. »Wenn wir nicht Bruder und Schwester sind, bedeutet das Teilen eines Hotelzimmers ein großes sittliches Vergehen.«

»Mein Gott, Karim!«, schnaufte Ayesha genervt. »Wenn es dich beruhigt, können wir ja vorübergehend so tun, als wären wir Bruder und Schwester!«

»Nur weil du zu Lalla Hanane gezogen bist, kannst du doch nicht gleich alle Gemeinsamkeiten zwischen uns leugnen.«

Ayesha lachte laut auf. »Schau dir deine Wangen an, schau dir meine an. Meine Haut ist braun, deine ist weiß. Meine Augen sind dunkel, deine sind grün. Wir sind so verschieden wie grüne und schwarze Oliven!«

»Uns hat dieselbe Frau großgezogen! Wir sind völlig gleich, verstehst du das nicht?«

»Meinst du im Ernst, wir wären gleich?« Ayeshas Stimme zitterte jetzt. »Du wurdest in eine liebende Familie hineingeboren. Du hast eine gesunde Mutter und zwei gesunde Schwestern. Ich wurde adoptiert, mein Vater ist tot, meine Schwester ebenfalls, meine Mutter hat die Verzweiflung darüber zugrunde gerichtet, und mein Bruder ist ein Mensch, der glaubt, dass es Fälle gibt, in denen ein Mann das Recht hat, eine Frau wegen falschen Benehmens einfach über den Haufen zu schießen. Wir sind nicht gleich.«

»Wir alle stehen in Beziehung miteinander. Das ist göttliches Recht. Du mit Abderrahim. Ich mit dir.«

»Dennoch willst du mich in einen Zug zurück nach Kenitra setzen!«

»Nein«, entgegnete Karim. »Ich habe nur gesagt, dass Noureddine wünscht, dass ich dich in den Zug nach Kenitra setze. Ich habe nicht gesagt, dass ich das auch tun werde.«

»Ich kann also bleiben?«, sagte Ayesha mit leuchtenden Augen und setzte sich mit angezogenen Beinen.

»Wenn du jetzt nach Kenitra zurückkehrst, wird man dich ebenso umbringen wie Hakimi. Das darf ich nicht zulassen. Und was noch mehr zählt ... ich brauche dich.«

»Ich dich auch«, rief Ayesha und klatschte vor Freude in die Hände. »Mehr als ich es sagen kann.« Sie küsste Karim auf die Wange und fügte dann mit leiser Stimme an: »Meinst du wirklich, dass es sicher ist, die Nacht in dem Hotel zu verbringen?«

»Ja«, antwortete Karim mit einer Gewissheit, die er keineswegs empfand.

Lächelnd schloss Ayesha die Augen und legte den Kopf auf das Kissen. Sie war mit ihren Kräften am Ende und innerhalb weniger Minuten eingeschlafen. Karim betrachtete sie lange. Im Grunde war ihre gemeinsame Welt eine ganz eigene, dachte er, eine Welt jenseits der allgemein üblichen Vorstellungen von Zuneigung und Sehnsucht, in der sie weder Geschwister noch Liebespaar waren, sondern etwas völlig anderes. Während draußen der Regen weiter gegen die Fensterscheibe prasselte, streckte er sich neben Ayesha aus. Er legte einen Arm um sie, seine Waffe aufs Kissen und lauschte ihrem Schlaf.

15

Am nächsten Morgen erwachte Karim vom Krähen eines Hahns. Er stand auf und sah aus dem Fenster. Der Regen hatte aufgehört, aber es hingen noch immer dicke graue Wolken über der Meerenge. Nachdem er sich angezogen und seine Gebete verrichtet hatte, verließ er das Zimmer und zog leise die Tür zu, um Ayesha nicht zu wecken. Die Lobby war menschenleer bis auf den Mann an der Rezeption, der ihm erklärte, dass sich der Speisesaal auf der gegenüberliegenden Seite im ersten Stock befand.

Karims Schritte hallten über den gefliesten Boden. Der Raum war groß, mit breiter Glasfront und einem mächtigen Kronleuchter an der Decke. Karim schaute sich um, doch bis auf einen einzigen eingedeckten Tisch am Fenster war der Saal leer.

»*Sbah al-khair!*«, grüßte der Kellner freundlich und brachte einige Fladen *msemmen*, dazu ein Käsedreieck von La Vache qui rit, ein Kännchen Minztee, ein Croissant und ein kleines Schälchen Honig. Als er alles auf den Tisch stellte, legte Karim ihm die Hand auf den Unterarm.

»Ein *nuss-nuss* wäre nett, mein Bruder.«

»Kein Problem«, antwortete der Kellner lächelnd. »Ich muss dafür nur nach unten zur Espressomaschine.«

Karim setzte sich in Richtung Fenster, um mitzubekommen, ob jemand kam oder ging. Containersattelzüge donnerten auf der Fernstraße vorbei. Etwas weiter dahinter konnte er die Bagger sehen, die das Baugelände für Tanger-

Med 2 freiräumten. Eigentlich hatten die Arbeiten bereits vor einem Jahr begonnen, aber noch schienen sie keine besonders großen Fortschritte gemacht zu haben. Karim verschlang den ersten Teigfladen und wollte gerade nach dem zweiten greifen, als er die Schritte des Kellners hinter sich hörte. *Alhamdulillah!* Der Tag würde anstrengend werden, und ein schöner, kräftiger *nuss-nuss* war jetzt genau das Richtige, um ihn in Schwung zu bringen.

»Lieutenant Belkacem?«

Karim wirbelte herum und wurde kreidebleich. Direkt neben ihm stand der Chinese, der ihn in der Medina verfolgt hatte. Er fühlte ein Taumeln, als würde er fallen. Seine Hand schnellte instinktiv zu seinem Holster, doch dann erinnerte sich Karim, dass er die Waffe neben Ayesha im Bett zurückgelassen hatte.

»*Relax*, Lieutenant«, sagte der Mann auf Englisch. »Darf ich mich setzen? Mein Name ist Lee, von der Polizei in Schanghai.«

»Sie ... Sie sind Polizist?«, fragte Karim ungläubig.

»*Indeed!* Ich bin bei Interpol.« Lee war groß gewachsen und schlank, trug einen grauen Trenchcoat und einen akkuraten Mittelscheitel. »Derzeit bin ich im Auftrag des chinesischen Geheimdienstes unterwegs.«

»Die Beteiligung chinesischer Behörden an diesen Ermittlungen war mir bekannt, aber ich habe nicht gewusst, dass sie auch jemanden hergeschickt haben«, sagte Karim, der noch zwischen Erleichterung und Verblüffung schwankte.

»*Indeed!*«, rief Lee erneut. »Nach dem Verschwinden Ihres Partners – entschuldigen Sie, wie hieß er noch gleich?«

»El-Mokhfi.«

»Nach dem Verschwinden von Lieutenant el-Mokhfi erfuhren wir von unseren Geheimdienststellen, dass Sie in der Stadt eingetroffen waren«, erklärte Lee. »Wir versuchten, Kontakt mit Ihnen aufzunehmen, erst im Petit Socco, später in der Rue d'Italie, aber Sie sind uns immer entwischt.« Er lachte kurz auf.

»Und dieser Marokkaner?«

»Unser Kontaktmann beim marokkanischen Innenministerium. Ein Polizist, genau wie Sie und ich.«

»Demnach wissen Sie Bescheid über die *Mustafa*?«

»Ja.«

»Sie hätten Hunderten von Menschen das Leben retten können! Warum haben Sie das Schiff nicht beschlagnahmt?«

»Aus demselben Grund, aus dem es Ihr verstorbener Kollege Lieutenant Mokhfi nicht getan hat«, rechtfertigte sich Lee. »Wir waren noch nicht so weit. Wir müssen dem Ungeheuer beide Köpfe auf einmal abschlagen.«

»Aber heute Abend beschlagnahmen Sie doch die *Mustafa*, oder?«

»Das darf ich Ihnen nicht sagen. Aber was immer wir tun, Ihre Mithilfe ist dabei nicht erforderlich. Vielen Dank für Ihre bisherigen Bemühungen, doch jetzt müssen wir Sie bitten, sich herauszuhalten.«

»Das tue ich nur allzu gerne«, sagte Karim, wischte sich den Mund mit einer Papierserviette und stand auf. »Entschuldigen Sie mich.«

»Wohin wollen Sie?«

»Tanger.«

»Nehmen Sie wieder Platz, Lieutenant Belkacem«, forderte Lee ihn auf. »Wir können Sie nicht in Tanger herumlaufen lassen. Im Augenblick ist das Kartell der Meinung, die größten Bedrohungen für ihre Operation wären ausgeschaltet, nämlich Simo Layachi und Sie. Das sollen sie auch weiterhin glauben.«

Ein zweiter Chinese trat mit verkniffenem Mund an den Tisch. Er flüsterte Lee etwas ins Ohr, woraufhin dieser sich an Karim wandte und fragte: »Wo steckt Ihre Freundin, Lieutenant Belkacem?«

Ayesha stand hinter einer Säule und beobachtete die Szene mit wachsender Besorgnis. Sie war kurz zuvor aufgewacht, hatte die Waffe zwischen den Bettlaken entdeckt und gemerkt, dass Karim weg war. Als sie sah, dass der Chinese sich mit Karim im Restaurant unterhielt, fürchtete sie eine Falle. Und zu demselben Schluss war auch Karim mittlerweile gekommen.

»Merkwürdig, Herr Lee«, antwortete Karim und sah ihm offen in die Augen. »Sie nennen die junge Frau meine Freundin. Wenn Sie tatsächlich mit dem Geheimdienst zusammenarbeiten würden, wüssten Sie doch, dass sie meine Schwester ist.«

In diesem Moment hallten Schritte durch den Raum. Der Kellner kehrte mit Karims *nuss-nuss* zurück. Auf halbem Weg blieb er stehen, da er spürte, dass etwas nicht stimmte. Ohne sich viel zu bewegen, hielt der schmallippige Chinese plötzlich eine Pistole mit Schalldämpfer in der Hand, und der Kellner fiel mit einem Loch unter dem Auge zu Boden.

Bevor Karim noch reagieren konnte, hatte Lee ihm eine Spritze in den Oberschenkel gerammt und den Kolben nach unten gedrückt. Karim versuchte, sich loszureißen, spürte aber schon, wie ihm schwindlig wurde.

»Haben Sie damit auch meinen Freund umgebracht?«, fragte er mit schwacher Stimme.

»Das ist bloß flüssiges Ketamin«, erklärte der Chinese. »Damit bringt man niemanden um.«

»Aber Sie bringen doch Menschen um, richtig? Containerweise sogar.«

»Die will doch keiner, Lieutenant! Europa will sie nicht. Marokko will sie nicht. Die sind wie Ratten. Und bei uns in China machen wir mit Ratten kurzen Prozess.«

Zwei Schüsse knallten. Der erste traf Lee in die Schulter, der zweite seinen Handlanger in die Brust. Der Killer feuerte zurück, und Kugeln prallten von der Säule ab. Ayesha behielt den Finger am Abzug, bis das Magazin der Glock aufgebraucht war und die beiden Chinesen tot auf dem Boden lagen. Karim zog die Spritze aus seinem Bein, taumelte ein wenig und setzte sich wieder hin.

Ayesha betrachtete die leblosen Körper. »Ich habe sie beide umgebracht ...«, sagte sie halb verwundert, halb bestürzt.

»Du hast niemanden umgebracht – nicht offiziell«, erklärte Karim, nahm ihr die Waffe aus der Hand und wischte ihre Fingerabdrücke ab.

»Bist du so weit okay?«, erkundigte sich Ayesha mit gerunzelter Stirn.

»Wir müssen ...« Karim versuchte aufzustehen und scheiterte.

»Die Droge fängt an zu wirken!«

»Hier können wir nicht bleiben ...«

Ayesha rannte aus dem Speisesaal. Bei ihrer Rückkehr zwei Minuten später trug sie *djellaba* und Kopftuch und hatte Abdous Reisetasche mit ihren wenigen Sachen dabei. Karim war inzwischen auf den Boden gesackt.

»Karim!«, rief sie. »Wach auf! Wir müssen es bis zur Straße schaffen. Na los, steh auf!«

Ayesha legte Karims Arm um ihre Schulter, und sie torkelten nach draußen. Karim schlurfte träge und unsicher wie ein Zombie. Ayesha schaute sich verzweifelt um und schleppte Karim bis zu einer Bushaltestelle, wo ein paar Arbeiter der Port Authority auf den Minibus warteten, der sie zurück nach Tanger brachte. Neugierig starrten sie Karim an.

»Er hat eine lange Nacht hinter sich«, erklärte Ayesha und lächelte entschuldigend.

Zu allem Übel war der Bus gerammelt voll. Sie schob Karim den Gang hinunter, und prompt rutschten die Arbeiter in der letzten Reihe bei seinem Anblick erschrocken zur Seite. Der Bus war noch keine hundert Meter gefahren, da kippte Karim gegen seine Nachbarin, eine Frau mittleren Alters im Kittel einer Reinigungsfirma. Er schlug die Augen auf und rief: »Khadija! Was machst du denn hier?«

Die Frau wich verängstigt zurück. »Was ist mit ihm?«, fragte sie Ayesha.

»Fahren wir etwa ans Meer?«, murmelte Karim verträumt. »Fantastisch ... *mezyan bezaf!*« Er schaute die Reinigungsfrau einen Moment lang an, dann schnellte sein Oberkörper ruckartig nach vorn, und er erbrach sich auf den Boden.

Um sie herum sprangen die Fahrgäste entsetzt von ihren Sitzen auf. Ayesha geriet immer stärker in Panik.

»Steh auf, Karim!«

»Sind wir schon da?«

Jemand bat den Fahrer zu halten. Ayesha bemühte sich nach Kräften, Karim zu stützen, und die beiden wankten zur Tür.

»Tut mir schrecklich leid!«, rief sie dem Busfahrer zu. Der war zum Glück ein freundlicher Mensch und half ihr sogar, Karim aus dem Bus zu hieven. Als die Türen sich wieder schlossen und der Bus anfuhr, pressten sich zahlreiche Gesichter an die Fenster.

»Das ist nicht gut, Karim!«, sagte Ayesha und schlang sich Karims Arm wieder um die Schulter. »Ganz und gar nicht gut! Was, wenn sie es bei der Polizei melden? Steh gefälligst gerade! Na los, hoch mit dir!«

Fast pausenlos donnerten Fahrzeuge an ihnen vorbei. Da sie Karim unbedingt irgendwie in Sicherheit bringen musste, schleifte Ayesha ihn quer über die Schnellstraße – eine Aktion, die sie alle Kraft kostete. Erschöpft schleppten sie sich über eine unbefestigte Piste auf das Baugelände für Tanger-Med 2.

»Komm schon, Karim! Du musst mir helfen!«

»Wo is' Lalla Fatima?«, fragte er in leierndem Ton. »Wir sind ohne sie los.«

An einem im Bau befindlichen Abflusskanal ließ Ayesha ihn vorsichtig auf die Böschung sinken. Sie kauerte sich in die dahinterliegende Betonröhre, zwängte die Hände unter Karims Achseln und zog ihn ins Innere. Dann setzte sie sich, die Füße gegen die Wand gestemmt, und legte Karims Kopf in ihren Schoß. Er atmete schwer.

»Wir haben Toxikologie in der Schule gehabt«, sagte sie. »Ketamin bleibt nur für ein paar Stunden in deinem Körper. Anders als Fentanyl hat es auch keine lang andauernden Nebenwirkungen. Du wirst also bald wieder ganz der Alte sein ... aber Karim! Ich habe einen Menschen getötet!«

Doch bei Karims Zustand hätte sie ebenso gut mit der Wand reden können.

»Ich habe einen Menschen getötet. Ich bin noch nicht einmal zweiundzwanzig und habe einen Menschen getötet! *Zwei* Menschen! O Gott, vergib mir, was habe ich nur getan? Ich bin noch gar nicht dazu befugt, Schusswaffen zu gebrauchen, wie Noureddine mir ausdrücklich erklärt hat! Hast du das viele Blut auf dem Boden gesehen? Karim, hast du auch schon mal einen Menschen getötet? Bitte, sag, dass du auch schon mal jemanden getötet hast ...«

Doch Karim war bewusstlos. Nachdem Ayesha ihn zweimal verzweifelt geschüttelt hatte, hielt sie reglos inne. Nach einer Weile veränderte sich der Ausdruck in ihrem Gesicht. Behutsam, um ihn nicht zu wecken, schob sie die Reisetasche unter Karims Kopf und kletterte aus der Röhre.

Mokhtar schielte vorsichtig aus dem Hintereingang des alten Cervantes-Theaters. Seine Wangen waren fahlgrau, und sein Husten kam als dumpfes Rasseln tief aus der Brust. Er spähte nach links, spähte nach rechts, dann zog er die Tür hinter sich zu. Die Treppe zum Boulevard Pasteur hinauf bewältigte er nur mit Mühe. Während er die letzten beiden Stufen nahm, löste sich aus einem Eingang auf der gegenüberliegenden Straßenseite die Gestalt eines hoch aufgeschossenen Mannes, dessen Mund von einer Gaumenspalte verunstaltet war.

Nicht weit entfernt, in der St. Andrew's Church, war der Innenraum für Ostersonntag mit weißen Lilien geschmückt. Joseph fühlte sich nach der nächtlichen Wanderung aus Casiago wie gerädert und hatte zur Messe in der letzten Reihe Platz genommen. Lautlos sprach er den Text von »Christ the Lord is Risen Today« mit, während Agnes – die ältere Engländerin, die er elf Tage zuvor getroffen hatte – einem betagten Harmonium die passende Melodie zu entringen versuchte. Der überwiegende Teil der Gläubigen stammte aus Nigeria, der Rest kam aus Guinea, der Elfenbeinküste oder dem Kongo. Viele von ihnen würden gemeinsam mit Joseph die Überfahrt auf der *Mustafa* wagen und dabei die auf ihren Schultern lastenden Hoffnungen ihrer Frauen, Eltern, Brüder oder Schwestern spüren.

Der kleine nigerianische Priester, der die Messe leitete, erläuterte in seiner Predigt, dass die Botschaft von Ostern eine Botschaft der Hoffnung sei, denn die Geschichte Jesu Christi ende nicht mit Tod, sondern mit Wiederauferstehung. Als zum stillen Gebet aufgefordert wurde, bat Joseph den lieben Gott darum, ihn sicher zu seinem neuen Leben zu geleiten. Er würde hart arbeiten in der Fabrik, jeden Euro sparen und sich in sechs Monaten, so Gottes Wille, zusammen mit Jean-François weiter nach Barcelona durchschlagen.

Draußen vor St. Andrew's war derweil der Sonntagsmarkt in vollem Gange. Direkt an den Mauern handelten Frauen aus dem Rif in ihren gestreiften Kleidern und breitkrempigen Hüten mit Eiern und Gemüse, während die Obstverkäufer lauthals »Erdbeeren, nur drei Dirham das Kilo« anpriesen. Und auf der anderen Straßenseite herrschte an den Ständen mit Tajines, Küchenutensilien und allerlei modischem Krimskrams ein nicht weniger reges Treiben.

Ein türkisfarbenes *petit taxi* mit Ayesha auf der Rückbank arbeitete sich im Schneckentempo durch die Menge. Ein Fußgänger schlug mit der Handfläche auf die Motorhaube, und der Knall ließ Ayesha zusammenschrecken. Der Taxifahrer lachte.

»Das totale Chaos, oder, *a lalla*?«, rief er mit Blick in den Rückspiegel. »Flohmarkt auf der einen Seite, diese verrückten Berberfrauen auf der anderen! Die Stadt sollte aus dem Nadelöhr eine Einbahnstraße machen, zumindest am Sonntag!«

»*Fin al-kanisa?* Wo ist die Kirche?«

»Geradeaus vor uns. Über den Palmen sieht man schon ihren Turm. In einer Minute sind wir da, *a lalla*. Vorsicht ist besser als Nachsicht, wie es heißt! *Llahumma slama wala ndama!*«

Aber er redete zu einem leeren Sitz. Ayesha bahnte sich bereits draußen einen Weg.

Aus der anderen Richtung näherte sich Mokhtar durch das Gedränge. Alle paar Meter musste er anhalten. Die tiefen, quälenden Hustenanfälle erschütterten ihn bis ins Mark. Mit einer Hand an einen Ladeneingang gelehnt, blickte er zum Kirchturm von St. Andrew's hinauf. Er wusste noch, was der *Afriqi* über die Messe erzählt hatte, die er sonntags immer besuchte. Ein wild gackerndes Huhn schlug mit den Flügeln in Mokhtars Gesicht, bevor sein Besitzer es wieder einfing. Plötzlich sah er, wie die Afrikaner aus der Kirche kamen. Er versuchte, dichter heranzukommen. Da war er – Joseph. Er schüttelte einem anderen Mann vor der Tür die Hand, und man konnte den tätowierten Namen auf seinem Arm erkennen.

Ayesha hatte das Tattoo ebenfalls bemerkt. Sie war nur sechs Meter von Joseph entfernt, aber ihr stand eine verschleierte Frau mit ein paar dicken Einkaufstaschen voller Gemüse im Weg sowie ein Schmied, der einen Karren mit Holzkohle schob. Kurz verschlug es ihr den Atem, als sie zu ihrer Rechten Mokhtar entdeckte, der offenbar auch versuchte, zu Joseph durchzukommen. Was tat er denn hier? Sie verdoppelte ihre Anstrengungen, das letzte Stück zu schaffen. Dann fiel ihr eine dritte Person auf. Ein riesenhafter Mann in einem marokkanischen Gewand, der aus der Menge herausragte und zu der Stelle drängte, an der sich die Wege von Joseph und Mokhtar kreuzen mussten. Mokhtar war noch vor ihm da und schlang sofort die Arme um Joseph.

»*Tu vas mourir*. Du wirst sterben!«

»*Quoi?*«

»Ich bin Mokhtar, der Freund von Karim. Erkennst du mich nicht wieder? Das Ganze ist eine Falle. Sie werden dich töten! Sie werden dich ertränken!«

Erschrocken blickte Joseph sich um. »*Où est Karim?*« Mokhtars erregtes Gestikulieren sorgte bei den Umstehenden inzwischen für Aufmerksamkeit. Eine Frau mit Kopftuch versuchte ihren Käse zu verkaufen und hielt Joseph einen Korb unter die Nase.

»*Jben! Jben!*«

»*Non, non!*«, erwiderte Joseph.

»*Fais attention*«, ermahnte ihn Mokhtar und wurde von einer heftigen Hustenattacke erschüttert.

»*Jben! Jben! Jben!*«, wiederholte die Frau unaufhörlich.

Mit wachsender Panik schaute Joseph sich um.

»Nicht da hingehen«, keuchte Mokhtar.

»*Jben! Jben! Jben!*«, rief die Frau.

»Was?«, schrie Joseph.

»Pass auf, dass ...«

Aus dem Nichts blitzte auf einmal etwas Metallisches auf. Mokhtar entfuhr ein Stöhnen, und seine Augen weiteten sich, als wäre ihm gerade etwas eingefallen. Sein Griff erschlaffte, und seine Hand sackte ab.

Ayesha hatte aus einem Meter Entfernung alles genau gesehen. Der große Mann hatte Mokhtar eine Machete tief in den Bauch gerammt, die Waffe anschließend wieder unter seinem Gewand versteckt und auf dem Absatz kehrtgemacht. Hätte Joseph ihn nicht weiter festgehalten, Mokhtar wäre längst zusammengebrochen.

»Mokhtar! Ich bin hier, ich bin's ... Ayesha!«

Sie erreichte Mokhtar in dem Moment, in dem er zu Boden glitt. Inzwischen hatten die Umstehenden gemerkt, dass etwas nicht stimmte. »Jemand hat ihn erstochen!«, kreischte eine Frauenstimme.

Joseph schien zur Salzsäule erstarrt. Ayesha kniete sich inmitten dieses Waldes neben Mokhtar, nahm seinen Kopf in die Hände und blickte nach oben in die weit aufgerissenen Augen von Joseph.

»Geht nicht in den Container! Es wäre euer sicherer Tod!«

Eine Stimme schrie: »Der *azzi* war's! Der Neger* war's!«

»Verschwinde!«, zischte Ayesha rasch.

Joseph schoss davon, die Rue de l'Angleterre hinunter, verfolgt von den Rufen: »*Shedd al-azzi*! Haltet den Neger*!«

Ayesha schüttelte Mokhtar und versuchte, den Blutverlust mit der Hand zu stoppen. »Keine Sorge, Mokhtar, alles wird wieder gut, der Krankenwagen ist gleich da!«

»Rote Kreuz …«, flüsterte er.

»Wer? Was meinst du damit?«

»Rote Kreuz …«

»Was willst du denn mit dem Roten Kreuz?«

»Gemalt … *taljär, taljär* …«

»Was heißt *taljär*? Ich verstehe nicht!« Sie drückte ihn an sich. »Dir ist in den Bauch gestochen worden, das ist alles! Im Krankenhaus bringen sie das wieder in Ordnung.«

Sie merkte, dass seine Augenlider nicht länger zuckten.

»Mokhtar … los, bete! Rezitier' die *schahada*! *La ilaha illa-allah*. Es gibt keinen Gott außer Allah!«

Aber es war zu spät. Mokhtar war tot.

An diesem Sonntag war auf der *Terrasse des Paresseux* – der Aussichtsplattform auf dem Boulevard Pasteur – noch mehr Betrieb als gewöhnlich. Hätten die Menschen, die hier den Ausblick genossen, einmal den Kopf gesenkt, hätten sie unter sich eine Frau in taubengrauer *djellaba* und gemustertem Kopftuch eine Treppe hinabsteigen und durch ein Loch im Zaun verschwinden sehen können.

Der Hintereingang des Teatro Cervantes war nicht verschlossen, und Ayesha tastete innen nach dem Lichtschalter. Vorsichtig schlich sie über die verfaulten Dielenbretter. Streunende Katzen strichen ihr um die Waden. Ihr Blick wanderte zu dem Wort *Taller*, das die Treppe hinabwies. *Taller, taljär.* Vielleicht war es Spanisch und wurde so ausgesprochen. Sie schaltete die Taschenlampenfunktion an ihrem Handy ein und stieg langsam in die Dunkelheit hinab. Bei jedem Schritt knarrten die alten Stufen. Modriger Kellergeruch schlug ihr entgegen. Es war pechschwarz jenseits des Lichtscheins, und sie fragte sich, ob das Kellergeschoss womöglich sogar bis unter die Parketträngen reichte. Aufgestapelte Stühle wurden sichtbar und alte Kostüme, die über einen Tisch geworfen waren. Sie hob ihr Handy höher und konnte nun seitlich in der Wand die Umrisse einer Tür ausmachen. Ein paar tastende Schritte später, und ihr Handylicht beleuchtete ein Schild mit der Aufschrift *Taller*. Der verschlossene Metallriegel an der Tür erwies sich als überraschend stabil. Nach einem wirkungslosen Schulterstoß gelang es ihr auch mit einem beherzten Fußtritt nicht, die Tür zu öffnen. Ayesha legte ihr Handy auf den Tisch, ging zurück zur Bühne und zog an dem großen Samtvorhang. Dreck und Staub regneten auf sie herab. Sie zog fester. Noch mehr Dreck, vermischt mit Taubenkot. Entnervt riss sie mit aller Gewalt daran, und diesmal rauschte der Vorhang herunter und mit ihm ein mächtiger Rundstab, der auf den Bühnenboden krachte und eine dichte Staubwolke aufwirbelte, die bis tief in den Saal quoll. Sobald Ayesha nicht mehr husten musste, wog sie das Ende der Stange prüfend in der Hand. Der perfekte Rammbock.

Sie schleifte den massiven Stab die Stufen hinab, doch das Ding war so lang, dass das andere Ende noch am

Treppenanfang lag, als Ayesha bereits im Keller stand. Also ließ sie das glatte Holz Stück für Stück durch ihre Hände wandern, bis auch das andere Ende in den Keller polterte. Dann hob Ayesha die Stange in der Mitte an, legte sich das Gewicht auf die Unterarme und wuchtete die Spitze gegen die Tür. Lack spritzte von der Oberfläche, und ein Knacken war zu hören. Sie packte die Stange noch fester und versuchte es ein zweites Mal. Diesmal gab das Türblatt nach.

Dahinter wurde eine große Werkstatt sichtbar, die weit mehr Platz bot als jedes von Mokhtars Zimmern. Durch ein Fenster fiel ein schwacher Lichtschein. Zwar waren die Scheiben vollkommen blind vor Dreck, doch ein Stück Glas war herausgebrochen und ließ ein wenig Tageslicht eindringen. Direkt unter dem Loch in der Scheibe ragte ein Berg Taubenkot vom Boden auf. Ayesha vernahm leise den Verkehrslärm vom Boulevard Pasteur. Sie schaltete das Licht ein. Der Raum schien in besserem Zustand als der Rest des Theaters. An der Stirnwand stand eine lange Werkbank mit Schraubstöcken, Zwingen und Maschinen zur Holzbearbeitung. Gegenüber dem Fenster reihten sich neben einem Kleiderschrank ein paar Werkstattkästen aneinander. Ayesha öffnete den Schrank und fuhr mit der Hand über Ballkleider, militärische Uniformen und Umhänge, die alle derart von Motten zerfressen waren, dass sie bei der kleinsten Berührung auseinanderfielen. Eine imposante Truhe in der Ecke enthielt Requisiten. Ayesha griff nach einem schweren Zepter, dessen Kugel mit bunten Glassteinen besetzt war. Dann richtete sie ihre Aufmerksamkeit auf fünf große Holzkisten, deren Deckel – im Unterschied zu sonst fast allem im Theater – nicht mit einer Staubschicht bedeckt waren. Offenbar wurden sie regelmäßig geöffnet.

Sie schaute in die erste Kiste und stieß auf Berge von Pässen und Ausweisen. Einen mit dem Aufdruck *Republic of Ghana* schlug sie auf ... ein schwarzes Gesicht starrte sie an. Anscheinend sind Pässe immer wertvoll, dachte sie, selbst afrikanische. Sie öffnete die nächste Kiste, in der nummerierte Stahlsiegel für Seecontainer lagen. Eine weitere Kiste enthielt Handys – Hunderte von Handys. Und am Ende fand sie auch, wonach sie eigentlich suchte: Spraydosen mit roter Farbe.

In diesem Moment knarrte eine Treppenstufe. Rasch schaltete Ayesha das Licht aus, schnappte sich das Zepter, presste sich gegen die Wand und hielt den Atem an. Draußen vor der Tür miaute eine Katze. Ein paar Sekunden später zeichneten sich die Umrisse eines Pistolenlaufs in der Tür ab. Die Vorderkappe eines Schuhs überquerte die Schwelle, und unter dem Türsturz erschien das Profil eines Gesichts. Eine gefühlte Ewigkeit verharrte der Mann vollkommen regungslos und lauschte. Dann, als Ayesha schon fürchtete, ihr müsste jeden Augenblick die Lunge platzen, streckte er den Arm aus und schaltete das Licht ein. In derselben Sekunde sprühte Ayesha ihm die Farbe direkt ins Gesicht und knallte ihm anschließend das schwere Zepter mit aller Kraft gegen den Schädel. Der Mann feuerte im Stürzen einen Schuss ab, verfehlte sie aber. Ayesha sprang über ihn hinweg, flog die Stufen hinauf und stürmte aus dem Theater. Sie hörte erst auf zu rennen, als sie am Bahnhof war.

»Keine Kinder.«

Wachleute mit Sprechfunkgeräten beaufsichtigten eine Gruppe von insgesamt vielleicht hundert Subsahara-Afrikanern, die sich in zwei Schlangen in einer EDS-Lagerhalle aufgestellt hatten. Nach der Polizeirazzia bei Best Century Clothing war der Verladeort vorsichtshalber von der Kleiderfabrik in die Halle auf dem Firmengelände verlegt worden.

»Man hat euch doch gesagt, dass ihr keine Kinder mitbringen sollt«, blaffte der Wachmann mit dem grauen Bart im rauen Zungenschlag der Rif-Berber.

»Bitte!«, flehte Marie-Louise ihn an. »Sie werden auch ganz still sein!« Sie deutete auf das Bündel in ihrem Arm und fügte hinzu: »Das hier schläft sowieso ständig.«

»Keine Kinder.«

»Bitte, Sir!«, drängte Marie-Louise weiter und faltete die Hände. »Ich bin alleinstehend. Schauen Sie meine Kinder an. Sie haben nichts zu essen. Sie ernähren sich von Bananenschalen aus dem Abfall!«

»Kinder können in der Fabrik nicht arbeiten! Schaff sie gefälligst hier raus! *Amenez-les!*« Der Wachmann sah sich kurz um, dann zischte er Marie-Louise zu: »Hau ab! Ist besser für euch!«

Franco, der hinter ihr in der Reihe stand, streifte seinen Gürtel ab, puhlte ein paar gefaltete Geldscheine heraus und drückte sie dem Wachmann in die Hand.

»Mehr habe ich nicht«, sagte er. »Lassen Sie die Frau und ihre Kinder durch.«

Bevor der Wachmann etwas erwidern konnte, schob Franco die ganze Gruppe weiter.

»Vielen Dank, Sir«, rief Marie-Louise noch. »Gott segne Sie.«

Die Stimmung unter den Geflüchteten war ausgelassen. All die amtlich wirkenden Wachleute, die Fahrzeuge der Sicherheitsfirma und die strengen Abfertigungsregeln verliehen der Operation in ihren Augen eine beruhigende Glaubwürdigkeit. Bei sämtlichen vorangegangenen Versuchen, nach Spanien zu kommen, hatten sie altersschwache Schlauchboote besteigen oder mit NATO-Draht gesicherte Zäune überklettern müssen. Verglichen damit erschien eine Überfahrt in einem Container, auf Sandsäcken sitzend und von Männern in orangefarbenen Sicherheitswesten bewacht, wie eine Erste-Klasse-Reise.

Die allgemeine Euphorie machte es Joseph schwer, Jean-François und Amadou von einer drohenden Gefahr zu überzeugen.

»Er stand so dicht bei mir, wie du es jetzt tust!«, erzählte er. »Mit einer Machete abgestochen!«

»Wahrscheinlich irgendein privater Racheakt«, meinte Amadou. »Mit uns hat das nichts zu tun.«

»Hast du nicht erzählt, er würde Kief rauchen?«, fragte Jean-François.

»Ja.«

»Und der Angreifer? Wie sah der aus?«

»Ein großer Kerl, dürr wie eine Bohnenstange«, antwortete Joseph. »Mit einem ganz schiefen Mund. Und dann war da noch eine Frau, die einen riesigen Hut mit ganz vielen bunten Puscheln trug.«

»Klingt eher, als hättest du dir selbst auch ein wenig Kief gegönnt, *mon ami*«, bemerkte Amadou lachend. »Hat's dir die Sinne verwirrt?«

»Ich erzähl hier doch keinen Mist. *Je déconne pas!*«

»Schon gut, Joseph, aber selbst wenn du einen hässlichen Unglücksfall …«

»Es war kein Unglücksfall!«

»Der Hafen ist voller Überwachungskameras«, fuhr Jean-François fort. »In der Straße von Gibraltar herrscht Betrieb wie an einem Samstagabend in Kinshasa. Glaubst du wirklich, sie werfen uns über Bord, wenn so viele Schiffe drum herum sind?«

»Vielleicht warten sie ab, bis sie draußen auf dem Atlantik sind!«

Amadou stöhnte genervt auf. »Wenn wir hierbleiben, verhungern wir. Oder man schlägt uns zusammen und verfrachtet uns in den Süden. Ist dir das etwa lieber?«

»Jeder nur einen Koffer!«, rief ein stämmiger Wachmann mit Schnurrbart. »*Une valise, une valise!*«

»Wir brauchen doch unsere gesamte Kleidung!«, protestierte einer der Geflüchteten.

»Warum?«, erwiderte der Wachmann. »Ihr arbeitet dort in einer Kleiderfabrik! Da könnt ihr so viele Klamotten haben, wie ihr wollt. Eine Wechselgarnitur reicht – *safi!*«

»Und wenn wir unterwegs auf Toilette müssen?«, erkundigte sich eine Frau.

»Dafür gibt es Eimer.«

»Eimer?«

»Was habt ihr euch denn vorgestellt – ein Badezimmer *en suite*?« Der Wachmann schaute zu seinem Kollegen hinüber, und beide lachten.

»Los jetzt, Tempo! *Dépêchez-vous!*«

Louis, der sich von keinem seiner heiß geliebten Kleidungsstücke trennen wollte, hatte mehrere Lagen von Hemden und Hosen übereinander gezogen und sah aus wie das Michelin-Männchen.

»Wer keine Ausweispapiere hat, tritt nach links!«, befahl einer der Wachmänner. »Wer einen Pass besitzt, geht nach rechts! *Si vous avez un passeport, passez à droite!*«

Jean-François hatte seinen grünen ivorischen Pass vier Jahre lang über alle Durchsuchungen und Misshandlungen hinweg gerettet, und es erforderte einige Überzeugungsarbeit, ihn zur Aushändigung zu bewegen.

»Keine Angst«, erklärte der Chinese, der von zwei EDS-Sicherheitsleuten flankiert hinter einem Tisch saß und den

Pass schließlich entgegennahm. »Sie bekommen ihn wieder zurück. Eine reine Vorsichtsmaßnahme, damit sich niemand bei der Ankunft in Cádiz einfach aus dem Staub macht. Ihr Handy auch. Ausgeschaltet.« Er klemmte Jean-François' Handy und Pass mit einem Gummiband zusammen und legte sie zu den anderen auf den Stapel. »Der Nächste!«

In der Reihe der Ausweislosen witzelten Louis und Franco über ihre Pläne.

»Als Erstes kaufe ich mir ein spanisches Handy«, verkündete Louis.

»Hast du nicht gesagt, du würdest dir als Erstes eine hübsche *señorita* anlachen?«

»Du musst noch so viel lernen, *mon ami*«, erklärte Louis mit theatralischem Seufzer. »Das kommt direkt danach. Erst muss ich doch in der Lage sein, ihr meine Telefonnummer geben zu können.«

Joseph musterte die Menschenschlange. Offenbar waren gleich mehrere Camps für diese Fluchtaktion zusammengezogen worden. Nach den Abfertigungsmaßnahmen wurden sie alle in den Hof getrieben, wo bereits ein Lastzug mit geöffneten Containertüren auf sie wartete. Kurz vor der Rampe trat Joseph zur Seite.

»Ich gehe nicht.«

Amadou und Jean-François sahen ihn bestürzt an. Der Container war jetzt fast voll, und die Sicherheitsleute drängten die letzten Geflüchteten zum Weitergehen.

»Was ist los?«, fragte Franco, der an der Schwelle zum Container stand.

»Joseph will nicht mit.«

»Warum nicht?«

»Er glaubt, dass man uns umbringen will.«

»Das ist doch verrückt!«

»Haben wir ihm auch gesagt.«

»*Écoute*, Joseph«, sagte Franco. »Wenn sie uns umbringen wollten, gäbe es dann Lüftungsgitter an dem Container? Würden sie uns Wasser zum Trinken geben? Hätten sie Sandsäcke besorgt, auf die man sich setzen kann?«

»Wir sind doch die idealen Arbeitskräfte!«, versuchte Jean-François es mit einem anderen Argument. »Wir sind billig, jung, gesund und streiken nie! Warum sollten sie uns loswerden wollen?«

»Schaut euch doch um!«, zischte Joseph. »Kein einziger Araber dabei – keine Syrer, keine Iraker. Gibt euch das nicht zu denken?«

»In Tanger kommen auf jeden Syrer eben Hunderte Afrikaner. Lass das ewige Grübeln!«

Der Rest der Warteschlange versuchte, an ihnen vorbeizukommen. »Ihr versperrt den Weg!«, beschwerte sich jemand. Ein Wachmann schloss die erste Türhälfte des Containers.

»*Viens*«, sagte Jean-François und streckte die Hand aus. »Das Ganze wird vorbei sein, bevor du's dich versiehst.«

»Ich gehe nicht«, erklärte Joseph nur.

»*Qu'est-ce que tu fais?*«, fuhr einer der Sicherheitsleute ihn in aggressivem Ton an.

»Ich habe mich entschieden, nicht zu fahren.«

»Hör mal zu, *azzi*. Du fährst, ob du nun willst oder nicht!«

Fluchend packte er Joseph und stieß ihn ins Innere. Als die anderen sahen, wie man Joseph mit Gewalt zum Einsteigen zwang, machte sich Unruhe breit, und einige, die sich bereits hingesetzt hatten, standen wieder auf. Aber in diesem Moment schlug bereits die zweite Türhälfte zu. Es wurde dunkel im Innern, und mit einem lang nachhallenden Knall schloss sich der Bügel der Verriegelungsstange.

Auch wenn er nicht die Hand vor Augen sehen konnte, spürte Karim die anderen um sich herum. Der harte Boden war kalt und feucht vor kondensierter Atemluft und Körperwärme. Ein Geräusch war zu hören. Ein Klappern. Es folgte ein Surren und die gespannte Stille von Menschen, die den Atem anhielten. Karim lauschte angestrengt. Plötzlich sackte der Boden weg, und es fühlte sich an, wie in einem abwärts rauschenden Fahrstuhl in die Tiefe zu fallen. Sekunden später ein gewaltiger, markerschütternder Aufprall, der die Menschen wie Stoffpuppen herumfliegen ließ. Durch die Lüftungsgitter begann Wasser einzudringen. Erst nur zaghaft, dann in Strömen. Der Container kippte, und alle Insassen stürzten sich überschlagend in eine Ecke. Rasch stieg der Wasserspiegel an, und jeder kämpfte darum, irgendwie an der Oberfläche zu bleiben. Wehklagen und Gebete waren zu hören. Schon bald war der Wasserspiegel so hoch, dass Karim das Lüftungsgitter erreichen konnte. In vollkommener Dunkelheit tastete er nach den stählernen Streben und riss daran. Sein Gesicht war jetzt nur noch knapp über dem Wasser. Verzweifelt hämmerte er mit der Faust gegen das Dach des Containers, während die anderen sich an seine Beine klammerten und ihn nach unten zogen.

»Wach auf!«, rief Ayesha und rüttelte seine Beine. »Wach auf!«

Karim lag schweißgebadet in der Betonröhre, die Hände blutig vom Hämmern gegen die Decke über ihm. Er starrte Ayesha an.

»Wo …? Was …?«

»Alles in Ordnung«, beruhigte sie ihn. »Du bist in Sicherheit. Lass dir Zeit. Komm raus, wenn du so weit bist.«

Ayesha setzte sich auf die Böschung ins Licht der tief stehenden Sonne. Auf der Baustelle hatten sie die Arbeit für heute eingestellt. Sie nahm eine Plastikflasche aus der Tasche, trank einen Schluck Wasser und starrte nachdenklich vor sich hin. Auf der Rückfahrt nach Tanger-Med hatte sie sich die Kapuze tief ins Gesicht gezogen und darunter nur verstohlen hervorgelugt, als jemand vom Sicherheitsdienst durch den Waggon gelaufen war. Außer ihr waren nur wenige Fahrgäste im Zug gewesen, hauptsächlich europäische Touristen und Marokkaner aus der Mittelschicht, die mit der Fähre nach Algeciras wollten. Ein- oder zweimal hatte sie nach der Spraydose in der Tasche ihrer *djellaba* gefühlt, es jedoch nicht gewagt, sie sich anzusehen.

Kreidebleich und noch ziemlich benommen kam Karim aus der Röhre gekrabbelt. »Ist das Blut auf deiner *djellaba*?«, murmelte er.

»Nicht meins.«

»Von Joseph?«, fragte er ängstlich.

»Nein. Mokhtar ... oh, Karim! Mokhtar ist tot!«

Unter Schluchzen und Tränen berichtete sie ihm, wie Mokhtar in ihren Armen gestorben war. Karims Blick ging ins Leere.

»*Llah yar hamu*, Gott sei seiner Seele gnädig. Der Große mit der Hasenscharte ... dem bin ich schon begegnet. Wo ist Joseph jetzt? Und seine Freunde?«

»Keine Ahnung«, antwortete Ayesha. »Wie geht's dir? Kannst du aufstehen?«

Karim erhob sich mühsam und kippte sofort wieder um, da sein rechtes Bein das Gewicht nicht zu tragen vermochte.

»Wie spät ist es?«

Ayesha schirmte mit der Hand die Augen ab und blickte zur Sonne. »Etwa fünf«, schätzte sie.

»Dann haben wir Zeit. So früh wird die *Mustafa* nicht auslaufen.«

»Aber Karim! Wie sollen wir denn in den Hafen kommen? Es wimmelt da nur so von Polizei. Schon am Bahnhof liefen mit Maschinenpistolen bewaffnete Einheiten herum!«

»Zieh die *djellaba* aus«, forderte Karim sie auf. »Nein, warte mal, lass sie doch lieber an. Die Tasche bleibt hier.« Karim sank erneut auf alle Viere. »Folge mir.«

Alle setzten sich rasch, sobald der Lastwagen anfuhr. Das einfallende Licht reichte gerade, um sich zurechtzufinden, aber aus Platzmangel mussten die Insassen ihre Beine über die der Nachbarn legen, was prompt Anlass zu allerlei Witzeleien gab. Unvermittelt fing das Baby von Marie-Louise an zu schreien.

»Kannst du ihm nicht die Brust geben?«, meldete sich eine Männerstimme.

»Joseph?«, fragte Marie-Louise. »Bist du das?«

»Nein, ich bin hier drüben.«

»Sorg dafür, dass das Baby still ist!«

»Lass es doch schreien«, sagte eine andere Stimme. »Schreiende Babys sind unser geringstes Problem.«

»Schreiende Babys sind immer ein Problem«, widersprach der erste Mann. »Was, wenn die Polizei es hört?«

»Vergiss die Polizei!«

»*Où sommes-nous?* Wo sind wir?«

»Wir müssten jetzt langsam am Ende der Autobahn sein«, vermutete Joseph.

»Joseph, *mon ami*, hast du vielleicht ein wenig Wasser für mich?« Diesmal war es Abdou, der fragte.

Joseph kramte in seiner Tasche nach einer Flasche.

»Verdammt heiß hier drin!«, sagte Marie-Louise.

»Wird bestimmt kühler, wenn die Sonne untergegangen ist.«

»Ich muss pinkeln«, rief eine Frauenstimme.

»Nur keine Scheu, Fatoumata. Wir können hier hinten sowieso nichts sehen.«

»Das ist nicht das Problem. Ich hab bloß Angst, dass der Laster bremst und ich umfalle.«

Alle lachten. Amadou begann eine Rumba zu summen. Nach und nach stimmten die anderen ein und klatschten ausgelassen im Takt, bis der Laster plötzlich hielt, jemand aus der Fahrerkabine stieg und gegen die Seite des Containers hämmerte. Sie sollten sich gefälligst ruhig verhalten, brüllte eine männliche Stimme verärgert. Dann setzte sich der Lastzug wieder in Bewegung.

In der Röhre war es nicht nur stockdunkel, sondern auch so eng, dass Karim sich nicht einmal umdrehen konnte, um nachzusehen, ob Ayesha noch hinter ihm war. In dem muldenförmigen Boden unter seinen Händen und Knien stand schlammiges Regenwasser. Der stickige Mief sorgte zusammen mit dem Ketamin in seinem Körper für einen nur schwer bezähmbaren Brechreiz.

»Hast du schon mal einen Menschen umgebracht?«, fragte Ayesha schnaufend.

»Was?«

»Ob du schon mal einen Menschen umgebracht hast?«

»Nein.«

Einige Minuten herrschte Schweigen. Immerhin konnte Karim jetzt hören, wie Ayesha hinter ihm durch das Wasser patschte.

»Wer einen Menschen tötet, tötet gleichsam die ganze Menschheit, hat dein Vater mal zu mir gesagt.«

»Mein Vater war kein Polizist.«
»Stammt das aus dem Koran?«
»Ja.«
»Werde ich dafür bestraft?«, fragte Ayesha.
»Du meinst, bestraft von Gott?«, sagte Karim. »Nein. Im Koran steht, dass es als Rache für einen Mord gerechtfertigt sein kann, jemanden zu töten. Im Koran steht im Übrigen auch, dass jemand, der einem Menschen das Leben erhält, gleichsam der ganzen Menschheit das Leben erhalten hat.« Mit belegter Stimme fügte er an: »Du hast mir das Leben gerettet.«
»Mokhtar konnte ich nicht retten«, bemerkte Ayesha leise.
»Mokhtar war schwer krank«, sagte Karim. »Hätte die Machete ihn nicht getötet, wäre er wahrscheinlich an einer Lungenentzündung gestorben.« Karim hielt an, um sich den Schweiß aus den Augen zu wischen. »*Labas?* Alles okay mit dir?«
»*Labas.* Mir ist bloß ein wenig schlecht, aber das liegt vermutlich am Tunnel.«
»Ayesha...«
»*Naam?* Ja?«
»Ich bin stolz auf dich. Und die Akademie wäre auch stolz auf dich.«
Er hörte, wie Ayesha kurz schniefen musste. Knapp fünfzig Meter weiter drang das leise Plätschern von Wasser an ihre Ohren. Ein zweiter Tunnel mündete in ihren, und gleich darauf bog die Röhre nach links ab. Ihre Hände und Knie versanken inzwischen in zehn Zentimeter tiefem Wasser. Einfach immer bergab bleiben, ermahnte Karim sich. Bergab führt zum Meer.
»Welcher Ausbilder gefällt dir am besten?«, fragte Karim, um Ayesha auf andere Gedanken zu bringen.

»Was? Oh ... Daoud, würde ich sagen.«

»Er hat mal professionell geboxt, hast du das gewusst?«

»Stammt daher seine gebrochene Nase?«

»Nein«, antwortete Karim. »Erst hat er vier Jahre geboxt, dann ist er zu Sûreté. Seinen ersten Posten bekam er in Aïn Sebaâ. Eines Abends wurde er zu einem Supermarkt geschickt, vor dem es Ärger gab. Als Daoud vor Ort einem randalierenden Alten nicht erlauben wollte, noch mehr Alkohol zu kaufen, wurde der dermaßen wütend, dass er Daoud einen Schlag auf die Nase verpasste. Stell dir das mal vor – da verbringt er Jahre unverletzt als Boxer und bekommt am Ende auf einem Supermarktparkplatz von einem alten Säufer die Nase gebrochen!«

»Karim ...!«

»*Naam?*«

»Ist es noch weit?«

»Nein«, versicherte er. In Wahrheit hatte er keine Ahnung, ob noch zehn Meter oder ein Kilometer vor ihnen lag. Aber das behielt er lieber für sich.

»Es ist bloß ...«

»Was?«

»Ich habe so ein klaustrophobisches Gefühl, als hätte man mich lebendig begraben.«

Zumindest wären wir hier zusammen begraben, dachte Karim, sagte jedoch nur: »Du machst das super. Wir sind gleich da.«

»Woher weißt du eigentlich von dem Tunnel?«

»Mansouri hat ihn mir gegenüber erwähnt. Er erzählte, dass einige Subsahara-Afrikaner es sogar durch eine Wasserröhre bis ins Terminal geschafft haben.«

»Sicher, dass es diese Röhre ist?«, fragte Ayesha.

»Ich denke schon«, sagte Karim. »In der Zentrale der Port Authority hing ein Plan des gesamten Areals.«

Sie schoben sich ein paar Minuten weiter durch die dunkle Röhre, dann rief Karim: »*Redd balek.* Pass auf.«

»Was ist?«

»Irgendwas hat gerade meinen Arm gestreift. Ich glaube, es war eine Ratte.«

»*Ihhh!* Jetzt ist sie bei mir!« Einen kurzen Moment war wildes Schlagen und Wasserspritzen zu hören. Dann krabbelten sie weiter.

»Meine Hände tun weh«, sagte Ayesha nach einer Weile.

»Meine auch.«

»Ich hab Durst.«

»Ich auch.«

»Ein Eis wäre jetzt schön.«

»Warst du in Kenitra schon mal in diesem Laden? An der großen Kreuzung?«

»Du meinst Delicia? Das absolut beste Eis gibt es aber in der Patisserie Camilia in der Rue Sebta.«

»Wer hat dich denn dahin ausgeführt?«, fragte Karim, der sich sofort daran erinnerte, wie er während seiner Zeit auf der Akademie eine Mitschülerin zum Eisessen eingeladen hatte. Damals war es unter den Kadetten sehr beliebt gewesen, am Samstagnachmittag auf ein Eis in die Stadt zu gehen.

»Ein Junge.«

»Im Ernst?«, erwiderte Karim leicht erschüttert.

»Nein, du alberner Kerl«, antwortete Ayesha und lachte laut auf. »Ich war mit Salma dort. Aber nur einmal. Zu teuer für uns.«

Karim machte sich derweil immer größere Sorgen über ihre Aktion. Wenn ihnen nun ein Gitter am Ende des Tunnels den Weg versperrte? Rückwärts zurückzukriechen wäre physisch nahezu unmöglich. Aber auch diese Gedanken behielt er lieber für sich.

»Du hast gesagt, du hättest Abderrahim besucht.«

»Ja.«
»Und?«
»Ihm zufolge hat Mansouri tatsächlich in Kenitra eingesessen, wie du vermutet hast«, berichtete Ayesha. »Er hat wohl früher im großen Stil Haschisch geschmuggelt und musste sich vor einem Gericht in Casablanca verantworten. Zusammen übrigens mit diversen Mitgliedern der Polizei von Tanger.«
»Das erklärt so einiges.«
»Ja.«
»Wirst du ihn weiter besuchen?«
»Schätze schon – immerhin ist er mein Bruder«, antwortete Ayesha. »Aber nur sonntags. Und nur, wenn ich nicht nach Marrakesch fahre. Warum bist du eigentlich immer weg, wenn ich zu Besuch komme? Treffe ich dich denn wenigstens beim nächsten Mal an?«

Bevor er noch antworten konnte, spürte Karim einen kühlen Luftzug an seinen Wangen und stieß einen Jubelschrei aus.

»Gleich haben wir es geschafft!«

Sich ganz aufzurichten tat zu weh, daher blieben sie mit gebeugten Oberkörpern stehen, saugten gierig die frische Luft ein und dankten Allah.

»Wo sind wir?«, fragte Ayesha und schaute sich um.

Karim dehnte sich ein paarmal vorsichtig in den Hüften, um die Verspannung im Rücken zu lockern, dann richtete er sich auf. Inzwischen war es dunkel geworden, und er brauchte einen Moment, um sich zu orientieren.

»Wir sind oberhalb des Fährhafens«, erklärte er. »Siehst du die Fregatte da? Die gehört zur Marine Royale.«

Gegenüber der Fregatte lag das Gebäude, in dem seine unglückselige Verfolgung der *Mustafa* ihren Anfang genommen hatte. Sie setzten sich so, dass sie nicht gesehen werden konnten, und rutschten ganz dicht zusammen, um sich gegenseitig zu wärmen.

»Diese Enge war das Schlimmste, was ich je erlebt habe«, gestand Ayesha. »Glaubst du, dass wir es mit dem Kartell aufnehmen können?«, fragte sie wenig später. »Zu zweit, nur wir beide?«

»Keine Ahnung.«

»Wird die Geheimpolizei nicht Verstärkung schicken?«

»Weiß ich auch nicht«, antwortete Karim. »Ich warte noch immer darauf, dass sie mit mir Kontakt aufnehmen.«

»Wie sollen sie denn mit dir Kontakt aufnehmen?«, entgegnete Ayesha. »Du hast gar kein Handy, und meins ist ausgeschaltet.«

»Stimmt.«

»Was wollte der Polizeichef deiner Meinung nach damals nachts draußen an diesem Leuchtturm?«

»Simo?«, fragte Karim nachdenklich zurück. »Er wollte kontrollieren, ob die Crew den Container auch tatsächlich über Bord gehen lässt. Vermutlich war das sein Job – zu überprüfen, dass sich alle an den Plan halten.«

»Ob er Teil des Kartells war?«

»Da bin ich mir noch immer nicht sicher«, antwortete Karim zögerlich. »Ich denke, er könnte erpresst worden sein. Er hat kleine Kinder.«

»Und Mokhtar?«

»Der dürfte mit großer Sicherheit als Informant für Mansouri gearbeitet haben. Mokhtar war ein Gauner, aber zugleich versuchte er, nicht ganz vom Pfad der Gerechtigkeit abzukommen. In dieser Hinsicht war er wie Simo – gefangen zwischen zwei Welten.«

»Und all die anderen? Die Leute vom Zoll, die Hafenpolizei?«

»Die tun, was man ihnen sagt«, erklärte Karim in nüchternem Ton. »Genau wie die Einsatzkräfte in Ceuta oder die Näherinnen bei Best Century Clothing. Alle folgen den Anweisungen. Sie begreifen gar nicht, dass sie Teil einer groß angelegten Operation sind.«

»Deren Drahtzieher Mansouri ist?«

»Mansouri ist bloß der Vollstrecker.«

»Und wer ist der eigentliche Drahtzieher?«

Karim durchlief ein Zittern, trotz Abdous Kapuzenpullover. »Ich bezweifle, dass wir das jemals erfahren werden.«

16

Ein Dreiviertelmond stand über der Meerenge, als eine Stunde später ein Containerschiff mit vier Bordkränen um die Mole bog und den Hafen verließ. Karim weckte Ayesha, die an seiner Schulter schlief. Die beiden standen auf und schlichen sich zu dem niedrigen Gebäude an der Marine-Anlegestelle. Radioklänge drangen durch die offene Tür.

Karim versteckte sich hinter einem Oleanderstrauch, während Ayesha ihre stark verschmutzte *djellaba* auszog und den roten Trainingsanzug glatt strich. Auf Karims beifälliges Nicken hin überquerte sie den Vorplatz und trat durch die Tür der Marine Royale. Ihre wackligen Beine fühlten sich an wie aus Gummi.

Drinnen saßen zwei Männer und rauchten. Einer las eine Zeitung. Den Zeigern der Wanduhr nach war es fünfzehn Minuten vor Mitternacht.

»Guten Abend, die Herren.«

Die Männer wechselten überraschte Blicke, dann verzog sich das Gesicht des Älteren zu einem breiten Grinsen.

»Einen wunderschönen guten Abend! Haben Sie sich verlaufen, *a lalla*?«

»Nein«, erklärte Ayesha und ließ die Fingerspitzen über den Tresen gleiten. »Ich wohne im Hotel Al-Majaz, oben an der Schnellstraße. Und da ich nicht einschlafen konnte, bin ich noch ein wenig spazieren gegangen und dachte, ich schau hier mal vorbei.«

Die beiden Männer tauschten erneut vielsagende Blicke.

Um ihre Nervosität zu verbergen, nahm Ayesha währenddessen den Raum in Augenschein. Sie entdeckte ein Fahndungsplakat mit dem Foto von Karim.

»Enorm gefährlich und gewalttätig«, erklärte der jüngere Mann, der ihr Interesse bemerkt hatte. »Hat den hiesigen Polizeichef umgebracht.« Er riss das Plakat von der Wand und zerknüllte es. »Aber seien Sie unbesorgt, *lalla*«, fuhr er lachend fort. »Mein Kollege hier hat den Kerl unschädlich gemacht.«

»Oh, wie beruhigend!«, tat Ayesha erleichtert. Sie hatte Angst, etwas Falsches zu sagen, erinnerte sich aber daran, dass Schmeicheleien in Gesprächen mit männlichen Mitschülern immer gut angekommen waren. »Soll das etwa heißen, dass Sie selbst eigenhändig diesen üblen Kerl geschnappt haben?«, fragte sie lächelnd den älteren Diensthabenden.

»Und ob!«, erklärte der Mann und lehnte sich über den Tresen. »Es kam zu einem Kampf, aber gegen mich hatte er keine Chance. Ich habe ihn kurzerhand über Bord geworfen.«

»Über Bord von dem Boot da draußen?«

»Genau das!«

Ayesha wartete ein paar Atemzüge, dann sagte sie: »Sieht ungeheuer schnell aus.«

»Würden Sie mal gern eine Runde drehen?«

Ayesha spürte einen Adrenalinschub. Er hatte den Köder geschluckt! Jetzt musste sie ein wenig furchtsam reagieren, damit er die Initiative übernehmen konnte.

»Ist das denn erlaubt?«

Der Unteroffizier grinste seinem Kollegen zu, nahm einen Schlüssel aus der Schublade und trat hinter dem Tresen hervor. Er legte Ayesha die Hand auf den Rücken und führte sie nach draußen. Ayesha war so aufgeregt, dass sie beinahe über ihre eigenen Beine gestolpert wäre.

Der Mann löste die Fangleine und drehte den Schlüssel im Zündschloss. Plötzlich erschien Karim aus der Dunkelheit, sprang auf Deck und rammte den Uniformierten, der vollkommen überrascht zu Boden ging. Ayesha ergriff das Steuer.

»Links den Hebel nach vorn«, schrie Karim, während er den Mann am Kragen packte. »Genau so! Und jetzt rechts Gas geben!«

Das Boot vollführte einen heftigen Schlenker und jagte vom Kai.

»Geb ich dir eben jetzt den Rest«, schnaufte der Unteroffizier und nutzte das wilde Ablegemanöver, um nach seiner Waffe zu greifen.

Aber noch bevor er die Pistole ziehen konnte, hatte Karim die Hand des Mannes gepackt und zu Boden gepresst. Mit seinem freien Unterarm drückte er dem Uniformierten die Kehle zu.

»Von wem bekommst du deine Befehle?«, fauchte Karim. »Ist es Mansouri? Oder jemand anderes?«

»Fahr zur Hölle«, krächzte der Mann mit erstickter Stimme.

»Je länger deine Antwort dauert, desto weiter musst du schwimmen«, erklärte Karim und betrachtete ihn verächtlich. Angst trat in den Blick des Unteroffiziers. Ohne den Druck auf seine Gurgel zu mindern, drehte Karim sich kurz nach dem kleiner werdenden Hafen um. »Jetzt sind es ungefähr vierhundert Meter bis zur Küste ... vierhundertzwanzig ... vierhundertdreißig ...«

»Die bringen mich um, wenn ich etwas sage!«

»Vierhundertfünfzig ... vierhundertachtzig ...«

»Mansouri ist heute auf der *Mustafa*, das ist alles, was ich weiß!«

Karim riss den Mann hoch und schleuderte ihn über

Bord. Dann übernahm er das Steuer von Ayesha, die vor Erleichterung laut auflachte.

»Wo hast du denn so kämpfen gelernt?«

Karim grinste zurück. »Wo hast du denn so flirten gelernt?«

Die Containerwände vibrierten leicht im Lärm der Schiffsmotoren. Joseph hatte Schwierigkeiten, eine bequeme Sitzposition zu finden. Da seine Schultern zu breit waren, um sich zwischen die Rippen der Stahlwand zurückzulehnen, musste er aufrecht sitzen und die Arme um die Knie schlingen. Von den Lüftungsgittern wehte ein solch eisiger Windzug, dass er die Steppjacke überstreifte. Ansonsten steckten in seinem Einkaufsbeutel nur noch eine zweite Hose und ein Foto von seiner Mutter und Schwester. Alles andere hatte er in Ceuta verloren.

Ein schwacher Lichtschein wanderte als Gitterschattenriss über die Wand. Vielleicht ein Leuchtturm oder ein vorbeifahrendes Schiff. Scharfer Uringestank breitete sich im Inneren des Containers aus. Seit dem Wortwechsel mit seinen Freunden beim Einstieg im EDS-Firmenhof war Joseph weitgehend stumm geblieben. Was hätte es für einen Sinn ergeben, die Leute noch mehr zu verängstigen?

Ein leises Wimmern war zu hören, das nach Marie-Louise klang. Sie war krank gewesen, und jetzt flüsterte Franco ihr beruhigend ins Ohr. Ob Marie-Louise womöglich schwanger war? Sie hatte überglücklich reagiert, als Franco mit ein paar anderen Männern früher am Tag wieder zu ihnen gestoßen war. Er hatte ihre Jungs umarmt, sie auf die Stirn geküsst und den Säugling »mein Kleiner« genannt, ganz als wäre er der Vater. Nicht ausgeschlossen, dass die Kinder alle von ihm waren.

Niemand um ihn herum sprach ein Wort. Wer nicht schlief, dachte an die Zuhausegebliebenen oder an die eigene Zukunft in Spanien. Heute war Ostersonntag. Oder war schon Montag? In Kisangani putzte sich am Ostersonntag immer die gesamte Familie heraus. Gloria trug dann ein gelbes Kleid mit einer Schleife. Das weiße Kleid hatte sie nach damals nie wieder angezogen.

Wer mochte die junge Frau gewesen sein, die ihm vor St. Andrew's zugerufen hatte, er solle fliehen? Für eine Freundin des drogensüchtigen Alten war sie viel zu hübsch und jung gewesen. Beim Geschirrspülen im Camp hatte Karim ihm gegenüber mal erwähnt, dass er ebenfalls eine Schwester habe. Aber die Frau vor St. Andrew's hatte ihm gar nicht ähnlich gesehen.

Seit Karims Aufbruch aus dem Camp vor drei Tagen hatte er nicht das Geringste mehr von ihm gehört. Er war spurlos verschwunden, genau wie sein Nachbar aus dem ersten Lager bei Boukhalef. Womöglich lagen sie beide inzwischen irgendwo tot auf dem Meeresgrund. Aber er, Joseph, war am Leben. Und solange man lebte, gab es auch Hoffnung.

Franco und Marie-Louise flüsterten inzwischen auch nicht mehr. Jetzt war nur noch das Brummen der Schiffsmotoren zu hören, begleitet vom hohen Sirren der Kühlcontainer.

Etwa in Höhe des Leuchtturms von Kap Spartel schwenkte Karim ins Kielwasser der *Mustafa* in der Hoffnung, so vom Radar des Schiffs nicht bemerkt zu werden. Fünf Minuten später brachte er das Schnellboot an dem riesigen Rumpf längsseits. Ein Zwergfisch neben einem Wal. Ayesha konnte in der gigantischen Stahlwand über ihnen die Nieten ausmachen, die im Mondlicht schimmerten.

Karim band das Boot an der Lotsenleiter fest und kletterte die Sprossen hinauf. Oben legte er vorsichtig eine Hand auf das Seitendeck der *Mustafa* und lugte über den Rand. Gut dreißig Meter rechts von ihm ragte der quaderförmige Turm aus Brücke und Mannschaftsunterkünften in die Höhe, auf dem in Riesenbuchstaben NO SMOKING stand. Zum Glück war am Fenster der Brücke gerade niemand zu sehen. Zu seiner Linken zeichneten sich hinter Tausenden von Containern die Umrisse eines Bordkrans ab. Nachdem er sich kurz vergewissert hatte, dass der Gang menschenleer war, kletterte Karim über die Reling und versteckte sich in der nächstbesten Nische. Sekunden später war Ayesha neben ihm. Gemeinsam schlichen sie in Richtung Bug und zählten die Reihen. Die ersten vierunddreißig Reihen bestanden aus Standardcontainern, gefolgt von neun Reihen mit Kühlcontainern und einer mit Gefahrgutkennzeichnung. Hinter dem Kran schlossen sich bis zum Bug noch einmal fünf Reihen an. Karim flüsterte Ayesha zu, dass der Container, der beim letzten Mal über Bord geworfen worden war, zu den Türmen in der hinteren Ecke gehört hatte. Aber woran sollten sie erkennen, welcher der richtige war?

Kurz bevor sie den Kran erreichten, fiel plötzlich ein Lichtstreifen quer vor ihnen über den Boden. Rasch pressten Ayesha und Karim sich hinter einen Luftschacht. Ausgerechnet in diesem Moment traten zwei philippinische Besatzungsmitglieder in blauen Overalls und weißen Schutzhelmen in den Gang. Karim konnte zwar nicht verstehen, was sie sagten, befürchtete aber, dass einer von ihnen der Kranführer war, der jeden Moment in seine Kabine klettern würde. Sie mussten versuchen, von der anderen, der Steuerbordseite, zu Josephs Container vorzudringen, doch die nächsten Übergänge lagen offen im Sichtfeld der beiden Männer.

»Kannst du einmal ums Schiff laufen?«, fragte Karim leise.

»Bist du verrückt!«, zischte Ayesha. Dann fügte sie hinzu: »Wie weit ist das?«

Karim deutete auf ein Schild, das die Länge des Gangs in beide Richtungen angab. Einhundertachtzig Meter bis zum Heck und einhundertvierzig Meter bis zum Bug.

»Etwa vierhundert Meter«, überschlug Karim.

Sie schenkte ihm ein schiefes Grinsen und raste auch schon mit Hochgeschwindigkeit den Gang hinunter. Karim verfolgte, wie der rote Trainingsanzug immer kleiner wurde. Dann sprintete sie die Stufen zum Heck hinauf und war verschwunden.

Ängstlich sah er auf die Uhr ... zwanzig Sekunden vergingen ... dreißig Sekunden ...

Ayesha umkurvte in vollem Tempo Spanngurtkisten und Spills, geriet ins Rutschen und knallte gegen einen Pfeiler. Ohne abzubremsen, sprang sie die Treppe auf der Steuerbordseite in einem Satz hinunter und rannte weiter. Ständig standen neue Dinge im Weg – Streben, Seilrollen, Käfige, Ständer mit Rettungsringen –, denen Ayesha blitzschnell auswich oder die sie übersprang. Schließlich flog sie die zum Bug führende Treppe hinauf und stoppte sofort abrupt. Auf dem Vordeck standen mindestens zehn Besatzungsmitglieder, eins davon mit einem halb automatischen Gewehr in der Hand.

Ayesha verbarg sich hinter dem vorletzten Containerblock, der bis zur Backbordseite neun Reihen tief und fünf oder sechs Etagen hoch war. Sie spuckte in die Hände, griff mit der rechten nach dem Spanngurt des untersten Containers, mit der linken nach dem Schließbügel, stemmte die Sohlen ihrer Sneakers gegen die Tür und zog sich hoch. Jeden Griff und Vorsprung nutzend kletterte sie wie eine

Bergsteigerin die senkrechte Stahlwand hoch, bis sie endlich das Dach des obersten Containers erreichte. Mit Erleichterung stellte sie fest, dass die Container in diesem Block alle gleich hoch gestapelt waren. Während sie von einem Container zum nächsten sprang, kontrollierte sie immer wieder, ob jemand Anstalten machte, das Führerhaus des Krans zu besetzen.

Die *Mustafa* hatte die Küste Afrikas inzwischen weit hinter sich gelassen. Auf der Backbordseite hatte Karim bemerkt, dass eines der beiden Besatzungsmitglieder verschwunden war. Sein Kollege starrte mit in den Nacken gelegtem Kopf nach oben, was vermuten ließ, dass der andere gerade die Kranleiter hinaufstieg. Um überhaupt eine reelle Chance zu haben, den richtigen Container ausfindig zu machen und die Insassen zu befreien, würde Ayesha mehr Zeit benötigen. Karim streifte sich eine der orangefarbenen Sicherheitswesten über, die an der Rückseite des Luftschachts hingen.

»*Hey there!*«, rief er dem Filipino grüßend zu und wandte seinen Blick, ohne eine Antwort des Mannes abzuwarten, sofort dem Kranführer zu, der oben gerade in seine Kabine klettern wollte. »Komm wieder runter, mein Freund!«

Der Kranführer hielt inne und schaute nach unten. »Wer zur Hölle bist du?«

Die Frage wurde ihm in dieser Woche nun schon zum zweiten Mal gestellt.

»Der Captain will, dass ich heute den Kran bediene.«

Das Besatzungsmitglied unten schob sich zwischen Karim und Leiter.

»Und wer genau bist du noch mal?«

»Ich gehöre zur EDS«, erklärte Karim und sah, wie die beiden bei der Erwähnung des Sicherheitsdienstes sofort

Blicke wechselten. »Ruft doch den Captain an, wenn ihr's nicht glaubt.«

Aus den Augenwinkeln bemerkte Karim etwas Rotes, das über ihm aufblitzte – Ayesha! Rasch redete er weiter: »Allerdings glaub ich nicht, dass der Captain zurzeit gerne gestört werden möchte. Er hat nämlich gerade alle Hände voll damit zu tun, sich die spanische Küstenwache vom Hals zu halten.« Karim packte eine Sprosse der Leiter und schaute nach oben. »Na los, mein Freund, bringen wir es hinter uns.«

»Hiergeblieben«, knurrte der Mann neben ihm und drückte auf das an seiner Jacke befestigte Sprechfunkgerät, ohne Karim aus dem Auge zu lassen. »Unbekannte Person an Bord! Wiederhole: unbekannte Person, Backbord Block vierzehn.«

Ein Schwall Flüche dröhnte aus dem Lautsprecher, gefolgt von der Anweisung: »Macht ihn kalt!« Karim zögerte keine Sekunde und sprintete den Gang hinunter in Richtung des Containerblocks, wo er Ayesha gesehen hatte. Während er hochschaute und die silbergrauen Container musterte, entgingen ihm völlig die drei Männer in Overalls, die sich ihm in den Weg stellten. Entsprechend unvorbereitet erwischte ihn der Schlag, der ihn von den Beinen riss und ihm komplett den Atem raubte. Immer mehr Besatzungsmitglieder kamen angerannt und bildeten einen Kreis um den sich japsend auf dem Boden wälzenden Karim. Auf Englisch und Filipino brüllten sie ihn an. Karim suchte hinter den Köpfen der Männer verzweifelt die Oberkante der Container ab, konnte Ayeshas roten Trainingsanzug aber nirgends entdecken. Der Ausleger des Krans schwenkte langsam um neunzig Grad. Ein korpulenter Kerl, der wie die anderen einen blauen Overall und einen weißen Schutzhelm trug, stupste Karim mit dem Lauf seines Gewehrs an, während ein anderer ihm die Pistole abnahm.

»Ich bin marokkanischer Polizist!«, schrie Karim. »Versteht ihr? Ich bin bei der Polizei!« Er streckte den Arm aus. »In diesem Container da sind Geflüchtete!«

Der Kranausleger hielt über dem obersten Container der dritten Reihe, und der Spreader senkte sich. Panische Verzweiflung erfasste Karim. Ayesha hatte es zwar auf den Containerblock geschafft, aber offenbar war es ihr nicht rechtzeitig gelungen, Josephs Container zu finden. Unvermittelt krachte ein Schuss aus einem Hochleistungsgewehr, und alle schraken zusammen. Gleich danach schallte es aus den Walkie-Talkies: »Das ist ein Terrorist! Erschießt ihn!« Karim konnte am anderen Ende des Schiffs die markante Gestalt von Mohammed Mansouri ausmachen, der mit einem Gewehr im Anschlag auf einer der Brückennocken stand.

»In diesem Container sind Menschen!«, beschwor Karim die Besatzungsmitglieder um ihn herum. »Darin besteht euer Job … ihr ertränkt Geflüchtete!«

Die Männer redeten kurz wild durcheinander, dann fragte der korpulente Kerl mit dem Gewehr in sein Walkie-Talkie: »Befinden sich Menschen in dem Container?«

Fünfzehn Meter über ihnen signalisierte ein metallisches Klicken, dass die Twistlocks sich geschlossen hatten. Mit einem tiefen Rumpeln schwebte der Container an den vier Stahlseilen in die Höhe.

»Natürlich nicht!«, brüllte Mansouris Stimme aus dem Lautsprecher. »Da ist nichts drin außer Sandsäcken! Ich hab's euch doch erklärt! Das Ganze ist bloß wegen der Versicherung! Wir schmeißen Container über Bord und kassieren die Versicherung!«

Unter den Männern entbrannte eine erregte Diskussion. »Knallt ihn ab!«, bellte Mansouri über das Walkie-Talkie. »Knallt ihn ab!«

Der lange Arm des Krans schwang über die Reling, und der Container schaukelte hoch über den Wellen. Die Männer hatten ihren Gehörschutz abgenommen und verfolgten gespannt seinen Weg. Auch Karim, der wie erstarrt auf dem Boden lag, schaute entsetzt nach oben. Der Ausleger blieb stehen, und einen Moment lang baumelte der Container noch sanft hin und her, ein schwarzes Rechteck, das sich scharf gegen den sternhellen Himmel abhob. Eine schreckliche Stille trat ein. In diesem Augenblick fing das Baby von Marie-Louise an zu schreien. Ob nun der Wind sich gedreht oder der Lärm der Schiffsmotoren abgenommen hatte – jedenfalls war der Kleine selbst auf dem Deck noch klar zu hören.

Einige Dinge geschahen nun in blitzartig rascher Abfolge. Das Besatzungsmitglied, das sein Gewehr auf Karim gerichtet hatte, nahm den Lauf herunter. Fast zeitgleich knallte ein Schuss, und der Mann fiel tot um. Die anderen Mitglieder der Crew flüchteten in panischer Hast. Karim, der bis dahin in deren Mitte für Mansouri unsichtbar gewesen war, hechtete gerade noch schnell genug hinter das Treppenpodest, sodass die nächste Kugel seinen Fuß um wenige Zentimeter verfehlte. Hoch über ihm kauerte der vollkommen verschreckte Kranführer mit weit aufgerissenem Mund im Einstieg seiner Kabine. Wieder peitschte ein Schuss, und im nächsten Moment sackte auch er tot zusammen. Von seinem Platz aus konnte Karim alles genau beobachten. Aber damit hatte Mansouri einen schwerwiegenden Fehler gemacht. Jetzt war niemand mehr da, um den Kran zu bedienen, und solange der Container nicht ausgeklinkt wurde, hatten die Geflüchteten eine Chance.

Erneut knallte ein Schuss. Verwirrt schaute Karim sich um und fragte sich, worauf Mansouri denn nun feuerte. Ein eiskalter Schauer überlief ihn: War Ayesha sein nächstes

Ziel gewesen? Er wagte es nicht, den Kopf herauszustecken, um nachzusehen. Ratlos schaute er in Richtung Container. Dann fiel ihm auf, dass der nur noch an drei Stahlseilen hing. *Ya Rabbi!* O Herr! Mansouri zerschoss die Aufhängung! Wie um alles in der Welt konnte Mansouri die Seile überhaupt sehen, geschweige denn mit seinem Gewehr treffen? Ein zweiter Schuss krachte, und ein weiteres Seil riss. Mit einem gewaltigen Schwung kippte der Container nach vorn. Karim schrie entsetzt auf. Aber sosehr er sich anstrengte, er konnte nicht das geringste Lebenszeichen aus dem Innern wahrnehmen. Keine Rufe, kein Schreien, nichts. Offenbar waren die Menschen durch die enorme Wucht des Umschlagens zu Tode gedrückt worden!

Wie ein riesiger Sarg, dessen Kante die Wellenberge schon touchierte, pendelte der Container mit dem roten X auf dem Dach hin und her. *Zing!* Das dritte Drahtseil war zerfetzt. Ein letztes blieb noch übrig. Noch ein Krachen, und auch das riss. Der fast senkrechte Eintrittswinkel des mit Männern, Frauen und Kindern vollgestopften Containers sorgte dafür, dass er sofort unterging.

Karim stürmte zur Reling und starrte zum Auftreffpunkt, der bereits langsam außer Sicht geriet. Ob der Container noch einmal zurück an die Oberfläche schwappen würde? Es gab nicht die geringsten Anzeichen. Nur kräuselnde Wellen. Wie sang Fairuz? *Menschen sind nichts als Linien, beiläufig hingeworfen aufs Wasser.* Er hatte versagt bei der Rettung seiner Freunde – Jean-François, Franco, der ständig lächelnde Louis, Amadou, Bouboucar und wahrscheinlich auch Joseph. Genau wie er bei Abdou versagt hatte.

Ein ohrenbetäubendes metallisches Kreischen brachte Karim wieder zu Sinnen. Das Gegengewicht des Krans, urplötzlich entlastet sowohl vom Container als auch vom mächtigen Stahlspreader, ließ den Ausleger zum Schiff zurückschnellen, wo er mit immenser Wucht direkt in die Gefahrgutcontainer krachte. Es sah aus, als würde der Arm eines Riesen in einen Turm aus Schuhkartons schlagen. Sofort schossen Flammen in die Höhe und griffen rasch auf die anderen Container über.

Karim schnappte sich das Gewehr des toten Besatzungsmitglieds und rannte Richtung Heck. Sein einziger Gedanke war, Ayesha zu retten. Die Crew war so hektisch damit beschäftigt, ihre Ausrüstung zur Brandbekämpfung zusammenzusuchen, dass sie ihn längst vergessen hatte. Vor dem hohen Aufbau aus Mannschaftsunterkünften und Brücke querte Karim das Deck und hielt kurz hinter einer Schottentür, um sich die Warnweste auszuziehen und vor das Gesicht zu binden. Der Qualm aus den zertrümmerten Containern war hier dicht und roch stechend. Sollte Ayesha irgendwo in diesem Inferno festsitzen, dann gnade ihr Gott!

Er ging auf der Steuerbordseite jede Reihe ab, konnte aber nur wenige Meter weit sehen. Bald erreichte er den Block, wo die Rauchschwaden am dicksten waren. Er presste sich sein provisorisches Halstuch fest ans Gesicht. Diese Schlucht zwischen den Containern war nicht mehr passierbar. Brennende Fässer klemmten eingekeilt zwischen den Stahlwänden wie Dynamitstangen kurz vor der Explosion. Das Feuer wütete mit enormer Macht, und es machte nicht den Eindruck, als wäre die Crew sonderlich erfolgreich in ihren Bemühungen, es unter Kontrolle zu bringen. »Ayesha?«, schrie Karim. Eine Kugel pfiff als

Querschläger an ihm vorbei. Mit tränenden Augen spähte Karim in den aufquellenden Rauch hinein und versuchte zu erkennen, woher der Schuss gekommen war. In einer Lücke zwischen den Schwaden konnte er vage die Umrisse einer Gestalt ausmachen, die oben am Rand eines Containerstapels stand ... ein Gewehr im Anschlag ... Karim feuerte. Die Gestalt war fort.

Durch die dunklen, verqualmten Containerschluchten zu laufen fühlte sich an, als irre man durch ein Labyrinth der Hölle. Karim brannten Gesicht und Hände von den Dämpfen und Abgasen, seine verquollenen Augen taten sich schwer, etwas zu sehen. Zwei Schüsse trafen den Boden neben seinen Füßen. Er wirbelte herum, nahm hoch über sich eine Silhouette wahr, zielte und feuerte. Erneut ließ sich nicht sagen, ob er getroffen hatte oder nicht. Schließlich tauchte Karim wieder auf der Steuerbordseite aus der Schlucht auf. An den nächstbesten Container gelehnt, atmete er erst einmal gierig durch. Eins der überdachten Rettungsboote war bereits zu Wasser gelassen worden und entfernte sich vom Schiff. Karim schielte den Gang prüfend in beide Richtungen hinunter und entschied sich für eine Rückkehr ins Labyrinth. Auf halbem Weg durch den nächsten Canyon sah er plötzlich am anderen Ende etwas Rotes von links nach rechts vorbeihuschen. *Gelobt sei Gott der Barmherzige!* Er rannte los. Da war sie schon wieder, gut zwanzig Meter vor ihm. Offenbar irrte sie orientierungslos herum.

»Ayesha!«, wollte er schreien, brachte aber nur ein kaum hörbares Krächzen hervor.

An der Einmündung blieb er stehen und schaute sich um. Sekunden später erschien sie tatsächlich, diesmal links von ihm, und verschwand zwischen den Containerreihen.

»Ayesha!«

Er rannte zu der Stelle, an der sie verschwunden war, und blieb erneut stehen. Nirgends ein Anzeichen von ihr. Auch der Heckenschütze war anscheinend weg. Entweder hatte ihn eine Kugel erwischt, oder er war ohnmächtig von den Gasen geworden – oder er hatte sich den Flüchtenden auf dem Rettungsboot angeschlossen. In der nächsten Schlucht bemerkte Karim einen Container, dessen Tür nur angelehnt war. Das Gewehr in beiden Händen haltend, schlich er vorsichtig die Reihe entlang, vorbei an inzwischen vertrauten Aufschriften wie Maersk, MSC oder Hapag-Lloyd. Mit dem Gewehrlauf drückte er die Tür auf. Trotz der Düsternis konnte er in der hinteren Ecke eine zusammengekauerte Gestalt erkennen.

»Ayesha?«

Die dicken Stahlwände schirmten Lärm und Qualm erstaunlich gut ab. Es war so still im Innern, dass er seine eigenen Schritte hörte, als er den Container durchquerte. Karim rieb sich die Augen. Ayesha saß mit dem Rücken zu ihm, aber irgendetwas stimmte nicht an ihr. Zwar trug sie die rote Trainingsjacke des Commissioner Corps, aber ihre Hose schien dunkel zu sein, und auf ihrem Gesicht saß eine Gasmaske. Karim streckte die Hand aus und berührte ihre Schulter.

»Ayesha?«

Zögernd hob Karim die Maske. Es war nicht Ayesha, sondern ein Filipino, der den Mund zu einem höhnischen Grinsen verzog. Bevor Karim noch reagieren konnte, meldete sich hinter ihm eine Stimme mit deutlichem Rif-Akzent: »Als würde man einen streunenden Straßenköter abknallen.«

In seinem Rücken stand Mohammed Mansouri und hielt ein Gewehr auf Karims Kopf gerichtet. Ein bewaffneter Mann im Kampfanzug leuchtete neben ihm mit einer Taschenlampe.

»Was haben Sie ihr getan?«, schrie Karim.

»Dass Sie kommen, um nach ihr zu suchen, haben wir uns schon gedacht«, erklärte Mansouri nur. »Allerdings hatte ich doch mit einer etwas spannenderen Jagd gerechnet.« Mansouri schickte Karim mit einem routinierten Gewehrkolbenhieb zu Boden, was der Filipino dazu nutzte, ihm die Waffe abzunehmen. Während Karim sich Blut spuckend auf alle Viere hochkämpfte, richtete Mansouri die Mündung wieder in seine Richtung. Karim wusste, dass es vorbei war. Seine Leiche würde wie die von Abdou im Meer landen, um den Geschöpfen der Tiefsee als Fraß zu dienen.

Als er die Augen zum stummen Gebet hob, sah er, wie der Lauf eines Gewehrs durch das Lüftungsgitter geschoben wurde. Es gab Phasen in Karims Leben – ganze Jahre –, an die er nur eine sehr vage Erinnerung hatte, doch die nächsten zehn Sekunden prägten sich ihm in jeder Einzelheit ein. Alles begann mit einer Explosion, einem hundertvierzig Dezibel lauten Schuss, der das Innere des Containers erbeben ließ und der für einen Sekundenbruchteil ein Gesicht hinter dem Lüftungsgitter beleuchtete – das Gesicht von Joseph! Joseph, der vor einer halben Stunde im Meer ertränkt worden war. Der Mann mit der Taschenlampe kippte tot um, und im selben Augenblick antwortete Mansouri auch schon mit einer dröhnend ratternden Salve, die alle Streben des Lüftungsgitters zerfetzte. Am Ende war nur noch eine rechtwinklige Öffnung übrig, in der ein Streifen Plastik baumelte. Nun trat überraschend der Filipino in Aktion. Von seiner Position direkt unter dem Gitter hatte er – anders als Mansouri – das Gesicht von Joseph nämlich sehen können, und der Anblick hatte ihn zu Tode erschreckt. In panischer Angst rappelte er sich auf und raste zur Tür. Zu spät! Der Ausgang wurde von zwei schattenhaften Gestalten in Steppjacken versperrt, und nun erstarrten beide, Mansouri ebenso wie der Filipino, so jäh, als erblickten sie Geister. Wieder detonierten Schüsse, und Mohammed Mansouri – gefährlichster Mann an Maghrebs Küste, Geißel des Rif, exzellenter Scharfschütze, Drogenschmuggler und Mörder seiner Frau – lag plötzlich auf dem Boden, presste die Hand auf den verwundeten Arm und bebte vor Angst, denn all seine Amazigh-Tattoos erwiesen sich als machtlos gegen Menschen, die von den Toten zurückgekommen waren. Ein dunkelhäutiger und ganz anders tätowierter Arm streckte sich Karim entgegen und half ihm auf die Beine.

»Wie …?«

Aber ohne irgendwelche Erklärungen abzuwarten, rannte Karim mit Joseph hinaus aufs Deck, mitten in das Chaos aus Rauch und Flammen. Sie stürmten durch die Schottentür ins Innere des Schiffs, vorbei an Dienst- und Lagerräumen. Besatzungsmitglieder hasteten in alle Richtungen. In der zentralen Ausgabestelle herrschte das totale Chaos. Ringsum stritten sich Crewmitglieder um Gasmasken, während ein überforderter Offizier vor lauter Panik Warnschüsse in die Decke abfeuerte. Karim und Joseph stellten sich zwei glücklichen Maskengewinnern in den Weg, nahmen ihnen ihre Trophäen ab und spurteten die Treppe zum nächsten Deck hoch. Oben schielten sie vorsichtig um die Ecke in den Korridor und sahen einen von Mansouris Schergen mit Gewehr und aufgesetzter Gasmaske vor einer Tür Wache stehen. Auf ein Zeichen von Karim hin stieß Joseph einen Schrei aus. Der Wachmann kam angerannt, und Karim rauschte von der Seite mit vollem Körpereinsatz in ihn hinein und entriss ihm im Fallen die Waffe. Sekunden später traten sie die Tür ein, die der Mann bewacht hatte.

Im Innern der kleinen Kammer hockte Ayesha in T-Shirt und Trainingshose auf dem Boden und rang in dem beißenden Rauch nach Atem. Karim kniete sich neben sie und streifte ihr die Maske über den Kopf.

»*Labas?* Alles in Ordnung?«

Sie lächelte schwach und nickte.

»Das ist die, die uns rausgelassen hat!«, rief Joseph. »Sie hat die Tür des Containers aufgesperrt!« Und in ehrfürchtigem Ton fragte er: »Wer ist das?«

Als Karim ihr aufhalf, fiel Ayesha eine Spraydose mit roter Farbe aus der Hosentasche, die klackernd über den Boden kullerte. Karim hob sie auf und antwortete lächelnd: »Das da ... ist eine äußerst clevere junge Frau.«

»Wie meinst du das?«

»Wer sich die Container im Block vor dem Bug von oben anschaut, sieht dank ihr jetzt überall rote Kreuze auf den Dächern. Daher hat der Kran den falschen Container erwischt.« Er warf Ayesha einen fragenden Blick zu, und sie nickte.

Joseph verstand die Bemerkung nicht ganz, sorgte sich im Moment aber vorrangig um ihre Sicherheit.

»*Allons-y!*«, mahnte er. »Das Feuer breitet sich aus!«

Er führte sie eine weitere Treppe zum Deck mit den Rettungsbooten hinauf. Franco und Jean-François bewachten mit erhobenen Pistolen Mansouri, der neben einem gelben Wasserfahrzeug stand, das mit seiner Kapselform einem Tauchboot ähnelte.

»Wie's scheint, ist nicht genug Platz für uns alle, Marrakschi«, erklärte der Mann aus dem Rif, der seine selbstsichere Haltung wiedergewonnen hatte. »Na, wen lassen wir denn zurück?«

Karim stieg ins Innere des Rettungsboots. Alle Sitzplätze waren belegt, ein Kreis von ängstlichen Gesichtern starrte ihm entgegen. Am Steuerpult wartete Oussuman auf die Anweisung zum Ausklinken.

»Ach, für einen ist da noch Platz«, sagte Karim und riss den EDS-Chef mit solcher Gewalt ins Innere, dass er über die Schwelle stolperte und der Länge nach zu Füßen der Geflüchteten auf dem Boden landete. Feindseliges Gemurmel wurde ringsum laut.

»Dies, meine afrikanischen Brüder«, rief Karim über das Murren hinweg, »dies ist der Mann, der eure Freunde, eure Cousins, Brüder und Schwestern umgebracht hat. Und ohne die gnädige Fügung Gottes hätte er auch euch alle heute Nacht getötet!«

Mansouri erhob sich schwerfällig. Für jemanden, der von feindlichen Mienen umzingelt war, wirkte er erstaunlich gefasst, beinahe würdevoll.

»War nicht persönlich gemeint«, versicherte er. »Wenn ihr einen Sündenbock sucht, haltet euch an die Europäer. Die haben mit der ganzen Sache angefangen.«

»Stell sicher, dass er zurück nach Tanger kommt«, sagte Karim zu Oussuman.

»*Tanger?*«, wiederholte Oussuman ungläubig. »*Mais* ... mit diesem Boot schaffen wir es bequem nach Spanien!«

»Wir treffen uns in Tanger«, entgegnete Karim mit einer Entschiedenheit, die keinen Widerspruch duldete. »Schließt die Tür und dann los!«

Am nächsten Morgen um sieben krochen zwei Boote in den kleinen Fischerhafen von Tanger. Eins war ein Beiboot, auf dem sich Karim, Ayesha und Joseph zusammen mit Louis, Amadou sowie zwölf Besatzungsmitgliedern der *Mustafa* befanden. Das andere war das gelbe Rettungsboot. Als man die Tür des Rettungsboots öffnete, war Mohammed Mansouri nicht mehr an Bord.

Seine Leiche wurde nie gefunden.

7

Die Wetterlage hatte sich geändert. Ein vom Atlantik heranziehendes Hochdruckgebiet hatte dem kalten Ostwind ein Ende bereitet. Der Friedhof in Marshan war ein violettes Meer aus Salbeiblüten. Ayesha, Karim und Joseph starrten auf ein frisches Grab.

»Wer hat denn die Strelitzien dagelassen?«, fragte Ayesha.

»Die Witwe Khoury«, antwortete Karim.

»Die Frau, bei der du gewohnt hast? Warum hat sie ihm Blumen gebracht?«

»Sie war mal Mokhtars Frau.«

»Der schlaue alte Fuchs!«, murmelte Ayesha verblüfft und zugleich amüsiert.

»Er hat Glück gehabt, dass er auf dem Friedhof noch eine Stelle bekommen hat«, bemerkte Joseph. »Ihnen gehen hier die Plätze aus.«

»Mokhtar kannte in Tanger alles und jeden«, sagte Karim. »Bestimmt hat er jemandem schon vor langer Zeit, noch bevor er krank wurde, ein paar Dirham zugesteckt.«

Ein Arbeiter trat zu Karim und flüsterte ihm etwas ins Ohr.

»Möchtest du dir ansehen, wo er hinkommt?«, fragte er zu Joseph gewandt.

Die drei schlenderten zur Mauer hinüber, ganz in die Nähe der Grabstätte, hinter der Joseph zwei Wochen zuvor geschlafen hatte. Ein paar Arbeiter standen auf ihre Spaten gelehnt um eine Grube herum.

»Der Gedenkstein wird in fünfzehn Tagen fertig sein«, erklärte Karim. »Dann kommen die Männer zurück, um ihn aufzustellen.«
»Wie hoch wird er sein?«, wollte Joseph wissen.
»So hoch, dass man ihn vom Meer aus sehen kann. Wenn auch nur mit Fernglas!«
»Und die Inschrift?«
»*Für Sidiki, Ismael und Askanda*. Dazu eine Widmung für die Tausenden von Unbekannten, die in der Straße von Gibraltar ums Leben gekommen sind.«
»Auch auf Hausa?«
»Auf Hausa, Yoruba, Englisch, Französisch und Swahili«, versicherte Karim. »Sämtliche Kosten übernimmt der Regionalrat von Tanger-Tetouan, der damit ein Zeichen der Versöhnung setzen möchte.«
Ein paar Minuten später wandte Ayesha sich an Joseph und fragte, was sie schon die ganze Zeit beschäftigte: »Wirst du weiter versuchen, nach Spanien zu kommen?«
»Nein.«
»Warum nicht?«
»Ich war gestern Abend im Chez Kebe«, begann Joseph mit leicht verlegener Miene. »Wie es heißt, wird die marokkanische Regierung den Geflüchteten Amnestie gewähren. Wir dürfen im Land bleiben und erhalten gültige Papiere.«
»Oh, das wäre wunderbar!«, rief Ayesha und klatschte in die Hände. »Der König ist ein guter Mensch. Er wird bestimmt dafür sorgen, *inschallah!*«
»Wo wollt ihr euch denn niederlassen?«
»*Alors* ... Jean-François, Louis, Franco, Amadou und Marie-Louise mit ihren Kindern wollen sich eine Wohnung in Boukhalef nehmen«, erzählte Joseph. »Obwohl ich eher vermute, dass Franco und Marie-Louise sich etwas eigenes suchen. Geburtstermin ist im Oktober.«

»Und du?«
»Der Hausmeister in St. Andrew's hat noch ein freies Zimmer. Da könnte ich umsonst wohnen, wenn ich mich dafür ein wenig um den Friedhof kümmere.«
»Scheint ein freundlicher Mensch zu sein«, kommentierte Ayesha.
»Ratet mal, wie er heißt ...«
Karim und Ayesha schauten ihn fragend an.
»Mustafa.«

Das Containerschiff *Mustafa* einschließlich dessen, was von seiner Ladung übrig war, hatten die Behörden nach Tanger-Med schleppen lassen. In den darauffolgenden Tagen waren zweiundvierzig Staatsbedienstete, darunter Verantwortliche bei Sûreté, Gendarmerie und Marine Royale sowie zahlreiche Wachleute und Hafenarbeiter wegen des Verdachts auf Mord, Totschlag, Bestechlichkeit, Mitgliedschaft in einer kriminellen Vereinigung und Diebstahl verhaftet worden. Unter den Beschuldigten war auch Driss El Hajjem, der leitende EDS-Vertreter in Tanger-Med. Nur Commissioner Larbi, Lieutenant Hammoudi, Lieutenant Jibrane und der große Kerl mit der Hasenscharte konnten sich einer Verhaftung bislang entziehen. Schon jetzt wurde MEDIHA als eine der erfolgreichsten Operationen in der Geschichte von Tangers Sûreté gefeiert, mit der es gelungen sei, die Korruption auszumerzen und sowohl Stadt als auch Tanger-Med bestens auf alle Herausforderungen der Zukunft vorzubereiten.

»Willst du dich dauerhaft in Tanger niederlassen, wenn du bleiben darfst?«, fragte Karim, als er Joseph zum Abschied umarmte.
»J'espère ... ich meine, *inschallah*.«
»Klingst schon wie ein waschechter Marokkaner!«, sagte Karim und schlug ihm auf die Schulter.

Ayesha schüttelte Joseph die Hand und machte sich gemeinsam mit Karim auf den Weg. Sie waren noch keine hundert Meter weit gekommen, als Karim anhielt und zurück zum Friedhof lief, wo Joseph noch immer die ausgehobene Grube betrachtete.

»Fast hätte ich's vergessen«, sagte Karim, griff in die Hosentasche und brachte drei Zehn-Dirham-Münzen zum Vorschein. »Für den Schirm.«

Joseph lachte laut auf. »Danke vielmals.« Die beiden umarmten sich.

Karim eilte davon. Als Ayesha ihn im Laufschritt näher kommen sah, rief sie: »Wer zuerst im Café ist!«

Sie sprinteten am königlichen Gästehaus mit seinen schmuck uniformierten Wachposten entlang, durch die Grünanlage und vorbei an schaukelnden Kindern, bis Ayesha sich am Ende als Erste unter den Eukalyptusbäumen auf einen Stuhl warf und Karim angrinste, der wenige Sekunden später eintraf.

»Komm mal mit«, meinte er schnaufend und zog sie wieder hoch. »Ich möchte dir etwas zeigen.«

Er führte sie über einen Grasstreifen hinweg auf die andere Seite der Straße, wo das mit Büschen bewachsene Gelände der phönizischen Felsengräber begann. Ayesha war begeistert. Lange saßen sie inmitten der Liebespärchen und schauten auf das Meer hinaus. Ayesha hob ihr Handy und machte ein Selfie: Karim in Abdous grauem Kapuzenpullover, sie selbst in der taubengrauen *djellaba* und im Hintergrund das blaue Mittelmeer.

»Ohne den Schnurrbart siehst du viel besser aus.«

»*Besahh?* Ehrlich?«, antwortete Karim, der heute nach dem Morgengebet den buckligen Barbier aufgesucht und angeboten hatte, ihm das zerbrochene Glasregal zu bezahlen. Der Barbier zeigte sich jedoch so reumütig über das, was geschehen war, dass er Karim stattdessen eine Rasur schenkte.

»Ich habe beschlossen, künftig lieber glatt rasiert zu sein«, erklärte Karim. »Ich will einfach nicht, dass sich noch mal jemand meiner Nase mit einer Schere nähert.«

»Selbst wenn du Nasenhaare hast?«

»Die schneid ich mir selbst ab. Oder ich bitte dich.«

Ayesha erwiderte nichts, hatte womöglich auch gar nicht mehr zugehört. Mit verträumter Miene schaute sie aufs Meer hinaus. »Der Ort hat eine sonderbare Atmosphäre. Wie heißt er?«

»Felsengräber der Phönizier.«

»Also ein Friedhof?«

»Ich denke schon.«

»Merkwürdig«, fuhr Ayesha nachdenklich fort. »Zwei Friedhöfe in Marshan. Und beide mit Blick über die Straße von Gibraltar.«

»Der hier ist allerdings sehr viel älter.«

»Wie alt?«

»Der Mann da drüben, der die Sonnenblumenkerne verkauft, hat mir erzählt, die Gräber wären einhunderttausend Jahre alt«, antwortete Karim. »Eine Frau meinte dagegen, es wären bloß hundert Jahre. Vermutlich liegt die Wahrheit irgendwo dazwischen.«

Sie beobachteten, wie die Fähre nach Tarifa rechts unter ihnen den Hafen verließ. Weiter draußen auf dem Meer glitten Containerschiffe gemächlich in die eine oder andere Richtung.

»Clownsschuhe«, rief Karim plötzlich aus.

»Was?«

»Ich zerbreche mir die ganze Zeit den Kopf, woran mich diese Containerschiffe erinnern. Weißt du noch, wie Si Brahim mit uns zum Zirkus im El-Harti-Park gegangen ist? Die Clowns hatten riesig lange Schuhe. Genauso sehen diese Schiffe aus.«

»Also wie Clownsschuhe sehen sie ja nun überhaupt nicht aus«, widersprach Ayesha. »Da ragt doch viel zu viel in die Höhe. Der da hinten sieht eher wie eine überladene Obstschüssel aus.«

»Na schön. Dann sind die leeren eben die Clownsschuhe und die vollen die Obstschüssel.«

Eine Weile blieben beide stumm. Ayesha schirmte die Augen mit ihrer Hand vor der Sonne ab.

»Ich verstehe gar nicht, warum alle unbedingt nach Europa wollen«, sagte sie. »Ich bin genau hier glücklich, wo ich bin.«

Irgendwas an ihren Worten wirkte auf Karim sehr beruhigend. Ayeshas Handy klingelte, und Karim stand auf, um eine Tüte Sonnenblumenkerne zu kaufen. Bei seiner Rückkehr hatte Ayesha ganz erhitzte Wangen und atmete in tiefen Zügen.

»Colonel Lalami ist weg«, verkündete sie.

»Weg?«

»Verhaftet.«

»*Alhamdulillah.*«

Karim hielt ein Taxi an, das sie zum Bahnhof brachte. Sie fuhren an den Mendoubia-Gärten vorbei und durch den Grand Socco. In den Parkanlagen flanierten Paare, schoben Kinderwagen vor sich her oder saßen an den Tischen vor dem Kino und genossen die Nachmittagssonne.

»Ich werde Tanger vermissen«, gestand Karim. »Ich hätte nie geglaubt, dass ich so etwas über eine Stadt mit derart vielen Hügeln und solch merkwürdigem Wetter einmal sagen würde, aber es stimmt.«

»Mir gefällt die Stadt auch«, bemerkte Ayesha und erhaschte einen kurzen Blick auf das Mittelmeer. »Sie hat so etwas Eigenartiges, als wäre sie nicht ganz von dieser Welt.«

»Da drüben in dem Laden habe ich übrigens eine Flasche Parfüm für dich gekauft«, rief Karim und deutete zum Fenster hinaus.

»Im Ernst?«, fragte Ayesha sichtlich überrascht. »Und wo ist sie?«

»Irgendwo in einem Spind.«

»Holst du sie ab, wenn wir zurückkommen?«

»*Inschallah.*«

Ayesha und Karim waren aufgefordert worden, zur Gerichtsverhandlung wieder in der Stadt zu erscheinen. Allerdings hatte die Generalstaatsanwaltschaft ein hochkomplexes Verfahren vorzubereiten, und es konnten Monate, wenn nicht sogar Jahre vergehen, bis sie nach Tanger zurückkehren würden.

Karim begleitete Ayesha noch bis auf den Bahnsteig. Sie nahm ihm dankend ihre Reisetasche ab, suchte sich einen Platz und öffnete das Fenster.

»*Thalla f-rasik*«, rief sie. »Und gib Safi einen freundlichen Klaps von mir.«

»Ayesha …«

»Ja?«

»Bin ich deiner Meinung nach ein Versager?«

»Was? Nein!«

»Ich bin wegen Abdou nach Tanger gekommen, aber erreicht habe ich im Grunde nichts«, sagte Karim leise.

»Karim, du hast das Leben von Menschen gerettet, die so rechtlos sind wie kaum jemand sonst auf der Welt«, versicherte Ayesha mit Nachdruck. »Deinetwegen wird es weniger Todesfälle wegen gefälschter Medikamente geben. Du bist der beste Kriminalpolizist, den ich kenne.«

»Du kennst ja auch sonst keinen«, erwiderte Karim grinsend.

»Pass gut auf dich auf.«

»Du auch.«

Sie küssten sich nicht zum Abschied. Aber Ayeshas Finger blieben in Karims Hand liegen, selbst als der Zug sich in Bewegung setzte. Karim sah ihr hinterher, bis der Zug verschwunden war, dann trat er durch ein Baugerüst wieder nach draußen, froh darüber, dass er heute noch einiges zu erledigen hatte.

Vor dem Bahnhof stand ein weißer Krankenwagen, der Abdous Leichnam nach Marrakesch überführen sollte. Dem toxikologischen Bericht zufolge waren Spuren von flüssigem Ketamin im Körper nachweisbar. Da sich Wasser in der Lunge befand, war anzunehmen, dass Abdou noch lebte, als man ihn ins Meer geworfen hatte.

Beim Anblick des am Straßenrand wartenden Krankenwagens überfiel Karim tiefe Trauer. Nie hätte er damit gerechnet, dass er seinen Kollegen in einem weißen Kleintransporter mit der Aufschrift *Den Toten Marokkos* zurückbringen würde. Ein wenig Trost zog er aus dem Wissen, dass Abdou das Rätsel gelöst und ganz dicht davorgestanden hatte, die Verbindung zwischen den Geflüchteten und dem Pharmakartell unter Beweis zu stellen. Als Karim zum Krankenwagen ging, sprang plötzlich Hicham – Abdous Fahrer – heraus und riss die Beifahrertür auf.

»Bei Ihnen komme ich mir nicht wie ein Polizist aus einer fremden Stadt vor, sondern eher wie der König von Marokko!«, sagte Karim lachend.

Er lehnte sich in seinem Sitz zurück und blätterte durch den dicken Stapel an Papieren, die für solch eine Überführung benötigt wurden. Da waren noch zahlreiche Formulare auszufüllen und Schriftstücke zu unterschreiben, denn üblicherweise durften Leichen nicht über Provinzgrenzen hinweg transportiert werden. Abdous Familie war es jedoch gelungen – nicht zuletzt dank eines Schreibens von Commissioner Badnaoui in Marrakesch –, von den Behörden in Tanger eine Ausnahmegenehmigung zu bekommen.

Karim war froh, dass Hicham nicht zu den redseligen Naturen zählte. Die Fahrt nach Marrakesch würde sechs Stunden dauern, und er brauchte die Zeit, um seine Gedanken zu ordnen. Außerdem konnte er diese Gelegenheit sehr gut dazu nutzen, sich einige Worte der Anteilnahme für Abdous Eltern zurechtzulegen.

Der Krankenwagen nahm die Straße zum Flughafen aus der Stadt hinaus. Während er die Dokumente studierte, die teils auf Französisch, teils auf Arabisch abgefasst waren, spürte Karim, wie ihm die Augen zufielen. Er schob seinen Sitz zurück, um ein wenig zu schlafen. Offenbar war er aber tiefer eingeschlafen als gedacht, denn als er die Augen wieder aufschlug, rumpelten sie gemächlich über eine holprige Landstraße.

»Das ist aber nicht die Schnellstraße!«

»Mir wurde aufgetragen, Sie über diese Strecke zu fahren«, erklärte Hicham und blickte dabei starr geradeaus.

»Nein!«, protestierte Karim. »Sie sollten die N1 bis nach Casablanca nehmen und dann die A7 nach Marrakesch!«

Sie bogen um eine Kurve, und ein Streifenwagen wurde sichtbar, der neben ein paar Oleanderbüschen parkte. Karims Hände waren schweißnass, als Hicham hinter dem Dienstfahrzeug anhielt. Die Türen öffneten sich, und Commissioner Larbi stieg aus. Karims Panik wuchs, denn seine Glock lag außer Reichweite hinten im Krankenwagen. Begleitet wurde Larbi von Ali Hammoudi, seinem Kollegen aus der Dienststelle in Tanger-Med. Larbi kam herüber und klopfte an Karims Seitenfenster.

»Verlassen Sie bitte mal das Fahrzeug, Lieutenant.« Karim ließ die Scheibe herunter und erwiderte in kühlem Ton: »Ein Kollege ist in Ausübung seines Dienstes gestorben. Es ist meine Pflicht, seine Leiche zu seiner Familie zu bringen.«

»Und das sollen Sie auch, Lieutenant«, sagte Larbi. »Einen anständigeren Menschen als ihn wird man auf Erden vergeblich suchen.« Ali schüttelte Karim durch das Fenster die Hand.

»Ich ... ich verstehe nicht«, stotterte Karim und stieg aus dem Krankenwagen.

»Wir wollten Ihnen nur noch einmal persönlich danken«, erklärte Larbi, dessen Atem nicht mehr so stark nach Tabak stank und der insgesamt einen gepflegteren Eindruck machte.

»Und uns entschuldigen«, fügte Ali hinzu.

»Was meinen Sie damit?«

»Mansouri hat den Hafen wie ein Drogenbaron beherrscht«, begann Larbi. »Alles war dermaßen von EDS-Leuten und korrupten Beamten durchsetzt, dass wir – Ali, Abdou und ich – so tun mussten, als würden wir davon ausgehen, dass die Betrügereien in Terminal 1 ablaufen. Nur so konnten wir Mansouri auf die falsche Fährte locken.«

»Aber warum haben Sie mich angelogen?«, fragte Karim. »Dass ich nicht käuflich bin, müssen Sie doch gemerkt haben!«

»Wir wussten Bescheid über Ihre Rolle bei MEDIHA«, antwortete Larbi. »Aber diese Verschwörung hier reichte weit darüber hinaus. Wir haben überall in der *préfecture* Abhörmikrofone gefunden, und die EDS hatte ständig Zugang zu all unseren Überwachungskameras. Der Fall war so heikel, dass wir Abdou instruierten, mit keinem außerhalb dieses ganz kleinen Zirkels, bestehend aus Ali, Ben Jelloun und mir, darüber zu sprechen. Spätestens nachdem Ihnen der Container fast auf den Kopf gefallen wäre, wussten wir natürlich, dass Sie auf unserer Seite standen, aber danach haben wir Sie nicht wieder bei uns gesehen.«

»Wir wussten auch, dass Ihr Handy angezapft wurde«, ergänzte Ali.

»Aber ich habe doch den Raja-Schal in Ihrem Büro gefunden!«, entgegnete Karim. »Sie haben als Letzter mit Abdou gesprochen. Und Sie sind auch in diesem Kleintransporter der Sûreté gewesen, der nach seinem Verschwinden auftauchte!«

»Ganz richtig«, antwortete Ali. »Ich habe noch mit Abdou, Gott hab ihn selig, gesprochen. Ich habe ihm angeboten, die Observation von Terminal 2 gemeinsam durchzuführen, aber das hat er abgelehnt. Er meinte, so würde es weniger Verdacht erregen.«

»Ali und ich blieben also in der Zentrale und behielten die Überwachungskameras im Auge«, fuhr Larbi fort.

»Und was ist nun schiefgelaufen?«

»Das Kartell muss herausgefunden haben, dass Abdou hinter das Geheimnis der *Mustafa* gekommen war«, sagte Larbi. »Womöglich über irgendein abgehörtes Telefonat oder durch Simo selbst – das wissen wir nicht. Sie lauerten ihm auf. Mindestens zwei Leute, vielleicht mehr, die sich in dem Spalt zwischen den Containern versteckten. Als Abdou um halb acht noch immer nicht in die Zentrale zurückgekehrt war, fuhren Ali und ich zum Terminal, um nach ihm zu suchen.«

»Aber wie haben die Kerle Abdou herausgeschafft?«, fragte Karim. »Wie ist seine Leiche am Ende in Tanger gelandet?«

»Vermutlich haben sie ihn zuerst betäubt und in einem leeren Container versteckt«, erklärte Larbi. »In diesem Punkt hatten Sie wohl recht. Um zehn haben wir zwar alle leeren Container überprüfen lassen, aber zu diesem Zeitpunkt war bereits ein Kleintransporter der EDS durch das Lager gefahren. Wie El Hajjem nach seiner Verhaftung gestanden hat, wurde Abdou anschließend am Kap Spartel ins Meer geworfen. Wahrscheinlich dachten sie, die Strömung würde seine Leiche auf den Atlantik hinaustreiben lassen.«

»Stattdessen«, nahm Ali den Faden auf, »sorgten die ungewöhnlichen Strömungsverhältnisse, über die wir gesprochen haben, dafür, dass sie in Tanger angeschwemmt wurde. Was ich Ihnen über die Straße von Gibraltar erzählt habe, entsprach übrigens alles der Wahrheit.«

Karim dachte über das Gehörte nach.

»Warum ich allerdings Fan von Raja Athletic bin, weiß ich auch nicht«, schob Ali nach. »Sie spielen grauenhaft diese Saison.«

Karim kam eine Bemerkung in den Sinn, die Bouchaïb, der Parkwächter aus Marrakesch, Anfang März ihm gegenüber gemacht hatte.

»Das ist aber ein hartes Urteil«, wandte er ein. »Immerhin hat Raja vor ein paar Wochen noch Tunis geschlagen.«

»Ich bin beeindruckt«, sagte Ali. »Sie interessieren sich für Fußball?«

»Es ist schon sechs«, mischte Larbi sich ein, bevor Karim den Eindruck richtigstellen konnte. »Sie haben eine lange Fahrt vor sich.«

»Einen Moment noch!«, bat Karim. »Welche Rolle spielte Simo?«

»Simo hat sich – wie soll ich sagen – *kompromittiert*. Er hat Bestechungsgelder vom Kartell angenommen. Erst wollte er nicht, aber dann haben sie seine Familie bedroht. Nach der Begegnung mit Ihnen nachts am Leuchtturm Kap Spartel war er offenbar entschlossen, nicht mehr länger mitzumachen. Unglücklicherweise hat das Kartell ihn erwischt, bevor er reden konnte.«

»Warum haben Sie mir das nicht schon früher erzählt?«

Larbi stieß einen tiefen Seufzer aus. »Ach, Lieutenant, es gab Menschen, denen ich mein Leben anvertraut hätte und die am Ende doch nach Mansouris Pfeife tanzten. Kein Handy, das er nicht anzapfte, kein Winkel, in dem nicht einer seiner Spione hockte. Zwei Herzinfarkte hat mich das Ganze gekostet.«

»Zumindest haben Sie das Rauchen aufgegeben.«

Larbi grinste und schüttelte Karim die Hand.

»Wir treffen uns dann zur Verhandlung, *inschallah*. Dann können wir auch zusammen feiern. Mein Sohn ist Chefkoch im Hilton. Er wird für den angemessenen Rahmen sorgen.«

Karim, der Larbi nach dem ersten Eindruck für unverheiratet gehalten hatte, hob erstaunt die Brauen. Als er wieder im Krankenwagen saß, neigte sich der Commissioner noch einmal zum Beifahrerfester.

»Richten Sie Abdous Familie bitte die aufrichtige Anteilnahme der gesamten Sûreté von Tanger aus. Abdou war ein überaus mutiger Polizist und einer der feinsten Menschen, mit denen ich je zusammengearbeitet habe.«

Hicham wendete den Wagen und fuhr zurück in Richtung A1.

»Er ist mein neuer Chef.«

»Was meinen Sie damit?«, fragte Karim.

»Larbi hat die Leitung der Polizei in Tanger übernommen. Für Tanger-Med suchen sie jetzt nach einem Ersatz.«

»Und wer wird unter Larbi zweiter Mann an der Spitze?«

»Lieutenant Jibrane«, antwortete Hicham. »Er ist zwar eher von der groben Sorte, aber an der Verschwörung war er nicht beteiligt. Der Tod des Commissioners hat ihn schwer getroffen.«

Karim blieb lange Zeit stumm.

»*Labas?*«, erkundigte sich Hicham. »Alles in Ordnung mit Ihnen, Lieutenant Belkacem?«

Karim starrte das Mauthäuschen der Autobahn an, das sich gegen die tief stehende Abendsonne abzeichnete.

»Mir ging nur gerade durch den Kopf, wie sehr man sich doch irren kann«, antwortete er lachend.

»Suche nie nach Datteln an einem Olivenbaum«, sagte Hicham.

Karim brach erneut in Lachen aus. Und diesmal lachte Hicham mit.

✣ Editorische Notiz

Die von James von Leyden verwendeten Begriffe »nigger« und »negro« wurden in diesem Roman originalgetreu mit »Nigger« bzw. »Neger« übersetzt. Die abwertenden Begriffe wurden lediglich verwendet, um die Darstellung von rassistischer Sprache im Kontext der betreffenden Szenen authentisch abzubilden.

Nachbemerkung

Das Buch spielt im März 2013, zwölf Jahre nach dem Inkrafttreten des Grenzschutzabkommens zwischen der EU und Marokko. Im September 2013 verkündete König Mohammed VI. von Marokko eine neue, liberalere Einwanderungspolitik, zu der auch eine dauerhafte Aufenthaltsgenehmigung für 25 000 Subsahara-Afrikaner gehörte. Trotz dieser Maßnahmen stiegen die Versuche, von Marokko nach Spanien zu gelangen, weiter konstant an (einschließlich der Sturmangriffe auf die Grenzanlagen in Ceuta und Melilla). So kam es allein 2018 zu 56 480 Grenzüberschreitungen und 769 Todesopfern an der Straße von Gibraltar.

2008 landete ein marokkanischer Drogenbaron namens Mohamed Kharraz, der lange als immun gegen jede Strafverfolgung galt, gemeinsam mit dem ehemaligen Leiter der Justizpolizei von Tanger hinter Gitter. Im Prozess gab Kharraz die Namen von über dreißig Angehörigen der Sicherheitsbehörden preis.

Schätzungen der Weltgesundheitsorganisation WHO zufolge handelt es sich bei sieben von zehn in Afrika verkauften Medikamenten um Fälschungen, die wiederum für jährlich etwa 10 000 Todesopfer verantwortlich sind.

Tanger-Med 2 ging 2019 in Betrieb und erhöhte die Kapazität der gesamten Hafenanlage auf neun Millionen Container im Jahr. Das Chez Kebe ist inzwischen geschlossen. Zum Zeitpunkt der Niederschrift (Februar 2020) befand sich das Teatro Cervantes nach wie vor in extrem marodem Zustand.

Danksagung

Für ihre Änderungsvorschläge an der abschließenden Fassung bin ich meiner Agentin Jane Gregory ebenso wie Mary Jones von David Higham Associates zu großem Dank verpflichtet. Ebenfalls danken möchte ich meiner Lektorin Krystyna Green bei Constable. Von unschätzbarem Wert als Informationsquelle erwies sich das im Verlag Bloomsbury erschienene Buch *Tangier: A Literary Guide for Travellers* von Josh Shoemake, ebenso wie *Moroccan Noir: Police, Crime, and Politics in Popular Culture* von Jonathan Smolin (Indiana University Press). Die Geschichte vom jungen Mansouri, der seine eigene Frau erschießt, ist angelehnt an eine Erinnerung von Mohammed Mrabet an seinen Großvater, die er im Rahmen eines *Rolling Stone*-Interviews mit Paul Bowles (Mai 1974) dem Reporter Michael Rogers erzählte. *Schukran bezaf* an Peter Solomon für die Prüfung des marokkanischen Arabisch und an Nasio Attanasio für die der französischen Wendungen. Dank auch an den Kapitän und die Crew der *CMA-CGM Africa 2*, auf der ich zwei Wochen zwischen Antwerpen und Tanger mitfahren durfte. Und dann natürlich an meine Frau Czarina, die während all der Zeit stete Ermutigung und verlässlicher Resonanzboden gewesen ist.

James von Leyden

Zwischen bunten Märkten und prunkvollen Riads stößt Karim Belkacem auf seinen ersten Fall

978-3-453-42418-0

Leseprobe unter **www.heyne.de**